KB196273

이미 예견된 인터스텔라

9일간의 우주여행

이미 예견된 인터스텔라

9일간의 우주여행

개정판 1쇄 발행 2024년 12월 23일

지은이 M. J. P. 데마르케
옮긴이 장병걸
펴낸이 박찬영
기획편집 김혜경, 한미정
마케팅 조병훈, 박민규, 김도언, 이다인
디자인 Song디자인
발행처 리베르
주소 서울시 성동구 왕십리로 58 서울숲포휴 11층
등록신고번호 제2013-17호
전화 02-790-0587 | **팩스** 02-790-0589 | **e-mail** skyblue7410@hanmail.net
홈페이지 www.liber.site | **커뮤니티** blog.naver.com/liber_book(블로그) |
www.facebook.com/liberschool(페이스북)

ISBN 978-89-6582-372-8(03840)

리베르(Liber 전원의 신)는 자유와 지성을 상징합니다.

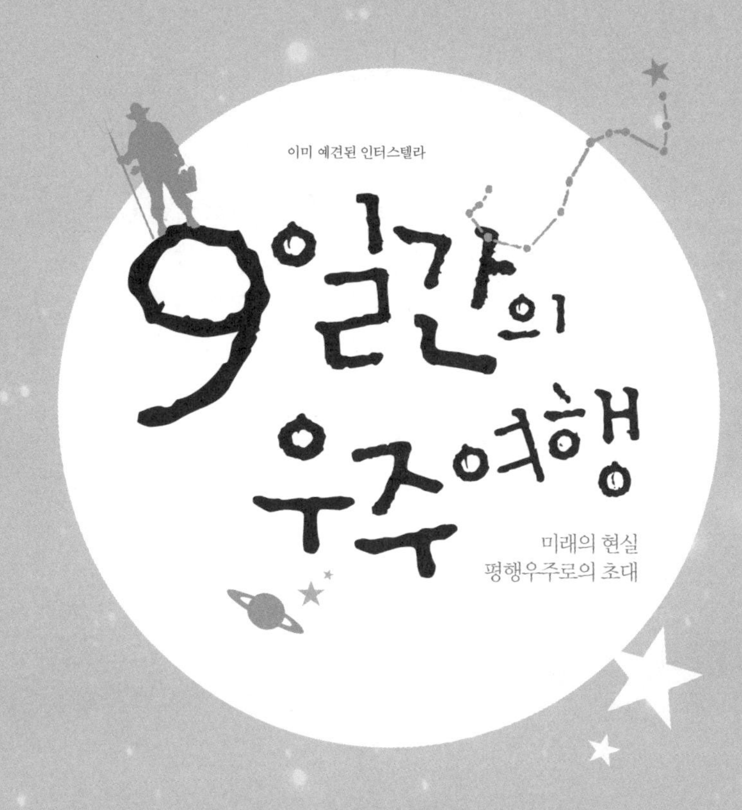

M.J.P. 데마르케 지음
장병걸 옮김

리베르

그들은 눈이 있어도 보지 못하고,
귀가 있어도 듣지 못한다……

★ **성경** ★

차례

역자 서문

“지구에는 핵전쟁의 위협보다 더 위험한 것들이 있어요. 첫째는 배금주의(拜金主義), 둘째는 정치인, 셋째는 언론인과 마약, 넷째는 종교에요.”

“영혼이 여러 육신을 거치며 윤회하는 목적은 더 많은 진리를 깨우치기 위해서입니다…가장 위대하고 아름다운 성전(聖殿)은 마음 속에 있습니다.”

술이부작(述而不作)이라고 했다. 역자가 무슨 말을 덧붙이겠는가. 진지한 독자들이라면 인용문의 함의에 공감하는 사람들도 적지 않으리라. 지구인들을 계몽하는 임무를 맡은 고차원의 외계인들이 인류에게 전하는 메시지라고 한다. ‘외계인’ 이라는 말에 대뜸 냉소하며 던져버릴 책은 아닐 성싶다. ‘반지의 제왕’ 이나 ‘해리 포터의 모험’ 처럼 황당무계한 픽션도 유행 따라 재미있게 읽지 않았던가. ‘예수의 별’ 은 밤에는 꿈으로 낮에는 백일몽으로 몽롱하게 살아가는 사람들만이 읽어야 할 책은 아니다. 설혹 그렇다 해도 이 책은 그런 부류의 몽상에조차 아름답고 심원한 '근거'와 품격을 제공해 줄 수 있을 것이다.

이 책은 1987년 6월 호주에서 미셸 데마르케라는 농부가 아름다운 용모의 초인적인 외계인들을 만나 그들의 행성 '티아우바'(Thiaoouba)에 다녀온 체험을 기술한 것이다. 당시 58세였던 저자는 어느날 밤 불현듯 잠에서 깼다. 그는 아내에게 10일간 먼 곳에 다녀오겠다는 메모만 남기고 홀연히 집을 나섰다. 그리고는 곧바로 '타오'라는 이름의 외계인을 만나 '평행우주'(parallel universe) 속으로 빨려 들어갔다. 그의 환상적인 우주여행은 이렇게 시작됐다… 저자는 그 특별한 시공 여행에서 겪은 일들을 기억해내고 글로 옮기는 데 '타오'로부터 특별한 도움을 얻었다고 한다.

타오가 저자에게 알려준 핵심 내용을 나열해 보면 이렇다. 초광속 우주여행의 원리, 인류와 인종의 기원, 무(Mu)대륙과 피라미드, 아틀란티스 대륙, 이스터 섬 석상의 주인공, 핵전쟁으로 멸망한 행성들, 창조주와 빅뱅, 결가부좌의 외계인과 원광, 공중부양과 텔레파시, 영혼의 불멸성과 윤회, 예수 그리스도의 정체, 차크라와 진정한 섹스, 환경오염과 지구문명의 위기…. 역자의 딱딱한 글투만큼이나 독자들을 숨막히게 하는 방대한 주제들이다.

이 책은 호주에서 'Thiaoouba Prophecy' 라는 제목으로 출판됐으며 미국판을 비롯해 스페인, 폴란드, 독일, 스웨덴, 러시아, 포르투갈 등 여러 나라에서 번역판이 나왔다. 일본에서도 도쿠마 쇼텐(德間 書店)에서 '초거대 우주문명의 진상' 이라는 제목으로 출간됐다.

레이저 홀로그래피 분야의 박사학위 소지자로 이 책의 편집을 맡은 톰 J. 초코 박사는 1995년부터 저자의 대변인 역할을 맡고 있다. 초코 박사는 저자의 공개 강연회를 50여 차례 주최했고, 저자를 대신해 관련 웹사이트(http://www.thiaoouba.com/)를 운영하며 독자들의 e-메일 질문에 응답한다. 강연회와 e-메일에서 자주 제기된 문제들을 질의응답식으로 정리한 내용을 몇 가지만 소개하면 다음과 같다.

▶ Thiaoouba의 발음 문제.

유대인들은 'Thiaoouba' 를 '[hyehouva]' (한국식으론 '여호와')로 발음한다. 흥미롭게도 이 발음은 구약성서에서 가장 빈번히 마주치는 표현이다. 3250년 전 모세는 '하느님' (God)을 지칭할 때 바로 그런 표현을 썼다. 특히 모세와 처음 만난

'하느님의 천사'(angel of God)는 자신을 'Thiaoouba'(Yehova-여호와)로 부를 것을 요구했다. 그 요구는 아직도 히브루어 구약성경(토라)에 기록돼 있다. 성직자들은 곧 그것을 왜곡했고, 히브리 인들은 그 이름을 발음하는 것조차 허용되지 않는다. 요컨대 하느님(God)은 하느님(God)이고, YHWH는 Thiaoouba, 즉 행성의 이름을 가리킨다. 그 행성에서는 모든 사람이 적어도 부처나 예수만큼 진화돼 있다.

▶ 티아우바 행성의 위치는?

플레이아데스 성단에 있을 가능성이 매우 높다. 그곳에서 우리의 태양은 간신히 보인다(북미 초대 인디언들은 이 성단을 자기 조상의 고향이라고 부른다. 또 페루 잉카제국 이전 사람들의 신화에는 오리온좌 인근의 황소좌에 있는 플레이아데스 별에서 찾아온 신들에 관한 얘기가 있다고 한다. 역주).

▶ 티아우바의 주된 메시지는 무엇인가?

'영적인 지식'(spiritual knowledge)으로 뒷받침되지 않은 물질적 기술(material technology)은 필연적으로 인류를 파멸로 이끈다. 기술은 영적인 발전에 도움이 될 때 의미가 있으며, 지금처럼 인류를 물질주의와 돈의 노예로 전락시키는 데 이용돼서는 안 된다.

모든 인간에게는 '자유 의지'(free will)가 있으며, 따라서 영적인 진화를 이루는 책임은 각자에게 있다. 자신의 자유의지를 타인에게 강요하는 행위, 특히 타인의 자유의지 행사 기회를 박탈하는 행위는 가장 큰 죄악에 속한다.

▶ 책 내용이 일부 종교의 가르침과 비슷해 보이는데.

대다수 기성 종교는 사랑을 내세우면서도 실제로는 사람들에게 잘못된 지식을 주입하고 혼란스럽게 만든다. 교단 지도부가 부(富)와 권세를 누리고 신도들을 조종하려는 목적에서다. 이를 위해 공포감을 수단으로 이용한다. 예컨대 과거 가톨릭 교회는 성경에서 윤회(reincarnation) 개념을 삭제하고 사탄 개념을 포함시켰다.

▶ 물질계와 정신계 사이에서 균형을 취하는 일이 쉽지 않은데.

인간은 육신의 삶 속에서 교훈을 얻어가는 영적인 존재다. 육체의 유일한 존재 목적은 영적인 발달이다. 우리 주변에서 일어나는 모든 일은 그런 교훈의 일부다. 이때의 학습 도구가 자유의지다. 인생을 살아가면서 자유의지를 이용해 지속적으로 선택을 하고 그 결과를 지켜보면서 교훈을 얻어야 한다. 교훈을 얻지 못하면 다음 생애에서 그 과정을 반복해야 한다.

▶ **빛의 속도로도 은하계 반대편을 10일 만에 다녀오기는 불가능하다는 지적에 대해선?**

저자가 탄 우주선은 '본체 변화'(trans-substantiation)라는 기술을 이용해 광속보다 훨씬 빠른 속도로 여행했다. 이는 태양계 안에서는 불가능하며 먼저 깊은 우주로 들어가야 한다. 우주선은 몇 시간 만에 태양계를 벗어났다. 저자는 우주선 내부에 있었던 만큼 본체 변화가 언제 일어났는지는 정확히 알지 못했다. 조종실 모니터의 이미지가 급속히 변한 데서 짐작했을 뿐이다.

▶ **티아우바인들과 교신할 방법이 있는가?**

그 행성에서는 원할 때 언제든지 지구인들에게 텔레파시 신호를 보낼 수 있다. 단지 대다수 지구인들이 그 신호를 수신하는 방법을 모를 뿐이다. 또 티아우바인들은 지금도 자주 지구를 방문해 우리를 지켜본다.

▶ **사람들이 이 책의 내용을 믿으리라고 생각하나?**

믿을 필요 없다. 알면 된다. 이미 진지한 과학자들이 모든 문장 하나하나를 철저히 검토해 확인했다. 저자는 1994년 멜버른의 한 라디오 방송에 출연해 일단의 물리학자들과 생방송 토론을 가졌다. 물리학자들은 그의 책을 철저히 검토하고 신랄한 질문을 퍼부었다. 저자는 그들에게 책 내용 중 단 한 개의 문장이라도 거짓이 있으면 증명해 보라고 반문했다. 그들은 답변하지 못했다.

▶ 티아우바인들은 얼마나 오래 사는가?

원한다면 수백만 년도 산다. 그러면서도 늘 젊은 모습이다. 인체 세포를 마음대로 재생할 능력이 있기 때문이다. 또 몇 초마다 희소식을 듣는 사람처럼 항상 즐거운 모습이다. 그들의 최대 관심사는 육신을 완전히 벗어나 '의식의 근원'(Source of Consciousness)에 합류하는 일인 것 같았다.

2006년. 장병걸

bgjang@hotmail.com

저자 서문

나는 이 책을 내가 받은 지시에 따라 썼다. 책의 내용은 단연코 내가 직접 체험한 사건들을 기술한 것이다.

어떤 독자들에게는 이 엄청난 이야기가 완전히 창작된 공상과학 소설처럼 보이리라 생각한다. 그러나 내게는 그런 창작에 요구되는 풍부한 상상력이 없다. 이 책은 공상과학 소설이 아니다.

선의를 가진 독자들은 외계의 친구들이 나를 통해 지구인들에게 전하는 메시지의 진정성을 인정할 수 있을 것이다.

이 메시지에는 여러 인종과 종교에 관한 많은 언급이 있지만, 이는 저자의 인종적 · 종교적 편견을 반영한 것이 아니다.

1989년 1월

미셸 데마르케

저자의 대변인 사무엘 총 변호사 인터뷰

1. 귀하의 이력에 대해 말씀해주시겠습니까?

https://www.chinasona.org/speakers/ 및 https://www.chinasona.org/Thiaoouba/Samuel-Chong-bio.html을 참조하세요.

저는 최근 캘리포니아 변호사 시험에 합격했고, 법조계에서 일할 예정입니다.

2. '9일간의 우주여행'에 소개된 것 내용 외의 특별한 이야기를 들으셨나요?

네. https://chinasona.org/Thiaoouba/questions.html에서 저의 연구 및 조사 결과를 참조하세요.

Q16에서 미셸 데마르케를 만난 과정을 알 수 있습니다.

또한 https://www.chinasona.org/Thiaoouba/에 책에 대한 제 생각을 적었습니다.

미셸은 책에 적혀 있지 않은 몇 가지 내용을 말해 주었습니다. 가장 중요한 것 중 하나는 미래와 관련된 것입니다. 그는 다른 사람에게 그 비밀을 밝히지 말라고 했습니다. 하지만 제가 기사를 쓸 수 없다고는 말하지 않았고, 가능한 한 많은 단서를 밝히고 힌트를 주었습니다. 그래서 저는 https://chinasona.org/Thiaoouba/Jesus-second-coming.html에 기사를 썼습니다.

3. '9일간의 우주여행'에서 언급된 본체 변화(trans-substantiation)라는 기술은 초광속 우주여행의 원리인 웜홀 및 평행우주 이론과 어떤 연관성이 있나요?

저는 본체 변화가 초물질화를 통한 순간이동과 비슷하다고 생각합니다. 우주선은 빛의 속도로 진동하며 사라집니다. 그런 다음 우주의 다른 위치로 순간이동합니다. 이동이 완료되면 원래 형태로 돌아갑니다. 하지만 그들은 깊은 우주에서 그 과정을 거치게 됩니다.

https://thiaoouba.com/faq/의 Q2를 참조하세요.

4. 이 책에서는 핵전쟁으로 파괴된 행성이 소개됩니다. 이것은 지구에 어떤 의미가 있습니까?

지금 우리가 협력해서 행동하지 않는다면, 우리는 지구적 재앙으로 향하게 될 수도 있습니다. 그것은 아마도 핵전쟁일 것입니다. 저는 우리가 핵전쟁으로 향하고 있다고 말하는 세 가지 신뢰할 만한 출처를 갖고 있습니다.

5. 이 책에는 예수와 부처의 이야기도 언급되어 있습니다. 예수는 성령으로 잉태되었지만 부처는 카필라성의 왕과 왕비의 아들입니다. 그렇다면 예수님은 티아우바인 혹은 신이고 부처님은 아니라고 볼 수 있나요?

예수와 그리스도는 두 개의 별개의 두 존재입니다. 그리스도는 티아우바인이고 동정녀 마리아에게서 태어난 예수는 티아우바인이 아니라 지구인입니다. 부처는 지구인입니다.

6. 미셸 데마르케씨를 초대한 티아우바인은 지구인에게 신과 같은 존재로 여겨질 수 있습니까?

그렇습니다. 사실 티아우바인이 인도 문화를 동화시키려는 레무리아인을 돕기 위해 인도로 갔을 때, 현지 인도인들은 티아우바인을 신이나 여신으로 여겼습니다. 이로 인해 일부 인도 신이나 여신의 그림이 성별에 따라 구분되지 않게 된 것입니다. 티아우바인은 양성 인간이기 때문입니다.

7. 대부분의 사람은 이 이야기를 그럴듯한 공상과학이나 판타지로 받아들입니다. 그러나 많은 사람이 이 책에 관심을 갖는 이유는 이 책이 예수와 신의 존재를 어느 정도 설명한다고 믿기 때문입니다. 미셸 데마르케 씨와의 대화를 근거로 귀하께서 의견을 주시면 감사하겠습니다.

'9일간의 우주여행'은 미셸 데마르케에게 일어난 실화를 담고 있습니다. 구체적인 검증 가능한 사실이 담겨 있습니다. 저는 이 주제로 많은 팟캐스트에 출연했습니다. 저는 한국 팟캐스트나 소셜 미디어 진행자와 인터뷰할 수도 있습니다. 그들은 저에게 연락할 수 있고 제 연락처 정보를 공개할 수도 있습니다. 저는 중국어와 영어를 구사합니다.

저는 인류가 가야 할 방향을 밝히는 이 책이 한국에 널리 알려지기를 기대합니다. 그렇게 되도록 최선을 다할 것입니다.

사무엘 총
626-487-8909
https://www.linkedin.com/in/motivationalkeynotespeaker
https://www.chinasona.org/speakers/

편집자 서문

'9일간의 우주여행' 과 영화 '인터스텔라' 의 소재가 이렇게 일치할 수 있을까? 작자이자 주인공은 프랑스 군인 출신 농부다. 영화의 주인공도 군인 출신 농부다. 책의 내용은 초인적 외계인의 초대로 이상적인 행성 티아우바에 다녀온 체험으로 구성되어 있다. 초광속 우주여행의 원리 웜홀, 환경오염과 지구 문명의 위기, 아름다운 토성에 대한 묘사, 12명의 우주 비행사, 영혼의 불멸성과 차원 이동 등의 내용은 영화 '인터스텔라' 와 다를 바 없다. 평행 이동, 본체 변화 등 과학적 개연성에 있어서는 오히려 '인터스텔라' 를 넘어선다. '인터스텔라' 로 베일에 싸인 예수에 대한 의문까지 풀어나간다.

평행 이론의 권위자인 매사추세츠공대(MIT)의 맥스 테그마크 박사는 "4개의 평행우주가 겹겹이 존재한다."라고 주장한다. 4단계의 평행 우주로 가면 웜홀(블랙홀과 화이트홀을 연결하는 시공간의 벽에 뚫려 있는 구멍)을 통해 복제된 것 같은 우주가 나타난다는 것이다. 웜홀을 통해 탄생한 우주는 2세 우주가 된다.

평행우주론 권위자인 맥스 테그마크 박사에 따르면 지구의 우리와 똑같은 존재가 우리가 볼 수 없는 우주에 존재한다. 그렇다면 미래의 내가 오늘의 나에게 메시지를 보낼 수도 있지 않을까? 그를 우리는 초월자라고 부르고 있지는 않을까? 우주를 '빅뱅 이후 138억 년간 빛이 지구에 도달한 시공간' 으로 본다면, 그 끝은 138억 년 전의 모습에 불과하다. 거울에 비친 나의 모습이 대칭인지 역대칭인지에 따라 다르게 보이는 것처럼 우주도 하나의 원형이 반복되고, 대칭되며 다른 모습을 띤다. 책의 주인공과 영화의 주인공은 평행 우주와 차원을 넘나드는 여행을 시작한다. 누구의 여행이 진짜일까?

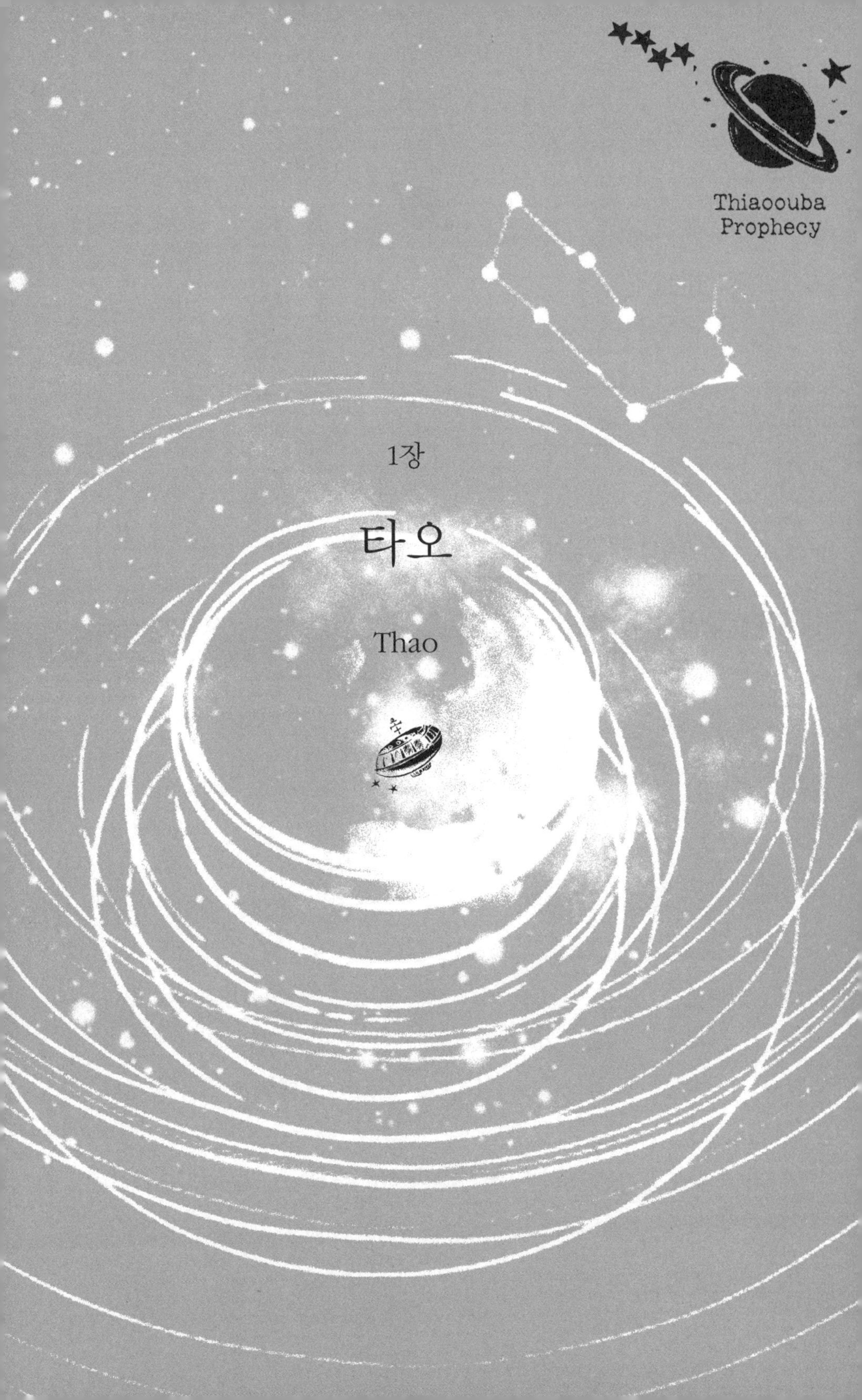

1장

타오

Thao

갑자기 잠이 깼다. 얼마나 잤는지는 몰랐다. 졸음이 완전히 달아났고 정신은 맑았다. 도대체 몇 시나 됐기에 이럴까? 리나는 두 주먹을 쥔 상태로 옆에서 자고 있었다. 아내는 늘 그렇게 잔다…….

다시 자고 싶은 생각은 없었다. 게다가 벌써 새벽 5시는 된 것 같았다. 침대에서 일어나 주방으로 가서 시계를 봤다. 아니, 겨우 오전 12시 30분이었다! 이렇게 이른 시간에 잠이 깬 적은 별로 없었다.

잠옷을 벗고 바지와 셔츠로 갈아입었다. 왜 그랬는지는 나도 모르겠다. 책상으로 가서 종이 한 장과 볼펜을 집어든 이유도 알 수 없었다. 그러고는 글을 쓰는 나 자신의 모습을 쳐다봤다. 마치 내 손이 어떤 생각을 갖고 스스로 움직이는 듯했다.

'여보, 10일 정도 어디 갔다 오겠소. 절대로 걱정하지 말아요.'

종이쪽지를 전화기 옆에 놓아두고 거실 창문을 지나 베란다로 나갔다. 베란다 탁자 위에는 전날 밤에 뒀던 체스 판이 그대로 놓여있었다. 화이트 킹이 외통수인 상태였다. 탁자를 지나 정원으로 나가는 문을 조용히 열었다.

그날 밤은 이상하게도 밝았다. 별빛 때문은 아니었다. 달이 떠오를 시간일지도 모른다는 생각에 무의식적으로 달의 형태를 짐작해보려 했다. 내가 살고 있는 호주 동북부에서는 대체로 밤하늘이 청명하다.

외부 계단을 내려가 판다누스 나무쪽으로 걸어갔다. 대개 이 시간에는 개구리와 귀뚜라미의 멋진 합창 소리가 밤하늘에 울려 퍼진다. 그러나 그날따라 무거운 정적이 감돌았다. 까닭을 알 수 없었다.

몇 걸음 정도 떼었을 때 갑자기 필로덴드론(상록 덩굴 식물의 일종)의 색상이 변하는 모습이 보였다. 집의 담벼락과 판다누스 나무의 색깔도 변했다. 만물이 푸르스름한 빛 같은 것에 휩싸였다. 발밑의 잔디밭이 물결치듯 흔들리고, 판다누스 나무 아

외부 계단을 내려가 판다누스 나무쪽으로 걸어갔다. 대개 이 시간에는 개구리와 귀뚜라미의 멋진 합창 소리가 밤하늘에 울려 퍼진다. 그러나 그날따라 무거운 정적이 감돌았다.

래의 땅도 요동쳤다. 필로덴드론들이 뒤틀리고, 담벼락은 바람결의 종이처럼 부르르 떨었다(저자는 공개강연에서 '아지랑이' 라는 표현을 사용했다).

몸 상태가 안 좋아서 그러려니 생각하고 집으로 돌아가기로 마음먹었다. 바로 그 순간, 내 몸이 아주 천천히 공중으로 들리는 게 느껴졌다. 처음엔 서서히 필로덴드론 위로 떠오르다가, 그 뒤부터는 좀 더 빨라졌다. 그러면서 점점 작아지는 내 집이 발밑으로 보였다.

"도대체 무슨 일이 일어나는 거지?" 너무 당황한 내 입에서 터져 나온 말이었다.

"이제 괜찮아요, 미셸."

나는 꿈을 꾸는 것이라고 믿기 시작했다. 내 앞에는 키가 엄청나게 큰 사람이 다정한 미소를 지으며 나를 쳐다보고 있었다. 그 '여성' 은 상 · 하의가 하나로 된 옷과 완전히 투명한 헬멧을 착용하고 있었다.

"아니에요, 당신은 꿈을 꾸는 게 아니에요." 그녀가 내 마음 속의 질문에 대해 답변했다.

"맞소." 내가 응수했다. "하지만 꿈은 늘 이런 식으로 시작되지요. 그러다가 침대에서 떨어져 이마에 혹이 생겨야 꿈이란 걸 알게 되지요!" 그녀는 미소를 머금었다. "게다가," 나는 말을 계속했다. "우리는 지금 호주에 있는데도 당신은 내게 나의 모국어인 프랑스어로 말하고 있지 않소. 나도 영어를 할 수 있다구요!"

"나도 그래요."

"틀림없이 꿈이야. 흔히 꾸는 그 황당무계한 꿈 말이야. 이게 꿈이 아니라면, 도대체 당신은 내 소유지에서 뭘 하는 거요?"

"우리는 당신 소유지에 있지 않고 그 상공에 있어요."

"아! 악몽이구만. 봐요, 내 말이 맞았지. 내 몸을 꼬집어봐야지." 나는 그 말을 실행에 옮겼다. "아야!"

그녀는 다시 미소를 지었다. "이제 만족하나요, 미셸?"

"하지만 이게 꿈이 아니라면 왜 내가 이 바위 위에 앉아 있나요? 그리고 저쪽에, 지난 세기의 옷을 입고 있는 저 사람들은 누구죠?"

나는 유백색의 빛 속에서 말하고 움직이는 사람들의 모습을 식별하기 시작했다.

"그리고 당신은 누구요? 체구가 왜 비정상적으로 큰 거요?"

"나는 정상이에요, 미셸. 내가 사는 행성에서는 모두 체구가 이래요. 때가 되면 다 알게 될 거예요, 친구여. 당신을 그렇게 불러도 괜찮겠지요? 우리가 이미 좋은 친구 사이가 아니라면 머지않아 그렇게 되리라 확신합니다."

그녀는 내 앞에 서 있었다. 미소 띤 얼굴에선 지성이 배어나왔고, 몸 전체에서는 선량한 기운이 번져 나왔다. 그녀만큼 편안함을 주는 사람을 만나기는 불가능해 보였다.

"그럼요, 원하는 대로 부르시오. 그런데 당신 이름은?"

"내 이름은 타오에요. 하지만 먼저, 이것은 꿈이 아니라는 점을 분명히 해두고 싶어요. 꿈과는 전혀 상관이 없어요. 나중에 알게 될 몇 가지 이유 때문에 당신은 어떤 여행을 하도록 선택됐어요. 특히 최근 들어선 극소수 지구인들만이 체험한 여행이지요. 지금 이 순간, 당신과 나는 지구가 속한 우주와 평행하는 우주 속에 들어와 있어요. 당신을 데리고 들어오기 위해 우리는 일종의 '에어 로크'(우주선이나 잠수함 등의 기밀식 출입구)를 이용했어요.

지금 이 순간, 당신의 시간은 멈췄어요. 그리고 당신은 이곳에서 20년 혹은 50년 동안 머물다가 돌아가도 지구에서의 시간은 전혀 변하지 않을 거예요. 당신의 물질적 신체는 전혀 변하지 않은 채로 남아 있을 겁니다."

"그런데 저 사람들은 무엇을 하고 있는 거요?"

"그들은 무한정 존재할 수 있어요. 당신도 나중에 알게 되겠지만, 이곳의 인구 밀도는 매우 낮아요. 죽음은 자살이나 사고로만 발생합니다. 시간은 정지돼 있어요. 이곳에는 일부 동물을 포함해 남성과 여성도 있어요. 그들은 지구 나이로 30,000~50,000년, 혹은 그 이상 됐어요."

"왜 저들이 여기에 있지요, 어떻게 여기에 왔나요? 어디서 태어났나요?"

"지구에서요……. 그들은 모두 우연히 이곳에 왔어요."

"우연히? 그게 무슨 뜻이요?"

"아주 간단해요. '버뮤다 삼각지대'라는 말을 들어봤지요?" 나는 고개를 끄덕였다. "간단히 말해서, 그곳에서, 그리고 별로 알려지지 않은 다른 장소들에서, 이 평행우주(parallel universe: '쌍둥이 우주' 라고도 한다)가 당신네 우주와 겹쳐지면서 자연스럽게 워프(warp: 초광속 우주여행이 가능한 시공간 왜곡지대)가 나타납니다.

그리고 워프에 너무 근접한 사람이나 동물, 물체들은 글자 그대로 그 안으로 빨려 들어갑니다. 예컨대 거대한 선단(船團)도 몇 초 만에 통째로 사라지기도 합니다. 때론 몇 시간이나 며칠, 혹은 몇 년 뒤에 다시 당신네 우주로 돌아가게 되는 사람도 있지만, 대다수는 결코 돌아가지 못 합니다.

혹시 지구로 돌아간 사람이 자신의 체험을 얘기하면, 대다수 사람은 믿지 않습니다. 그 얘기가 진실이라고 우기면 그는 '미친 사람' 으로 취급되지요. 지구로 되돌아간 사람들은 대부분의 경우 아무 말도 안 합니다. 동료들의 눈에 어떻게 비칠지 알기 때문이죠. 때론 기억상실증에 걸리기도 해요. 부분적으로 기억을 회복한다 해도 그것은 평행우주에서 일어난 일에 관한 내용이 아닙니다. 따라서 그 주제에 관해 아무런 얘기도 못합니다."

"북아메리카에는," 타오가 말을 이었다. "평행우주로 들어가는 통로에 관한 대표적인 사건이 있어요. 한 청년이 집에서 몇 백m 떨어진 곳의 우물로 물을 길러 갔다가 온데간데없이 사라졌어요. 한 시간쯤 지난 뒤 가족과 친구들이 그를 찾아 나섰어요. 그동안 내린 눈이 20cm 정도 쌓였으므로 찾는 일은 간단했을 겁니다. 그 청년의 발자국만 따라가면 됐지요. 하지만 벌판의 한가운데에서 발자국이 끊겼어요.

주변에는 그가 뛰어오를 만한 바위나 나무가 없었어요. 이상하거나 별다른 흔적도 없이 발자국이 그냥 사라진 것이지요. 어떤 사람들은 그 청년이 우주선에 납치됐다고 믿었어요. 하지만 당신도 나중에 알게 되겠지만 그건 아니었어요. 그 불쌍한 청년은 단순히 평행우주 속으로 빨려 들어갔던 겁니다."

"기억이 납니다." 내가 말했다. "나도 그 사건에 관해 들었어요. 그런데 어떻게 당신이 그 사건을 그토록 잘 아나요?"

"그것은 나중에 알게 됩니다." 그녀는 수수께끼를 말하듯이 대답했다.

우리의 대화는 갑자기 일단의 사람들이 나타나면서 중단됐다. 그들은 너무 기괴한 모습이어서 나는 다시 이 모든 일이 꿈이 아닐까 생각했다. 우리가 있는 장소에서 100m 쯤 떨어진 곳에 바위들이 쌓여있었는데, 그 뒤에서 여자처럼 생긴 사람과 12명 정도의 남자가 함께 나타났다.

그들의 생김새는 참으로 이상했다. 마치 선사 시대를 다룬 역사책 속에서 막 걸어 나온 사람들 같았다. 현대인이라면 들어 올리지 못할 거대한 몽둥이를 휘두르며 고릴라처럼 걸었다. 그 무시무시한 생물체들은 맹수처럼 으르렁거리며 우리를 향해 곧바로 다가왔다. 내가 뒤로 물러나려고 하자 타오는 두려워하지 말고 그냥 있으라고 말했다. 그녀는 허리벨트의 버클에 손을 얹고는 그들을 향해 돌아섰다.

딸깍딸깍 하는 소리가 몇 번 들리더니, 그들 무리 중 가장 힘세게 보이는 남자 다섯이 쓰러져 움직이지 않았다. 무리의 나머지는 걸음을 멈췄고, 곧이어 구슬픈 신음 소리를 내기 시작했다. 그들은 풀이 죽은 채 우리 앞에 엎드렸다.

나는 다시 타오를 쳐다봤다. 그녀는 얼굴을 움직이지 않은 채 조각상처럼 서 있었다. 최면을 걸려는 듯 그녀의 눈은 그들에게 고정돼 있었다. 나중에 알았지만, 그녀는 그들 무리의 여성에게 텔레파시로 명령을 내리고 있었다. 갑자기 그 여성이 일어나 쉰 목소리로 무리에게 말하는 모습이 무슨 명령을 내리는 듯했다. 그러자 무리는 쓰러진 동료들을 등에 업고 앞서 말한 바위 무더기 쪽으로 데려갔다.

"저들이 뭐 하는 거죠?" 내가 물었다.

"죽은 자들을 돌덩이들로 덮을 겁니다."

"저들을 죽였소?"

"어쩔 수 없었어요."

"무슨 말인가요? 우리가 정말로 위험에 처해 있었나요?"

"물론이죠. 저들은 1만 년 동안이나 이곳에 존재해 왔어요. 1만 5천년이든가? 뭐, 그 기간을 정확히 알려고 애쓸 시간은 지금 없어요. 게다가 중요한 것도 아니니까. 하지만 저들의 존재는 조금 전에 당신에게 설명해주던 문제의 좋은 사례에요. 저들은 어떤 시점에서 이쪽 우주로 넘어왔고, 그때 이후로 줄곧 여기에서 살아왔어요."

"끔찍하군요!"

"동감이에요. 하지만 그것은 자연 법칙, 우주 법칙의 일부에요. 게다가 저들은 위험해요. 인간보다는 야수처럼 행동하니까요. 우리와 저들 사이에 대화는 불가능했을 겁니다. 이쪽 우주에 사는 대다수 다른 존재들과 저들 사이의 대화가 불가능하듯이 말이죠. 우선, 저들은 커뮤니케이션 능력이 없어요. 게다가 자신들에게 무슨 일이 벌어졌는지를 이해하지 못합니다. 우리는 진짜 위험에 처했었고, 그런 상황에서 나는 그들을 해방시켜주는 호의를 베푼 거지요."

"해방?"

"그렇게 놀란 표정 짓지 말아요, 미셸. 내 말 뜻을 잘 알잖아요. 그들은 물질적 신체에서 해방됐고, 이제 다른 모든 생명체들처럼 정상적인 과정에 따라 자신들의 윤회를 계속할 수 있게 됐어요."

"그렇다면, 내가 제대로 이해했다면, 이 평행우주는 저주받은 곳이네요? 지옥이나 연옥처럼."

"미셸, 당신이 종교적인 사람인 줄은 미처 몰랐네요!"

"단지 내가 이해하려 애쓴다는 점을 보여주려고 그런 비유를 했을 뿐이오." 내가 대답했다. 내가 종교적인지 여부를 그녀가 어떻게 알 수 있었는지 궁금했다.

"알아요, 미셸. 그냥 농담으로 한 말이에요. 그것을 일종의 연옥에 비유한 것은 적절했어요. 하지만 평행우주는 순전히 우연의 산물이에요. 자연계의 몇몇 우연 중 하나지요. 알비노(albino: 동물의 백색 변종)는 우연이에요. 네잎 클로버도 우연으로 볼 수 있어요. 당신의 맹장 역시 우연이지요. 지구의 의사들은 맹장이 인체에서 가질 수 있는 용도가 무엇일지를 아직도 궁금해 합니다. 아무런 쓸모가 없다는 게 정답이에요. 대체로 자연계의 만물은 모두 분명한 존재 이유가 있어요. 그렇기 때문에 나는 맹장을 자연계의 '우연'에 포함시켜요.

이쪽 우주에 사는 사람들은 정신적, 육체적 고통을 느끼지 않죠. 예를 들어 내가 당신을 때려도 당신은 고통을 못 느껴요. 하지만 너무 세게 때리면 고통은 없을지라도 죽을 가능성이 있어요. 이해하기 어렵겠지만 사실이 그래요. 이곳에 존재하는 사람들은 내가 방금 당신에게 설명한 내용을 전혀 몰라요. 오히려 다행이지요. 그것을 알게 되면 그들은 자살 유혹을 느낄지도 몰라요. 하지만 이곳에서도 자살은 해결책이 아닙니다."

"그들은 무엇을 먹나요?"

"그들은 먹지도 마시지도 않아요. 그럴 욕구를 못 느끼기 때문이에요. 여기에서는 시간이 멈췄다는 점을 잊지 마세요. 시체가 썩지도 않아요."

"끔찍하구먼! 그들에게 베풀 수 있는 최고의 서비스는 그들을 죽이는 것이겠네요!"

"중요한 점을 제기했어요. 사실 그것은 두 가지 해결책 중 하나에요."

"다른 해결책은 무엇인가요?"

"그들을 온 곳으로 되돌려 보내는 것입니다. 하지만 그 방법은 심각한 문제들을 야기해요. 우리는 워프를 이용할 수 있으므로 그들을 자기네 우주로 돌려보낼 수도 있어요. 다시 말해 그들을 해방시키는 거지요. 하지만 그럴 경우 그들 대다수에게 일어날 엄청난 문제들을 당신도 알 거예요. 이미 말했지만 저들은 이곳에서 수천 년이나 살아왔어요. 그토록 오래 전에 떠나온 우주로 되돌아갈 경우 어떤 일이 벌어질까요?"

"아마 미치겠죠. 그들이 할 수 있는 일은 없어요." 타오는 나의 단정적인 대답에 부드럽게 미소 지었다.

"당신은 정말로 우리가 필요로 하는 '행동하는 사람' 이군요, 미셸. 하지만 성급히 결론짓진 마세요. 앞으로 봐야할 게 아주 많아요."

그녀는 한 손을 내 어깨 위에 올려놓았다. 그러기 위해선 몸을 약간 숙여야 했다. 당시엔 몰랐지만, 타오의 키는 290cm나 됐다. 인간으로선 엄청나게 큰 키였다.

"우리가 당신을 선택한 것은 올바른 결정이었음을 내 눈으로 확인했어요. 당신은 이해력이 빨라요. 하지만 지금은 두 가지 이유에서 당신에게 모든 것을 설명할 수 없어요."

"예를 들면?"

"첫째, 그런 설명을 하기엔 아직 너무 일러요. 당신이 몇 가지 점에 관해 좀 더 알아야 한다는 뜻이에요."

"알겠어요. 두 번째는 뭐죠?"

"두 번째 이유는, 우리를 기다리는 사람들이 있기 때문이죠. 우리는 떠나야 합니다."

그녀는 가벼운 손짓으로 나를 돌아서게 했다. 그녀의 시선을 따라간 내 눈은 놀라움으로 휘둥그레졌다. 100m 쯤 떨어진 곳에 푸르스름한 빛이 퍼져 나오는 거대한 구체(球體)가 있었다. 나중에 알았지만 그 구체는 직경이 70m나 됐다. 그 빛은 일정하지 않고 진동하듯 흔들거렸다. 마치 한여름 태양 열에 달궈진 모래밭에서 피어오르는 아지랑이를 멀리서 보는 듯했다.

그 거대한 구체는 지상에서 10m 쯤 떠있는 상태로 '흔들거렸다.' 창문, 출입구, 계단도 없었고, 표면은 달걀 껍데기처럼 매끄러웠다.

따라오라고 손짓하는 타오와 함께 그 기계 장치를 향해 걸어갔다. 지금도 그 순간이 생생하게 기억난다. 구체에 다가가던 짧은 시간 동안 나는 너무 흥분해 마음을 진정시키지 못했

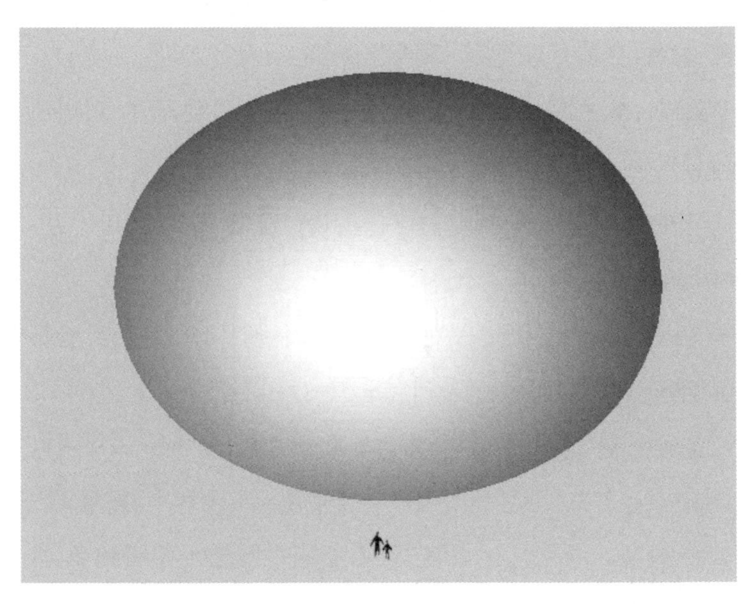

평행우주에서 구형 우주선을 향해 걸어가는 타오와 미셸.

다. '빨리 감기' 모드로 비디오를 보듯 마음속에선 온갖 영상들이 끊임없이 스쳐지나갔다. 가족에게 이 모험담을 얘기해주는 내 모습이 보였고, 미확인 비행물체(UFO)에 관해 읽었던 신문기사들도 떠올랐다.

사랑하는 가족 생각이 떠오를 때면 슬픔이 북받쳤다. 함정에 빠진 것처럼 내 자신이 붙잡혀있고 다시는 가족을 못 볼 것 같다는 생각이 들었다.

"절대로 두려워하지 마세요, 미셸." 타오가 말했다. "저를 믿으세요. 머지않아 건강한 모습으로 가족을 다시 만날 테니까요."

내가 놀라서 입을 벌리고 있었던 모양이다. 타오는 재미있다는 듯 웃었다. 지구인들한테서는 들어본 적이 없는 고운 선율 같은 웃음소리였다. 그녀가 나의 생각을 읽은 두 번째 경우였다. 첫 번째는 우연의 일치였을 수도 있었지만, 이번에는 의심의 여지가 없었다.

구체에 다다르자 타오는 나를 1m 정도 떨어져 마주본 채 서있게 했다.

"어떤 이유에서도, 무슨 일이 일어나더라도, 나를 만지면 안 돼요, 미셸. 어떤 이유에서도……. 아시겠죠?"

정색을 한 명령에 나는 상당히 놀랐지만 고개를 끄덕였다.

그녀는 왼쪽 가슴 높이에 '부착돼있는' 일종의 '대형 메달' 위에 한쪽 손을 얹고, 다른 손으론 허리벨트에서 끌러낸 대형 볼펜 같은 것을 쥐었다.

그리고는 우리 머리 위로 그 '볼펜' 을 들어 올려 구체 쪽으로 겨누었다. '볼펜' 에서 녹색 빛줄기가 번쩍이는 듯했는데, 확실치는 않았다. 그런 후 타오는 '볼펜' 으로 나를 가리켰다. 다른 손은 여전히 '메달' 위에 얹어놓은 채였다. 그러자 우리 두 사람의 몸이 동시에 떠오르더니 그 기계장치를 향해 날아갔다. '우리 몸이 그것과 충돌하는구나' 라고 생각한 순간, 구체 표면의 일부가 거대한 실린더 속의 피스톤처럼 뒤로 물러났다. 그러면서 높이가 3m쯤 되는 타원형 입구가 나타났다.

타오와 나는 마치 착륙하듯 그 비행체 내부로 들어갔다. 그녀는 '메달' 에서 손을 떼고, 자주 해본 듯한 민첩한 동작으로 '볼펜' 을 다시 벨트에 갖다 끼웠다.

"가요. 이제는 서로를 만져도 됩니다." 그녀가 말했다.

그녀는 내 어깨를 붙들고 파란색 계열의 작은 발광체 쪽으로 데려갔다. 불빛이 너무 강렬해 나는 눈을 절반쯤 감아야 했다. 지구에서는 본 적이 없는 빛깔이었다. 발광체 아래까지 다가가자 발광체가 붙어있던 벽면이 '우리를 통과시켰다.' 그렇게 밖에는 묘사할 길이 없다. 타오가 나를 데려가는 방식으로 볼 때 내 이마에는 큼직한 혹이 났어야 했지만 우리는 마치 유령처럼 벽을 통과했다! 타오는 나의 놀란 표정을 보고는 크게 웃었다. 그 웃음소리에 긴장이 풀렸다. 지금도 그 웃음이 생각난다. 상쾌한 산들바람 같았다고나 할까. 불안해하던 나를 안심시켜 주는 웃음이었다.

나는 '비행접시' 에 관해 친구들과 자주 얘기를 했었고, 그것이 실재한다고 믿었다. 그러나 정말로 그 실재와 대면하게 되자 머릿속은 온갖 의문들로 가득 차 터질 것만 같았다. 물론 마음속으론 무척 기뻤다. 타오가 나를 대하는 방식으로 보아 두려워할 필요는 없었다. 그러나 그녀는 혼자가 아니었다. 그녀의 동료들은 어떤 존재들일까. 나는 그 모험의 매력에 푹 빠져있긴 했지만 가족을 다시 못 만날지도 모른다는 의구심을 여전히 갖고 있었다. 몇 분 전만 해도 내 집 정원에 있었지만, 이제는 가족들과 너무도 멀리 떨어진 듯했다.

우리는 터널 모양의 복도 바닥을 '미끄러지듯 이동해' 작은 방으로 들어갔다. 벽면은 노란 빛깔이었는데 너무 강렬해 눈을 감아야 했다. 벽면은 아치형으로 돼 있었는데, 마치 엎어놓은 사발 속에 우리가 들어가 있는 듯했다.

타오는 투명한 재질의 헬멧을 내 머리에 씌웠다. 덕분에 나는 그 빛을 견뎌낼 수 있었다.

"좀 어때요?" 그녀가 물었다.

"한결 낫군요. 고맙소. 그런데 저 빛 말이에요. 당신은 어떻게 견뎌내죠?"

"빛이 아니에요. 이 방 벽면의 현재 빛깔일 뿐이죠."

"'현재'라! 그렇다면 벽에 페인트칠을 다시 하려고 나를 데려왔소?" 내가 농담을 던졌다.

"페인트는 없어요. 진동만이 있을 뿐이에요, 미셸. 아직도 당신이 지구가 속한 우주에 있다고 착각하는 모양인데, 그렇지 않아요. 당신은 지금 광속의 여러 배로 여행할 수 있는 장거리 우주선 안에 있어요. 당신이 이 침대에 누우면 곧 출발할 겁니다."

방 한가운데에는 뚜껑 없는 관(棺)처럼 생긴 커다란 상자가 두 개 있었다. 나는 그 중 하나에 들어가 팔다리를 뻗고 누웠고, 타오도 나머지 하나에 들어갔다. 그녀가 낯설지만 매우 조화로운 목소리로 말하는 소리가 들렸다. 나는 몸을 약간 들어 올리려 했지만 마음대로 안 됐다. 보이지 않는 어떤 힘 때문에 꼼짝달싹도 할 수 없었다. 벽면의 노란색이 점차 엷어지면서 점차 푸른색으로 대체되었다. 푸른 색 역시 강렬하기는 마찬가지였다. 새로운 '페인트 작업'이 끝난 셈이다.

방의 3분의 1이 갑자기 깜깜해지면서 먼 곳의 별들처럼 반짝이는 미세한 불빛들이 보였다.

타오의 목소리는 어둠 속에서도 또렷하게 들렸다. "저것은 별들이에요, 미셸. 우리는 방금 지구를 떠났어요. 지구는 점점 멀어지고, 당신은 내가 속한 우주로 갈 겁니다. 이번 여행에 큰 기대를 가질 테지만, 출발 과정에도 관심이 있을 거예요. 그래서 당신을 위해 출발 속도를 상당히 늦췄어요. 앞에 있는 화면을 통해 볼 수 있어요."

"지구가 어디 있나요?"

"아직은 볼 수 없어요. 우주선이 지구 위로 상승 중이거든요. 약 10,000m 고도에서……."

갑자기 어떤 목소리가 들렸다. 몇 분 전 타오가 사용한 언어와 같은 듯했다. 타오는 간략하게 응답했다. 그러자 그 목소리가 내게 '프랑스어'로, 그것도 유창한 프랑스어로 탑승을 환영한다고 말했다(억양은 일반적인 경우보다 좀 더 선율적이었다). 여객기를 탈 때 나오는 '탑승 환영' 기내 방송과 흡사했다. 내가 처해있는 희한한 상황에도 불구하고 매우 즐거워했던 게 기억난다.

그 순간 실내 공기의 미세한 움직임이 느껴지면서 에어컨을 켠 듯 시원해졌다. 그리고 상황 변화가 빠르게 진행되기 시작했다. 화면에 태양일 수밖에 없는 별이 나타났다. 그 별은 처음엔 지구의 가장자리, 나중에 알았지만 좀 더 정확히는 남아메리카 지역에 닿아있는 듯이 보였다. 꿈일지도 모른다는 생각이 다시 들었다. 시각이 지날수록 아메리카 대륙이 작아졌다. 호주는 햇빛이 아직 닿지 않아 보이지 않았다. 마침내 지구의 윤곽이 뚜렷해졌다. 우주선은 지구 둘레를 돌아 북극 상공의 한 지점으로 향했다. 그리고 거기서 방향을 바꿔 놀라운 속도로 지구에서 멀어지기 시작했다.

우리의 불쌍한 지구는 농구공 크기로 작아졌다가 다시 당구공만 해지더니 마침내 화면에서 거의 사라졌다. 그 대신 나의 시야는 검푸른 우주 공간으로 가득 찼다. 추가적인 설명을 듣고 싶어 타오 쪽으로 고개를 돌렸다.

"보니까 어때요?"

"놀랍소. 하지만 너무 빨라요. 이렇게 빠른 속도로 여행하는 게 가능한가요?"

"그것은 아무것도 아니에요, 미셸. 우리는 아주 천천히 '이륙' 했어요. 이제야 최고 속도로 날아가는 거지요."

"얼마나 빠른가요?" 내가 말을 가로막고 물었다.

"광속의 여러 배 정도."

"광속의? 정확히 몇 배지요? 믿기 어렵소. '광속 장벽'(light barrier: 질량이 있는 물체는 광속 이상의 속도를 내지 못한다는 개념)은 어쩌구요?"

"믿기 어렵겠지요. 당신네 지구의 전문가들도 믿으려 하지 않을 겁니다. 하지만 그것은 '사실' 이에요."

"광속의 여러 배라고 했는데, 정확히 몇 배인가요?"

"미셸, 이번 여행에서 많은 것을 알려줄 겁니다. 정말로 많은 것을. 하지만 당신에게 자세히 알려줘선 안 되는 것들도 있어요. 우리 우주선의 정확한 속도가 그런 것들에 속해요. 미안해요. 당신의 모든 궁금증이 풀리지 않아 실망스럽겠지요. 하지만 그런 것들 외에 앞으로 보고 배우게 될 새롭고 흥미로운 것이 많아요. 그러니 특정 정보를 알 수 없다고 해도 너무 신경 쓰지 마세요."

그녀의 태도로 보아 그 문제는 종결된 것이었고, 나도 더 이상 거론하지 않았다. 계속 거론하는 것은 무례한 행동이 될 듯했다.

"저기 보세요." 그녀가 내게 말했다. 화면상에 색상 있는 점이 나타나더니 급속도로 커졌다.

"뭐죠?"

"토성이에요."

당시 상황에 관한 나의 묘사가 불충분하다고 느끼는 독자들에게는 양해를 구한다. 내 자신이 아직 정상적인 감각을 충분히 회복하지 못한 상태였음을 이해해 주기 바란다. 너무 짧은 시간에 너무 많은 경험을 하다 보니 다소 '어리둥절한 상태' 였다.

우주선이 접근하면서 그 유명한 토성이 화면 위에서 급격히 커졌다. 토성의 색상은 정말로 아름다웠다. 지구상의 어떤 것도 비교가 안 됐다. 노랑, 빨강, 녹색, 파랑, 오렌지색……. 각각의 색상 안에서도 무수히 많은 미세한 색조의 차이가 있어 서로 섞이고 나뉘는가 하면 강렬해지다 묽어지면서 그 유명한 고리들을 만들어냈다.

그 놀라운 장관은 화면을 더욱 가득 메웠다. 나를 움직이지 못하게 했던 보이지 않는 포스 필드(force field: 보이지 않는 힘의 場)가 사라졌다. 나는 토성의 색깔들을 좀 더 자세히 보려고 마스크(앞서 말한 헬멧으로 이마부터 코 밑까지를 덮는다)를 벗으려 했다. 하지만 타오는 어떤 행동도 하지 말라는 신호를 보냈다.

"토성의 위성들은 어디 있나요?" 내가 물었다.

"화면 오른쪽에서 나란히 있는 두 개를 볼 수 있어요."

"우리가 얼마나 멀리 있죠?"

"약 600만km, 혹은 그 이상일 거예요. 조종실에 있는 사람들은 정확히 알아요. 하지만 당신에게 좀 더 정확한 수치를 알려주려면 우리 '카메라' 의 줌 렌즈가 최대치로 조정돼 있는지 여부를 확인해 봐야 해요."

토성이 신속히 왼쪽으로 사라져가면서 화면은 다시 우주의 '색깔'로 채워졌다.

기분이 한껏 고양된 것은 바로 그 때였다. 전에는 느끼지 못한 감정이었다. 내가 엄청난 모험 여행을 하고 있다는 생각이 퍼뜩 들었다. 왜 나일까? 나는 그런 모험을 요구하지도 않았고, 그럴 가능성을 상상한 적도 없었다(누군들 그런 생각을 해 봤겠는가?).

타오가 일어섰다. "당신도 이제는 일어나도 돼요, 미셸." 나는 타오의 말대로 했다. 선실의 한가운데에 나란히 있는 우리의 모습이 다시 보였다. 나는 그 때서야 타오가 더 이상 헬멧을 착용하고 있지 않음을 알았다.

"설명해 줄래요?" 내가 물었다. "내가 헬멧 없이 따라다니는 동안에는 당신이 헬멧을 쓰고 있었는데, 지금은 내가 쓰고 있고, 당신은 안 쓰고 있네요. 왜죠?"

"아주 단순한 이유에서죠. 나는 세균학적으로 지구와는 다른 행성에서 왔어요. 우리에게 지구는 세균 배양기나 다름없어요. 따라서 당신과 접촉하기 위해선 기본적인 예방 조치를 취해야 했어요. 당신은 내게는 위험한 존재였기 때문이지요. 하지만 지금은 그렇지 않아요."

"무슨 말인지 모르겠소."

"이 선실에 들어왔을 때, 벽면의 빛깔이 당신에게는 너무 강렬했지요. 그래서 헬멧을 줬어요. 지금 당신이 쓰고 있는 것 말이에요. 당신을 위해 특별히 고안된 헬멧이에요. 사실 우리는 당신의 반응을 예상했어요.

선실이 노란색이었다가 파란색으로 변하던 짧은 시간 동안 당신 몸에 있는 위험한 세균의 80%가 제거됐어요. 그 후 당신은 에어컨 바람 같은 시원한 것을 느꼈을 겁니다. 또 다른 형태의 살균 과정이었지요. 정확한 표현은 아니지만 일종의 방사선 소독이라고나 할까. 지구의 언어로는 번역되지 않는 것이에요. 그런 방식으로 나는 100% 살균됐지만, 당신은 여전히 우리에게 치명적일 만큼의 세균을 갖고 있어요. 그래서 당신에게 알약 두 개를 줄 겁니다. 그걸 먹으면 세 시간 동안은 우리들처럼 '순수한' 존재가 될 수 있어요."

타오는 자신의 침대 옆에 있는 작은 상자에서 알약을 꺼내 내게 주었다. 물처럼 보이는 액체가 담긴 시험관도 건네줬다. 나는 안면 마스크처럼 생긴 헬멧의 아랫부분을 들어 올린 다음 알약을 모두 삼켰다. 그 뒤부터…… 뭐라고 할까, 만사가 매우 빠르게 진행됐고, 더욱 이상한 일들이 벌어졌다.

타오가 두 팔로 나를 들어 올려 침대 위에 올려놓고 마스크를 벗겼다. 나는 그 장면을 내 몸으로부터 2~3m 떨어진 곳에서 지켜봤다! 마음의 준비가 안 돼 있는 독자들에게는 이 책의 어떤 대목들이 이해가 가지 않을 것이다. 하지만 나는 분명히 일정 거리 떨어진 위치에서 내 모습을 봤고, 단지 생각만으로 실내를 돌아다닐 수 있었다.

타오가 말했다. "미셸, 당신은 내 모습을 보고 내 목소리를 들을 수 있지만, 나는 당신을 볼 수 없어요. 당신에게 말할 때 당신을 쳐다보지 못한다는 뜻이에요. 당신의 아스트랄체(Astral body[being]: 성기체[星氣體], 영체[靈體], 혼체[魂體])가 육체를 떠났지요. 위험하진 않으니까 걱정하지 말아요. 당신에게 이런 일이 발생한 것은 처음이죠. 어떤 사람은 공포에 사로잡히기도 해요…….

당신이 먹은 알약 중 하나는 우리에게 위험한 세균을 당신 몸에서 제거하는 약이에요. 다른 하나는 당신의 성기체를 몸에서 떠나게 만드는 약이지요. 약효는 3시간 정도 지속될 거예요. 당신 몸을 정화하는 데 필요한 시간이죠. 그렇게 하면 우리를 감염시킬 위험 없이, 또 시간 낭비 없이 우리 우주선에 들어올 수 있어요."

이상하게도 이 모든 게 매우 자연스럽다는 생각이 들었다. 나는 타오를 따라갔다. 정말로 흥미진진했다. 그녀가 어느 벽면 앞에 이르자 벽면이 미끄러지듯 열리면서 우리를 통과시켰다. 몇 개의 방을 지나갔다. 나는 약간 뒤처진 채로 따라갔는데, 내가 다가갔을 때 벽면이 다시 이미 닫혔다 해도 나는 그냥 '통과' 했다.

마침내 우리는 직경 20m 가량의 둥근 방에 도착했다. 거기에는 적어도 12명의 '우주 비행사' 가 있었다. 모두 여성이고 타오의 체구와 비슷했다. 타오는 4명이 모여 있는 곳으로 다가갔다. 그들은 둥글게 배치돼 있는 대형 안락의자에 각자 앉아 있었다. 타오가 빈 의자에 앉자, 그들 네 사람은 궁금하다는 표정으로 그녀를 쳐다봤다. 그녀는 일부러 뜸을 들이는 듯하다가 마침내 입을 열었다.

나는 다시 그들의 목소리에 매료됐다. 그들 음성의 유운(類韻: 모음만의 압운[押韻])은 매우 생소했다. 억양도 너무 조화로워 마치 노래를 부르는 듯했다. 그들은 모두 타오의 보고에 큰 흥미를 느끼는 듯했다. 나에 관한 얘기였으리라 짐작했다. 그들이 맡은 임무의 주된 대상이 나였다는 판단은 옳았다.

타오의 보고가 끝나자, 질문들이 쏟아졌다. 다른 2명의 승무원이 대화에 합류했다. 토론이 무르익으면서 분위기도 고조됐다.

그들의 대화 내용을 한마디도 이해하지 못하자 나의 관심은 다른 데로 쏠렸다. 처음 이 방에 들어올 때 생생한 색상의 3차원 영상을 보여주는 화면 앞에 세 명의 승무원이 앉아있는 것을 봤었다. 가까이 가서 보니 이곳이 우주선의 조종실임이 분명해졌다. 나의 몸이 안 보인다는 사실은 재미를 배가시켰다. 승무원들은 나의 존재로 인해 방해받거나 산만해지는 일 없이 제 임무를 수행했다.

가장 큰 화면에서는 각종 점들을 식별할 수 있었다. 다른 점들보다 크거나 더 밝은 것들도 있었다. 점들은 정해진 방향으로 서서히 움직였다. 몇 개는 화면의 왼쪽으로, 몇 개는 오른 쪽으로 이동했다.

화면상에서 점들의 크기가 커지면서 속도도 빨라졌다. 그리고 마침내는 화면을 벗어났다. 점들의 색깔은 찬란하고 매우 아름다웠다. 미묘한 색조부터 햇빛처럼 눈부신 노란색까지 다양했다.

나는 곧 그 점들이 행성과 항성들임을 깨달았다. 우주선은 그 별들 사이를 항해하고 있었다. 화면을 가로질러 조용히 이동하는 별들의 모습에 나는 넋을 잃었다. 정신없이 별들을 구경하고 있는데 갑자기 낯선 소리가 선실에 울렸다. 부드러우면서도 주의를 끄는 소리였고, 동시에 섬광 신호가 번득였다.

효과는 즉각 나타났다. 타오와 대화하던 승무원들이 조종대로 모여 각자의 의자에 앉았다. 모두 화면을 주시했다.

대형 모니터 화면의 중앙에 무언가 거대한 덩어리가 나타났다. 둥근 형태에 청회색의 그 물체는 모든 화면의 중앙에 정지해 있었다.

선실 안의 모든 사람이 조용했다. 컴퓨터를 닮은 장방형의 장비를 다루는 세 명의 승무원들에게 모두의 시선이 쏠렸다.

갑자기, 놀랍게도 선실 벽면이라고 생각했던 곳에 뉴욕시의 이미지가 나타났다. 아니, 시드니였던가. 하지만 하버 브릿지의 모양이 아닌데…….

"그것이 다리였나요?" 너무 놀란 내가 옆에 있는 타오에게 물었다. 하지만 그것은 내가 '육체'를 떠나있으며 따라서 내 말이 들리지 않는다는 사실을 잊은 질문이었다. 타오와 승무원들이 그 이미지에 관해 언급하는 소리가 들렸다. 그러나 그들의 언어를 모르기 때문에 도움이 되지 않았다. 하지만 타오가 내게 거짓말을 했을 리 없고, 따라서 우리는 이미 지구를 멀리 떠나왔다고 확신했다. 타오는 우리가 광속의 여러 배로 여행 중이라고 설명했었고, 나는 스쳐 지나가는 토성을 비롯해 여러 행성과 항성들을 봤다. 그런데 우리가 돌아왔다면, 이유가 뭘까?

타오가 큰 소리로, 그리고 프랑스어로 말하기 시작하자, 모두가 그녀 쪽으로 고개를 돌렸다.

"미셸, 우리는 지금 '아레모 X3' 행성의 상공에 정박해 있어요. 지구 크기의 두 배 정도 되는 행성이에요. 화면에서 보듯이 당신네 지구와 흡사하게 생겼죠. 다른 임무를 해야 하기 때문에 지금은 길게 설명하지 못해요. 하지만 나중에 자세히 설명할게요. 이해를 돕기 위해 말하자면, 우리 임무는 원자폭탄 방사능과 관련이 있어요."

승무원들은 모두 자신의 일에 몰두했다. 각자 무엇을, 언제 해야 할 지 정확히 알고 있었다. 우주선은 멈춘 상태였다. 대형 패널판이 도시 중심부 영상을 투사했다. 독자들의 이해를 돕자면, 이 대형 패널판은 사실상 거대한 텔레비전 화면이었다. 거기에 나오는 입체 영상은 너무도 실제와 똑같아 우리는 어느 고층 건물 안에 들어가 창문 밖으로 내다볼 수도 있었다.

두 명의 '여승무원'이 지켜보는 작은 화면에도 나의 관심이 쏠렸다. 그 화면에서는 우리의 우주선이 보였다. 평행우주에서 이미 봤던 우주선이었다. 지켜보는 동안 놀라운 일이 벌어졌다. 우주선의 중간 부분 밑으로 마치 암탉이 알을 낳듯 작은 구체가 빠져나갔다. 일단 모선에서 분리되자 그 소형 구체는 아래쪽 행성을 향해 속도를 내어 날아갔다. 그것이 시야에서 사라지자, 또 다른 구체가 같은 방식으로 날아갔고, 곧이어 세 번째 구체도 나타났다. 각각의 구체는 별개의 화면에서 별도의 승무원들이 관찰하고 있었다.

이제는 그 대형 화면에서도 구체들의 하강을 쉽게 추적할 수 있었다. 구체들은 너무 먼 거리를 날아간 만큼 화면에서 사라질 만도 했지만 여전히 보였다. 카메라의 '줌' 렌즈 능력이 엄청나게 강력해야만 가능한 일이었다. 실제로 줌 렌즈의 능력은 첫 번째 구체가 화면의 오른쪽으로, 두 번째 구체가 화면의 왼쪽으로 사라질 정도로 강력했다. 이제 우리는 가운데에 있는 구체만 볼 수 있었고, 그것이 지상에 도달하기까지 명확하게 추적했다. 그 구체는 아파트 건물들 사이의 드넓은 광장 한가운데에서 지상 몇m 공중에 뜬 채로 정지했다. 다른 구체들의 움직임도 세밀하게 관찰됐다. 한 구체는 도시를 관류하는 하천의 상공에, 또 다른 구체는 도시 외곽의 낮은 산 위에서 선회했다.

갑자기 화면에 새로운 영상이 비쳤다. 나는 이제 아파트 건물의 출입문을 명확히 볼 수 있었다. 아니, 출입구라고 해야 할까. 왜냐하면 문이 있어야 할 자리에 크게 벌어진 틈이 있었기 때문이다.

나는 그 순간까지도 이 도시가 얼마나 이상한지를 눈치 채지 못했다.

움직이는 물체가 하나도 없었던 것이다…….

Thiaoouba
Prophecy

2장

핵전쟁과 파멸

Atomic destruction

화면에서 보이는 이미지는 한마디로 '황폐함'이었다. 거리는 일정한 간격으로 늘어선 '흙더미'들로 어지러웠다. 흙더미들 중 일부는 건물들 입구에 파여진 구멍의 한가운데 놓여 있고, 일부는 떨어진 곳에 있었다. 카메라가 아주 서서히 그것들을 확대해 보여줬다. 그 '흙더미'들이 너벅선(船) 같은 운반체인지도 모른다는 생각이 들었다.

내 주변의 승무원들은 각자의 데스크에 앉아 있었다. 각 구체로부터 길다란 관(管)이 뻗어 나와 지표면을 향해 천천히 내려갔다. 관이 땅에 닫자 먼지가 약간 일었다. 그 때에서야 그 운반체들의 형태가 뚜렷이 드러났다. 흙먼지가 두텁게 쌓여 형체를 알아볼 수 없었던 것이다. 하천 상공의 구체도 물속에 관을 내려놓고 있었다. 그 장면이 너무 흥미로워 나의 시선은 화면에 고정돼 있었다. 마치 내가 그 거리에 서 있는 듯한 느낌이었다.

한 거대한 건물 입구의 어두운 부분에 특히 관심이 쏠렸다. 분명히 무엇인가 움직였다…….

승무원들 사이에서도 웅성거리는 소리가 들렸다. 갑자기 몇 번의 꿈틀거림과 함께 그 '무엇인가'가 밝은 빛 속으로 나타났다. 그것을 본 나는 경악했다. '여승무원들'의 경우는 목소리가 좀 더 빨라지고 몇 차례 탄성이 나온 것을 제외하고는 그다지 놀라지 않았다. 그러나 우리가 화면에서 생생하게 보고 있는 것은 길이 2m에 높이 80cm 정도 되는 거대한 바퀴벌레였다.

독자들도 이 징그러운 작은 벌레들을 몇 차례 본 경험이 있을 것이다. 지구에서 이 벌레들은 주로 무더운 기후대의 찬장이나 습기 찬 곳에서 서식한다.

바퀴벌레가 혐오스럽다는 데는 누구나 공감한다. 하지만 가장 큰 놈도 5cm 정도밖에 안 된다. 그러니 방금 묘사한 크기의 바퀴벌레를 상상해 보라. 정말로 끔찍했다.

구체에서 뻗어 내린 관이 회수되기 시작했다. 하지만 관이 아직 지표면에서 1m 정도 높이에 있을 때였다. 갑자기 그 바퀴벌레가 달려오더니 움직이는 관을 공격했다. 관이 다시 멈췄다. 그 때 건물 밑으로부터 엄청난 수의 바퀴벌레 떼가 뒤엉키며 쏟아져 나왔다. 그 순간, 구체에서 강렬한 푸른색 광선이 발사돼 바퀴벌레 떼를 뒤덮었고, 녀석들을 순식간에 검은 재로 변했다. 검은 연기가 피워 올라 건물 입구를 가렸다.

호기심이 커진 나는 다른 화면들도 쳐다봤지만, 거기에는 아무 문제가 없었다. 하천 위에 떠있던 구체는 귀환 중이었고, 언덕 위의 구체는 관을 끌어당겨 높이 쳐들었다가 다시 내려놓고 있었다. 흙 · 물 · 공기 샘플을 수집하는 작업인 듯했다. 나는 성기체(Astral body) 상태였으므로 타오에게 물어볼 수도 없었다. 어떻든 그녀는 '여승무원' 두 명과 의논하면서 무척 바쁜 듯이 보였다. 구체들이 귀환하기 시작했고, 잠시 후엔 우주선에 '재흡수' 될 준비가 돼 있었다.

임무가 끝나자 타오와 앞서 언급한 두 승무원은 각자의 데스크에 다시 앉았다. 곧이어 여러 화면의 영상들이 완전히 변했다.

승무원들이 제자리에 앉는 것을 보니 우주선이 곧 출발할 것 같았다. 승무원들이 모두 비슷한 자세로 앉아있는 모습이 흥미로웠다. 나중에 알았지만, 어떤 포스 필드(force field)가 그들의 행동을 억제하고 있었다. 지구에서 안전장치가 스턴트맨을 붙잡아 주듯이 말이다.

여러 개의 태양 빛이 불그스름한 안개를 뚫고 행성을 비췄다. 우리는 출발했다. 우주선은 동일한 고도를 유지하며 행성의 둘레를 도는 듯했다. 아래로 사막 같은 지역이 보였다. 사막에는 군데군데 직각으로 교차하는 여러 개의 말라붙은 강바닥이 있었다. 그 강바닥들은 운하이거나, 인공적인 수로인지도 모른다는 생각이 들었다.

우주선의 대형 화면에 온전해 보이는 어떤 도시의 영상들이 나타났다가 사라지면서 화면이 비었다. 소형 화면들에서 보이던 호수 내지 내해(內海)의 모습이 휙 지나가는 것으로 보아 우주선이 속도를 높인 듯했다. 갑자기 탄성이 들리면서 우주선이 속도를 늦췄다. 대형 화면에는 그 호수의 확대 영상이 나타났다. 우주선이 멈췄다.

우리는 호수 연안의 일부 지역을 명확히 볼 수 있었다. 호숫가의 거대한 바위들 너머로 입방체 모양의 구조물들이 보였다. 주거지일지도 모른다는 생각이 들었다. 우주선이 멈춘 직후 소형 구체들이 앞서 했던 활동을 다시 시작했다.

지상 40~60m 상공에 부양 중인 구체에서 멋진 영상들을 보내왔다. 구체에서 나온 관은 호숫가에 내려진 상태였다. 구체에서 보낸 영상에서는 한 무리의 인간 모습이 선명히 보였다……. 언뜻 보면 지구의 인간들과 똑같이 생겼다.

영상이 확대됐다. 대형 화면 한가운데에 나이를 알 수 없는 한 여성의 얼굴이 등장했다. 가슴까지 늘어진 검은 머리에 갈색 피부였다. 다른 화면에서도 보인 그 여성은 벌거벗은 상태였다. 다만 얼굴이 좀 일그러진 듯이 보였다. 그녀는 몽골 인종이었다.

그녀를 보면서 얼굴이 기형적으로 변형됐다는 점은 깨닫지 못했다. 다만 '우리와 약간 다른 인종을 상대하게 됐구나' 라는 생각이 들었을 뿐이다. 공상과학 소설 작가들도 외계인들을 흔히 그런 식으로 묘사하지 않는가. 커다란 귀에 울퉁불퉁한 얼굴 모양 등. 우리는 다른 영상들도 받았다. 그 영상 속의 남자들과 여자들은 폴리네시아 인종을 닮았다. 그러나 그들의 절반 이상은 분명히 얼굴이 기형이거나 나병 환자처럼 뭉개져 있었다.

그들은 구체 쪽을 쳐다보며 손짓 등으로 말을 주고받았다. 몹시 동요된 듯했다. 더 많은 사람들이 입방체형 구조물들에서 나왔다. 그 구조물이 주거지였음이 확인된 셈이다. 그것에 관해 좀 더 자세히 설명해야겠다.

이 구조물들은 제2차 세계대전 때의 '블록하우스'(토치카)와 흡사했다. 지붕에는 매우 두꺼운 굴뚝이 붙어있었다(환기를 위해 설치했다는 표현이 맞겠다). 지면 위로 나온 부분은 1m 정도였다. 구조물들은 모두 같은 방향으로 지어졌고, 주민들은 그늘진 양쪽 옆면의 구멍으로 출입했다…….

갑자기 내 성기체가 잡아당겨져 대형 화면에서 멀어지는 것을 느꼈다. 그러더니 여러 개의 분리 벽을 빠른 속도로 통과해 처음의 선실로 되돌아갔다. 그곳에는 나의 육체가 침대 위에 누워 있었다. 성기체가 육체를 떠날 때의 자세 그대로였다.

갑자기 시야가 깜깜해졌다. 그 순간 느꼈던 야릇한 불쾌감이 생생하게 기억난다. 손발이 납덩이처럼 무겁게 느껴졌고, 움직여 보려했지만 마비된 것 같았다. 무엇 때문에 움직이지 못하는지 알 수 없었다. 솔직히 말해 약간 겁이 났다. 육체를 다시 떠날 수 있게 되기를 간절히 바랐지만 그것도 불가능했다.

시간이 얼마나 흘렀는지 모르겠다. 선실이 차츰 아늑한 청록색 빛으로 밝아졌다. 마침내 타오가 들어왔다. 다른 옷을 입고 있었다.

"기다리게 해서 미안해요, 미셸. 당신의 육체가 성기체를 불러들였을 때 내가 와서 도와주지 못했어요."

"사과할 필요 없어요, 충분히 이해합니다." 내가 말했다. "그런데 나한테 문제가 있어요. 움직일 수가 없어요. 내 안의 뭔가가 잘못 연결되었나 봐요."

타오는 미소를 지으며 자신의 손을 내 손 옆에 내려놓았다. 어떤 조절 장치를 작동하는 행동이 분명했다. 그 즉시 나는 다시 움직일 수 있게 됐다.

"다시 한 번 백배 사죄해요, 미셸. 안전장치 조절기가 있는 곳을 진작 알려드렸어야 했는데. 모든 의자와 침대에는 안전장치가 설치돼 있어요. 그래서 위험 가능성이 조금이라도 있는 상황에서 거기에 앉거나 누우면 안전장치가 자동으로 작동해요.

우주선이 위험 지역에 도착하면, 세 대의 보안 컴퓨터가 일종의 포스 필드를 작동시키고, 위험이 사라지면 자동적으로 포스 필드를 거둬들여요.

그런가 하면, 위험해 보이는 지역일지라도 우리가 움직이고 싶거나 자세를 바꾸고 싶을 경우엔 조절기 앞에 손이나 손가락을 갖다 대기만 해도 포스 필드가 즉각 해제됩니다. 그리고 우리가 의자에 도로 앉으면 다시 자동으로 작동하죠.

자, 이제 옷을 갈아입으세요. 저 방에 들어가면 열린 트렁크가 있어요. 옷을 벗어 거기에 넣으세요. 안경을 제외하고 모든 것을 벗어야 합니다. 갈아입을 옷도 보일 겁니다. 그걸 입고 여기서 다시 만나죠."

타오는 허리를 구부려 내 손을 잡고는 일어서도록 도와줬다. 내 몸은 몹시 뻣뻣해져 있었다. 나는 타오가 가리킨 작은 방으로 들어가 새 옷으로 갈아입었다. 놀랍게도 몸에 딱 맞았다. 나는 키가 178cm였지만 승무원들에 비하면 난쟁이 수준이었기 때문이다.

잠시 후 선실로 돌아가자 타오가 팔찌처럼 생긴 물건을 내게 건넸다. 알고 보니 대형 고글이었다. 오토바이 고글과 비슷한데 색상이 진했다. 타오의 요청에 따라 그것을 착용했다. 하지만 그러기 위해선 내 안경을 벗어야 했다. 안 그러면 그 대형 고글에 짓눌려 안경이 부서질 듯했다. 고글은 내 눈구멍 형태에 딱 맞았다.

"그 고글은 마지막 예방조치에요." 그녀가 말했다.

그녀는 벽을 향해 손을 들어 올리더니 모종의 기계장치를 풀었다. 어떤 방식으로 그렇게 했는지는 모르겠다. 그러자 강렬한 빛이 다시 나타났다. 진한 색상의 고글을 썼는데도 빛의 강렬함이 느껴졌다. 그리고 다시 시원한 공기의 흐름을 감지했다.

빛이 사라졌다. 공기 흐름도 더 이상 느끼지 못했다. 하지만 타오는 움직이지 않았다. 뭔가를 기다리는 듯했다. 마침내 어떤 목소리가 들리자 그녀는 나의 대형 고글을 벗겼다. 내가 안경을 다시 쓰자, 그녀는 따라오라고 했다. 아까 성기체 상태로 이동했던 그 통로를 다시 걸어갔다. 우리는 다시 통제실로 돌아갔다.

좀 더 나이든 승무원들('좀 더 나이든'이라고 했지만, 그보다는 '좀 더 진지한'이라고 표현해야 할 것 같다. 그들의 나이는 모두 비슷해 보였기 때문이다) 가운데 한 명이 타오에게 가볍게 손짓하자, 그녀는 나를 대형 화면 앞으로 데려가서는 의자에 앉아 있으라고 했다. 그리고는 곧바로 동료들 쪽으로 갔다. 모두들 무척 바쁘게 움직였다.

나는 실제로 포스 필드에서 벗어날 수 있는지를 시험해 보기 시작했다. 의자에 앉자마자 몸이 의자에 달라붙었다. 그 순간의 느낌은 정말 싫었다.

손을 약간 움직여 조절기 위로 가져가자 즉각 몸놀림이 자유로워졌다. 손이 그 위에 있는 동안은 계속 그랬다.

500명 정도의 사람이 호숫가와 '블록하우스' 근처에 서 있는 모습이 대형 화면에 비쳤다. 카메라의 확대 기능 덕분에 그들의 모습은 더 뚜렷해졌다. 노인부터 아기까지 모두 벌거벗은 상태였다. 다수가 기형적인 생김새나 흉터를 갖고 있음을 확인할 수 있었다. 그들은 모두 모래와 흙 표본을 채취하는 구체들을 보고 있었지만, 아무도 다가가지 않았다. 가장 강해 보이는 남자들은 칼 같은 무기를 쥐고 있었다. 이들은 무엇인가를 감시하는 듯했다.

어깨에 가해지는 압력에 깜짝 놀라 뒤돌아봤다. 타오였다. 그녀가 미소를 지었다. 그녀의 얼굴에 배어있는 기품과 아름다움을 처음으로 느꼈다.

그녀의 머리 결에 관해서는 이미 언급했다. 길고 매끈한 금발로 완벽한 타원형의 얼굴을 휘감으며 어깨까지 흘러내렸다. 이마는 넓고 약간 튀어나왔다.

그녀의 연한 자주색 눈동자와 길게 말린 속눈썹은 지구 여성들에게 선망의 대상일 것이다. 눈썹은 갈매기 날개처럼 위쪽으로 꺾여 올라가 독특한 매력을 더했다. 눈빛은 영롱하고, 균형 잡힌 코는 아래 부분이 약간 평평해 육감적인 입을 돋보이게 했다. 미소를 지을 때는 완벽한 치아가 드러났다. 너무 완벽해 인공 치아처럼 보일 정도였다. 살짝 각진 턱은 남성 같은 단호한 의지를 암시했지만 그렇다고 매력이 감소되지는 않았다. 윗입술 위에 드리운 머리카락 그늘은, 만약 금발이 아니었다면 완벽한 얼굴에서 옥에 티 같았을 것이다.

"포스 필드에서 자유로워지는 법을 벌써 터득했군요, 미셸."

내가 대답하려는 순간, 사방에서 터져 나온 탄성 때문에 우리는 대형 화면 쪽으로 시선을 돌렸다.

호숫가의 사람들이 일제히 주거지 쪽으로 도망가면서 집안으로 황급히 뛰어들었다. 남자들은 칼과 곡괭이 같은 것으로 무장한 채 일렬로 서서 '그것'들을 노려봤다. 내가 상상하지도 못한 기괴한 것들이었다.

암소만한 크기의 붉은 개미 떼가 바위들 뒤에서 나타나 호숫가로 달려가고 있었다. 개미 떼는 질주하는 말보다도 빠르게 이동했다.

무장한 남자들은 앞뒤를 계속 쳐다봤다. 뒤로 도망가는 주민들의 속도와 앞에서 돌진해오는 개미 떼의 속도를 비교하는 듯했다. 개미 떼는 이미 가까이 왔다. 너무나 가까이…….

남자들은 두 번 정도 주춤거리더니 이내 용감하게 개미 떼와 맞섰다. 제일 먼저 도착한 개미가 공격해왔다. 어른 남자의 팔 길이만한 날카로운 개미 입이 선명하게 보였다. 개미가 먼저 속임수 동작을 취했다. 맞서고 있던 남자가 칼을 휘둘렀지만 허공을 갈랐을 뿐이다. 개미는 곧바로 그의 허리를 물고는 싹둑 두 동강이를 냈다. 다른 개미 두 마리가 합세해 조각난 몸뚱이를 갈가리 찢었다. 나머지 개미들은 달아나는 남자들을 쫓기 시작했다. 개미들의 속도가 너무 빨랐다…….

개미들이 남자들을 덮치려는 순간, 구체로부터 강렬한 강청색(鋼靑色) 광선이 발사됐다. 개미들은 한 마리씩 차례로 즉사했다. 광선은 놀랄 정도로 정확하고 효율적으로 개미에게 적중했다. 까맣게 타버린 채 땅 위에 널브러진 개미 사체에서 연기가 피어올랐다. 개미의 거대한 다리들이 최후의 경련을 일으켰다.

개미 떼 속으로 광선이 계속 발사됐다. 그 괴물 벌레들은 광선에 맞자마자 쓰러졌다. 그 초자연적인 힘에 자신들이 상대가 안 된다는 것을 본능적으로 깨달았는지 개미들이 달아나기 시작했다.

그 모든 일은 너무도 순식간에 일어났다. 타오는 여전히 내 곁에 있었다. 그녀의 표정에서는 분노보다는 역겨움과 슬픔이 비쳤다.

대형 화면을 다시 쳐다봤다. 구체가 서둘러 도망가는 개미 떼를 추적하는 모습이 보였다. 카메라뿐만 아니라 치명적인 광선도 함께 따라갔다. 600~700마리로 추정되는 남은 개미들은 모두 죽었다. 단 한 마리도 살아남지 못했다.

구체가 호숫가 상공의 원래 위치로 돌아왔다. 그리고 특수 장비를 밑으로 내려 보내 개미 사체들을 훑어가며 제거했다. 승무원 한 명이 데스크에 앉아 자신의 컴퓨터를 보며 말하는 모습이 보였다. 나는 타오에게 그녀가 사체 청소 작업을 감독하는 중이냐고 물었다.

"지금은 그래요. 저 작업은 원래 계획에 없던 거예요. 우리는 분석을 위해 개미들의 샘플을, 특히 허파 조각들을 채집하고 있어요. 특정한 형태의 방사능 때문에 저런 변종 개미들이 생겨난 것 같아요. 원래 개미에게는 허파가 없어요. 개미들이 갑자기 거대해진 원인에 대한 논리적인 설명은……."

타오가 갑자기 말을 멈췄다. 카메라는 피난처에서 다시 나오는 남자들의 모습을 보여줬다. 그들은 구체를 보며 아우성 치듯 손짓을 했다. 그리고는 두 팔을 넓게 벌려 땅바닥에 엎드리는 동작을 반복했다.

"저들이 우리 우주선을 볼 수 있나요?" 내가 물었다.

"아니요. 우리는 4만m 상공에 있어요. 게다가 저 행성과 우리 사이에는 지금 세 겹의 구름층이 있어요. 하지만 저들이 소형 구체는 볼 수 있지요. 지금 저들이 하고 있는 감사의 표시는 구체를 향해서 하는 것일 거예요."

"어쩌면 저 사람들은 구체를 하느님(God)으로 생각할지도 모르겠군요. 죽음으로부터 자신들을 구해준 하느님으로."

"그럴 가능성이 높아요."

"지금 일어나고 있는 일에 관해 설명 좀 해주겠소? 저 사람들은 도대체 누구인가요?"

"설명하기에는 지금 시간이 부족해요, 미셸. 지금 우주선 안에서는 할 일이 무척 많거든요. 하지만 일단 간략한 설명으로 당신의 궁금증을 풀어줄게요.

어떤 점에서 저들은 당신네 행성에 아직도 존재하는 종족의 먼 조상에게서 태어난 후손입니다. 사실, 당신네 지구 시간으로 약 25만 년 전 지구상의 한 대륙에서 저들의 선조가 무리를 지어 살았어요. 이곳 행성에서 저들은 매우 발달된 문명을 갖고 있었지만 심각한 정치적 갈등을 겪다가 결국 150년 전쯤에 스스로를 멸망시켰어요. 원자폭탄으로."

"전면적인 핵전쟁이 일어났다는 뜻인가요?"

"네. 연쇄반응을 일으키며 그렇게 됐어요. 우리는 샘플을 수집하러 가끔 이곳에 옵니다. 아직도 여러 지역에 잔류하는 방사능의 양을 연구하기 위해서지요. 그리고 방금 전처럼 이따금 저들을 도와주기도 해요."

"하지만 저들은 당신들을 하느님으로 여길 거예요. 그런 엄청난 힘을 보여줬으니!"

타오는 미소를 지으며 고개를 끄덕였다. "아, 그건 맞는 말이에요, 미셸. 저들은 우리를 신(gods)으로 간주하죠. 마치 지구에서 인류의 선조들 중 일부가 우리를 신으로 여겼듯이 말이에요. 아직도 지구에선 우리들에 관해 얘기하지요…….”

내가 무척 놀란 표정을 지었던 모양이다. 타오가 재미있다는 듯이 나를 바라봤다.

“좀 전에 말했듯이 지금 당신에게 설명하기에는 다소 일러요. 이 문제에 관해 다시 얘기할 시간이 충분이 있을 겁니다. 게다가 당신이 우리와 함께 있는 이유도 바로 그것 때문이에요.”

그 말과 함께 타오는 ‘스크린-데스크’ 앞의 제자리로 돌아갔다. 대형 화면 속의 영상이 빠르게 변했다. 구체가 상승하면서 대륙의 전경이 시야에 들어왔다. 대륙의 곳곳에서 녹색 지대와 갈색 지대가 보였다. 구체가 귀환하자 우주선은 출발했다.

우주선은 숨 막힐 정도로 빠르게 행성 상공을 날아갔다. 나는 의자에 앉아 포스 필드에 몸을 맡겼다. 화면에 거대한 바다가 나타났다. 작은 섬 하나도 보였는데 그것이 급속도로 ‘커졌다.’ 나로서는 크기나 규모를 추정하기가 쉽지 않았지만 그 섬은 높이가 무척 낮아 보였다.

앞서 말한 온갖 절차가 반복됐다. 우주선은 해안 상공에 정박했고, 이번에는 네 대의 구체가 분리돼 나가 섬을 향해 하강했다. 나는 대형 화면에서 구체의 카메라가 잡은 해변 영상을 볼 수 있었다.

바닷가에는 두꺼운 널빤지 같은 물체들이 놓여 있고, 그 주변에는 벌거벗은 남자들이 모여 있었다. 앞서 봤던 남자들과 비슷한 무리였다. 그들은 구체의 존재를 알아채지 못한 듯했다. 아마도 이번에는 구체가 훨씬 더 높은 상공에 있었기 때문인 것 같았다. 물론 우리가 수신하는 영상은 점점 더 커지고 있었지만 말이다.

남자들이 널빤지 하나를 물속으로 운반하는 모습이 보였다. 그것은 마치 코르크로 만들어진 듯 수면 위에 떴다. 남자들은 그 위에 올라타 대형 노를 붙잡고는 능숙한 솜씨로 저었고, 배는 넓은 바다로 나아갔다. 해변에서 어느 정도 떨어진 곳에 도착하자 그들은 낚싯줄을 물속에 던져 넣었다. 놀랍게도 거의 즉각적으로 큰 물고기가 잡혀 올라왔다.

마치 우리가 하느님인 양, 저 아래 인간들이 살아가는 모습을 지켜보거나 때론 도와줄 수 있다는 사실이 정말로 흥미진진했다.

포스 필드에서 벗어나 다른 화면들이 있는 곳으로 가서 색다른 영상을 보고 싶었다. 의자에서 일어나려는 순간 나는 어떤 지시를 받았다. "가만히 앉아 계세요, 미셸." 귀로 들은 소리가 아니었다. 순간 멍해졌다. 마치 그 목소리가 내 머릿속에서 울린 것 같았다. 타오 쪽으로 고개를 돌리자 그녀는 나를 향해 미소를 짓고 있었다. 나는 뭔가를 시험해 보기로 작정하고, 마음속으로 힘껏 말했다. "텔레파시가 대단하군요. 안 그렇소, 타오?"

"물론이죠." 그녀가 같은 방식으로 대답했다.

"정말 놀랍군요! 지금 저 아래 기온이 얼마나 되는지 말해 줄 수 있어요?"

그녀는 데스크 화면의 자료를 살펴봤다.

"지구의 섭씨온도로 치면 28도예요. 낮의 평균 기온은 38도구요."

내가 귀머거리에 벙어리라도 타오와는 실제로 말을 하듯 쉽게 의사소통을 할 수 있겠구나 하는 생각이 들었다.

"바로 그래요, 미셸."

나는 놀라서 타오를 바라봤다. 혼자서 머릿속으로 생각을 했는데도 그녀는 내 생각을 읽었던 것이다. 약간 난감해졌다.

그녀는 큰 미소를 지어 보였다. "걱정하지 말아요, 미셸. 그냥 장난해 본 거예요. 용서해주기 바래요. 보통의 경우는, 당신이 내게 질문할 때에만 당신의 생각을 읽어요. 나는 단지 이쪽 세계에서 어떤 일이 가능한지를 보여주고 싶어서 그랬어요. 다시는 안 그럴게요."

나는 그녀에게 미소를 보내고는 다시 대형 화면 쪽으로 관심을 돌렸다. 구체는 바닷가의 남자들로부터 매우 가까운 곳에 있었다. 그런데도 그들은 이를 눈치 채지 못했다. 구체는 무리로부터 10m 정도 떨어진 곳에서 모래 샘플을 수집하고 있었다. 타오에게 텔레파시를 보내 저들이 왜 구체를 보지 못하는지 물었다.

"지금은 밤이에요." 돌아온 대답이었다.

"밤? 그런데 왜 우리는 사물을 또렷하게 볼 수 있지요?"

"특수 카메라 덕분이에요, 미셸. 지구인들의 적외선 카메라 같은 것이죠."

그러고 보니 앞서 다른 장소에 머물렀을 때 수신한 영상들에 비해 '밝기' 가 좀 떨어지는 듯했다. 그래도 확대된 영상은 훌륭했다. 바로 그 때, 화면에 여성인 듯한 얼굴이 떠올랐다. 끔찍한 생김새였다. 불쌍하게도 왼쪽 눈이 있어야 할 자리에 커다란 구멍이 있었다. 입은 얼굴 오른 쪽 부위에 있었는데, 마치 턱의 중간쯤에 작은 구멍이 나 있는 것 같았다. 그 둘레에 있는 입술은 서로 붙어있는 듯이 보였다. 정수리 부분에는 머리카락이 한 술만 남아 처량하게 매달려 있었다. 잠시 후 그 여성의 가슴도 보였다. 한쪽 유방 옆면에 화농성 상처만 없었다면 매우 예뻤을 가슴이었다.

"가슴 모양으로 봐서 젊은 여성이겠군요?" 내가 물었다.

"컴퓨터 분석에 따르면 19세에요."

"방사능 때문인가요?"

"그래요."

다른 사람들도 나타났다. 일부는 완전히 정상적인 모습이었다. 남성들도 있었는데 운동선수처럼 건장한 체격에 20대로 보였다.

"가장 나이가 많은 사람이 몇 살인지 알아요?"

"현재 우리가 보유한 자료상 38세를 넘는 사람은 없어요. 이 행성의 1년은 295일이고 하루는 27시간이에요. 자, 이제 화면에서 저쪽의 잘생기고 건장한 청년의 생식기 부위가 확대돼 보일 겁니다. 보다시피 생식기가 완전히 위축돼 있어요. 앞서의 탐사 여행에서 이미 알게 된 사실이지만, 번식 능력을 가진 남자들이 무척 드물어요. 그런데도 아이들은 상당히 많지요. 가능한 한 많이 번식하려는 생존 본능 때문이에요. 그렇다면 해결책은, 생식 능력이 있는 남성들이 '종마' 역할을 맡는 것이에요. 이 남자도 그런 역할을 맡은 게 분명해요."

카메라는 30세 정도의 남성을 보여주고 있었다. 틀림없이 자손을 생산할 수 있는 신체적 특징들을 갖고 있는 듯했다.

우리는 작은 모닥불 주변을 오가는 많은 아이들도 볼 수 있었다. 불 위에는 먹을거리가 얹혀 있었다. 주위에 둘러앉은 남자들과 여자들은 익은 고기 조각을 집어 먹고 아이들에게도 나눠줬다. 불은 장작불인 듯했지만 확실치는 않았다. 돌멩이처럼 생긴 어떤 연료를 태우고 있었다.

모닥불 뒤쪽에는 앞서 봤던 배처럼 생긴 널빤지들이 쌓여서 아늑한 오두막 형태로 정돈돼 있었다. 카메라 시야에는 나무가 보이지 않았지만, 어딘가에는 나무가 있을 듯했다. 대륙 상공을 날아오면서 녹색 지대를 봤기 때문이다.

두 채의 오두막 사이에서 자그마한 흑돼지들이 나타났다. 사나운 노란색 개 두 마리에게 쫓기는 중이었다. 돼지들은 황급히 다른 오두막 뒤로 사라졌다. 당혹스러웠다. 내가 정말로 다른 행성을 내려다보고 있는 것인지 의심이 들지 않을 수 없었다. 저 아래 사람들은 나와 비슷하게 생긴 인간들이었다(물론 폴리네시아계 종족처럼 보였지만). 게다가 개와 돼지들도 있었다. 나의 놀라움은 더욱 커져갔다…….

구체가 돌아오기 시작했다. 다른 구체들도 귀환에 나섰다. 구체들이 돌아오는 모습은 나의 위치에서는 잘 보이지 않는 여러 화면에서 모니터 되고 있었다. '모선으로의 복귀' 활동이 개시됐고, 모든 구체들이 전처럼 무사히 '재흡수됐다.'

곧 우주선이 다시 출발할 것 같아 나는 의자에서 편안한 자세를 취했다. 그리고 포스 필드에 몸을 맡겼다.

잠시 후 그 행성이 속한 2개의 태양이 보이면서 우주선 밖의 모든 물체가 급속도로 작아졌다. 지구를 떠날 때의 상황과 비슷했다. 짧은 시간이 흐른 뒤 포스 필드가 해제됐다. 의자에서 자유롭게 일어날 수 있다는 의미였다. 기분 좋은 느낌이었다. 타오가 내게로 걸어오는 것이 보였다. 승무원들 가운데 '가장 나이가 많은' (이렇게 표현해도 된다면) 두 사람도 함께 왔다. 나는 내 의자 옆에 서서 세 우주인을 맞았다.

타오를 쳐다보려면 고개를 들어 올려야 했다. 하지만 타오가 그들 중 '연장자'를 내게 소개할 때(프랑스어로 말했다) 나는 훨씬 더 작게 느껴졌다. 그 연장자는 타오보다 머리 하나는 더 길었다.

나는 깜짝 놀랐다. '비아스트라'라는 이름의 그 연장자가 느리지만 정확한 프랑스어로 내게 말을 건넸기 때문이다. 그녀는 자신의 오른손을 내 어깨에 얹고 말했다.

"모시게 돼서 기쁩니다, 미셸. 불편함이 없으시기를 바랍니다. 우리 우주선의 라톨리 부함장을 소개하지요. 그리고 나는 이 알라토라號의 함장입니다(알라토라는 그들의 초대형 장거리 우주비행선의 이름이다).

함장은 라톨리를 향해 자신들의 언어로 몇 마디 말을 했다. 그러자 라톨리도 내 어깨에 손을 얹었다. 그리고는 따뜻한 미소와 함께 내 이름을 천천히 여러 차례 발음했다. 마치 우리가 낯선 언어를 처음 발음할 때처럼 말이다.

그녀의 손이 내 어깨에 얹혀있는 동안, 행복감 같은 감정이 물 흐르듯 내 몸을 관통해 지나갔다. 내가 그 느낌에 압도된 모습이 역력하자 세 외계인은 웃기 시작했다. 타오가 내 생각을 읽고는 안심시켰다.

"미셸, 라톨리에게는 특별한 능력이 있어요. 물론 우리들 사이에서 희귀한 능력은 아니지만요. 당신이 몸으로 느낀 그것은 일종의 유익한 자기(磁氣)의 흐름이에요. 그녀에게서 방출된 것이지요."

"놀랍군요!" 내가 감탄조로 말했다. "나를 대신해서 그녀에게 찬사를 전해줘요." 그런 후 나는 그 두 우주인에게 이렇게 말했다.

"환영해 주셔서 감사합니다. 먼저, 지금 내게 일어나고 있는 일에 대해 내가 몹시 놀란 상태라는 점을 고백해야겠습니다. 나 같은 지구인으로선 정말로 믿을 수 없는 진기한 경험입니다. 물론 다른 행성들에도 인간 같은 생명체가 살고 있을 가능성을 늘 믿어왔어요. 하지만 아직도 이게 꿈이 아니라고 믿기가 쉽지 않습니다. 지구에서 친구들과 텔레파시, 외계인,

혹은 '비행접시' 같은 것들에 관해 자주 토론을 했었지만, 그것은 그저 말뿐이고, 또 잘 모르면서 아는 체하는 것에 불과했지요. 이제는 내가 오랫동안 생각해 왔던 것들의 증거를 확인했어요. 평행우주의 존재, 우리 존재의 이원성, 각종 설명되지 않는 사건 등에 관한 생각들이지요. 그 모든 것들을 지난 몇 시간 사이에 경험하다니 너무 흥분돼서 숨이 넘어갈 정도입니다."

나의 긴 독백에 감동한 라톨리가 어떤 감탄조의 말을 했다. 나는 알아듣지 못하는 말이었지만 타오가 즉각 통역해 줬다.

"라톨리 부함장은 당신의 심정을 충분히 이해해요, 미셸."

"나도 마찬가지입니다." 비아스트라가 덧붙였다.

그녀는 내 어깨를 붙들고 데스크로 데려갔다. 그곳에서는 승무원들이 각종 장비를 모니터하고 있었다.

"어떻게 그녀가 내 말을 이해할 수 있나요?"

"당신이 말하는 동안 그녀는 텔레파시를 이용해 당신의 마음속으로 '들어갔어요.' 아시겠지만, 텔레파시에는 언어 장벽이 없지요."

내가 놀라워하는 모습이 재미있었는지, 그들의 입가에는 계속 미소가 감돌았다. 비아스트라가 말했다.

"미셸, 나머지 승무원들을 소개할게요. 저를 따라오세요."
그녀는 내 어깨를 붙들고 가장 멀리 있는 데스크로 데려갔다. 그곳에서는 승무원들이 각종 장비를 모니터하고 있었다. 내가 아직 가보지 않은 데스크였다. 성기체 상태에서도 그쪽 컴퓨터들에는 관심을 두지 않았었다. 컴퓨터 화면을 보는 순간 내 눈을 믿을 수 없었다. 화면의 숫자들이 아라비아 숫자였던 것이다! 독자들도 나처럼 놀라겠지만 그것은 사실이었다. 화면에 등장하는 1, 2, 3, 4, …등은 지구에서 사용하는 숫자들과 똑같았다.

내가 충격 받은 모습을 본 비아스트라가 말했다. "미셸, 놀라운 일이 계속 일어나지요? 하지만 우리가 당신을 놀린다고 생각하지는 마세요. 당신이 놀라는 것도 무리가 아니에요. 머지않아 모든 것이 이해가 될 겁니다. 일단 지금은 나올라를 소개할게요."

첫 번째 승무원이 일어나 내게로 몸을 돌렸다. 비아스트라와 라톨리처럼 그녀도 내 어깨에 손을 얹었다. 우리의 악수에 해당되는 손짓임에 틀림 없었다. 나올라는 자기네 언어로 말

0123456789

티아우바인들이 사용하는 숫자. 각각의 숫자에는 그 의미만큼의 각(角)이 들어있다. 예컨대 1에는 하나의 각이 있고, 9에는 아홉 개의 각이 있다. 우리가 '아라비아 숫자'라고 부르는 숫자는 티아우바 행성에서 지구로 전래된 것이다.

을 했다. 그녀 역시 내 이름을 세 차례나 되뇌었다. 기억 속에 각인시키려는 듯이 말이다. 체격은 타오와 비슷했다.

소개를 받을 때마다 똑같은 의례가 이어졌다. 그렇게 모든 승무원들과 정식으로 인사를 주고받았다. 그들의 생김새는 무척 비슷했다. 예컨대 머리카락은 길이와 색조에서만 달랐다. 색조도 진한 적갈색에서 엷은 금발 사이였다. 일부는 다른 사람보다 코가 더 길거나 넓었다. 하지만 눈 색깔은 모두 밝은 색 계열이고, 귀 역시 무척 품위 있게 생겼다.

라톨리, 비아스트라, 타오 모두 내게 편안한 의자에 앉으라고 권했다. 모든 사람이 앉자 비아스트라는 자기 의자 팔걸이 부근에서 특이한 방식으로 손을 움직였다. 그러자 우리를 향해 공중에 떠서 오는 물체들이 보였다. 네 개의 둥근 쟁반이었다. 각 쟁반에는 잔처럼 생긴 용기와 사발이 하나씩 있었다. 잔에는 노르스름한 액체가 담겨있고, 사발에는 솜사탕처럼 부드럽지만 과립 형태의 흰색 물질이 들어있었다. 편평한 '집게' 가 포크 역할을 했다. 쟁반은 우리들 좌석의 팔걸이에 내려앉았다.

호기심이 발동했다. 타오는 함께 식사할 의향이 있으면 자기를 따라해 보라고 말했다. 그녀가 '잔' 에 든 액체를 홀짝거리며 마셨다. 나도 따라서 먹어 보니 꿀물처럼 달콤했다. 그들은 '집게' 를 사용해 사발 속의 혼합 물질도 먹었다. 나도 먹어 보니 지구에서 '만나' (manna)라고 부르는 음식과 비슷했다. 빵과 흡사하지만 지극히 가볍고 특별한 맛은 없었다.

절반 정도 먹었는데도 벌써 배가 불렀다. 그 음식의 밀도 내지 농도가 무척 높았던 모양이다. 잔속의 액체도 다 마셨다. 우아한 스타일의 식사를 했다고 말하진 못하겠지만 행복감을 느꼈고 배고프거나 목마르지는 않았다.

"프랑스 요리였다면 더 좋았겠지요, 미셸?" 타오가 가벼운 미소를 지으며 말을 건넸다. 나는 그냥 미소 지었지만, 비아스트라는 코웃음 소리를 냈다.

바로 그 때, 어떤 신호 소리에 우리의 관심은 대형 화면으로 쏠렸다. 화면 중앙에 한 여성의 얼굴이 확대돼 나타났다. 승무원들과 비슷한 생김새였다. 그녀는 빠른 속도로 말을 했다. 승무원들은 좀 더 잘 듣기 위해 몸을 약간 틀어 귀를 기울였다. 자기 데스크에 앉아 있던 나올라가 화면 속 인물과 대화를 시작했다. 지구에서 TV 앵커들이 화상 인터뷰를 하는 식이었다. 잠시 후 화면이 광각(廣角) 영상으로 바뀌면서 각자 데스크에 앉아 있는 12명의 여성이 나타났다.

타오는 나올라의 자리로 나를 데려가 한 화면 앞에 앉혔다. 그리고는 내 옆에 앉아 화면 속의 여성들과 대화를 나눴다. 그녀는 한동안 특유의 선율적인 목소리로 말하면서 나를 자주 쳐다봤다. 모든 정황으로 보아 대화의 주제는 나였다. 타오의 말이 끝났을 때 처음의 여성이 확대 영상으로 다시 등장해 몇 마디 짧게 말했다. 놀랍게도 그녀는 내게 시선을 고정한 채 미소를 지었다. "안녕하세요, 미셸. 티아우바에 안전하게 도착하기를 바랍니다."

그녀는 나의 대답을 기다렸다. 나는 놀란 마음을 가라앉히고 진심으로 고맙다고 인사했다. 그러자 광각 영상에 다시 나타난 그녀의 동료들로부터 각종 감탄사와 말들이 터져 나왔다.

"저들이 내 말을 이해했나요?" 내가 타오에게 물었다.

"텔레파시로 이해했어요. 하지만 다른 행성에서 온 사람의 낯선 언어를 듣는다는 사실에 더욱 기뻐하는 것이에요. 저들 대다수에게는 아주 진귀한 경험이거든요."

타오는 다시 화면을 향해 말했다. 짐작컨대 기술적인 내용에 관한 대화가 이어졌고, 거기에는 비아스트라도 끼었다. 이윽고, 내 쪽으로 보내는 미소와 '다시 봐요' 라는 언급이 나온 후 화면이 잘렸다.

'잘렸다' 는 표현을 쓴 이유는 화면이 단순히 공백 상태가 된 게 아니라, 아름답고 부드러운 색상으로 대체됐기 때문이다. 녹색과 남색이 섞인 색상인데 보는 사람에게 안도감을 느끼게 했다. 잠시 후 그 색상은 점차 희미해졌다.

타오에게 고개를 돌려 조금 전에 일어났던 일에 관해 물어봤다. 다른 우주선과 랑데부한 것인지, 그 티아바인가 티아울라인가 하는 것은 무엇인지를.

"미셸, 당신네 행성의 이름이 '지구' 라면, 티아우바는 우리 행성의 이름이에요. 방금 전 우리는 은하계 우주기지와 교신했어요. 지구 시간으로 16시간 35분 뒤에 티아우바에 도착합니다." 그녀가 가까운 곳의 컴퓨터를 힐끗 보면서 말했다.

"그렇다면 그 사람들은 당신네 행성의 기술자들인가요?"

"네. 방금 말했듯이 우리의 은하계 우주기지에 근무하는 사람들이에요. 그 기지에서는 우리 우주선을 계속 모니터하죠. 그래서 만일 우주선에 기술적 장애나 인위적인 문제가 생기면, 그런 경우가 81% 정도인데, 안전하게 기지로 복귀하도록 도와줍니다."

타오의 설명에 크게 놀라지는 않았다. 그들은 우수한 종족인 만큼 나의 상상을 초월하는 기술력을 갖고 있으리라 짐작했기 때문이다. 정작 내 마음에는 이 우주선은 물론이고 그 우주기지에도 여성들만 근무하는지도 모른다는 생각이 떠올랐다. 이처럼 모든 구성원이 여성인 조직은 지구에서는 매우 드물 것이다.

티아우바에도 여성들만 있는 것은 아닐까 하는 생각이 들었다. 그리스 신화의 아마존 부족처럼……. 그런 모습을 상상하니 미소가 떠올랐다. 남성들보다는 여성들과 함께 있는 것이 늘 편했다. 얼마나 즐거운 생각인가!

타오에게 직접적인 질문을 던졌다. "당신네 행성에는 여성들만 있나요?"

그녀는 놀란 듯 나를 쳐다보다가 곧 재미있어 하는 표정을 지었다. 나는 약간 걱정이 됐다. 어리석은 질문이었나? 그녀가 내 어깨에 손을 대더니 따라오라고 했다. 우리는 조종실을 떠나 곧바로 작은 방('할리스' 라고 불린다)으로 들어갔다. 무척 편안한 느낌을 주는 방이었다. 할리스에서는 점유자에게 독점적인 이용 권한이 부여되기 때문에 아무의 방해도 받지 않고 프라이버시를 누릴 수 있다고 타오는 설명했다. 실내에는 앉을 만한 자리가 많이 비치돼 있었는데 타오는 그 중 하나를 골라 앉으라고 권했다.

침대 · 안락의자 · 해먹처럼 생긴 것도 있고, 등받이를 조절할 수 있는 높은 의자도 있었다. 내 체격 조건에 맞는 의자가 하나도 없었다면 매우 불편했으리라. 타오를 마주보며 안락의자 같은 것에 편히 앉았다. 그녀의 표정이 다시 진지해졌다. 그녀가 입을 열었다.

"미셸, 이 우주선에는 여성이 없습니다……."

만일 그녀가 내가 지금 우주선에 타고 있지 않고 호주의 사막에 있다고 말했다면 오히려 그녀 말을 좀 더 쉽게 믿었으리라. 믿지 못하겠다는 표정을 본 그녀가 이렇게 덧붙였다. "이 우주선에는 남성도 없어요." 나의 혼란은 극에 달했다.

"하지만," 나는 말을 더듬었다. "당신은…, 그렇다면 뭐죠? 그냥 로봇인가요?"

"아뇨. 당신이 오해하고 있군요. 미셸, 한마디로 우리는 남녀추니(hermaphrodite: 자웅동체[雌雄同體])에요. 남녀추니가 무슨 뜻인지는 아시죠?"

나는 충격을 받은 상태로 고개를 끄덕였다. 그리고 이렇게 물었다. "당신네 행성에는 남녀추니들만 있나요?"

"네."

"하지만 당신의 얼굴과 태도는 남성보다는 여성에 가까운

데요."

"사실 그렇게 보일지도 몰라요. 하지만 우리가 여성이 아니라 자웅동체의 존재라는 내 말을 믿으세요. 우리 종족은 지금까지 그렇게 살아왔어요."

"솔직히 말해 몹시 혼란스럽소. 당신네들을 만난 이후 당신을 여성(she)으로만 생각해 왔는데, 이제는 남성(he)으로도 생각해야 한다니 난감하군요."

"뭔가를 상상해내려 애쓰지 마세요. 그냥 있는 그대로 우리를 보면 돼요. 당신네와는 다른 세계의 행성에서 살아가는 인간 정도로 생각하세요. 우리를 남성과 여성 중 어느 한쪽으로 규정하고 싶은 당신 마음을 이해해요. 당신은 지구인으로, 그리고 프랑스인으로 사고하기 때문이죠. 하지만 이번만큼은 영어의 중성(中性) 개념인 '그것'(it)으로 우리를 생각하는 게 좋을 듯 하군요."

그녀의 제안에 웃음이 나왔지만 당혹감은 여전했다. 몇 분 전까지만 해도 내가 아마존 여전사들과 동행하고 있다는 사실에 아무런 의문도 품지 않던 나였다.

"하지만 당신들의 종족 번식은 어떻게 하나요?" 내가 물었다. "남녀추니도 번식할 수 있나요?"

"물론이죠. 지구인들처럼 똑같이 할 수 있어요. 다만 우리는 출산을 조절한다는 점이 달라요. 그건 또 다른 얘기니까 일단 접어두죠. 머지않아 이해하게 될 거예요. 지금은 아까 있던 곳으로 돌아가야 해요."

우리는 조종실로 돌아갔다. 그곳의 승무원들이 새롭게 보이기 시작했다. 한 승무원의 턱을 보니 전에 봤던 때에 비해 좀 더 남성적으로 보였다. 또 다른 사람의 코는 완전히 남성의 코였다. 일부 사람들의 헤어스타일도 이제는 남성적으로 보였다. 우리가 사람들을 볼 때 그들의 실제 모습대로 보지 않고 자신의 생각대로 본다는 말이 새삼 실감났다.

하지만 혼란을 줄이기 위해 나는 원칙을 세웠다. '지금까지 그들을 여성으로 간주해 왔다. 내게는 그들이 남성보다는 여성으로 보였기 때문이다. 따라서 앞으로도 그들을 여성으로 간주하겠다. 그리고 어떻게 되는지 지켜보자.'

우주선은 여행을 계속했다. 나는 중앙 화면을 통해 별들의 움직임을 관찰할 수 있었다. 우주선이 별들에 너무 근접해서, 예컨대 수백만km 정도의 거리에서 지나가는 경우엔 거대한 별들에서 발산하는 빛 때문에 눈이 부셨다. 때론 특이한 색상의 행성들도 보였다. 어떤 행성은 에메랄드그린이었는데 너무도 순수해 넋을 놓고 바라본 적이 있다. 행성 전체가 마치 거대한 보석 같았다.

타오가 다가오자 나는 중앙 화면의 아랫부분에 보이는 빛의 띠가 무엇인지 물어봤다. 그 빛의 띠는 마치 작은 폭발이 수백만 번 일어나면서 형성되는 것 같았다.

"그것은 지구에서 반물질포(anti-matter gun)라고 불리는 장치에 의해 생겨나는 폭발이에요. 우리의 우주선처럼 초광속으로 비행하는 물체는 아무리 작은 운석과 충돌해도 산산

조각이 납니다. 그렇기 때문에 우리는 엄청난 압력이 가해지는 특수한 방에 특정한 형태의 소립자들을 압축 저장하고 그것을 반물질포에 장전해 사용합니다. 우리의 우주선은 일종의 코스모트론(양성자 가속기)이라고 할 수 있어요. 가속시킨 소립자들을 우주선의 양옆과 앞쪽의 먼 곳을 향해 발사해 아무리 미세한 운석들조차 파괴해 버리죠. 그것은 우주선이 엄청난 속도를 얻는 방법이기도 해요. 우리는 우주선 주변에 자장(磁場)을 만들어냅니다……."

"아, 잠깐. 너무 빨라요. 타오, 알다시피 나에겐 과학 지식이 없어요. 코스모트론이니 가속된 입자니 하면, 내가 못 따라갑니다. 원리는 이해하겠어요. 무척 흥미롭기도 하고. 하지만 전문 용어는 잘 몰라요. 대신 다른 것을 설명해 줄래요? 화면 속의 저 행성들은 어떻게 저런 색을 띠고 있죠?"

"행성의 대기 때문이거나 둘레의 가스층 때문이에요. 화면의 오른쪽에 꼬리가 달린 다양한 색상의 점이 보이나요?" 그 '물체'는 빠른 속도로 다가왔다. 그럴수록 그 아름다움을 더 잘 감상할 수 있었다. 그것은 끊임없이 폭발하면서 형태를 바꾸는 듯했고, 형언하지 못할 다채로운 색상을 과시했다. 나는 타오를 바라봤다.

"혜성이에요." 그녀가 말했다. "공전 주기는 지구 시간으로 55년 정도 됩니다."

"우리와는 얼마나 떨어져 있지요?"

그녀는 컴퓨터를 힐끗 보며 "415만km에요"라고 말했다.

"타오, 어떻게 당신들이 아라비아 숫자를 사용하게 됐나요? 또 당신이 '킬로미터' 라고 말할 때, 나를 위해 번역한 것인가요, 아니면 실제로 미터법을 사용하나요?"

"아뇨. 우리의 도량형 단위는 '카토' 와 ' 타키' 에요. 하지만 숫자는 당신이 아라비아 숫자로 알고 있는 것을 사용해요. 이유는 단순해요. 그것이 우리의 숫자 체계이기 때문이죠. 그 숫자 체계를 우리가 지구에 가져간 것이에요."

"네? 좀 더 자세히 설명해 주세요."

"미셸, 몇 시간 뒤면 티아우바에 도착합니다. 몇 가지 문제에 관해 당신에게 진지한 '교육' 을 시작할 때가 된 것 같군요. 당신이 괜찮다면, 우리는 전에 가봤던 할리스로 돌아갈 겁니다."

나는 타오를 따라갔다. 나의 호기심은 여느 때보다 강해졌다.

3장

지구 최초의 인간

The first man on Earth

앞서 묘사한 휴양실 할리스에 도착해 편하게 자리를 잡자 타오는 이상한 이야기를 시작했다.

“미셸, 정확히 135만 년 전 켄타우루스 성운의 바카라티니 행성에서 지도자들이 수많은 회의를 열고 여러 차례 정찰대를 파견한 뒤에 어떤 결정을 내렸습니다. 그곳 주민들을 우주선에 태워 화성과 지구로 이주시킨다는 결정이었어요. 이유는 단순했어요. 그들의 행성이 내부적으로 식어가고 있었고, 500년 안에 거주가 불가능해질 것이었기 때문이었어요. 그래서 주민들을 같은 범주에 속하는 젊은 행성으로 대피시키는 것이 바람직하다고 결론을 내린 거예요.”

“‘같은 범주에 속한다’는 게 무슨 뜻인가요?”

“나중에 설명 할게요. 지금은 너무 일러요. 그들 얘기로 돌아가자면, 그들은 매우 지능이 높고 고도로 진화된 인간들이었어요. 흑인종이었지요. 두툼한 입술에 납작한 코, 그리고 곱슬머리 등. 그런 점에선 현재 지구에 살고 있는 흑인들과 닮았어요. 그들은 바카라티니 행성에서 800만 년 간 살아왔어요. 황색 피부의 인종도 함께 살았어요.

정확히 말하자면 이들 황인종이 바로 지구에서 중국인이라고 불리는 종족이에요. 그들은 흑인들보다 약 400년 먼저 바카라티니에서 살았어요. 두 인종은 그곳에서 살면서 수많은 혁명을 겪었어요. 우리는 때론 그들을 구조하고 도움을 주며 올바른 길로 인도하려 노력했지요. 하지만 우리의 개입에도 불구하고 그들 사이에서는 전쟁이 주기적으로 일어났어요. 게다가 자연재해도 여러 차례 발생하면서 두 인종의 수는 줄어들었지요.

결국에는 대규모 핵전쟁이 발발했어요. 행성 전체가 어둠의 나락으로 떨어지고, 기온은 섭씨 영하 40도로 내려갔어요. 방사능뿐만 아니라 혹독한 추위와 식량 부족으로 대다수 인간들이 죽었어요. 기록에 따르면 재앙에서 살아남은 사람은 흑인 150명, 황인 85명에 불과했어요. 핵전쟁이 일어나기 전의 인구는 흑인이 700만 명, 황인은 400만 명이었지요. 생존자 수의 기록은 그들이 서로 죽이는 행위를 중단하고 다시 번식을 시작하기 직전에 작성됐어요."

"'서로 죽이는 행위'란 무슨 의미인가요?"

"전체 상황을 설명해 줄게요. 그러면 좀 더 이해가 될 겁니다. 먼저, 생존자들은 지도자들이 아니었다는 점이 중요해요. 특수하게 설계된 대피소에서 안전하게 보호를 받은 사람들이 아니었다는 뜻이에요.

생존자들은 흑인 세 그룹과 황인 다섯 그룹이었어요. 일부는 민간 대피소에서, 나머지는 대규모 공공 대피소에서 살아서 나왔지요. 물론 핵전쟁 당시에는 그 235명보다 많은 사람들이 각종 대피소에 있었어요. 아마 모두 합해 80만 명 이상이 될 거예요. 그들은 여러 달 동안 어둠과 혹한 속에 갇혀 있다가 마침내 대피소 바깥으로 나가 보기로 했습니다.

먼저 흑인들이 용감하게 나왔어요. 그들이 살던 대륙 위에서는 나무, 식물, 동물 등을 거의 찾아 볼 수 없었어요. 산속의 대피소에 고립돼 있던 한 그룹이 처음으로 사람 고기를 먹을 수 있다는 것을 알게 됐지요. 식량이 없었기 때문에 가장 약한 사람이 죽으면 다른 사람들이 그 사체를 먹었어요. 그러다가 나중엔 먹기 위해 서로를 죽여야 했어요. 그것은 그 행성에서 일어난 최악의 재앙이었지요.

바다 근처에 있던 또 다른 그룹은 몇몇 살아남은 생명체들을 먹으며 가까스로 연명했어요. 심하게 오염되지 않은 연체동물, 몇 종류의 물고기, 갑각류 같은 것들이었어요. 이들은 또 지하 깊은 곳에서 물을 끌어올리는 매우 정교한 기계장치 덕분에 오염되지 않은 식수도 구했어요. 물론 행성 위에 남은 치명적인 방사능 때문에 이들의 상당수는 여전히 죽어갔어요. 방사능으로 가득한 물고기를 먹어서 죽기도 했어요. 황색인 지역에서도 거의 똑 같은 상황이 전개됐습니다. 그렇게 해서 결국 살아남은 사람이, 아까 말한 대로, 흑인 150명과 황인 85명이에요. 그리고 마침내 전쟁으로 인한 죽음이 끝나고 번식이 다시 시작됐어요.

이 모든 사태는 그들이 온갖 경고를 받았음에도 불구하고 일어났어요. 거의 멸종되다시피 한 그 사태가 일어나기 전에 두 인종은 모두 매우 높은 수준의 기술 문명을 누렸어요. 사람들은 무척 편안한 삶을 영위했어요. 그들은 공장, 민간 회사, 정부 기관, 사무실 등에서 일했지요. 지금의 지구 상황과 똑같아요. 그들은 돈에 강한 집착을 가졌어요. 돈은 어떤 사람들에게는 권력을 의미했고, 어떤 사람들에게는 복지를 의미했어요. 후자는 좀 더 현명한 경우지요. 그들은 일주일에 평균 12시간을 근무했어요.

바카라티니 행성에서는 일주일이 6일이고 하루는 21시간입니다. 바카라티니인들은 정신적인 측면보다는 물질적인 측면으로 기울었어요. 그리고 정치인과 관료들에게 거듭 기만당하고 휘둘리며 살면서도 어쩔 수 없다는 식이었어요. 지구인들처럼요. 지도자들은 공허한 언변으로 일반대중을 우롱했지요. 지도자들은 탐욕과 자존심 때문에 국민들을 멸망의 길로 '이끌었어요.'

이들 두 인종은 점차 상대방을 부러워하기 시작했습니다. 부러움과 미움은 서로 종이 한 장 차이지요. 결국 서로 미워했고, 미움은 극도의 증오로 변해 핵전쟁까지 일어났어요. 양측 모두 첨단 무기를 보유했던 만큼 공멸하고 만 겁니다.

우리의 역사 기록에 따르면 그 재앙의 생존자 235명 중 여섯 명은 아이들이었어요. 이 통계치는 핵전쟁 발발 5년 뒤에 기록된 겁니다. 그들의 생존은 식인풍습과 몇몇 해양 생명체

덕분이지요. 생존자들은 자녀를 낳았지만 늘 '성공적이었다'고 할 수는 없었어요. 끔찍하게 기형적인 머리, 또는 피고름을 흘리는 흉측한 상처를 갖고 태어나는 아기들이 흔했어요. 그들은 핵 방사능이 인간에게 끼치는 영향을 감수해야 했지요.

150년이 지난 후 흑인은 성인 남녀와 아이들을 포함해 19만 명으로 늘었고, 황인은 8만5천명이 됐어요. '150년'의 기간을 언급하는 이유는, 그때부터 두 인종이 복구를 시작했고 우리도 그들을 물질적으로 도울 수 있었기 때문이에요."

"무슨 뜻인가요?"

"몇 시간 전, 우리 우주선이 아레모 X3 행성 상공에 정박해 토양 · 물 · 공기 샘플을 채집하는 모습을 봤지요?" 나는 고개를 끄덕였다. "그 때," 타오가 말을 계속했다. "거대한 개미 떼가 그곳 마을 주민들을 공격하자 우리가 개미들을 간단하게 몰살하는 모습을 봤을 겁니다."

"그랬지요."

"그것은 특별한 경우로, 우리는 직접 개입하는 방식으로 그들을 도왔어요. 당신도 봤다시피 그들은 거의 원시 상태로 살고 있었지요."

"맞아요. 그런데 그 행성에선 무슨 일이 있었나요?"

"핵전쟁이지요. 항상 반복되는 현상이에요. 미셸, 우주는 하나의 거대한 원자이며, 만물은 그 영향을 받고 있다는 사실을 잊지 마세요. 당신의 몸은 원자들로 구성돼 있어요. 내 말의 요점은, 모든 은하계에서 한 행성에 인간들이 살기 시작할 때마다 진화의 특정 단계에 이르면 원자의 존재가 발견된다는 거예요. 물론 원자를 발견한 과학자들은 원자의 붕괴가 강력한 무기로 사용될 수 있음을 조만간 알게 됩니다. 그리고 어느 시점이 되면 지도자들은 그 무기를 사용하고 싶어지죠. 마치 아이들이 성냥갑을 갖고 있으면 호기심에서 건초더미에 불을 붙이는 것과 마찬가지에요.

다시 바카라티니 행성 얘기로 돌아가죠. 핵 재앙이 있은 지 150년 뒤 우리는 그들을 돕고 싶었어요. 그들에게 가장 절실한 것은 식량이었어요. 그들은 여전히 해산물에 의존해 살았어요. 때론 잡식성 욕구 때문에 식인(食人) 행태를 보이기도 했어요. 채소와 육류가 필요했어요. 채소, 과일, 나무, 곡식, 동물 등 식용 가능한 모든 것이 사라졌어요. 대기 중에 산소를 공급할 식물들은 남아있었지만 먹지 못하는 것들이었지요.

지구의 사마귀 같은 곤충도 살아남았어요. 핵 방사능 때문에 돌연변이를 일으켜 거대한 크기로 진화했지요. 길이가 8m 정도로 커져서 인간들에게는 매우 위험한 존재였어요. 게다가 천적이 없기 때문에 급속히 번식했지요.

우리는 행성 상공을 날아다니면서 그 곤충들이 있는 곳을 찾아냈어요. 우리가 태고 적부터 갖고 있던 기술 덕분에 그것은 비교적 쉬운 일이었지요. 곤충들을 찾아낸 뒤에는 제거하기 시작했고, 그리 오래 걸리지 않아 완전히 절멸시켰어요.

"지구의 사마귀 같은 곤충도 살아남았어요. 핵 방사능 때문에 돌연변이를 일으켜 길이가 8m 정도로 커져서 인간들에게는 매우 위험한 존재였어요."

다음에는 가축과 식물을 다시 도입해야 했어요. 핵전쟁 전에 특정 지역의 기후에 적응한 종(種)들을 가져왔지요. 그 작업 역시 비교적 쉬웠어요."

"그런 작업을 하려면 여러 해가 걸렸겠네요!"

타오의 얼굴에 큼직한 미소가 나타났다. "이틀밖에 안 걸렸어요. 하루 21시간씩 이틀이요."

믿지 못하겠다는 내 표정에 타오는 웃음을 터뜨렸다. 그녀가, 혹은 그가 하도 포복절도하듯 웃는 바람에 나도 웃음이 나왔다. 하지만 사실을 약간 과장하지 않았을까 하는 의심은 여전했다.

내가 뭘 알겠는가? 내가 듣는 얘기 자체가 어차피 환상적인 내용이 아니던가! 내가 환각을 일으키고 있든지 아니면 약물에 중독돼 있었는지도 모를 일이다. 어쩌면 지구의 내 침대에서 곧 '깨어날지도' 모른다. "아니에요, 미셸." 타오가 내 생각을 읽고 말했다. "그런 식으로 의심하지 않기를 바랍니다.

텔레파시만으로도 확신을 갖기에 충분하지 않나요."

그녀의 말에 퍼뜩 떠오른 생각이 있었다. 아무리 정교한 속임수라도 이처럼 많은 초자연적인 요소들을 다 갖추기는 불가능하리라. 타오는 내 마음을 속속들이 읽을 수 있었고, 그걸 여러 차례 증명했다. 라톨리는 내게 손을 얹는 동작만으로도 지극한 행복감을 느끼게 만들었다. 나는 그런 증거들을 인정해야 했다. 내가 엄청난 환상적인 모험 여행을 하고 있음은 분명한 현실이었다.

"완벽한 결론이군요." 타오가 말했다. "얘기를 계속할까요?"

"그러세요." 나도 기꺼이 대답했다.

"그렇게 우리는 그들을 물질적으로 도왔어요. 하지만 우리가 개입할 때는 늘 그렇듯이 우리의 존재를 알리지는 않았어요. 여기에는 몇 가지 이유가 있어요.

첫째는 보안 때문이고, 둘째는 심리적인 이유에요. 저들이 우리의 존재를 알게 되면, 즉 우리가 자신들을 도우려 한다는 것을 알게 되면, 저들은 수동적으로 도움만 받으려하면서 자신들의 처지를 비관하게 됩니다. 이는 그들의 생존 의지에 부정적인 영향을 미쳐요. 지구에서도 그런 말이 있지요. '하늘은 스스로 돕는 자를 돕는다.'

마지막으로 세 번째 이유가 중요합니다. 우주의 법칙은 확고하다는 것이에요. 행성들이 항성 주위를 한 치의 오차도 없이 공전하듯 엄격히 적용된다는 뜻이에요. 당신이 잘못을 저지르면 반드시 그 대가를 치러야 해요. 그것이 즉각적이든, 10년 뒤든, 아니면 10세기 뒤든, 반드시 치르게 된다는 얘기에요. 물론 우리가 가끔 허락이나 충고를 받아 도와줄 때도 있지만, 원칙적으로 '밥을 떠먹여 주는' 식의 도움은 금지됩니다.

그래서 이틀 동안 우리는 그 행성에 몇 쌍의 동물들이 다시 살게 하고, 다양한 식물들을 다시 자라게 했어요. 언젠가는 그들이 다시 동물을 사육하고 식물을 재배할 수 있도록 하기 위해서지요. 그들은 원점에서 새로 시작해야 했어요. 우리는 그들이 발전하도록 꿈이나 텔레파시로 이끌었지요. '하늘에서 들려오는 목소리'로 그렇게 할 때도 있었어요. 다시 말해 그 '목소리'는 우리의 우주선에서 보냈지만 그들에게는 '하늘'에서 나는 소리였지요."

"당신들을 신으로 여겼겠군요."

"맞아요. 그런 식으로 전설이나 종교가 만들어지지요. 그러나 그 행성에서처럼 상황이 급박한 경우에는 목적 달성을 위해 수단과 방법을 가리지 않았어요.

몇 세기 뒤, 그 행성은 핵 재앙 전의 상태로 거의 회복됐어요. 일부 지역에선 사막이 확실히 형성됐지만, 영향을 덜 받은 지역들에서는 각종 식물상과 동물상이 잘 발달됐어요.

15만 년 뒤에는 고도의 문명이 생겨났어요. 하지만 이번엔 단순히 기술적으로만 그런 게 아니었어요. 다행히도 그들은 과거의 교훈을 잊지 않고 정신적 영적으로도 높은 수준에 도달했어요. 이런 현상은 흑인과 황인 모두에게 일어났고 두 인종은 끈끈한 우정을 맺었어요.

평화는 오래도록 지속됐습니다. 과거 역사의 대부분이 기록으로 남아 확실히 전승됐기 때문이에요. 후세들은 무엇이 핵 재앙을 초래했는지, 그리고 그 결과가 어땠는지를 알게 됐지요.

앞서 얘기했듯이, 바카라티니인들은 자기네 행성이 500년 안에 살 수 없는 곳이 된다는 것을 알았어요. 은하계 안에 생명체가 살고 있는, 혹은 살 수 있는 행성들이 존재한다는 사실을 알게 된 그들은 진지한 탐험 여행에 나섰습니다.

결국 그들은 당신네 태양계로 진출했어요. 첫 방문지는 화성이었지요. 생명체가 살 수 있는 곳으로 알고 있었고, 실제로도 당시에는 인간이 살고 있었어요.

화성의 인간들은 기술은 없었지만 영적으로는 고도로 발달했어요. 키는 120~150cm로 매우 작고 몽골인종처럼 생겼고, 부족 단위로 석조 오두막에서 살았어요.

화성의 동물상은 빈약했어요. 작은 체구의 염소, 대형 산토끼처럼 생긴 짐승, 몇 종류의 쥐 등이 있었고, 가장 큰 동물은 버펄로처럼 생겼는데 머리는 맥(tapir)을 닮았지요. 몇 종류의 새와 세 종류의 뱀도 있었고, 어떤 뱀은 독성이 강했어요. 식물상 역시 빈약했어요. 가장 큰 나무도 높이가 4m밖에 안 됐어요. 메밀처럼 생긴 식용 식물도 있었지요.

바카라티니인들은 탐사를 계속했어요. 그러나 화성 역시

내부 온도가 떨어지기 때문에 4,000~5,000년 뒤에는 거주할 수 없다는 결론이 나왔어요. 또 기존의 동식물 자원으로는 기존 주민들의 식량을 충당하기에도 충분치 않았어요. 그러니 대규모의 바카라티니인 이주민을 감당하기는 불가능했지요. 게다가 화성은 매력이 없었습니다.

결국 두 대의 이주민 우주선은 지구로 향했어요. 첫 착륙지는 오늘날의 호주 지역이었지요. 당시 호주, 뉴기니, 인도네시아, 말레이시아는 모두 한 대륙에 속해 있었어요. 그리고 오늘날의 태국 지역에는 폭 300km의 해협이 있었지요.

당시 호주에는 거대한 내해(內海)가 있었고, 거기로 여러 개의 큰 강이 흘러들었어요. 그런 만큼 다양하고 흥미로운 동식물상이 번성했지요. 바카라티니인들은 모든 점을 감안한 뒤 호주 지역을 첫 이민지로 선택했습니다.

좀 더 정확히 말하자면, 흑인종은 호주를 택했고 황인종은 오늘날의 미얀마 지역에 정착했어요. 미얀마 지역에도 야생 생물이 풍부했어요. 벵골 만 주변에 정착 기지들이 신속히 세워졌지요. 한편 흑인들은 호주 내해 주변에 첫 정착 기지를 건설했습니다. 나중에는 더 많은 기지가 뉴기니 지역에 세워졌어요.

그들의 우주선은 초광속으로 비행할 수 있었는데, 약 50년에 걸쳐 흑인과 황인 이주민들을 각각 360만 명씩 지구로 실어 날랐어요. 이는 두 인종이 서로를 철저히 이해하고 단합돼 있었음을 보여주는 증거입니다. 그들은 새로운 행성에서 평화롭게 공존하며 살아남기로 결심했어요. 양측의 합의 하에 노약자들은 바카라티니에 남았어요.

바카라티니인들은 정착 기지를 건설하기 전에 지구 전체를 샅샅이 탐사했습니다. 그 결과 그들이 도착하기 전의 지구에는 인간이 살고 있지 않다는 것을 확인했어요. 인간처럼 생긴 생명체들을 자주 보긴 했지만 좀 더 자세히 조사해본 결과 대형 원숭이 종류였음이 확인됐어요.

지구의 중력은 바카라티니에서보다 강해 처음에는 상당히 불편했지만 두 인종은 훌륭히 적응해 나갔습니다. 도시와 공장을 건설할 때 그들은 바카라티니에서 매우 가벼우면서도 강한 자재들을 들여왔어요.

아직 설명하지 않은 게 있는데, 당시 호주는 적도 지역에 있었지요. 지구는 오늘날과는 다른 축을 중심으로 회전했는데, 자전 주기는 30시간 12분, 공전 주기는 280일이었어요. 당시 적도의 기후는 오늘날과는 달랐어요. 대기 상태가 변한 오늘날보다는 훨씬 더 다습했어요.

거대한 얼룩말 떼가 평원을 돌아다녔고, '도도'라고 불린 거대한 식용 새와, 초대형 재규어도 있었어요. 또 지구인들이 '거대 모아 새'(Dinornis)라고 부르는 4m 높이의 새도 당시에 존재했어요. 어떤 강에는 길이 15m짜리 악어와 25~30m의 뱀이 살았는데 이따금 이주자들을 잡아먹었지요.

동식물상의 대다수는 바카라티니와 완전히 달랐어요. 영양학적 생태학적 관점에서 그렇다는 얘기입니다. 해바라기, 옥

수수, 밀, 사탕수수, 타피오카 같은 식물들을 지구의 기후에 적응시키려고 수많은 실험농장들이 세워졌어요.

이들 식물은 지구에 존재하지 않았거나, 존재했다 해도 원시 상태였기 때문에 먹을 수가 없었지요. 염소와 캥거루는 바카라티니에서 수입됐어요. 이주민들이 유달리 좋아해서 바카라티니에서 즐겨 먹던 동물들이었거든요. 그들은 특히 캥거루 사육에 열성적이었어요. 하지만 지구 생태계에 적응시키는 데 엄청난 어려움을 겪었지요. 가장 큰 문제 중 하나는 먹이였어요. 바카라티니에서 캥거루는 '아릴루' 라는 가늘고 질긴 풀을 먹고 살았는데, 이 풀은 지구에는 없던 것이었어요. 그 풀은 이주민들이 재배하려고 애썼지만 번번이 미세한 진균류(眞菌類)의 공격으로 죽었어요. 그래서 캥거루는 몇 십 년 동안은 사료를 먹고 살았지만 점차 지구의 토종 풀들에 적응해 갔지요.

흑인들은 아릴루 재배 노력을 계속해 결국 성공했어요. 하지만 너무 오랜 세월이 지난 터라 캥거루들은 이미 토종 풀에

호주에서 흔히 '풀 나무'(grass tree)로 불리는 식물. 학명은 크산토로에아(Xanthorrhoea). 지구상에서는 기원을 알 수 없는 이 식물은 캥거루와 마찬가지로 바카라티니 행성에서 들어왔다.

적응했기 때문에 성공의 의미가 퇴색됐어요. 훨씬 더 긴 세월이 흐른 뒤 일부 아릴루 종은 지구 토양에 뿌리를 내렸지만 이를 먹는 동물이 없다 보니 호주 전역으로 퍼졌어요. 그 식물은 '크산토로에아' 라는 학명으로 아직도 존재하는데, 일반적으론 '그래스 트리' (grass tree: 백합科의 상록 관목. 저자의 원고에는 'black boy' 로 돼 있다. 하지만 이 용어는 인종적인 함의 때문에 호주에서는 기피하는 표현이다.)로 불리지요.

이 식물은 바카라티니에서보다는 지구에서 훨씬 더 크고 두텁게 자랍니다. 식물종이 다른 행성으로부터 도입되는 경우에 자주 있는 일이지요. 이 식물은 고대의 흔적을 보여주는 드문 경우에 속해요.

이 식물은 캥거루처럼 호주에서만 발견됩니다. 그것은 바카라티니인들이 지구의 다른 지역들로 진출하기 전에 아주 오랫동안 호주에서 살았음을 보여줍니다. 이 점에 관해 설명할게요. 하지만 먼저 그들이 적응을 위해 극복해야 했던 문제들을 당신에게 좀 더 잘 이해시키려고 캥거루와 크산토로에아의 경우를 언급하고 싶었어요. 물론 그것은 수많은 문제들 중 하나에 불과합니다.

황인종은 앞서 말했듯이 벵골 만의 내륙지대에 정착했어요. 대다수는 지금의 미얀마 지역에서 살았지요. 그들 역시 도시들을 건설하고 실험농장을 운영했어요. 채소류에 가장 많은 관심을 기울였어요. 그래서 바카라티니로부터 양배추, 상추, 파슬리, 고수풀 등을 수입했어요. 과일로는 체리나무,

바나나, 오렌지 나무 등을 들여왔지요. 바나나와 오렌지는 재배하기가 어려웠어요. 당시 기후가 지금보다는 추웠기 때문이에요. 그래서 바나나와 오렌지 나무 일부를 흑인들에게 넘겨줬는데, 흑인들은 재배에 성공했어요.

밀 재배에서는 황인들이 훨씬 더 성공했어요. 사실, 바카라티니산 밀은 낟알이 매우 커서 커피콩 크기만 했고, 이삭의 길이도 40cm나 됐어요. 네 가지 품종의 밀이 재배됐는데, 황인들은 얼마 안 돼 아주 높은 수준의 생산력을 갖게 됐어요."

"바카라티니인들이 쌀도 지구에 도입했나요?"

"아뇨. 쌀은 순전히 지구의 토종 식물이에요. 하지만 지금 같은 종자가 된 것은 황인들이 여러 차례 품종을 개량한 덕분이에요.

거대한 식량창고들이 건설됐고, 곧이어 두 인종 간 교역도 시작됐어요. 흑인들은 캥거루 고기, 도도 새(당시에는 새끼를 많이 낳았다), 얼룩말 고기를 수출했어요. 흑인들은 얼룩말을 사육하는 과정에서 맛은 캥거루 고기와 같지만 영양가는 더 높은 품종을 개발했지요. 교역은 바카라티니 우주선을 이용해 이뤄졌고, 곳곳에 우주선 기지들이 세워졌지요……."

"타오, 잠깐만요. 당신 얘기는 지구 최초의 인간이 흑인과 황인이었다는 것인가요? 그렇다면 내가 백인인 것은 어떻게 된 건가요."

"미셸, 너무 앞서 나가지 마세요. 지구에서 최초의 인류는 분명히 흑인과 황인이었어요. 일단은 어떻게 그들이 사회를 조직하고 살아갔는지부터 설명할게요. 그들은 물질적으로 성공했어요. 하지만 거대한 집회장을 건설해 종교 생활을 하는 것도 게을리 하지 않았어요."

"그들에게 종교가 있었어요?"

"예, 그래요. 그들은 모두 '타키오니' 였지요. 다시 말해 환생(reincarnation)을 믿는 사람들이었어요. 오늘날 지구의 라마교도의 신앙과 비슷한 것이에요.

두 나라 사이에는 왕래가 잦았어요. 지구의 다른 지역을 좀 더 깊이 탐사하려고 공동으로 노력하기도 했지요. 어느 날 흑인과 황인의 합동 탐사대가 남아프리카 끝에 착륙했어요. 오늘날 희망봉으로 불리는 곳이에요. 그 시절 이후 아프리카는 거의 변하지 않았어요. 사하라, 북동부 지역, 홍해는 제외하고요. 그 곳들은 당시에 존재하지 않았으니까요. 하지만 그것은 별도의 얘기로 나중에 설명해줄게요.

탐사대가 그곳에 착륙한 때는 이미 바카라티니인들이 지구에 정착한지 300년이나 흐른 시점이었어요.

아프리카에서 그들은 코끼리, 기린, 버펄로 같은 새로운 동물과, 전에 본 적이 없었던 토마토 같은 새 과일을 발견하였습니다. 미셸, 그 토마토가 당신이 알고 있는 토마토라고 생각하지 마세요. 처음 발견됐을 때 토마토는 매우 작은 건포도 크기에 신맛이 강했어요. 황인들은 그동안 축적된 기술을 바탕으로 그 후 몇 세기 동안 토마토 품종 개량에 나섰어요. 벼 품종을 개량한 것과 마찬가지였죠. 그 결과 당신이 알고 있는 토마토가 생긴 것입니다. 그들은 바나나 나무를 처음 봤을 때도 놀랐습니다. 자신들이 수입해온 바나나와 너무 닮았기 때문이었지요. 하지만 바나나를 들여온 것을 후회하지는 않았어요. 아프리카 바나나는 식용에 적합지 않은 데다 속에 큰 씨앗들이 가득 들어있었기 때문이에요.

그 아프리카 탐사대는 흑인 50명과 황인 50명으로 구성됐는데, 코끼리와 토마토, 그리고 많은 몽구스를 가지고 귀국했어요. 몽구스들은 곧 뱀의 천적임이 밝혀졌지요. 불행하게도 그들은 요즘 '황열병' 이라고 불리는 끔찍한 바이러스성 질환도 함께 가져왔습니다.

매우 짧은 시간에 수백만 명의 사람들이 죽었습니다. 심지어 의사들조차 어떻게 병이 퍼졌는지를 몰랐어요. 황열병은 모기에 의하여 주로 퍼졌고, 적도 지방에는 모기 수를 줄일 겨울이 없어 모기들이 더 많았지요. 그 결과 호주의 흑인들이 더 많이 희생됐어요. 황인보다 희생자가 네 배나 많았어요.

바카라티니의 황인종은 의학과 병리학 분야에서 늘 뛰어났어요. 그럼에도 불구하고 그 질병의 치료제를 발견할 때까지는 오랜 시간이 걸렸어요. 그 사이에 수십만 명이 끔찍한 고통 속에 죽어갔어요. 마침내 황인들은 백신을 만들어냈고, 흑인들에게도 즉시 백신을 보내줬습니다. 두 인종 간의 우정은 더욱 돈독해졌지요."

"흑인의 체격은 어땠나요?"

"바카라티니에서 왔을 때 흑인의 키는 약 230cm였고, 여성도 비슷했어요. 그들은 아름다운 종족이었어요. 황인들은 상대적으로 작았어요. 남자는 평균 190cm, 여자는 180cm였죠."

"하지만 당신은 현대 흑인들이 그들의 후손이라고 말했는데, 후손들이 훨씬 더 작은 이유는 뭔가요?"

"중력 때문이죠. 바카라티니보다는 지구의 중력이 더 강해 두 인종은 점차 키가 작아졌어요."

"당신은 또 곤경에 처한 사람을 도와준다고 했는데, 황열병이 발생했을 때는 왜 도와주지 않았나요? 당신네도 백신을 개발하지 못했기 때문이었나요?"

"도울 능력은 있었어요. 우리 행성에 와보면 우리의 능력을 알게 될 겁니다. 하지만 우리는 개입하지 않았어요. 예정된 프로그램에 없던 일이었기 때문이에요. 이미 말했지만, 우리는 너무 자주 개입하지 못하게 돼 있어요. 특정 상황에선 도와주지만 그 외에는 안 돼요. 어느 정도를 넘어서면 도움을 주는 것이 법으로 엄격히 금지돼 있어요.

간단한 예를 들어보죠. 배우기 위해 매일 학교에 다니는 아이를 생각해 보세요. 저녁에 집에 돌아온 아이가 숙제를 도와달라고 합니다. 현명한 부모라면 아이가 과제물을 제대로 이해하도록 도와주고 숙제는 혼자 힘으로 하도록 합니다. 반면에 부모가 숙제를 대신 해주면 아이는 배울 기회를 놓치게 되겠죠. 그러면 아이는 같은 내용을 다음 해에도 반복해야 합니다. 그것은 부모가 자식에게 할 도리가 아니죠.

나중에 알게 되겠지만, 당신이 지구에 존재하는 목적은 어떻게 살고 고통 받고 죽느냐 하는 법을 배우기 위해서지요. 동시에 영적으로 최대한 발전하기 위해서이기도 하죠. 나중에 '타오라' 가 당신과 대화할 때 이 점을 다시 얘기할 겁니다. 지금은 이 사람들에 관해 더 얘기하고 싶어요.

그들은 황열병을 이겨내고 지구에 뿌리를 더욱 깊이 내렸어요. 호주뿐만 아니라 오늘날 남극대륙으로 알려진 지역에도 많은 인구가 살았어요. 물론 당시 그 지역은 적도 쪽으로 좀 더 가까이 있었으므로 기후가 온화했어요. 뉴기니에도 많은 사람이 정착했어요. 황열병 전염이 종식될 무렵 흑인 인구는 7억 9500만이었어요."

"나는 남극대륙이 실제로는 대륙이 아니었다고 생각했는데."

"당시 그것은 호주에 붙어있었고 요즘보다 훨씬 따뜻했어요. 지구가 다른 축을 중심으로 회전했기 때문이지요. 당시 남극대륙의 기후는 지금의 러시아 남부와 비슷했어요."

"그들이 바카라티니로 돌아가지는 않았나요?"

"아뇨. 지구에서의 생활이 안정되자 그들은 아무도 돌아가지 않는다는 엄격한 규칙을 제정했어요."

"그들의 행성은 어떻게 됐나요?"

"예상대로 냉각되다가 사막으로 변했어요. 화성처럼."

"그들의 정치제도는 어떤 것이었나요?"

"매우 단순했어요. 손을 들어 찬반을 표시하는 선거로 마을이나 구역의 지도자를 뽑았어요. 그리고 구역 지도자들이 모여 시장을 선출하고, 동시에 지혜, 상식, 성실성, 지성에서 가장 존경받는 사람들 중에서 8명의 원로를 뽑습니다.

재산이나 가문을 기준으로 뽑는 경우는 결코 없었습니다. 그리고 나이는 모두 45~65세입니다. 도시나 지방(한 지방은 8개 마을로 구성된다)의 지도자는 8인의 원로와 의논하는 역할을 맡습니다. 그 8인으로 구성되는 원로회의는 주(州) 평의회 모임에 참가하는 대표를 선출합니다(비밀투표로 하며 의결 정족수는 7명 이상이다).

예컨대 호주에는 8개 주가 있었고, 각 주는 8개 도시나 지방으로 구성됐습니다. 따라서 주 평의회 모임에는 각자 특정 도시나 지방을 대표하는 8명의 대표자가 참석했습니다.

한 사람의 위대한 현인이 주재하는 주 평의회 모임에서 참석자들은 어떤 정부나 직면하는 일상적인 사안들을 의논했습니다. 예컨대 상하수도, 병원, 도로 같은 문제들이죠. 도로 교통의 경우, 흑인과 황인들은 수소 발동기로 작동하는 매우 가벼운 차량을 이용했어요. 반자기력과 반중력에 입각한 시스템 덕분에 지면 위로 부상한 채 이동하는 차량이었지요.

정치제도 얘기로 돌아가서, 소위 '정당' 같은 조직은 없었어요. 모든 것이 인격과 지혜에 대한 평판에 달려있었죠. 수많은 경험을 통해 그들은 오래 지속될 질서를 수립하기 위해선 공정성과 원칙이라는 두 개의 핵심 요소가 필요하다는 교훈을 배웠습니다.

그들의 경제 및 사회 조직에 관해선 나중에 얘기하고, 지금은 사법제도를 간단히 소개할게요. 예를 들어 절도범으로 확인된 사람은 새빨갛게 달군 쇠붙이로 평소 사용하는 손의 등에 낙인을 찍습니다. 오른손잡이는 오른 손등에 찍는데, 도둑질을 또 하면 왼손을 잘라버립니다. 최근까지도 지구의 아랍인들 사이에서 유지되는 오래된 관습이지요. 도둑질을 계속하면 오른손마저 절단하고, 이마에도 지워지지 않는 낙인을 찍습니다. 양손이 없어졌기 때문에 절도범은 식사를 비롯해 만사를 가족이나 행인들의 자비와 동정심에 의존하게 됩니다. 사람들은 그 낙인의 의미를 알기 때문에 절도범의 인생은 매우 힘들어졌어요. 차라리 죽는 게 나았을지도 모릅니다.

절도범은 이런 식으로 상습범에게 어떤 일이 일어나는가를 보여주는 살아있는 본보기가 됐어요. 말할 필요도 없지만 절도는 희귀한 범죄였지요.

나중에 알게 되겠지만 살인 역시 드물었어요. 살인 용의자는 특별실에 데려가는 데, 커튼 뒤에는 '독심술사'가 있었어요. 독심술사는 특수한 정신감응 재능을 갖고 있을 뿐만 아니라, 여러 특수 교육기관에서 그런 재능을 부단히 증진시킨 사람이었지요. 그의 임무는 용의자의 생각을 간파하는 것이었어요.

훈련을 통해 자신의 생각을 비우는 일이 가능하다고 반박할 수도 있어요. 하지만 6시간 내내 그렇게 하기는 불가능해요. 게다가 용의자가 생각을 비우려할 때마다 특정한 음향이 들리면서 그의 정신 집중을 방해합니다.

예방책으로 6명의 다른 '독심술사' 도 동원됐어요. 멀리 떨어진 다른 건물에서는 목격자에게도 동일한 절차가 적용됐어요. 말은 한 마디도 필요 없었습니다. 다음 이틀 동안에도 같은 절차가 반복됐는데, 그때는 8시간씩 했어요.

나흘째 되는 날 독심술사들은 판사 세 명으로 구성된 재판부에 각자의 보고서를 제출하고, 판사들은 피고와 목격자들을 상대로 신문과 반대신문을 합니다. 변호사나 배심원은 없었습니다. 판사는 사건에 관한 모든 세부적인 정보를 확보한 후 범죄 사실이 절대적으로 확실할 때에만 유죄 판결을 내렸습니다.

왜냐 하면, 살인죄의 형벌은 죽음, 그것도 끔찍한 죽음이었거든요. 살인자는 산 채로 악어들에게 던져졌어요. 강간은 살인보다 더 나쁜 범죄로 간주됐는데, 그런 만큼 형벌도 더 잔인했지요. 강간범은 온몸에 꿀을 바른 뒤 개미굴 근처의 땅속에 어깨까지 파묻혔어요. 죽을 때까지 10~12시간이 걸렸지요. 이제는 이해하겠지만, 두 나라의 범죄율은 지극히 낮았어요. 그래서 교도소를 지을 필요도 없었지요."

"형벌이 지나치게 잔인하다고 생각하지 않나요?"

"예를 들어, 강간당한 뒤 살해된 16살짜리 소녀의 어머니 심정을 생각해 보세요. 어머니는 가장 잔인한 고통을 견뎌야 합니다. 자신의 잘못도 아니고 바라지도 않았던 일 때문에 고통을 겪어야 합니다. 반면 범인은 자기 행동의 결과를 알고 있어요. 따라서 매우 잔인하게 처벌받는 게 정당합니다. 그러나 이미 설명했듯이 범죄 행위는 거의 존재하지 않았습니다.

종교로 돌아가죠. 앞서 말한 대로 두 인종은 환생을 믿었어요. 하지만 그들의 신앙에는 분파들이 있었고, 그래서 때론 그들을 분열시켰어요. 다양해진 교파의 성직자들은 신도들을 자신의 지도력 아래로 끌어들였어요. 흑인종 내부의 교파 분열은 재앙을 낳았어요.

결국 약 50만 명의 흑인이 성직자들을 따라 아프리카로 이주해갔습니다. 지금의 홍해 지역이었어요. 당시에는 홍해가 존재하지 않았던 만큼 그 지역은 아프리카 땅이었어요. 그들은 마을과 도시를 건설하기 시작했습니다. 하지만 앞서 설명한 대로 여러 면에서 공정하고 효율적이었던 그 정치제도는 폐기됐어요. 성직자들이 정부 수장들을 직접 선정했어요. 결국 정부 지도자들은 성직자의 조종을 받는 꼭두각시로 변해갔어요. 그때부터 사람들은 부패, 매춘, 마약을 비롯한 온갖 비리들을 겪어야 했어요. 오늘날 지구인들에게 매우 익숙한 문제들이지요.

황인종의 경우는 매우 잘 조직화되었습니다. 약간의 경미한 종교적 왜곡이 있긴 했지만, 그쪽 성직자들은 국사에 대한 발언권이 없었어요. 황인들은 평화를 누리며 풍요롭게 살았어요. 아프리카로 떠나간 분리론자 흑인종과는 매우 달랐지요."

"그들은 어떤 종류의 무기를 가지고 있었나요?"

"아주 단순한 무기였어요. 단순함이 복잡함보다 우월한 경우가 많듯이, 그 무기는 매우 효과적이었어요. 두 인종은 일종의 '레이저 무기'를 가져왔습니다. 무기는 특수 집단의 통제 아래 있었고, 그 집단은 각국 지도부의 통제를 받았어요. 양측은 합의에 따라 100명의 '참관인'을 상대국에 상주시켰어요. 참관인들은 자국을 대표하는 대사와 외교관들로서 상대국이 과다한 무기를 보유하지 않도록 감시하는 역할도 맡았어요. 그 시스템은 완벽하게 작동했고, 평화가 3,550년 간 유지됐습니다.

그러나 아프리카로 이주한 흑인들은 분리주의 세력이었던 만큼 레이저 무기를 갖고 가는 것이 허용되지 않았습니다. 그들은 서서히 퍼져나가면서 지금의 사하라 사막 지역에 정착했습니다. 당시 그 지역은 온화한 기후의 비옥한 땅이었어요. 많은 동물의 먹이가 되는 식물이 풍부한 곳이었어요.

성직자들은 사원들을 건설하도록 시켰고, 부와 권력에 대한 욕심을 충족시키기 위해 사람들에게 많은 세금을 부과했습니다.

가난을 몰랐던 사람들 사이에서 이제 두 개의 계층이 명확히 형성됐어요. 아주 부유한 계층과 아주 가난한 계층이지요. 물론 성직자들은 전자에 속했고, 그들을 도와 가난한 사람들을 착취한 사람들도 부유층에 속했어요.

종교는 우상숭배로 변질됐고, 사람들은 돌 또는 나무로 만든 신들을 숭배하면서 제물을 바쳤습니다. 얼마 지나지 않아 성직자들은 인간을 제물로 바쳐야 한다고 주장했습니다.

분리가 시작됐을 때부터 성직자들은 일반대중을 가능한 한 무지 속에 가둬놓으려 애썼습니다. 사람들의 지적, 물질적 발전 수준을 낮춤으로써 그들에 대한 지배를 더 쉽게 유지할 수 있었습니다. 성직자들이 말하는 '발전한' 종교와, 애당초 분리 독립에 영감을 준 '종교 의식' 사이에는 이제 아무런 공통점도 없어졌습니다. 그런 만큼 일반대중을 통제하는 일은 필수적인 과제였어요.

우주의 법칙이 명령하는 바, 인간의 으뜸가는 의무는 그가 어느 행성에 살든 영적으로 발전하는 일입니다. 이들 성직자는 전체 국민을 무지 속에 가두고 거짓으로 이끌며 정신적 수준을 떨어뜨림으로써 그 보편적인 근본 법칙을 어겼습니다.

우리는 그 시점에서 개입하기로 결정했습니다. 하지만 개입하기 전에 성직자들에게 마지막 기회를 주었습니다. 우리는 정신감응과 꿈을 통해 그들의 최고 성직자에게 이렇게 충고했습니다. '인간 제물 관행을 종식시키고 국민들을 다시 올바른 길로 인도하라. 인간은 오로지 영적 발달이라는 목적을 위해 물질적으로 존재한다. 당신이 하는 일은 우주 법칙에 위배된다.'

그 최고 성직자는 몹시 혼란스러워 했어요. 그래서 다음날 성직자 회의를 소집해 꿈 얘기를 공개했습니다. 일부 성직자는 그가 배신하려 한다고 비난했습니다. 그가 너무 노쇠했다든가 환각에 빠졌다고 매도하는 성직자들도 있었어요. 여러 시간에 걸친 토론 끝에 참석자 15명 중 12명은 기존의 종교

관행을 유지하기로 결정했습니다. 이를 위해 가장 좋은 방법은 일반대중에 대한 통제를 유지하면서 '복수심에 불타는 신'에 대한 믿음과 두려움을 심화시키고, 그런 신의 대리인이 바로 성직자라고 믿게 만들어야 한다고 주장했습니다. 성직자들은 최고 성직자가 자신의 '꿈'에 관해 해준 얘기를 한 마디도 믿지 않았어요.

우리의 입장이 매우 미묘해질 때가 있어요, 미셸. 우리가 그들 앞에 우주선을 타고 나타나 성직자들에게 직접 얘기할 수도 있었어요. 하지만 그들도 분리하기 전에 우주선을 갖고 있었던 만큼 우리 우주선을 식별할 수 있었지요.

그들은 아무것도 묻지 않고 즉각 우리를 공격했을지도 모릅니다. 의심이 많은 데다, 자신들이 '국가' 안에서 차지하고 있던 우월한 지위를 잃고 싶지 않았기 때문이지요. 또 혁명이 발생할 경우 진압하기 위해 군대와 강력한 무기도 보유하고 있었어요. 물론 우리는 그곳 주민들을 올바른 길로 인도하기 위해 성직자 세력을 제거하고 직접 주민들과 대화할 수도 있었어요. 하지만 그럴 경우 심리적인 문제가 발생할 가능성도 있었어요. 주민들은 성직자들에게 순종하는 데 길들여졌고 자기네 나라 일에 우리가 개입하는 까닭을 이해하지 못했을 거예요. 그렇게 되면 우리의 모든 계획이 수포로 돌아갈지도 몰랐어요.

그래서 어느 날 밤 우리는 '소형 구체'를 타고 날아가 그 나라의 상공 1만m 높이에 정박했습니다. 그들의 사원과 '성스러운 도시'는 도시에서 1km 정도 떨어져 있었어요. 우리는 텔레파시로 최고 성직자와 그를 따르던 두 명의 성직자를 깨웠어요. 그리고 그들로 하여금 '성스러운 도시'에서 약 1.5km 떨어진 곳에 있는 아름다운 공원으로 걸어가게 했습니다. 그런 후 우리는 교도소 간수들에게 집단 환각을 일으켜 감옥 문을 열고 수감자들을 풀어주게 했습니다. 시종들과 군인 등 사실상 '성스러운 도시'의 모든 주민을 대피시켰어요. 그 12명의 사악한 성직자들만 제외시켰지요. 하늘에서 보이는 이상한 '환영'에 감을 잡은 주민들은 도시 변두리로 피신했어요. 밤하늘에는 밝게 빛나는 백열 구름 주위를 날개 달린 존재들이 떠다니고 있었지요."

"그건 어떻게 한 것인가요?"

"집단 환상 작용을 일으킨 겁니다, 미셸. 그렇게 해서 매우 짧은 시간에 '성스러운 도시'에는 12명의 사악한 성직자만 남게 됐습니다. 모든 준비가 끝나자, '소형 구체'는 사원을 비롯한 모든 건물을 파괴했습니다. 당신도 이미 본 적이 있는 무기를 사용했지요. 모든 구조물이 파괴되고 무너지면서 약 1m 높이의 폐허로 변했습니다. 그들이 저지른 '죄악'의 말로를 보여주는 증거였지요.

사실 그런 폐허마저 남아있지 않게 파괴했다면 사람들은 곧 잊어버렸을 겁니다. 원래 사람들은 쉽게 잊지요…….

더 나아가 주민들을 교화시키기 위해 백열 구름으로부터 경고의 목소리가 들렸어요. 신의 분노가 얼마나 무서운가를 환기시키면서, 최고 성직자에게 순종하고 그가 안내하는 새로운 길을 따라가라는 내용이었어요.

그것이 끝나자, 최고 성직자가 주민들 앞에서 연설했습니다. 그는 가난하고 가엾은 주민들을 향해 그동안 자신이 잘못했으며 이제는 모두 합심해 새로운 길을 가는 것이 중요하다고 말했어요.

그는 두 명의 성직자의 도움을 받아 일을 했어요. 물론 어려운 때가 많았지요. 하지만 그들은 순식간에 '성스러운 도시'를 파괴하고 나쁜 성직자들을 죽인 그 날의 사건을 기억하면서 용기를 얻었어요. 말할 필요도 없지만 그 '사건'은 신이 일으킨 기적으로 간주됐지요. 그 다음날 인간 제물로 바쳐질 예정이었던 200여 명의 수감자들이 풀려났다는 사실도 기적으로 간주됐어요.

그 사건의 모든 내용은 자세히 기록됐습니다. 하지만 여러 세기에 걸쳐 신화와 전설로 전해지는 과정에서 왜곡되기도 했지요. 어떻든 그 사건은 즉각적으로 많은 변화를 가져왔어요. 주민 착취에 가담했던 부자들은 '성스러운 도시'와 사악한 성직자들에게 일어난 일을 목격한 뒤부터는 자신들도 같은 운명에 처하지 않을까 두려워했어요. 그들은 상당히 겸손해진 태도로, 새로운 지도자들의 개혁을 도왔습니다.

점차 주민들은 분리하기 전과 같은 만족스런 삶을 되찾았어요. 산업화한 도시보다는 전원적인 분위기를 좋아해서 그 후 수 세기 동안 아프리카 여러 곳으로 퍼져 나갔어요. 인구도 수백만 명으로 늘어났지요. 그럼에도 불구하고 도시는 홍해 지역과, 아프리카 중앙을 관통해 흐르는 큰 강의 양쪽 둑을 따라서만 세워졌어요.

그들은 영적인 능력을 고도로 발달시켰어요. 가까운 거리는 공중부양으로 이동할 수 있는 사람이 많았어요. 정신감응의 중요성도 다시 강조되면서 흔히 사용되는 능력이 됐지요. 상처 부위에 손을 얹기만 해도 치료가 되는 경우도 빈번히 일어났습니다.

호주와 뉴기니의 흑인들과도 우호 관계가 다시 수립됐어요. 그들은 정기적으로 '불의 전차'를 타고 아프리카를 방문했지요. 아프리카 흑인들은 호주 흑인들이 여전히 이용하는 우주선을 그렇게 불렀어요.

가까운 이웃인 황인종이 소규모로 북아프리카에 이주하기 시작했습니다. 그들은 '불의 전차를 탄 하느님의 강림' 전설에 매료됐지요. 우리의 개입은 그런 식의 전설로 전해졌어요.

황인종과 흑인종 사이에 처음으로 육체적 결합이 일어나기 시작했어요. 바카라티니에서도 인종간의 결합은 있었지만, 지구에서만큼 광범하게 일어나지는 않았어요. 인종학자들은 그 결과에 큰 관심을 가졌습니다. 그런 대규모 교배로 지구상에 새로운 종족이 생겨났습니다. 이 '혼혈 종족'은 흑인보다는 황인 피와 더 많이 섞였는데, 세월이 흐를수록 흑인이나 황인보다는 자기네끼리 어울려 사는 것을 좋아했어요. 결국 그들은 함께 모여 살면서 지금의 알제리와 튀니지 지역에 정착했습니다. 이렇게 새로 탄생한 인종이 바로 아랍인이죠. 하지만 그들이 처음부터 지금의 아랍인과 같은 모습을 하지는 않았어요. 오랜 세월과 기후의 영향이 있었지요. 나는 단지 지구의 인종이 어떻게 상호 교배를 통해 형성됐는가를 간단히 설명하는 것뿐이에요.

그 후 지구의 주민들은 오랫동안 별 탈 없이 잘 지냈습니다. 그러다 한 가지 문제가 생겼어요……. 천문학자들에게는 큰 걱정거리였지요. 거대한 소행성이 지구에 접근하고 있었어요. 아직은 너무 멀리 있어 잘 보이지 않았지만 지구를 향하는 것은 분명했습니다.

그것을 처음 관측한 것은 호주 중부에 있는 이키리토 천문대였어요. 몇 달 뒤 소행성은 육안으로도 보였어요. 몹시 불길하게도 선명한 붉은 빛을 내며 다가왔지요. 몇 주 뒤 소행성은 훨씬 더 쉽게 눈에 띄었습니다.

호주, 뉴기니, 남극의 각국 정부들은 중대한 결정을 내렸습니다. 황인종 지도자들도 곧 그 결정에 동의했어요. 소행성과의 필연적인 충돌이 있기 전에 비행 가능한 모든 우주선이 의사와 기술자 같은 전문가들을 최대한 많이 태우고 지구를 떠난다는 결정이었어요. 그들 전문가는 대참사 이후의 문명 재건에 가장 도움이 될 만한 사람들이었어요."

"그 우주선들은 어디로 갈 예정이었나요? 달인가요?"

"아니에요, 미셸. 당시 지구에는 달이 없었습니다. 그들의 우주선이 시간적으로 공중에 떠 있을 능력은 12주뿐이었어요. 장거리 우주여행 능력을 상실한지 꽤 오래됐어요. 그들의 계획은 지구 궤도에 머물면서 가능한 한 빨리 착륙할 준비를 하고 가장 필요한 곳에 도움을 준다는 것이었어요.

호주에서는 우주선 80대가 엘리트 집단을 운반할 준비를 마쳤습니다. 엘리트 집단은 밤낮으로 열린 수많은 회의에서 선발됐어요. 황인종도 비슷한 절차를 밟아 98대의 우주선을 준비했어요. 물론 아프리카 지역엔 우주선이 없었습니다.

한 가지 주목할 만한 점이 있어요. 각국의 최고 지도자를 제외하고 어느 '각료'에게도 탑승 자격이 부여되지 않았다는 사실이에요. 당신에게는 낯설게 들릴지도 모르겠네요. 오늘날 지구에서 동일한 상황이 벌어진다면 많은 정치인들이 자기네 목숨부터 구하려고 수단과 방법을 가리지 않을 테니까요.

모든 준비가 끝났습니다. 그 때서야 일반대중에게도 임박한 소행성과의 충돌을 알렸어요. 그러나 우주선의 역할에 대해서는 비밀로 했습니다. 왜냐하면 국민은 지도자들에게 배신당했다고 믿을 테고, 그러면 공황 상태가 조성되면서 우주선 발사기지가 공격받을 수도 있기 때문이었어요. 같은 이유에서 지도자들은 충돌로 초래될 재앙의 위기를 축소해 알렸어요. 국민의 공포심을 최소화하기 위해서지요.

소행성의 속도로 볼 때 이제 충돌은 거의 임박했고 필연적이었어요. 겨우 48시간 남았죠. 대다수 전문가가 그런 계산에 동의했어요. 우주선들은 예상 충돌 시간 2시간 전에 일제히 이륙하기로 했습니다. 그렇게 늦게 출발하는 이유는 재앙 발생 후 우주에서의 체공 가능 시간인 12주를 최대한 활용하기 위해서였어요. 충돌 지점은 지금의 남미 지역으로 예상됐습니다.

모든 준비가 끝났고, 이륙 지시는 호주 중부 시간으로 예정일 정오에 내려지기로 결정됐어요. 그런데, 가능성은 희박하지만 계산 착오가 있었는지, 아니면 소행성의 속도가 예기치 못한 갑작스런 원인으로 빨라졌는지, 소행성이 예정일 오전 11시에 오렌지색 태양처럼 빛을 내며 하늘에 나타났어요. 황급히 이륙 명령이 떨어졌고, 모든 우주선이 하늘로 날아올랐죠.

지구의 대기권과 중력을 빨리 벗어나려면 '워프'를 이용해야 합니다(여기서 워프[warp]는 중력이 약한 지역인 이른바 '중력 구멍'을 의미한다. 저자의 설명에 입각한 편집자 주). 당시 워프는 오늘날의 유럽 상공에 있었지요. 우주선들은 최대 속도로 워프를 향해 날아갔지만, 소행성이 지구에 충돌할 때까지 그곳에 도착하지 못했습니다. 소행성은 지구 대기권에 진입하면서 세 개의 거대한 덩어리로 부서졌어요. 가장 작은 덩어리는 직경이 수km였는데 홍해 지역에 떨어졌습니다.

훨씬 더 큰 또 다른 덩어리는 오늘날의 티모르 해(Timor Sea)에 떨어졌고, 가장 큰 덩어리는 갈라파고스 섬에 충돌했습니다.

그 충격은 끔찍했어요. 태양은 흐릿한 붉은색으로 변했고,

떨어지는 풍선처럼 지평선 쪽으로 미끄러져 내리는 듯이 보였어요. 그리고 곧바로 멈췄다가 다시 천천히 올라가더니 절반쯤 가다가 다시 '떨어졌어요.' 지구 축의 기울기가 갑자기 변했던 것이에요! 두 개의 큰 소행성 덩어리들이 지각을 뚫고 들어가면서 엄청난 위력의 폭발이 발생했습니다. 호주, 뉴기니, 일본, 남미 등 사실상 지구 전역에서 화산들이 폭발했습니다.

산맥이 치솟았고, 높이가 300m 이상 되는 파도가 호주의 80%를 휩쓸었습니다. 태즈메이니어가 호주 대륙에서 떨어져 나갔고, 남극대륙의 상당 부분이 물에 잠겼어요. 그러면서 호주와 남극 사이에 두 개의 거대한 해저 협곡이 생겼어요. 남태평양 한가운데에서는 광활한 대륙이 솟아올랐지요. 미얀마의 일부는 가라앉아 지금의 벵골 만이 됐습니다. 또 다른 분지가 가라앉아 홍해가 형성됐어요."

"우주선들이 빠져나갈 시간이 있었나요?"

"아뇨, 미셸. 전문가들은 한 가지 실수를 저질렀어요. 그들을 변호하자면, 사실 무엇이 일어날지는 예상하기 어려웠을 거예요. 지축이 기울어질 것이란 점은 예측했지만 지구가 진동하리란 점은 예측할 수 없었지요. 우주선은 소행성의 지구 대기권 재진입으로 야기된 '역류'에 휘말렸어요. 게다가 소행성을 따라다니는 수백만 개의 암석 조각들이 우주선들을 폭격하다시피 했어요.

흑인 우주선 3대와 황인 우주선 4대 등 겨우 7대의 우주선만이 간신히 재앙을 피하는 데 성공했습니다. 그들은 눈앞에서 지구가 파괴되는 모습에 몸서리를 쳤을 거예요."

"태평양에서 당신이 언급한 대륙이 솟아오르는 데는 시간이 얼마나 걸렸나요?"

"몇 시간 정도에요. 그 대륙은 지각변동 때문에 지구 중심부에서 솟구쳐 올라온 가스층에 의해서 들어 올려졌어요.

지각변동은 여러 달 계속됐습니다. 세 개의 소행성 덩어리가 충돌한 지점에는 수천 개의 화산이 형성됐어요. 유독성 가스가 호주의 대부분 지역으로 퍼지면서 흑인 수백만 명이 몇 분 만에 사망했어요. 우리의 통계자료에 따르면 호주에 살던 인간과 동물이 거의 멸종됐어요. 상황이 진정됐을 때 조사해보니 겨우 180명이 살아남았습니다.

사망자가 이렇게 많았던 주된 원인은 유독 가스였어요. 가스가 비교적 적게 퍼졌던 뉴기니에서는 사망자가 더 적었어요."

"타오, 물어보고 싶은 게 있어요."

"네, 그러세요."

"호주의 흑인이 뉴기니와 아프리카로 퍼져나갔다고 했지요. 그렇다면 오늘날 애버리지니(호주 원주민)의 생김새가 여타 지역의 흑인들과 그토록 다른 까닭은 무엇인가요?"

"좋은 질문이에요, 미셸. 저의 설명이 충분치 못했군요. 지각변동으로 지표면의 우라늄에서 강력한 방사능이 방출됐어요. 호주에서만 그랬죠. 생존자들은 그 방사능에 심하게 노출됐어요. 마치 원자폭탄이 터진 것 같았지요.

유전자도 영향을 받았어요. 아프리카 흑인의 유전자와 애버리지니의 유전자가 다른 까닭이지요. 게다가 환경과 음식도 완전히 변했어요. 시간이 흐르면서 호주의 바카라티니인 후손들은 오늘날의 애버리지니 인종으로 '변형' 됐어요.

지각변동이 계속되면서, 때론 갑작스럽게, 때론 며칠에 걸쳐 산들이 형성됐습니다. 지면이 갈라져 도시 전체를 삼키고는 다시 닫히면서 문명의 흔적을 사그리 없앴어요.

그 모든 끔찍한 사태도 부족해 이번에는 지구 역사상 최대 규모의 홍수마저 일어났어요. 지구 전역의 화산에서 공중 높이 동시에 분출된 화산재 때문에 하늘이 어두워졌어요. 바다에서는 수천 평방km 넓이의 바닷물이 도처에서 끓어오르면서 증기를 발생시켰어요. 그 증기와 화산재 구름이 뒤엉키면서 두터운 먹구름이 형성됐고, 상상할 수 없을 정도로 엄청난 폭우가 쏟아져 내렸어요……."

"지구 궤도를 돌던 우주선들은 어떻게 됐나요?"

"12주 후 지구로 귀환하지 않을 수 없었어요. 그들은 지금의 유럽 지역을 향해 하강하기로 선택했어요. 지구의 나머지 지역은 가시도가 제로였어요. 7대의 우주선 중 착륙에 성공한 것은 한 대뿐이었어요.

나머지는 지구 전역에서 몰아치는 강풍에 휘말려 추락했어요. 시속 300~400km의 태풍이었어요. 강풍 발생의 주된 원인은 갑작스런 화산 폭발로 인한 현격한 기온 차이였습니다.

유일하게 남은 우주선은 지금의 그린란드에 간신히 착륙했어요. 황인 95명이 탑승한 우주선인데, 다수는 의사와 각 분야 전문가들이었어요. 지극히 나쁜 상황에서 착륙하다 기체에 손상을 입는 바람에 우주선이 다시 이륙하기는 불가능해졌어요. 하지만 피난처로는 쓸 만했죠. 식량 등 보급물자는 오래 버틸 만했고, 그들은 자신들의 생활을 최선의 상태로 조직하려 애썼어요.

그런데 약 한 달 뒤 지진이 일어나 그들과 우주선을 몽땅 집어삼켰습니다. 그 마지막 재앙으로 지구 문명의 모든 흔적이 파괴됐어요. 소행성과의 충돌 이후 발생한 일련의 재앙으로 뉴기니, 미얀마, 중국 등지에서 살던 사람들이 뿔뿔이 흩어진 채 사라졌어요. 사하라 사막 지역은 여타 지역보다 충격이 덜했어요. 그렇다 해도 홍해 지역의 모든 도시와 마을은 물속으로 잠겼습니다. 간단히 말해, 지구상에서는 단 하나의 도시도 남지 않았고, 수백만의 사람과 동물이 죽었어요. 얼마 안 있어 대부분 지역에서 기근 사태가 발생했어요.

말할 필요도 없이 호주와 중국의 놀라운 문화는 전설을 통해서만 기억됐습니다. 그리고 (지표면이 갈라지고 새로운 바다가 생기면서 갑자기 뿔뿔이 흩어지게 된) 사람들은 지구 최초로 식인 행태를 보이기 시작했습니다."

4장

황금빛 행성

The Golden Planet

타오의 얘기가 끝날 무렵, 내 관심은 그녀의 좌석 부근에서 빛나는 상이한 색상의 빛들에로 쏠렸다. 그녀는 이야기를 마치고 손짓을 했다. 휴양실의 벽면 중 하나에 문자와 숫자들이 나타났다. 타오는 그것들을 유심히 살펴봤다. 잠시 후 빛이 꺼지고 문자와 숫자도 사라졌다.

"타오," 내가 말했다. "방금 환각과 집단 환상에 관해 얘기했는데, 어떻게 수많은 사람이 환영을 보게 만들 수 있는지 이해하지 못하겠군요. 눈 속임수 아닌가요? 마치 무대 위에서 마술사가 10여 명의 '미리 선택된' 동조자를 이용해 관객을 현혹시키는 것처럼?"

타오의 입가에 다시 미소가 감돌았다. "어떤 의미에서는 당신 말이 옳아요. 요즘엔 지구에서, 특히 무대 위에서 진정한 마법사를 찾기가 정말로 어렵기 때문이죠. 우리는 온갖 심령 현상의 전문가라는 사실을 명심하세요. 우리에게는 아주 쉬운 일이에요. 왜냐하면 ……."

그 순간 엄청난 세기의 충격이 우주선을 뒤흔들었다. 타오는 겁에 질린 눈으로 나를 바라봤다. 그녀의 안색이 완전히 변해있었다. 공포에 사로잡혔음을 느낄 수 있었다. 소름끼치는 파열음과 함께 우주선은 여러 조각으로 박살났다. 승무원들의 외마디 비명이 들리면서 우리는 튕겨져 나갔다. 타오가 내 팔을 꼭 붙잡았지만, 우리는 현기증 나는 속도로 우주 공간 속으로 던져졌다. 우리의 속도로 보아 잠시 뒤 한 혜성과 부닥칠 판이었다. 몇 시간 전에도 비슷한 혜성을 지나친 적이 있었다.

타오의 손이 내 팔에 닿는 것을 느꼈지만 그쪽으로 시선을 돌릴 생각조차 들지 않았다. 그 혜성에 완전히 정신이 팔려있었다. 곧 혜성의 꼬리와 충돌할 판이었다. 벌써부터 그 끔찍한 열기가 느껴졌다. 얼굴 피부가 터져버릴 듯했다. 이젠 죽었구나…….

"미셸, 괜찮아요?" 타오가 부드럽게 물었다. 그녀는 의자에 앉은 상태였다. 내가 미쳐가는가 보다. 나는 그녀의 반대편 의자에 앉아 있었다. 지구 최초의 인간에 관한 타오의 얘기를 들었던 바로 그 의자였다.

"우리가 죽은 건가요, 아니면 미친 건가요?" 내가 물었다.

"양쪽 다 아니에요, 미셸. 지구에 '백문이 불여일견'이라는 속담이 있지요. 당신은 어떻게 수많은 군중이 동일한 환영을 보게 만들 수 있느냐고 물었어요. 그래서 즉각 하나의 환영을 만들어 당신에게 보여준 겁니다. 좀 덜 무서운 환영을 체험하도록 했으면 좋았겠지만, 이번 주제는 매우 중요한 것이라 그랬어요."

"정말로 환상적이군요! 그런 식으로, 그렇게 갑작스럽게 체험하게 될 줄은 상상도 못했어요. 그 모든 상황이 정말로 진짜 같았어요. 뭐라고 말해야 할까……. 부탁할 게 있는데, 다시는 그런 식으로 겁주지 말아요. 겁에 질려 죽을 뻔했어요……."

"그런 일은 없을 겁니다. 우리의 육체는 의자에 남아 있었고, 단지 우리의... 편의상 '성심체'(星心體 astropsychic body)라고 하죠. 그 성심체를 우리의 육체 를 비롯한 다른 모든 몸(body)들로부터 분리시켰던 거예요."

"우리의 다른 몸들이라뇨?"

"생리체(physiological body), 심형체(psychotypical body), 성기체(astral body) 등등 다른 모든 몸들이요. 당신의 성심체가 내 두뇌의 정신감응 시스템에 의해 다른 몸들로부터 분리됐어요. 나의 정신감응 시스템이 일종의 전달매체로 작용한 것이죠. 그러면서 나와 당신의 성심체가 직접 연결됐습니다.

내가 상상하는 모든 것이 당신의 성심체에 투영되면서 마치 그것이 실제로 일어나는 듯이 인식됐죠. 다만, 그런 체험을 하도록 만들려면 당신에게 준비를 시켰어야 하는데 그럴 시간이 없었어요. 그래서 매우 조심스러웠어요."

"무슨 뜻인가요?"

"음, 내가 어떤 사람에게 환영을 보여주려면, 먼저 그 사람한테 그것을 보고 싶은 마음의 준비가 돼 있어야 해요. 예를 들어 사람들로 하여금 하늘에서 우주선을 보도록 만들려면, 먼저 그들이 그런 기대를 갖고 있는 것이 중요해요. 만일 그들이 코끼리를 보고 싶어 한다면 우주선은 절대로 보이지 않아요. 따라서 적절한 말과 교묘한 암시를 사용하면, 군중은 당신 주위에 몰려들어 우주선이나 흰 코끼리를 기대하게 됩니다. 혹은 파티마의 성모를 기대할지도 모르죠. 파티마의 성모는 지구에서 일어나는 그런 현상의 대표적인 사례지요."

"1만 명의 사람들보다는 한 명의 사람에게 환영을 보게 하기가 더 쉽겠네요."

"그렇지 않아요. 반대에요. 사람이 많으면 연쇄반응이 일어나요. 사람들의 성심체를 풀어놓으면 한 사람에게 환영을 보여줘도 자기들끼리 정신감응으로 정보를 교환합니다. 그 유명한 도미노 효과와 비슷한 현상이죠. 첫 번째 도미노를 쓰러뜨리면 연이어 모든 도미노가 쓰러지는 것이죠.

당신한테 하기에는 매우 쉬웠어요. 지구를 떠난 이래 당신은 다소 불안한 상태에요. 어떤 일이 일어날지 알 수가 없지요. 당신의 그런 의식적 혹은 무의식적 두려움을 이용했어요. 비행체를 타고 여행할 때 자연스럽게 생기는 두려움이죠. 공중에서 폭발하지 않을까, 추락하면 어쩌나 등등. 더욱이 당신은 이미 화면에서 혜성을 봤는데, 왜 내가 그것을 이용하지 않겠어요? 혜성에 다가갈 때 당신 얼굴이 화염에 익어버린다고 믿는 대신, 혜성 꼬리 부분으로 진입하면서 얼어 죽는다고 믿게 만들 수도 있었죠."

"요컨대, 나를 미치게 만들 수도 있었군요!"

"시간이 너무 짧아서 그렇게까지는 할 수 없었어요……."

"왜요, 환영이 5분 이상 지속됐었는데?"

"10초를 넘지 않았어요. 꿈이나 악몽에서처럼요. 악몽도 대체로 동일한 방식으로 진행됩니다. 예를 들어, 당신은 지금 수면 상태고 꿈을 꾸기 시작했어요. 들판에 서 있는데 멋진 흰색의 종마가 보입니다. 다가가서 붙잡으려 하는데 그럴 때마다 종마는 달아나죠. 대여섯 번 시도하는 동안 시간이 꽤 흘렀겠죠. 마침내 말 등에 올라타고 질주하기 시작합니다. 더욱 빨리 달리면서 당신은 속도감에 도취됩니다……. 종마는 너무 빨라 다리가 땅에 닿지도 않아요. 그러면서 하늘로 날아오릅니다. 전원 풍경이 아래로 펼쳐집니다. 강, 벌판, 숲.

정말로 멋진 풍경이에요. 잠시 후 지평선에 산이 나타나고, 다가갈수록 더욱 높아집니다. 산에 부딪치지 않으려면 종마가 좀 더 높이 날아올라야 합니다. 더욱 높이 오르면서 거의 정상을 넘어가려는 순간 말발굽이 돌에 걸려 균형을 잃습니다. 당신은 말에서 떨어져 추락하다가 마침내 끝없이 갈라진 땅속으로 곤두박질칩니다……. 그 순간 당신은 꿈에서 깨어나고, 침실 바닥에 떨어져 있는 자신을 발견하게 되지요."

"그렇게 긴 내용의 꿈을 불과 몇 분 사이에 꾸었다는 말을 하려는 거지요?"

"4초 정도였을 거예요. 이해하기 어렵겠지만, 그 꿈은 당신이 침대에서 균형을 잃었을 때부터 시작됐을 겁니다."

"솔직히 말해 이해하지 못하겠군요."

"그럴 거예요, 미셸. 완전히 이해하려면 그 분야를 좀 더 많이 연구해야 돼요. 현재 지구에서는 그 주제에 관해 당신을 교육시킬 만한 사람이 없어요. 그리고 지금은 꿈이 중요한 게 아닙니다. 당신은 깨닫지 못하겠지만, 우리와 함께 보낸 몇 시간 동안 당신은 특정 분야에서 많은 진전을 보였어요. 바로 그 점이 중요합니다. 이제 당신을 티아우바에 데려가는 이유를 설명해 줄 때가 됐군요.

우리는 당신에게 어떤 임무를 맡기려고 해요. 그 임무는 당신이 우리와 함께 지내는 동안 보고 듣고 체험하는 모든 것을 지구인들에게 알려주는 것입니다. 지구로 돌아가면 그 경험을 한 권, 혹은 여러 권의 책으로 써서 공개하세요. 이제는 당신도 짐작하겠지만, 우리는 수십만 년 동안 지구인들의 행태를 관찰해 왔어요.

지구인의 일부는 역사상 매우 중요한 시점에 도달하고 있습니다. 이제 그들을 도와줄 때가 된 것 같아요. 만일 그들이 우리의 충고를 경청하면 우리는 그들이 옳은 길을 가도록 보장할 수 있어요. 당신이 선택된 이유는 바로 그것 때문이에요……."

"하지만 나는 글을 쓰는 사람이 아니에요! 왜 차라리 뛰어난 저술가를 선택하지 않았나요? 유명한 작가나 기자 같은 사람 말이에요."

나의 격렬한 반응에 타오는 미소를 지었다. "그런 일을 할 만한 작가들은 이미 죽었습니다. 플라톤이나 빅토르 위고 같은 사람들 말이에요. 설혹 그들이 그 일을 맡았다 해도 지나치게 장식적인 문체를 사용했을 거예요. 우리가 원하는 바는 가장 정확하게 사실을 기술하는 일입니다."

"그렇다면 적임자는 언론계 기자겠네요……."

"미셸, 당신도 알다시피 지구의 언론인들은 너무 선정주의에 물들어 있어 진실을 왜곡할 때가 많아요.

예컨대 특정 사건을 TV 채널마다, 혹은 신문마다 다르게 보도하는 경우를 자주 보지 않았나요? 지진 사망자 수를 한 매체는 75명으로, 다른 매체는 62명, 또 다른 매체는 95명으로 보도할 경우 누구를 믿어야 하나요? 정말로 언론인을 믿을 수 있다고 생각하세요?"

"절대적으로 옳은 말이에요!" 내가 외치듯 말했다.

"우리는 그동안 당신을 관찰해 왔고, 당신에 관한 모든 것을 알아요. 다른 몇몇 지구인에 대해서도 그랬어요. 그 중에서 당신이 선택된 거예요……."

"하지만 왜 나죠? 지구에서 나만이 객관적인 사람은 아닌데."

"당신을 안 뽑을 이유가 있나요? 당신이 선택된 주된 이유를 곧 알게 될 거예요."

무슨 말을 해야 할지 몰랐다. 게다가 내가 반대해 봤자 의미가 없었다. 이미 그 일에 연루된 데다 되돌릴 수도 없었기 때문이다. 그리고 시간이 지날수록 내가 이 우주여행을 즐기고 있다는 사실을 인정할 수밖에 없었다. 사실 나와 같은 처지가 될 수만 있다면 자신이 가진 모든 것을 내놓으려는 사람이 수백만 명은 될 것이다.

"타오, 더 이상 따질 생각은 없어요. 만일 이것이 당신의 결정이라면 거기에 따를 수밖에 없겠지요. 다만 내가 그 임무를 감당할 수 있기를 바랄 뿐입니다. 99%의 사람들이 내 말을 한 마디도 믿지 않으리라는 점을 생각해 봤나요? 대다수 사람들에게는 믿기 어려운 내용일 텐데요."

"미셸, 약 2,000년 전의 사람들이 자신을 하느님이 보낸 사람이라고 주장하는 예수의 말을 믿었나요? 절대로 안 믿었죠. 믿었다면 그를 십자가에 못 박지는 않았겠죠. 하지만 지금, 그의 말을 믿는 사람이 수억 명이나 됩니다……."

"누가 그를 믿지요? 사람들이 정말로 그를 믿나요, 타오? 그리고 도대체 예수는 누구였나요? 그보다 먼저 신(God)은 누구인가요? 신은 존재하나요?"

"그런 질문을 기대하고 있었어요. 미셸이 그런 질문을 던지는 게 중요해요. 한 고대의 석판에, 내가 알기로 나칼(Naacal) 비문이라고 불리는데, 이렇게 씌어 있어요: '태초에 아무것도 존재하지 않았다. 어둠과 침묵뿐이었다. 성령(The Spirit), 즉 초월적 지성(Superior Intelligence)은 세상을 창조하기로 결정했다. 그래서 네 개의 초월적인 힘(force)에 명령했다…….'

정신적으로 아무리 고도로 발달한 인간이라도 이런 것을

이해하기란 지극히 어려워요. 사실 어떤 의미에서는 불가능하죠. 반면에 인간의 영혼은 육체에서 해방될 경우 그것을 이해합니다. 얘기가 좀 빗나갔군요. 다시 처음으로 돌아가죠.

태초에는 어둠과 성령만이 존재했어요. 성령은 무한한 힘을 갖고 있었고, 지금도 그래요. 인간의 사고로는 이해하지 못할 정도로 강력한 힘이었어요. 성령의 힘은 너무 강해 의지의 작용만으로 원자 폭발을 일으킬 수 있었어요. 상상할 수도 없이 강력한 연쇄반응을 일으킬 수 있었죠. 성령은 자신이 창조할 세계를 상상했습니다. 가장 거대한 세계부터 가장 미세한 세계까지 상상했어요. 성령은 원자를 상상했어요. 상상 속에서, 움직이는 모든 것과 앞으로 움직일 모든 것, 즉 살아있는 모든 것과 앞으로 살아갈 모든 것을 창조했습니다. 또 움직이지 않는 모든 것, 혹은 그렇게 보이는 모든 것, 다시 말해 만물을 일일이 창조했습니다.

하지만 그 모든 것은 아직 성령의 상상 속에서만 존재했습니다. 세상은 아직 어둠 속에 있었죠. 자신이 창조하고 싶은 것들에 대한 상상이 끝나자 성령은 그 엄청난 영력(靈力)으로 우주의 네 가지 힘을 순식간에 창조했습니다.

그리고는 그 힘들을 이용해 최초이자 가장 거대한 원자 폭발을 일으켰습니다. 일부 지구인들은 그것을 '빅뱅'이라고 불렀죠. 성령은 그 대폭발의 중심에서 그것을 유도했어요. 어둠은 사라지고 우주는 성령의 의지에 따라 스스로를 창조해 왔습니다.

성령은 아직도 우주의 중심에 있고 앞으로도 그럴 거예요. 왜냐하면 성령은 우주의 지배자이자 창조자이기 때문이에요……."

"하지만," 내가 끼어들었다. "그것은 기독교에서 가르치는 하느님의 얘기네요. 나는 기독교인들의 터무니없는 얘기는 믿지 않았어요."

"미셸, 나는 지구상에 존재하는 종교들, 특히 기독교에 관해 얘기하는 게 아닙니다. 지구상의 종교들과 내가 말하는 천지창조, 그리고 뒤이어 일어나는 명백한 사실들을 혼동하지 마세요. 그런 종교들에서 자행되는 비논리적인 왜곡과 진정한 우주의 섭리를 혼동하지 마세요. 이 문제에 관해 나중에 다시 얘기할 기회가 있을 겁니다.

지금은 천지창조에 관해 당신에게 설명하려고 해요. 학교에서 배웠겠지만, 수십억 년 동안(물론 조물주에게는 언제나 '현재' 일 뿐이지만, 우리들 수준에서는 수십억 년으로 계산하는 게 좀 더 이해하기 쉬울 겁니다), 모든 세계와 항성들과 원자들이 생성됐고, 행성들은 때론 위성들을 거느린 채 각자의 태양 주위를 돌고 있어요. 시간이 지나면서 어떤 태양계에서는 일부 행성들이 식고 있어요. 그러면서 토양이 형성되고, 바위가 굳어지며, 바다가 생기고, 땅덩어리는 대륙이 됐지요.

마침내 그런 행성들에서는 특정한 형태의 생명체들이 살 수 있게 됐습니다. 이 모든 것은 처음부터 성령의 상상 속에 있었어요. 성령의 그 첫 번째 힘을 '원자력' (Atomic force)이라고 부를 수 있어요.

이 단계에서 성령은 두 번째 힘을 이용해 최초의 생명체들과 많은 식물들을 상상했습니다. 그런 것들로부터 나중에 아종(亞種)들이 파생됐지요. 이 두 번째 힘을 '난우주력'(Ovocosmic Force)이라고 부릅니다. 왜냐하면 이들 생명체와 식물은 단순한 우주선(cosmic ray)들에 의해 창조됐는데, 이 우주선들의 덩어리가 나중에 우주난(cosmic egg: 초고밀도의 에너지 · 질량 덩어리)이 되기 때문이에요.

또 태초부터 성령은 특별한 생명체를 통해 감정을 느끼는 것을 상상했습니다. 바로 인간을 상상한 거죠. 이때 이용한 세 번째 힘을 '난성력'(卵星力, Ovoastromic Force)이라고 부릅니다. 인간은 이렇게 창조됐어요. 미셸, 인간이나 심지어 동물을 창조하는 데 어떤 지성이 필요한지 생각해 본 적이 있나요? 온몸을 순환하는 혈액… 인간의 의지와 무관하게 수백만 번이나 박동하는 심장… 복잡한 시스템을 통해 피를 정화시키는 허파… 신경체계… 오감의 도움으로 명령을 내리는 두뇌… 극도로 예민한 척수 등. 뜨거운 난로에 데지 않도록 순간적으로 손을 빼게 만드는 기관이 바로 척수에요. 손에 화상을 입지 않도록 뇌가 그런 명령을 내리는 데는 0.1초밖에 안 걸릴 거예요.

지구 같은 행성에 사는 수십억 명 가운데 같은 지문을 가진 사람이 없다는 사실도 경이롭지 않은가요? 또 혈액의 '결정체'가 지문처럼 사람마다 독특한 이유는 무엇일까요?

지구를 포함한 여러 행성의 전문가와 기술자들이 인체를 창조하려고 노력해 왔지요. 그들이 성공했나요? 그들이 만든 로봇의 경우, 가장 완벽하다는 것도 인간의 메커니즘에 비하면 저급한 기계에 불과하죠.

방금 언급한 혈액 결정체 얘기를 다시 하자면, 그것은 개개인의 혈액에 고유한 진동이에요. 혈액형과는 상관이 없어요. 지구에는 수혈을 거부해야 한다고 철저히 믿는 종교가 여럿 있어요. 그들이 거부하는 이유는 종교적으로 그렇게 배웠고, 자신들의 경전과 해석서에 그렇게 쓰여 있기 때문이에요. 하지만 그들은 진짜 이유를 알아야 합니다. 진정한 이유는 상이한 진동이 상대방에게 미칠 충격 때문이에요.

수혈량이 많을수록 수혈자에 대한 영향도 커집니다. 영향의 정도와 기간이 수혈량에 따라 다릅니다. 물론 그 영향은 결코 위험하지 않습니다.

어느 정도 시간이 흐르면, 한 달이 넘는 경우는 없는데, 수혈자 혈액의 진동이 제공자 혈액의 진동을 완전히 흡수해 흔적을 남기지 않습니다.

이런 진동은 물질적인 육체보다는 생리체와 유체(fluidic body)의 특징이라는 점을 기억하세요.

그러고 보니 원래 주제에서 많이 벗어났군요, 미셸. 이제는 다른 사람들과 다시 합류할 시간이에요. 티아우바에 도착할 시간이 다 됐군요."

나는 네 번째 힘의 본질에 관해 타오에게 물어보지 못했다.

그녀가 벌써 출구 쪽으로 향했기 때문이었다. 나도 의자에서 일어나 그녀를 따라 통제실로 돌아갔다. 그곳 화면에서는 천천히 길게 얘기하는 어떤 사람의 확대 영상이 보였다. 각종 숫자와 형상, 그리고 다양한 밝은 색상의 빛나는 점들이 여러 기호들로 가득한 화면을 끊임없이 가로질러 가고 있었다.

타오는 내가 전에 앉았던 좌석에 나를 앉히고는 안전장치를 건드리지 말라고 부탁했다. 그리고는 승무원들을 감독하고 있는 비아스트라에게로 가서 뭔가를 의논했다. 승무원들은 각자의 데스크에서 바쁘게 움직였다. 타오가 돌아와 내 옆자리에 앉았다.

"무슨 일이죠?" 내가 물었다.

"우리 행성에 다가가면서 속도를 점차 줄이고 있어요. 8억 4,800만km 떨어져 있는데 약 25분 뒤면 도착할 거예요."

"지금 좀 봐도 될까요?"

"참으세요, 미셸. 25분 뒤에 세상의 종말이 오지는 않아요!" 그녀가 윙크를 하며 농담조로 말했다.

화면에서는 근접 영상이 사라지고 원경 영상이 나타났다. 앞서 봤던 은하계 기지의 통제실이 훤하게 보였다. 우주선의 승무원들은 각자의 데스크에서 맡은 일에 더욱 집중했다. '데스크탑 컴퓨터' 들의 대다수는 손동작보다는 음성 지시에 따라 작동됐다. 숫자들과 다양한 색상의 빛나는 점들이 빠른 속도로 화면을 가로질러갔다. 우주선 안에 서 있는 사람은 없었다.

갑자기 대형 화면 한가운데에 그것이 모습을 드러냈다. 은하 기지가 사라진 자리에 마침내, 티아우바가 나타났다!

내 짐작이 맞을 것이다. 느낌이 왔다. 타오가 즉각 '맞다'는 뜻을 텔레파시로 전해왔다. 이제는 확실해졌다.

우리가 접근하면서 화면의 티아우바도 커졌다. 나는 화면에서 보이는 형언하지 못할 아름다운 광경에 눈을 뗄 수가 없었다. 처음에 떠오른 표현은 '빛나는' 이었고, 곧이어 '황금빛' 이라는 단어도 생각났다. 하지만 그 색상이 연출하는 효과는 묘사하기 불가능했다. 가장 적합한 표현을 억지로 만든다면 '빛나는-증기 같은-황금빛' (lumino-vapour-golden) 정도일 듯했다. 실제로 빛나는 황금빛 증기탕 속으로 뛰어드는 느낌이었다. 그 행성의 대기 중에 아주 미세한 황금 먼지 층이 있는 듯이 보였다.

우주선은 티아우바를 향해 부드럽게 하강했다. 이제 행성의 윤곽은 보이지 않았다. 대신 대륙의 윤곽이 보이다가 곧바로 바다가 나타났다. 바다 위에는 다양한 색상의 많은 섬들이 점점이 박혀 있었다.

가까워질수록 좀 더 자세한 모양들이 드러났다. 착륙 시에는 줌렌즈가 사용되지 않았는데, 그 이유는 나중에 알게 됐다. 나를 가장 사로잡은 것은 눈앞에 보이는 색상이었다. 눈부시게 아름다운 색상이었다!

그곳의 빛깔은 지구에 비해 생생한 색조감이 강했다. 예컨대 밝은 녹색은 녹색을 방출하는 듯했다. 어두운 녹색은 반대로 색깔을 '붙잡아뒀다.' 묘사하기가 지극히 어려운데, 티아우바에서의 색깔은 지구에 존재하는 색깔과 비교하기가 어렵다. 붉은 색은 붉다고 인식되지만 우리가 아는 붉은 색이 아니었다. 타오의 언어에는 지구 같은 행성에서의 색깔 유형을 지칭하는 단어가 있는데, 영어로 '흐릿한' (dull)이라는 뜻의 '칼빌라오카' (Kalbilaoka)다. 반면 그들의 색깔 유형은 '씨오솔라코비니키' (Theosolakoviniki)라고 부른다('씨오솔라코비니키'와 비슷한 효과는, 빛이 좁은 주파수 대역에서 진동할 때 순수한 단색에서 관찰된다. 저자는 이런 색깔들을 보여줬을 때 그런 효과를 확인했다. 'Theos' 가 그리스어로 '신' [God]을 의미하는 것은 우연의 일치일까? 이런 색깔들은 신처럼 '순수' 한가? : 편집자주).

내 관심은 곧 화면에서 계란처럼 보이는 물체들로 쏠렸다(계란보다는 계란 반쪽이란 표현이 더 정확할 듯하다). 지면에는 그런 계란형 물체들이 산재해 있었다. 일부는 식물로 덮여 있었고, 나머지는 식물이 없었다. 또 일부는 다른 것들보다 크게 보였고, 일부는 옆으로 누워있었다. 다른 것들은 뾰족한 부분이 하늘을 향한 모양이었다.

너무 희한한 광경이라 타오 쪽으로 고개를 돌려 그 '계란들' 이 무엇인지 물어보려 했다. 마침 그 때 화면에 둥그런 형태의 구조물이 등장했다. 주변에는 크기가 다른 구체들이 몇 개 있었고, 약간 먼 곳에 또 다른 '계란' 들이 있었다. 거대한 계란들이었다.

그 구체들은 우리가 타고 있는 구체처럼 우주선임을 알 수 있었다.

"맞아요." 타오가 앉은 채로 말했다. "그리고 화면에 보이는 둥그런 물체는 격납고에요. 우리 우주선이 잠시 후 들어갈 곳이죠. 우리는 지금 착륙 절차에 들어갔어요."

"저 거대한 계란들은 뭐죠?"

타오가 미소를 지었다. "건물이에요, 미셸. 하지만 지금 그것보다는 더 중요한 점을 당신에게 설명해줘야 합니다. 우리 행성에는 놀라운 점들이 많은데, 그 중 두 가지는 당신에게 해로운 결과를 초래할 수도 있어요. 그런 만큼 몇 가지 기본적인 예방조치를 취해야 합니다. 티아우바의 중력은 지구와 달라요. 당신 체중이 지구에서는 70kg이지만, 여기에서는 47kg이 될 거예요. 우주선 밖으로 나갈 때 조심하지 않으면 동작과 반사 신경에서 균형감각을 잃을 위험이 있어요. 당신은 습관적으로 보폭을 넓게 취할 텐데 그러면 넘어져 다칠지도 모릅니다……."

"이해가 안 가요. 우주선 안에서는 괜찮은데."

"그것은 우주선 내부 중력을 지구 중력과 어느 정도 일치시켰기 때문이에요. 그렇다 해도 당신은 정상 체중보다 약 60kg 더 많아지기 때문에 매우 불편할 겁니다.

물론 이런 중력 아래에서는 우리의 체중이 늘어납니다. 하지만 약간의 공중부양 능력을 이용해 균형을 맞추기 때문에 불편하지는 않아요. 게다가 당신이 편해지는 모습에서 우리는 만족을 느낍니다."

우주선이 약간 덜컥거렸다. 도킹을 하는 듯했다. 이로써 나의 놀라운 우주여행은 일단락됐다. 드디어 다른 행성에 발을 내딛게 되는 것이었다.

"두 번째는," 타오가 다시 말했다. "잠시 동안 마스크를 써야 한다는 것이에요. 이곳의 밝은 빛깔과 광도(光度)가 당신을 마취시킬 수도 있기 때문이지요. 마치 술에 취한 것처럼 말이에요. 빛깔은 일종의 진동으로 당신 생리체의 특정 부위에 영향을 미쳐요. 지구에서는 그런 부위들이 큰 자극을 받아본 경험이 거의 없어요. 그런 만큼 이곳에서는 심각한 결과가 나타날지도 모릅니다."

내 좌석의 보호막이 사라지면서 다시 행동이 자유로워졌다. 대형 화면은 꺼진 상태였지만 승무원들은 여전히 분주했다. 타오는 나를 출입문 쪽으로 안내하다가 어떤 선실로 다시 데리고 들어갔다. 우주선에 처음 탔을 때 들어갔던 선실로 내가 3시간 동안 누워있던 곳이었다. 그곳에서 타오는 헬멧처럼 생긴 아주 가벼운 마스크를 내게 씌웠다. 이마에서 코밑까지 가리는 마스크였다.

"미셸, 이제 가죠. 티아우바에 온 걸 환영합니다."

우주선 밖에서 우리는 아주 짧은 통로를 따라갔다. 나는 곧바로 몸이 가벼워지는 것을 느꼈다. 기분도 무척 상쾌해졌다. 물론 약간 당황하기도 했다. 여러 차례 몸의 균형을 잃고 타오의 부축을 받아야 했기 때문이었다.

아무도 보이지 않았다. 다소 의외였다. 지구적 관점에서 보면 나는 기자들에게 둘러싸여 카메라 세례를 받았어야 했다. 아니면 그 비슷한 환대라도…, 예컨대 붉은 카펫 같은 걸로 말이다! 이곳의 국가 원수는 왜 안 보이지? 이곳 주민들이 매일 외계 행성 사람의 방문을 받는 것도 아닐 텐데! 그러나 아무것도 없었다…….

우리는 약간 걸어가 통로 옆에 있는 어느 둥근 플랫폼에 도착했다. 플랫폼 안에서 타오는 원형 좌석에 앉고 나를 맞은편에 앉혔다.

그녀는 워키토키 크기의 물체를 꺼냈다. 그 순간, 보이지 않는 힘이 내 몸을 꼼짝 못하게 만들었다. 우주선 안에서 그랬던 것처럼 말이다. 그 때, 겨우 들리는 윙윙 소리와 함께 플랫폼이 부드럽게 떠올랐다. 그러더니 지면에서 몇m 높이를 유지한 채 , 약 800m 떨어져 있는 '계란' 들을 향해 빠른 속도로 날아갔다. 약간 향기가 나는 부드러운 바람이 얼굴의 노출된 부위에 부딪쳤다. 기분이 상쾌했다. 기온은 섭씨 26도 정도였다.

우리는 몇 초 만에 '계란' 들 중 하나에 도착해 마치 구름을 뚫고 지나가듯 계란 벽을 통과해 들어갔다. 그 '건물' 안에서 플랫폼은 비행을 멈추고 바닥에 부드럽게 내려앉았다. 나는 사방을 둘러봤다.

터무니없는 얘기 같지만, '계란' 이 사라졌다. 우리는 분명히 그 '계란' 속으로 들어왔는데 주변에 보이는 것은 널리 펼쳐진 전원 풍경이었다. 도킹 상태의 우주선들과 착륙장도 보였다. 마치 우리가 밖에 있는 듯했다…….

"당신의 반응을 이해해요, 미셸." 내 생각을 아는 타오가 말했다. "그 미스터리는 나중에 설명할게요."

멀지 않은 곳에 20~30명의 사람들이 보였다. 마치 우주선 내부에서처럼 여러 색상의 불빛으로 빛나는 화면과 데스크 앞에 모여 상당히 분주해 보였다. 어떤 음악 소리가 부드럽게 들려왔는데 내게 행복감을 안겨줬다.

타오가 따라오라고 손짓했다. 우리는 작은 '계란들' 중 하나를 향해 걸어갔다. 그것은 우리가 지금 들어와 있는 큰 '계란'의 '내벽이 있어야 할 자리'에서 조금 떨어진 곳에 있었다. 우리가 걸어가는 동안 지나치는 모든 사람들이 반갑게 인사했다.

여기서 언급해둬야 할 게 있다. 실내를 가로질러 걸어가는 타오와 나의 모습은 매우 어색한 커플처럼 보였다. 신장 차이가 크다 보니, 나란히 걷는 동안 타오는 아주 천천히 걸어야 했다. 내가 보조를 맞춘답시고 뛰지 않아도 되게 하려는 배려였다. 하지만 내 걸음새는 볼썽사납게 껑충껑충 뛰는 모습에 가까웠다. 걸음을 재촉하려 하면 더욱 꼴불견이 됐다. 70kg을 운반하는 데 익숙해진 근육을 이제 47kg을 운반하는데 적응하도록 조절하는 일이 만만치 않았다. 독자들은 우리 커플의 걷는 모양새가 얼마나 우스꽝스러웠는지 짐작할 수 있으리라.

우리는 그 작은 '계란'의 외벽에서 빛나는 발광체를 향해 걸어갔다. 마스크를 착용했지만 그 빛의 세기가 강렬하게 느껴졌다. 우리는 그 발광체의 밑을 지나 벽을 관통해 실내로 들어갔다. 우주선의 화면에서 봤던 바로 그 방이었다. 그곳에 있는 사람들의 얼굴도 낯이 익었다. 내가 은하계 본부에 들어와 있음을 깨달았다.

타오가 내 마스크를 벗겨줬다. “이제는 괜찮아요, 미셸. 여기서는 마스크가 필요 없어요.”

그녀는 그곳에 있는 12명의 사람들에게 나를 직접 소개했다. 그들은 모두 감탄사를 연발하며 환영의 뜻으로 내 어깨에 손을 얹었다.

그들의 얼굴에서는 진지한 기쁨과 선의의 표정이 역력했다. 나는 그들의 따뜻한 환대에 깊은 감동을 받았다. 그들은 나를 가족으로 여기는 듯했다.

타오는 그들이 내게 갖는 큰 의문을 설명해줬다. ‘저 사람의 표정은 왜 저렇게 슬퍼 보이지, 어디 아픈가?’

“나는 슬프지 않아요!” 내가 항의하듯 말했다.

“알아요. 하지만 저들은 지구인의 얼굴 표정에 익숙지 않아요. 보다시피 이곳 사람들은 늘 행복한 표정에 익숙해 있거든요.”

맞는 말이었다. 그들은 마치 매순간 기쁜 소식을 듣는 사람들처럼 보였다.

그들에게는 뭔가 이상한 점이 있다는 생각을 해왔는데 갑자기 그것이 무엇인지를 알게 됐다. 그들은 모두 나이가 같아 보였던 것이다!

5장

다른 행성에서 사는 법 배우기

Learning to live on another planet

타오는 이곳에서 인기가 좋은 것 같았다. 주변 사람들의 각종 질문에 그녀는 특유의 자연스럽고 환한 미소로 자세히 대답했다. 그러나 잠시 후 그들 중 몇몇은 자신들의 업무로 되돌아가야 했다. 우리도 떠날 때가 됐다는 신호였다. 나는 마스크를 다시 썼고, 다정한 작별 인사말이 오가는 가운데 우리는 그곳을 떠났다.

타오와 나는 플랫폼(일종의 쟁반형 비행체)에 다시 올라타고는 멀리 보이는 숲을 향해 빠른 속도로 날아갔다. 플랫폼은 지상 5~6m 높이에서 시속 70~80km 정도로 비행했다. 공기는 따뜻하고 냄새가 좋았다. 다시 행복감을 느꼈다. 지구에서는 경험한 적이 없는 느낌이었다.

우리는 숲의 가장자리에 도착했다. 나무들의 거대한 크기에 강한 인상을 받았던 기억이 난다. 하늘로 솟은 높이가 200m 정도는 되는 듯했다.

"가장 높은 나무는 240m에요, 미셸." 내가 물을 필요도 없이 타오가 설명했다. "그리고 밑동의 지름은 20~30m에요.

나무들 중 일부는 이곳 나이로 8,000년 정도 되죠. 이곳에서 1년은 333일, 하루는 26카르세에요. 또 1카르세는 55로르세, 1로르세는 70카시오에요. 1카시오는 지구의 시간 단위로 '초'와 비슷해요(자, 도량형 환산은 독자들께서 해보시기를……). 당신의 '아파트'로 가겠어요, 아니면 먼저 숲을 구경할까요?"

"숲을 먼저 구경합시다, 타오."

플랫폼이 속도를 크게 줄였다. 우리는 나무들 사이를 미끄러지듯 이동하면서, 혹은 멈춘 상태에서 나무들을 더 가까이 관찰할 수 있었다. 플랫폼은 지면에 닿을 듯한 높이에서부터 10m 정도의 높이 사이에서 움직였다.

타오는 그 '나는 플랫폼'을 놀랄 정도로 정확하고 능숙하게 조종했다. 타오가 그것을 조종하는 방식을 보면 '날으는 양탄자'가 연상됐다. 마치 마법의 양탄자를 타고 아름다운 숲 바닥을 누비는 신비한 관광 여행을 하는 듯했다.

타오가 내 쪽으로 몸을 기울이더니 마스크를 벗겨줬다.

타오는 그 '나는 플랫폼'을 놀랄 정도로 정확하고 능숙하게 조종했다. 타오가 그것을 조종하는 방식을 보면 '날으는 양탄자'가 연상됐다.

풀숲이 부드러운 황금색으로 빛났지만 나는 그 빛을 견딜 만했다.

"빛과 색깔에 익숙해지기에 좋은 기회에요, 미셸. 저것 보세요!"

그녀의 시선을 따라가 보니 높은 나뭇가지들 사이에서 세 마리의 나비가 보였다. 날개의 색상이 생생하고 크기가 엄청났다.

양쪽 날개 길이가 1m는 됨직한 그 인시류(鱗翅類: 나비, 나방 무리)는 숲의 꼭대기 부근에서 날아다니다가 우리 쪽으로 다가왔다. 날개는 파랑, 녹색, 주황색이 섞여 있었다. 마치 어제 일처럼 그 때 광경이 생생하게 기억난다. 나비들은 가장자리가 묘하게 생긴 날개를 퍼덕이며 우리를 스쳐지나갔다. 가슴이 뭉클하게 감동적인 순간이었다. 한 마리가 몇m 떨어진 나뭇잎에 내려앉았다. 덕분에 녀석의 생김새를 자세히 감상할 수 있었다. 몸에는 은색과 금색의 동그라미 무늬가 있고, 더듬이는 비취색이었다. 주둥이는 황금색이고, 날개 윗면은 녹색이었는데 밝은 파란색 줄무늬와 어두운 주황색 다이아몬드 모양이 엇갈려 있었다. 날개 아랫면은 진한 파랑색이지만 빛이 났다. 마치 위쪽으로부터 영사기 불빛으로 조명을 받고 있는 듯했다.

그 거대한 곤충은 잎사귀에 앉아 있는 동안 부드러운 휘파람 소리를 내는 것 같았다. 나로서는 몹시 놀라운 현상이었다. 지구에서 인시류가 소리를 내는 것은 들어본 적이 없었다. 물론 우리는 지구가 아니라 티아우바에 있었다. 그것은 앞으로 내가 겪게 될 많은 경이로운 현상의 시작에 불과했다.

숲 바닥에선 각양각색의 식물들이 자라고 있었다. 하나하나가 모두 낯선 식물들이었다. 식물이 바닥을 완전히 뒤덮었지만, 그 중에 관목은 거의 보이지 않았다. 거대한 나무들에 가려 발육이 제대로 되지 않은 때문인 듯했다.

지면을 덮는 이끼류부터 큰 장미나무까지 숲 바닥 식물들의 크기는 다양했다. 어떤 식물은 잎사귀의 두께가 사람의 손바닥 길이만큼 두꺼웠다. 잎의 생김새도 심장이나 동그라미 모양이었고, 어떤 잎은 아주 길고 얇았다. 색상도 녹색보다는 파랑색에 가까웠다.

갖가지 형상과 색깔(때론 순수한 검은색)의 꽃들이 서로 뒤엉켜있었다. 지상 7m 높이에서 보이는 그 광경은 너무도 찬란했다.

플랫폼이 가장 높은 나뭇가지 수준으로 상승했다. 타오의 지시에 따라 나는 마스크를 다시 착용했다. 우리는 숲의 위쪽으로 올라가 거목들의 바로 위에서 천천히 비행했다.

숲 위의 상공에서는 빛의 세기가 다시 강렬해졌다. 마치 순수한 크리스털 모양의 풍경 속을 여행하는 느낌이었다.

경이로운 새들이 높은 나무의 꼭대기에 앉아 두려워하는 기색 없이 우리를 지켜봤다. 새들의 색깔은 다양하고 풍부했다. 마스크 때문에 색채 효과가 약간 감소되긴 했지만 녀석들을 바라보는 것 자체가 환상적인 축제였다. 마코앵무새의 종류도 다양했다. 깃털의 색깔은 파랑 · 노랑 · 분홍 · 빨강이었다. 벌새 떼의 한가운데에서는 극락조가 날개를 펼친 채 거들먹거리며 걸어 다녔다.

벌새들은 눈부신 붉은색 바탕에 황금색 점들이 있었다. 극락조의 꼬리 깃털은 빨강 · 분홍 · 주황색이었는데, 길이가 2.5m 정도였고, 양쪽 날개 길이도 2m에 가까웠다.

이 '보석' 같은 새들이 날아오를 때면 날개 밑면의 부드러운 분홍색이 드러났고, 날개 끝은 선명한 파란색이었다. 예상치도 못한 색상이었다. 특히 날개 윗면의 주황색이 그랬다. 머리 깃털은 매우 컸는데, 각각 노랑 · 녹색 · 주황 · 검정 · 파랑 · 빨강 · 흰색 · 담황색 등이었다.

티아우바에서 목격한 색깔들을 정확히 묘사하지 못하는 내 자신이 원망스럽다. 표현력의 빈곤을 느끼며 어휘 공부를 다시 해야겠다는 생각마저 든다. 그곳에서는 빛깔이 사물의 내부에서 발산돼 나온다는 인상을 자주 받았다. 그곳의 색깔은 내가 아는 것 이상으로 많았다. 지구에서는 빨강의 색조가 15종류 정도만 알려져 있지만, 그곳에서는 100종류가 넘는 듯했다.

내 관심을 끈 것은 색깔뿐만이 아니었다. 숲 위를 비행하기 시작한 이래로 계속 어떤 소리가 들렸다. 타오에게 설명을 듣고 싶은 부분이었다. 매우 부드럽고 가벼운 배경음악 같았다. 먼 곳에서 동일한 멜로디를 끊임없이 연주하는 플루트 소리와 비슷했다.

우리가 이동할 때는 음악 소리가 변하는 듯하다가 이내 원래 음조로 돌아왔다.

"저 소리는 음악 소리인가요?"

"수천 종류의 곤충들에게서 나오는 진동이에요. 햇빛이 특정 식물에 비칠 때 반사돼 나오는 색깔의 진동과 결합되면 그런 음악 소리가 나와요. 우리 티아우바인들에게는 의식적으로 신경 쓸 때에만 들립니다. 우리의 일상생활과 환경 속에 녹아들어 있기 때문에 평소에는 잘 못 느끼죠. 어떻든 편안한 느낌을 주지 않나요?"

"정말 그래요!"

"전문가들에 의하면, 저런 진동이 사라질 경우 우리는 심각한 눈병에 시달린다고 해요. 진동이 눈보다는 귀에 감지되는 것 같은데 웬 눈병이냐고 할지도 몰라요. 하지만 전문가들 얘기니까 맞겠죠. 어쨌든 우리는 걱정하지 않아요. 전문가들 얘기가, 진동이 사라질 확률은 내일 태양이 스스로 소멸할 확률만큼이나 낮다고 하니까요."

타오가 플랫폼을 돌렸다. 잠시 후 우리는 숲을 떠나 평야지대 상공을 날아갔다. 밑에서는 청록색 강이 평야를 가로질러 흘렀다.

우리는 지상 3m 높이까지 하강해 강물을 따라갔다. 이상하게 생긴 물고기의 움직임이 시야에 들어왔다. 물고기보다는 오리너구리에 가까운 동물이었다. 물은 수정처럼 맑았고, 아주 작은 조약돌마저 식별할 수 있었다.

고개를 들어보니 우리는 바다 쪽으로 가고 있었다. 황금빛 모래해변 가장자리에 높이 솟아있는 코코야자 나무들이 거대한 잎들을 손짓하듯 흔들어댔다. 해변 한쪽을 내려다보는 나지막한 바위 언덕들이 붉은색으로 빛나면서 파란 바다 색깔과 상쾌한 대비를 이루었다.

100여 명의 사람들이 모래사장에서 일광욕을 하거나 투명한 바닷물에서 헤엄을 쳤다. 모두 나체였다.

머리가 약간 멍해졌다. 끊임없이 겪는 새롭고 불가사의한 현상 때문만은 아니었다. 중력 변화에서 비롯된 지속적인 경량감 때문이기도 했다. 경량감을 느낄 때 지구가 생각났다. 벌써 낯선 이름이 된 지구. 이제는 지구의 모습을 그리기도 어려워졌다!

청각 · 시각상의 진동은 나의 신경체계에도 지대한 영향을 끼치고 있었다. 나는 대체로 신경질적인 사람이었는데, 지금은 지극히 느긋한 기분이 됐다. 마치 따뜻한 욕조로 뛰어들어 거품 위에 두둥실 뜬 상태에서 부드러운 음악을 듣는 기분이었다.

아니, 그 이상으로 느긋해졌다. 왈칵 울고 싶을 정도였다.

우리는 해상 12m 높이로 드넓은 만(灣)을 가로질러 매우 빠른 속도로 날아갔다. 수평선에서 몇 개의 점들이 보였다. 몇 개는 다른 것들보다 컸다. 섬들이었다. 티아우바에 착륙하기 전에 봤던 바로 그 섬들이었다.

가장 작은 섬을 향해 날아갔다. 아래 물속에서는 많은 물고기들이 우리를 따라왔다. 녀석들은 수면에 드리운 플랫폼의 그림자를 교차해 헤엄치면서 즐거워하는 듯했다.

"상어들인가요?" 내가 물었다.

"아뇨, 다지크에요. 돌고래와 사촌이죠. 지구의 돌고래들처럼 놀기를 좋아해요."

"보세요! 저길 봐요!" 내가 타오의 말을 가로막으며 소리쳤다.

타오는 내가 가리키는 곳을 보고는 웃기 시작했다. 한 무리의 사람이 우리에게 다가오고 있었는데, 놀랍게도 아무런 운송체도 타지 않은 듯했다.

그들은 해상 2m 높이에서 똑바로 선 자세로 매우 빠르게 우리를 향해 날아오고 있었다.

곧 양측이 만났고, 우정의 제스처들이 오갔다. 그 순간 내 몸속으로 행복감이 흘러드는 느낌이 몇 초간 지속됐다. 전에 라톨리가 내게 보냈던 느낌과 같은 것이었다. 그것은 그 '나는 사람들' 이 내게 보내는 환영의 신호였다.

"어떻게 저럴 수 있죠? 공중부양술인가요?"

"아뇨, 저들은 허리에 '타라' 를 차고, 손에는 '리티올락' 을 갖고 있어요(타라는 날고 싶을 때 혁대처럼 허리에 차는 장치이고, 리티올락은 손으로 작동하는 보조 장치다). 그 장치는 이 행성의 냉(冷)자기력(cold magnetic force)을 무력화하는 특정한 진동을 발생시켜 무중력 상태를 만듭니다. 그래서 심지어 수백만 톤의 무게도 깃털처럼 가벼워져요. 그런 후 초음파와 비슷한 진동을 이용해 지금처럼 원하는 장소로 정확히 이동할 수 있어요. 이 행성에서는 모든 사람이 멀리 가고 싶을 때 이 방법을 사용합니다."

"그렇다면 우리는 왜 이 비행체를 타고 다니죠?" 내가 물었다. 그 비행 장치를 사용해 보고 싶은 마음에서였다. 게다가 소음도 전혀 없지 않은가.

"미셸, 너무 조급해 하는군요. 당신을 플랫폼에 태우고 온 이유는 당신이 아직 리티올락을 사용할 줄 모르기 때문이에요. 숙달하지 않고 사용하다간 다칠 수도 있어요. 나중에 시간이 나면 사용법을 가르쳐 줄게요. 이제 거의 다 왔네요."

우리는 어떤 섬에 빠르게 접근하고 있었다. 몇몇 사람이 일광욕을 하는 황금빛 해변이 보였다. 어느 틈엔가 플랫폼은 야자수 잎사귀 아래의 넓은 길을 따라 날아갔다. 길 양옆에는 향기로운 관목과 꽃들이 심어져 있었다. 그 일대는 각종 곤충과 나비와 새들이 내는 음향과 빛깔로 활기에 넘쳤다.

플랫폼은 지면 가까이를 느린 속도로 이동했다. 마지막 모퉁이를 지난 뒤 마침내 작은 나무와 덩굴식물 한가운데 위치

"저들은 허리에 '타라'를 차고, 손에는 '리티올락'을 갖고 있어요. 그 장치는 특정한 진동을 발생시켜 무중력 상태를 만듭니다. 그래서 심지어 수백만 톤의 무게도 깃털처럼 가벼워져요."

한 '작은 계란' 앞에 도착했다. 이 행성의 모든 건물이 계란 모양을 하고 있는 듯했다. 계란형 건물의 대다수는 '옆으로' 누워있었지만, 일부는 앞서 말한 대로 뾰족한 부분이 하늘을 향한 모양으로 서 있었다. '껍질'은 회색 계열이었고 창문과 출입구가 없었다.

이 계란형 건물은 옆으로 누운 형상에 절반은 땅속에 파묻혀 있었다. 길이는 30m, 직경은 20m쯤 됐다. 지금까지 봐왔던 것들에 비하면 상당히 작았다.

타오는 그 건물의 외벽 중앙에 있는 발광체 앞에 플랫폼을 세웠다. 플랫폼에서 내려 건물 안으로 들어갔다. 그 순간 가벼운 압력을 느꼈는데, 그 강도는 오리털 이불이 와 닿는 정도였다. 앞서 은하 우주기지의 외벽을 관통해 들어갔을 때에도 비슷한 압박감을 느꼈던 기억이 났다.

건물들에 출입구와 창문이 없는 것도 특이했지만, 내부의 풍경은 훨씬 더 이상했다. 앞서 말했듯이 전반적인 인상은 우리가 여전히 건물 밖에 있는 듯하다는 것이었다.

놀랄 정도로 아름다운 빛깔들이 어디에서나 보였다. 푸른 잎, 짙은 자줏빛 하늘을 배경으로 뻗어있는 나뭇가지들, 나비, 각종 화초 등……. 건물의 '지붕' 한가운데에 내려앉은 새 한마리가 생각난다. 우리는 건물 내부에서 그 새의 발바닥도 볼 수 있었다. 마치 그 새가 신기하게도 허공 속에 멈춘 채 앉아 있는 듯했다. 그 광경을 보는 놀라움이란 이루 말할 수가 없었다.

유일하게 외부와 대비되는 부분은 카펫 같은 게 깔려있는 내부 바닥이었다. 실내에는 안락해 보이는 좌석들과 외다리 테이블들이 배열돼 있었다. 물론 그 모든 가구들은 '거구'의 주민들에게 맞게끔 대형이었다.

"타오," 내가 말했다. "건물 벽이 투명한데 왜 밖에서는 안을 들여다 볼 수 없나요? 우리가 외벽을 어떻게 뚫고 들어왔죠?"

"미셸, 먼저 마스크부터 벗으세요. 당신이 견딜 수 있도록 내부 조명을 조절할게요."

타오는 바닥에 있는 한 물체에 다가가 손을 갖다 댔다. 나는 마스크를 벗었지만 빛의 세기를 견딜 만했다. 마스크를 쓰고 있을 때의 느낌과 별 차이 없었다. 물론 주변이 반짝거리는 것은 여전했다.

"미셸, 이 건물은 특수한 자기장 덕분에 존재합니다. 우리는 자연의 힘과 창조물들을 우리의 목적에 맞게 복제했어요. 무슨 뜻인지 설명할게요. 인간이든 동물이든, 혹은 광물이든 모든 존재는 주변에 어떤 에너지 장(場)을 갖고 있어요. 예컨대 인체는 계란 모양의 에테르장(etheric force field)과 오로라(Aura)에 둘러싸여 있어요. 그 점은 당신도 알고 있죠?"

나는 고개를 끄덕였다.

"에테르장은 약간의 전기와 상당량의 진동으로 구성돼 있어요. 그 진동을 '아리아코스티나키'라고 부릅니다. 이 진동은 당신이 살아있는 동안 당신을 보호하기 위해 끊임없이 발생합니다. 그리고 이 진동은 오로라의 진동과는 섞이지 않습니다. 우리는 거주지에 자연을 복제했어요. 건물의 기점(基点) 둘레에 광물질적인 전기-에테르 진동 영역을 만들어냈지요." 타오는 방의 한가운데 두 개의 좌석 사이에 있는 타조 알 크기의 계란을 가리켰다. "미셸, 이 좌석을 밀어주실래요?"

그 말에 깜짝 놀라 그녀를 쳐다봤다. 좌석의 크기가 엄청난데다, 그녀가 내게 어떤 요청이든 한 적이 없었기 때문이었다. 나는 부탁받은 대로 하려고 했지만 좌석이 너무 무거워 쉽지 않았다. 하지만 그럭저럭 좌석을 50cm 정도 움직였다.

"정말 잘했어요." 타오가 말했다. "이번엔 저 계란을 내게 건네주세요."

나는 미소를 지었다. 그 일은 비교적 쉬울 것 같았다. 한 손으로도 별로 힘들이지 않고 계란을 들어 올릴 수 있을 것이다. 하지만 떨어뜨리지 않으려고 두 손으로 들어 올리려는 순간…… 나는 무릎을 꿇고 말았다! 그토록 무거우리라고는 예상치 못해 균형을 잃었기 때문이었다. 일어나서 다시 시도했다. 이번엔 온힘을 쏟았다……. 그러나 계란은 꼼짝도 하지 않았다.

타오가 내 어깨를 만지면서 "보세요"라고 말했다. 타오는 내가 간신히 움직인 좌석 쪽으로 몸을 돌렸다. 그리고는 한 손을 좌석 밑에 넣더니 머리 위로 들어올렸다. 그리고는 여전히 한 손으로 다시 내려놓았다. 별로 힘을 들이지 않은 듯했다. 다음엔 양손으로 계란을 잡고는 온힘을 다해 앞뒤로 밀거나 잡아당겼다. 너무 힘을 줘 목에 핏줄이 섰다. 그러나 계란은 1mm의 10분의 1도 움직이지 않았다.

“계란이 방바닥에 용접돼 있군요.” 내가 말했다.

“아니에요, 미셸. 건물의 중심이기 때문에 움직이지 않는 거예요. 앞서 말한 기점이죠. 우리는 기점 둘레에 에너지장을 만들었어요. 너무 강력하기 때문에 바람과 비도 침투하지 못하죠. 태양 광선의 경우엔 침투할 수 있도록 에너지장의 세기를 조절하죠. 지붕에 앉은 새들 역시 에너지장을 통과할 정도로 무겁지는 않아요. 하지만 좀 더 무거운 새가 앉는다면 가라앉기 시작할 거예요. 그럴 경우 새는 깜짝 놀라 즉각 날아가 버리기 때문에 아무런 해도 입지 않죠.”

“무척 교묘하군요.” 내가 말했다. “그런데 출입구의 발광체는 어떤 용도인가요? 우리가 선택하는 지점에서 외벽을 통과할 수는 없나요?”

“할 수는 있어요. 다만, 외부에서는 내부를 들여다보지 못하므로, 아무데서나 들어갔다가는 내부의 가구에 부닥칠지도 모르죠. 그래서 안전한 입구를 표시하려고 외벽에 발광체를 부착했어요. 자, 내부를 둘러보죠.”

나는 그녀를 따라갔다. 화려한 장식의 칸막이 뒤에는 정말로 멋진 실내 풍경이 펼쳐져 있었다. 녹색 반암(斑岩)으로 만든 모형 수영장이 보였다. 근처에는 주변 풍경과 어울리는 모양의 세면대가 있고, 그 위에는 반암 재질의 백조가 부리를 벌린 채 몸을 구부리고 있었다. 아름다운 모습이었다.

타오가 백조의 부리 아래로 손을 갖다 대자, 즉시 물이 나와 그녀의 손을 적시면서 세면대로 흘러내렸다. 손을 치우자 물도 멈췄다. 그녀는 내게도 해보라고 했다. 세면대는 실내 바닥에서 약 1.5m 높이에 설치돼 있었던 만큼 나는 팔을 높이 들어 올려야 했다. 어떻든 손을 대자 다시 물이 쏟아져 나왔다.

"정말로 영리한 장치구먼!" 내가 말했다. "이 섬에는 식수도 있나요, 아니면 땅에 시추공을 뚫어야하나요?"

타오의 얼굴에 다시 즐거움의 미소가 번졌다. 내가 '기발한' 질문을 던질 때마다 그녀의 얼굴에 나타나는 아주 낯익은 표정이었다.

"아니에요, 미셸. 우리는 지구인들과는 다른 방식으로 물을 조달해요. 돌로 만든 이 멋진 새 밑에 장치가 있어요. 외부의 공기를 끌어들여 식수로 변환시키는 장치에요."

"놀랍군요!"

"우리는 단지 자연법칙을 활용할 뿐이죠."

"뜨거운 물이 필요할 때는 어떻게 하나요?"

"전기-진동력을 이용해요. 온수가 필요하면 이쪽에 발을 얹고, 끓는 물이 필요하면 발을 저쪽에 얹어요. 석조 새 옆구리의 전지들이 그 장치의 기능을 통제해요 ……. 하지만 이런 것들은 단지 물질적인 세부사항일 뿐이고 별로 중요하지 않아요. 타오는 내 시선이 머무른 곳을 가리키며 "여기 이곳은 휴게실이에요. 저쪽에서 마음껏 팔다리를 뻗을 수 있어요."

그녀는 바닥에 놓여있는 두터운 매트를 가리켰다. 매트는 건물의 기저 부분에 좀 더 가까운 곳에 있었다.

나는 그곳에 드러누웠다. 곧바로 내가 지면 부근에서 공중에 떠있는 느낌이 들었다. 타오는 계속 말을 했지만 내게는 그녀의 목소리가 더 이상 들리지 않았다. 그녀는 안개 같은 커튼 뒤로 사라졌다. 나는 솜이불 같은 짙은 안개에 휩싸여 있는 느낌이었다. 음악 같은 진동음도 들렸다. 그 모든 상황이 지극히 편안한 느낌을 주는 효과를 자아냈다.

자리에서 일어났다. 몇 초 후 타오의 목소리도 다시 들렸다. '안개'가 걷히고 완전히 사라지면서 목소리는 더욱 크게 들렸다.

"미셸, 기분이 어땠어요?"

"편안함의 극치였어요!" 내가 흥분조로 말했다. "그런데 아직 못 본 게 하나 있어요. 주방 말이에요. 프랑스인들에게 주방이 얼마나 중요한지 알죠?"

"이쪽으로 오세요." 타오가 다시 미소를 지으며 또 다른 방향으로 몇 걸음 옮겼다. "여기 투명한 서랍이 보이나요? 그 안에 칸이 여러 개 있어요. 왼쪽부터 오른쪽으로 생선 · 조개 · 계란 · 치즈 · 유제품 · 야채 · 과일이 들어있고, 여기 마지막 칸에 지구인들이 '만나'라고 부르는 게 있어요. '만나'는 우리들의 빵이에요."

"나를 놀리는 건가요? 서랍 속에서 보이는 것이라고는 빨강 · 녹색 · 파랑 · 갈색 등 온통 색깔들밖에 없는데……."

"당신이 보는 것은 생선과 야채 등 각종 음식의 농축물이에요. 뛰어난 요리사들이 다양한 비법으로 만든 최상 품질의 음식들이죠. 맛을 보면 매우 영양가가 높고 우수한 식품임을 알 거예요."

그러고 나서 타오는 자기네 언어로 몇 마디 말을 중얼거렸다. 잠시 후 내 앞에 쟁반이 나타났고, 그 속에는 보기 좋게 배열된 몇몇 음식물이 담겨 있었다. 먹어 보니 놀랄 정도로 맛이 있었다. 평생 먹어본 적이 없는 음식이지만 정말로 맛있었다. '만나'는 이미 우주선에서 맛을 봤었다. 다시 먹어 보니 다른 음식물들과 상당히 잘 어울린다는 것을 알게 됐다.

"이 빵이 지구에서는 '만나'로 알려져 있다고 말했는데, 어떻게 그 음식이 지구에 존재하게 됐나요?"

"그것은 우리가 우주선으로 은하계를 여행할 때 늘 챙겨가는 식품이에요. 농축하기 쉽고 영양가도 높아 매우 실용적이지요. 사실상 완전식품이에요. 밀과 귀리로 만드는데, 그것만 먹고도 몇 달은 살 수 있어요."

마침 그 때, 나뭇가지 아래로 지면 가까이에서 날아오는 사람들이 눈에 띄었다. 그들은 건물 입구에 멈춰 서서는 '타라'를 끌러 대리석 받침대 위에 얹어놓았다. 분명히 어떤 목적이 있는 동작이었을 것이다. 그들이 한 명씩 건물 안으로 들어왔다. 반갑게도 비아스트라와 라톨리, 그리고 우주선에서 만났던 나머지 승무원들이었다.

그들은 우주선 유니폼 대신에 아랍인 스타일의 길다란 의

상을 걸쳤는데, 옷의 색깔이 희미하게 반짝였다(옷의 빛깔이 그들을 달라 보이게 만드는 이유는 나중에 알게 됐다). 그 때에는 그들이 우주선에서 대화하며 알고 지냈던 바로 그 사람들이라는 것을 믿기 어려웠다. 그들은 전혀 다른 사람처럼 변해 있었다.

라톨리가 내게 다가왔다. 그녀의 얼굴은 환한 미소로 밝게 빛났다. 내 어깨에 손을 대고는 텔레파시로 말했다. "친구여, 조금 놀란 것 같군요. 우리들의 주거지가 마음에 들지 않나요?"

그녀는 감동을 받았다는 나의 대답을 '읽고'는 기뻐했다. 그러고는 동료들을 향해 나의 반응을 전달했다. 모든 사람이 한 마디씩 언급하면서 갑자기 시끌벅적해졌다. 잠시 후 모두 자리에 앉았다. 앉은 모양새들이 나보다는 훨씬 더 편안해 보였다. 큰 체구에 맞게 제작된 의자들인 만큼 내게 맞는 것은 없었다. 닭들 사이에 낀 오리새끼 같은 묘한 느낌이었다.

타오는 주방에 가서 쟁반 하나에 먹을 것을 가득 담았다. 그녀가 뭐라고 한 마디 하자, 모두들 쟁반 쪽으로 손을 내밀었다. 쟁반이 천천히 공중으로 떠올랐다.

쟁반은 방안을 빙 돌면서 각각의 손님들 앞에서 저절로 멈췄다. 마침내 내 앞에까지 왔다. 나는 쟁반이 떨어지지 않도록 최대한 조심하면서(나의 이런 자세에 모두들 재미있어 했다) 꿀물이 담긴 잔을 들었다. 쟁반은 다시 저절로 이동해 원래 있던 곳으로 돌아갔다. 모두의 손도 내려갔다.

"어떻게 한 거죠?" 내가 타오에게 물었다. 모두들 정신감응으로 내 질문을 알아들었고 폭소가 터져 나왔다.

"당신이 말하는 '공중부양술'로 했어요, 미셸. 우리는 몸을 쉽게 공중으로 들어 올릴 수 있어요. 하지만 그것은 그냥 재미삼아 할 뿐이지, 그 이상의 의미는 없어요." 다리를 포개고 앉아있던 타오가 떠오르기 시작했다. 그리고 실내를 한 바퀴 돌더니 마지막에는 공중에서 정지된 상태로 있었다. 나는 그 광경을 뚫어져라 응시했다. 그렇게 넋을 잃고 쳐다보는 사람은 나밖에 없음을 잠시 후 깨달았다. 내가 바보처럼 보였음에 틀림없었다. 모두의 시선이 내게로 고정돼 있었다. 분명히 그들에게는 타오의 행동이 지극히 평범한 것이었다. 그들은 나의 놀란 표정에 더 흥미를 느꼈다.

타오는 자기 자리로 천천히 내려앉았다.

"공중부양술은 지구인들이 상실한 많은 기술 중 하나예요, 미셸. 지금은 일부 사람들에게만 그런 능력이 있지요. 한때는 많은 지구인들이 그것을 포함한 많은 기술을 구사했어요."

그날 오후, 나의 새 친구들과 나는 아무런 걱정 없이 텔레파시로 대화하며 유쾌한 시간을 보냈다. 이윽고 태양이 지기 시작했다.

타오가 말했다. "미셸, 당신이 티아우바에 체류하는 동안 이 '도코'가 당신의 집이 될 거예요. 이런 계란형 주거지를 여기서는 도코라고 불러요. 당신이 잠을 잘 수 있도록 밤에는 우리가 떠나 있을 겁니다. 목욕을 하려면 어떻게 하는지 알 거예요. 그리고 휴게실 침대에서 주무시면 됩니다. 그런데 취침 준비는 30분 안에 끝내도록 하세요. 이 집에는 조명이 없거든요. 우리는 밤에도 낮처럼 사물을 볼 수 있기 때문에 조명이 필요 없어요."

"이 건물은 안전한가요? 안심해도 되나요?" 내가 걱정스럽게 물었다.

타오는 다시 미소를 지었다. "이 행성에서는 도시 한가운데 길바닥에서도 잠을 잘 수 있어요. 그래도 지구에서 무장 경비원과 경비견과 경보장치가 지켜주는 건물 안에 있는 것보다 안전할 거예요.

이곳에는 고도로 진화한 사람들만 존재합니다. 지구의 범죄자 같은 사람은 없어요. 그런 범죄자는 가장 악질적인 짐승

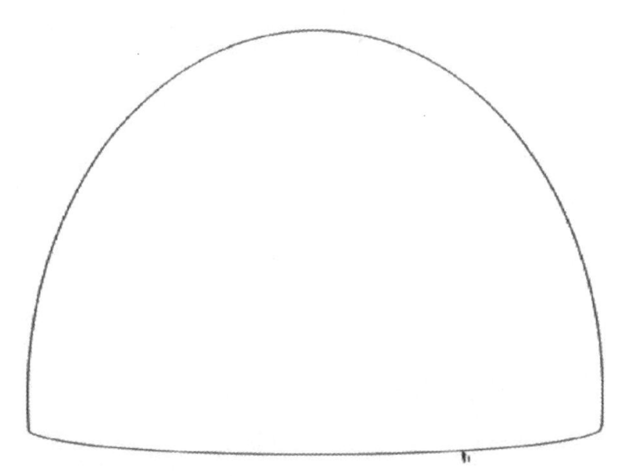

티아우바 행성의 도코 앞에 서있는 타오와 미셸. 도코는 포스 필드로 둘러싸인 건물이다. 출입구와 창문이 없지만, 일단 내부에 들어가면 바깥이 전경으로 보인다.

이나 마찬가지에요. 그럼 이제 좋은 밤 보내세요."

타오는 뒤로 돌아 도코의 '벽'을 통과해 친구들과 합류했다. 타오가 그들과 함께 날아오른 것을 보니 친구들이 그녀의 '리티올락'도 가져온 것이 분명했다.

나는 티아우바에서의 첫날밤을 보내기 위해 준비했다.

Thiaoouba Prophecy

6장

7인 지도자와 오로라

The Seven Masters and the Aura

큰 불꽃이 파란색을 태웠다. 주황색과 붉은색 불꽃이 그 주위에서 타올랐다. 거대한 구렁이 한 마리가 불꽃 사이에서 나와 나를 향해 기어왔다. 난데없이 거인들이 달려와 구렁이를 잡으려 했다. 구렁이가 내게 다가오지 못하게 하려고 7명의 거인이 달려들었다. 갑자기 구렁이가 몸을 돌려 불꽃을 삼키더니 마치 용처럼 거인들에게 내뿜었다. 그러자 거인들은 구렁이의 꼬리 위에 올라탄 채로 거대한 석상으로 변해버렸다.

그 파충류는 혜성으로 변해 석상들을 이스터 섬에 옮겨다 놓았다(이스터 섬: 칠레에서 수천km 떨어진 태평양상의 외딴 섬. 나무가 없는 그 섬에는 거대한 석상들이 수없이 많다. 일부 석상은 높이가 50m나 되며 오래 전부터 '세계의 7대 불가사의' 중 하나로 간주됐다. 석상의 존재는 여러 세기 동안 고고학자와 역사학자들의 관심을 끌어왔다. 저자의 승인을 얻은 편집자 주). 잠시 후 석상들은 이상한 모자를 쓴 채 내게 인사했다. 타오를 닮은 석상 하나가 내 어깨를 붙잡으며 "미셸, 미셸... 일어나세요"라고 말했다.

타오가 온화한 미소를 지으며 나를 흔들어 깨우고 있었다.

“이것 참!” 내가 눈을 뜨며 말했다. “꿈을 꿨어요. 당신이 이스터 섬의 석상이었는데, 내 어깨를 붙들고…….”

“내가 이스터 섬의 석상 중 하나이고, 실제로 당신 어깨를 잡았어요.”

“어쨌든, 나는 지금 꿈속에 있는 게 아니죠, 그렇죠?”

“네, 그런데 꿈이 정말로 희한하군요. 왜냐하면 이스터 섬에는 아주 오래 전에 나를 불멸의 존재로 만들려고 내 이름을 붙여 만든 석상이 하나 있거든요.”

“무슨 말이죠?”

“그냥 사실을 말할 뿐이에요, 미셸. 나중에 때가 되면 모두 설명할게요. 지금은 이 옷을 입어보세요. 당신을 위해 가져왔어요.”

타오가 화려한 색상의 긴 옷을 건네줬다. 무척 마음에 드는 옷이었다. 향내가 나는 온수 목욕을 한 뒤 그 옷을 입었다. 예상치 못한 행복감이 온몸을 감쌌다. 그 느낌을 타오에게도 알렸다. 그녀는 내게 줄 우유와 약간의 만나를 들고 기다리고 있었다.

“옷의 색깔은 당신의 오로라 색깔에 맞춰 골랐어요. 그래서 느낌이 좋은 거예요. 지구인들이 오로라를 볼 수 있다면 그들 역시 자신에게 맞고 그래서 행복감을 느끼게 하는 색깔을 선택할 수 있을 겁니다. 그렇게 되면 아스피린보다는 색깔을 더 활용하게 되겠죠.”

“정확히 무슨 뜻인가요?”

"예를 들게요. 누군가에 대해 이렇게 말하는 경우가 있죠: '저 옷은 전혀 어울리지 않아. 패션 감각이 전혀 없네' 라고요."

"예, 자주 그래요."

"대개 그런 사람들은 단지 옷을 다른 사람들보다 덜 세련되게 고르거나 코디를 잘 못해요. 배색이 어울리지 않는 경우인데, 자신의 시각보다는 타인들의 시각을 기준으로 삼죠. 그러나 그렇게 옷을 선택하면 좋은 기분을 느끼지 못하고, 그 이유도 몰라요. 그런 사람들에게 진정한 색상 조화가 이뤄지지 않았기 때문이라고 지적하면, 오히려 당신을 이상한 눈으로 쳐다볼 거예요. 옷 색깔의 진동이 오로라의 진동과 조화를 이루지 못한다고 설명해줘도 믿지 않으려 할 거예요. 지구인들은 직접 보거나 만질 수 있는 것만 믿지요……. 하지만 오로라도 볼 수 있어요……."

"실제로 오로라에 색깔이 있나요?"

"물론이죠. 오로라는 끊임없이 진동하면서 색깔이 변해요. 실제로 당신의 머리 윗부분에는 꽃다발처럼 다양한 빛깔들이 몰려 있어요. 당신이 아는 거의 모든 색이 거기에 있어요.

머리 둘레에도 황금빛 원광(圓光)이 있어요. 하지만 원광은 영적으로 고도로 발달한 사람들과 타인을 도우려고 자신을 희생한 사람들에게서만 명확히 보이죠. 원광은 황금빛 달무리와 비슷해요. 지구의 화가들이 그린 '성인' 들과 그리스도의 광륜(光輪) 같은 것이죠. 옛날의 화가들이 원광을 그려 넣은 이유는 그들 중 일부가 실제로 원광을 봤기 때문이에요."

“네, 나도 그런 말을 들은 적이 있지만, 당신에게서 들으니 좋네요.”

“오로라에도 다양한 빛깔이 있어요. 일부는 강렬하고 일부는 흐릿하죠. 예컨대 건강이 안 좋거나 나쁜 의도를 가진 사람들은…….”

“나도 정말 오로라를 보고 싶군요. 그것을 보는 사람도 있다고 하는데…….”

“아주 오랜 옛날에는 지구에서 오로라를 보고 식별할 수 있는 사람이 많았는데 지금은 거의 없어요. 너무 조급해하지 마세요, 미셸. 보게 될 거예요. 한 가지 오로라뿐 아니라 여러 가지를요. 당신 자신의 오로라를 포함해서. 그러나 지금은 저를 따라오세요. 시간은 부족한데 보여드릴 게 많거든요.”

나는 타오를 따라갔다. 그녀는 내게 마스크를 씌운 뒤 전날 사용했던 비행 플랫폼 쪽으로 걸어갔다.

플랫폼에 착석하자 타오는 곧바로 이륙했다. 거리의 나뭇가지들을 요리조리 피하면서 능숙하게 조종했다. 잠시 후 우리는 해변에 도착했다.

태양이 섬 뒤편에서 막 떠올라 바다와 주변 섬들을 밝게 비췄다. 수면 위에서 보는 그 광경은 신비롭기까지 했다. 해변을 따라 화초가 만발한 관목 숲 사이에서 다른 도코들이 보였다. 바닷가에서는 도코 주민들이 투명한 물에서 헤엄을 치거나 백사장을 산책했다. 그들은 비행 플랫폼을 보고 놀란 듯 우리를 따라오기도 했다. 그 섬에서는 플랫폼이 흔히 보는 교통수단이 아닌 듯했다.

한 가지 더 말해둬야 할 게 있다. 티아우바에서는 사람들이 늘 나체로 수영과 일광욕을 즐긴다. 그러나 비교적 먼 거리를 이동하거나 산책할 때는 항상 옷을 입는다. 이 행성에서는 위선이나 자기과시, 혹은 거짓 겸손이 없다(이것은 나중에 설명하겠다).

얼마 지나지 않아 섬의 끝에 도착하자 타오는 더욱 속도를 내 수평선에서 보이는 큰 섬을 향해 날아갔다. 타오가 플랫폼을 조종하는 솜씨는 정말로 뛰어났다. 특히 그 섬의 해안 지대를 이동할 때는 더욱 돋보였다.

해변에 접근하면서 거대한 도코들이 멀리서 보이기 시작했다. 뾰족한 부분이 하늘을 향한 도코 9개가 모여 있었다. 그러나 섬에는 숲속에 산재해 있어 눈에 잘 띄지 않는 좀 더 작은 다른 도코들도 있었다. 타오는 비행 고도를 높였고, 우리는 곧 '코트라 쿠오 도지 도코'('9개 도코의 도시')의 상공을 날고 있었다.

타오는 도코들 사이를 솜씨 좋게 비행하다가 한가운데의 아름다운 공원에 착륙했다. 마스크를 착용한 상태였지만 나는 티아우바를 둘러싼 황금빛 기운이 이곳 도코들의 주위에 특히 짙게 깔려있음을 알 수 있었다.

타오는 내 판단이 틀리지 않음을 확인해줬지만 그 이유를 설명하지는 않았다. 우리를 기다리는 사람들이 있었기 때문이었다.

타오는 푸른 잎으로 만들어진 아치형 문을 지나 이어진 길로 나를 안내했다. 길옆에는 작은 연못들이 있었다. 연못에서는 아름다운 물새들이 노닐고, 작은 폭포들이 속삭이듯 물소리를 냈다.

타오를 따라가느라 뛰다시피 걸어야 했지만 천천히 가자고 요구하고 싶지는 않았다. 그녀는 평소와 달리 여념이 없어 보였다. 한 번은 내가 점프를 하려다 불상사가 일어날 뻔했다. 재미있게 타오를 따라가려고 시도한 점프였다. 중력의 차이를 간과하고 힘껏 점프를 했다가 연못 속으로 떨어질 뻔했던 것이다. 다행히 연못가의 나무를 붙잡은 덕에 화는 면했다.

마침내 우리는 '중앙 도코'에 도착해 출입구 발광체 아래에 섰다. 타오는 몇 초 동안 정신을 집중하는 듯했다. 그러더니 내 어깨를 잡고 벽을 통과해 들어갔다.

그녀는 즉시 내 마스크를 벗기면서 눈을 절반쯤 감으라고 말했다. 반쯤 감은 눈 속으로 빛이 새어 들어왔다. 잠시 후 눈을 정상적으로 뜰 수 있었다.

이곳의 빛은 내가 묵는 도코보다도 황금색이 더 강렬해 처음에는 상당히 불편했다. 그리고 몹시 궁금한 점이 있었다. 평소에 타오는 매우 자유롭고 대인관계에서 격식을 따지지 않는 성격이었다. 그런데 지금은 태도가 돌변해 있었다. 왜 그럴까?

중앙 도코는 직경이 100m 정도였다. 우리는 천천히 걷기는 했지만 건물의 중심부로 직행했다. 그곳에는 반원 형태로 배열돼 있는 7개의 좌석에 사람들이 앉아 있었다. 그들은 마치 석화(石化)된 듯이 앉아 있어 처음에는 석상인 줄 알았다.

외관상으론 타오와 닮았다. 다만 머리카락이 더 길고, 심각한 얼굴 표정을 하고 있어 나이가 더 많아 보였다. 그들의 눈은 내부로부터 조명을 받는 듯해 나를 약간 긴장시켰다. 가장 인상적인 것은 실내의 황금빛 기운이 건물 바깥보다 훨씬 더 강렬하다는 점이었다. 그 기운은 그들의 머리 주변에 집결해 원광을 형성하는 듯했다.

나는 15세 이후로 인간에 대해 경외심을 느껴본 기억이 없다. 아무리 유명한 거물급 인사라 해도 마찬가지였다. 그 사람의 사회적 지위가 아무리 높아도 나는 위압감을 느낀 적이 없다. 그리고 누구에게도 당당히 내 의견을 말해왔다. 내게는 일국의 대통령도 그저 또 다른 사람일 뿐이다. VIP라고 자처하는 사람을 보면 그저 웃음만 나온다. 이런 얘기를 하는 이유는 내가 단순히 사회적 지위에 영향을 받는 사람은 아니라는 점을 분명히 하고 싶어서다.

나의 그런 태도는 중앙 도코에서 송두리째 바뀌었다.

그들 중 한 명이 타오와 나에게 앉으라고 손짓하는 순간, 나는 그들의 위엄에 짓눌려 목소리마저 기어들어갔다. 그토록 찬란하게 빛나는 존재들이 존재할 수 있으리라고는 상상조차 못했었다. 마치 그들 내부가 불타고 있고 거기에서 광선이 발산되는 듯했다.

그들은 등받이가 수직인 사면체 같은 좌석에 앉아있었다.

좌석들의 색깔은 서로 달랐다. 일부는 옆의 좌석과 약간 달랐고, 나머지는 크게 달랐다. 의복은 본인에게 완벽하게 어울렸지만 역시 서로 색깔이 달랐다. 모두들 지구에서 '결가부좌'로 불리는 자세로 앉아 있었다. 즉 부처님의 앉는 자세로 양손은 무릎 위에 얹어놓았다.

앞서 말했듯이, 그들은 반원 형태로 앉아 있고 모두 7명이었다. 따라서 한가운데의 인물이 가장 높은 사람이고 양쪽의 각 3인이 그 다음 서열일 것이라고 나는 추측했다. 물론 당시에는 내가 압도된 상태라 그런 세부적인 것까지 생각하진 못했다. 나중에 떠오른 생각이었을 뿐이다.

바로 그 가운데 인물이 내게 말을 건넸다. 매우 선율적인 동시에 위엄 있는 목소리였다. 너무 당혹스러웠다. 더욱이 그는 완벽한 프랑스어로 말했다.

"우리와 함께 지내게 된 것을 환영해요, 미셸. 성령께서 그대와 함께 하고 인도하시기를!" 다른 사람들이 복창했다. "성령께서 그대와 함께 하고 인도하시기를!"

그의 몸이 결가부좌 상태로 떠오르더니 내게 다가왔다. 크게 놀라지는 않았다. 이미 타오한테서 그런 공중부양술을 봤기 때문이다. 의심할 바 없이 위대하고 영적인 존재 앞에서 나는 진심으로 우러나는 무한한 존경심에 자리에서 일어나려 했다. 그러나 아무리 일어나려 해도 몸이 움직이지 않았다. 마치 앉은 채로 마비된 듯했다.

그는 내 앞쪽 바로 위에서 멈춘 채 양손을 내 머리에 갖다 댔다. 두 엄지손가락은 나의 이마 한가운데(두개골 내부의 송과체와 수직선상으로 만나는 부위)에서 맞닿았고, 나머지 손가락들은 정수리에서 만나는 형태였다. 물론 이런 자세한 내용은 나중에 타오가 내게 설명해 준 것이었다. 당시에는 신묘한 느낌에 압도돼 그런 세부적인 내용을 의식하지 못했다.

그의 양손이 내 머리에 얹혀 있는 동안 나의 몸은 더 이상 존재하지 않는 것 같았다. 몸속에서부터 부드러운 온기와 미묘한 향기가 파도처럼 퍼져 나오면서, 들릴 듯 말 듯한 부드러운 음악과 한데 어울렸다.

갑자기 내 앞에 있는 인물들을 에워싼 환상적인 빛깔들이 보이기 시작했다. 그리고 그 '지도자'가 제자리로 천천히 돌아갈 때, 나는 그의 둘레에서 여러 종류의 찬란한 빛깔을 볼 수 있었다. 전에는 육안으로 보이지 않던 빛깔들이었다. 주된 색상은 엷은 분홍색이었는데 일곱 명 전체를 구름처럼 감쌌다. 그리고 그들의 움직임은 그 경이롭고 선명한 분홍빛이 우리도 에워싸도록 만들었다!

정상적인 감각을 되찾았을 때 타오 쪽을 바라보니 그녀 역시 신비한 빛깔들에 둘러싸여 있었다. 하지만 그 7인을 에워싼 빛깔들보다는 강하지 않았다.

독자들은 이미 눈치 챘을 테지만, 이 위대한 존재들에 관해 얘기할 때 나는 본능적으로 '그녀'(She)보다는 '그'(He)를 대명사로 사용한다. 굳이 이유를 설명하자면, 그들의 인성이 너무 강하고 태도가 너무 당당해 보여 여성보다는 남성으로 인식됐기 때문이다. 여성을 폄하하려는 의도는 없다. 나의 반응은 본능적인 것이었다. 그들을 여성으로 보는 것은 마치 므두셀라(구약성경에 나오는 노아의 할아버지로 969세까지 살았다고 한다)를 여성으로 보는 것과 비슷하다……. 그러나 여성이든 남성이든 그들은 나를 변화시켰다. 그들을 에워싼 빛깔들은 그들의 오로라임을 알게 됐다. 나는 오로라를 볼 수 있게 됐고, 내가 본 것에 경이로움을 느꼈다.

'지도자' 가 자신의 자리로 되돌아간 후, 모두의 시선은 내게로 고정됐다. 마치 나의 내부를 들여다보고 싶은 듯했다. 실제로 그들은 그렇게 하고 있었다. 한동안 침묵이 흘렀다. 끝없이 계속될 것 같았다. 나는 그들을 감싼 오로라의 다양한 색채가 진동하고 춤추는 것을 지켜봤다. 때론 오로라가 멀리까지 뻗치기도 했다. 타오가 말했던 '빛깔의 꽃다발' 이 무엇인지를 알게 됐다.

윤곽이 뚜렷한 황금빛 원광은 이제 거의 샛노랑으로 변했다. 그들은 나의 오로라를 볼 뿐만 아니라 그 의미마저 해독할지 모른다는 생각이 들었다. 전지(全知)적인 존재들 앞에서 내가 완전히 벌거벗은 채로 있는 느낌이었다. 뇌리를 떠나지 않던 의문이 다시 떠올랐다. '왜 나를 이곳에 데려왔을까?'

'지도자' 가 침묵을 깼다. "미셸, 타오가 이미 설명했듯이, 당신이 우리 행성을 방문하도록 선택된 이유는 나중에 지구에 돌아가서 우리의 메시지를 전하고 몇몇 중요한 문제들에 관해 지구인들을 계몽시키기 위해서입니다. 이제 특정한 사건들이 일어날 때가 다가왔습니다. 지구상에서 수천 년 동안의 어둠과 야만의 시대가 지난 뒤 이른바 '문명'이 나타났습니다. 그리고 필연적으로 기술이 발전했습니다. 기술 발달은 지난 150년 사이에 급속도로 이뤄졌지요.

지구에서 기술 발달이 시작된 지 1만 4,500년이 됐습니다. 그러나 이 기술은, 진정한 지식과 비교하면 아무 것도 아니지만, 가까운 미래에 지구상의 인류에게 해를 끼칠 정도로 발달했습니다.

해로운 이유는, 그것이 영적인 지식이 아니라 오로지 물질적인 지식이기 때문이지요. 기술은 영적인 발전을 도와야합니다. 사람들을 물질주의적 세계에 더욱 더 가두어놓아서는 안 되지요. 그러나 지금 지구에서는 그런 일이 일어나고 있습니다.

지구인들은 오로지 한 가지 목표, 즉 재산 축적에만 사로잡혀 있고, 그 정도가 심해지고 있습니다. 그들의 삶은 재산 추구에 필연적으로 수반되는 모든 것과 관련돼 있습니다. 시기심, 질투, 부자들에 대한 증오, 가난한 사람에 대한 경멸 같은 것이지요. 다시 말해 현재의 기술은, 지구에 1만 4,500년 전에 존재했던 기술에 비교하면 아무것도 아니지만, 당신네 문명을 끌어내리고 도덕적 영적인 파국으로 더욱 몰아가고 있습니다."

나는 이 위대한 인물이 물질주의에 관해 언급할 때마다 그의 오로라와 측근들의 오로라가 순간적으로 흐릿하고 '탁한'

붉은색으로 번쩍이는 것을 목격했다. 마치 그들이 불타는 관목 숲 한가운데 들어가 있는 듯했다.

"우리 티아우바인들은 후견인 역할을 맡은 행성들의 주민들을 도와주고 인도하며 때론 벌을 주는 임무를 맡고 있습니다."

티아우바로 오는 동안에 타오로부터 지구의 역사를 간략하게나마 설명을 들은 것이 다행이었다. 그러지 않았다면 그 지도자의 얘기를 듣는 순간 나는 의자에서 굴러 떨어졌을지도 모를 일이다.

"'인류에게 해롭다'는 말이 무슨 의미인지는 이미 알고 있으리라 생각합니다." 그가 말을 계속했다. "대다수 지구인들은 핵무기를 가장 위험한 것으로 보지만, 그렇지 않아요. 가장 큰 위험은 '물질만능주의'입니다. 지구인들은 돈을 추구하지요. 그들에게 돈은 권력이나 마약(또 다른 저주)을 얻는 수단이에요. 이웃보다 더 많은 것을 소유하는 방법이기도 합니다.

대형 상점 하나를 소유하고 있는 사업가는 상점을 두 개, 세 개로 늘리고 싶어 합니다. 소규모 기업 제국을 경영한다면 그것을 확대하고 싶어 합니다. 가족과 함께 행복하게 살아갈 수 있는 집이 한 채 있는 보통 사람도 더 큰 집을 갖고 싶어 합니다. 혹은 두 채, 세 채로 늘리고 싶어 합니다.

왜 이런 어리석은 짓을 할까요? 게다가 인간은 죽을 것이고 그 때는 축적해온 모든 것을 포기해야 합니다. 어쩌면 자식들이 유산을 탕진하고 손자들은 가난하게 살지도 모릅니다. 그런 사람의 생애는 순전히 물질적인 관심으로 가득할 것입니다. 영적인 문제에 할애할 시간은 부족하겠지요. 또 다른 부자들은 인위적인 지복(至福)을 얻으려 마약에 손을 댑니다. 이런 사람들은 더 끔찍한 대가를 치릅니다."

"미셸," 그의 말이 계속됐다. "당신이 따라오기에는 내가 너무 빨리 나아간다는 것을 알아요. 하지만 당신은 따라올 수 있을 겁니다. 여기 오는 동안 타오에게서 이런 문제들에 관해 미리 들었을 테니까요."

나는 부끄러워졌다. 학교에서 선생님한테 잘못을 지적당한 기분이었다. 학창시절에는 나도 이해했다고 거짓말이라도 할 수 있었지만 여기서는 그런 게 통하지 않았다. 그는 내 마음을 손바닥처럼 들여다 볼 수 있었다.

황송하게도 그는 내게 미소를 보냈다. 불꽃처럼 타오르던 그의 오로라가 원래의 빛깔로 돌아왔다.

"이제 처음이자 마지막으로, 프랑스인들이 '신비의 열쇠'라고 부르는 지식을 당신에게 알려주겠습니다.

이미 들었겠지만, 태초에 성령이 있었습니다. 성령은 전능한 힘으로 모든 물질적 존재를 창조했습니다. 행성, 태양, 식물, 동물들을 창조했습니다. 목적은 오직 하나, 자신의 영적인 필요를 충족시키는 것이었습니다. 그 분은 순수한 영적인 존재이므로 그것은 지극히 논리적인 행위입니다. 영적인 만족을 위해 사물을 창조할 필요가 있다는 것이 이해가 안 갈 겁니다. 그 점은 이렇게 설명하지요. 창조주는 물질세계를 통해 영적인 체험을 추구했다고. 아직도 이해하기 어려워 보이지만, 당신은 나아지고 있습니다.

그런 경험을 하기 위해 그 분은 자기 영혼의 아주 작은 일부에 물질적 형태를 부여하고 싶었습니다. 그래서 제4의 힘을 불렀습니다. 타오가 아직 당신에게 설명하지 않은 힘이지요. 그 힘은 오로지 영성(靈性, spirituality)과 관련이 있습니다. 이 영역에서도 우주의 보편적 법칙이 적용됩니다.

우주의 기본 패턴은 9개의 행성이 자신들의 태양(항성) 주위를 공전하는 것이라는 사실을 잘 알고 있을 겁니다(때론 9개의 행성이 두 개의 작은 태양 주위를 공전하기도 한다. 이런 태양을 쌍성이라고 한다. 편집자의 요청에 의한 저자의 설명). 이런 항성들 9개는 다시 더 큰 항성 주위를 공전합니다. 후자의 큰 항성은 전자의 9개 항성과 각각에 부속된 9개 행성의 공전 중심인 셈이지요. 그런 식으로 계속 진행되다 보면 모든 천체의 공전 중심인 우주의 중심이 나오겠지요. 바로 그 우주의 중심에서 지구인들이 말하는 '빅뱅'이 일어났습니다.

말할 필요도 없지만, 때론 우연적인 사건도 일어납니다. 행성 하나가 어떤 태양계에서 사라지거나 그 안으로 들어가는 경우가 발생합니다. 하지만 시간이 지나면서 태양계는 다시 숫자 9에 기초한 패턴으로 복귀합니다.

네 번째 힘은 매우 중요한 역할을 했습니다. 성령이 상상한 모든 것을 구현했습니다. 성령의 아주 작은 일부를 인체 속에 집어넣었지요. 그것이 바로 성기체(Astral body, 영혼체)입니다. 성기체는 인간 본질의 9분의 1을 형성하고, 동시에 '대아'(大我, Higher self)의 9분의 1을 구성합니다. 대아는 '초월자아'(overself)라고도 부릅니다. 다시 말해 초월자아는 자신의 9분의 1을 인체에 보내 그 사람의 성기체가 되게 합니다. 동일한 초월자아의 나머지 부분들은 각각 다른 인체 속에 9분의 1씩 들어가 존재합니다. 그러면서도 원래 초월자아와의 통합성을 유지합니다(다시 말해 인간은 다른 8명의 인간들과 동일한 초월자아를 공유한다. 편집자의 요청에 따른 저자의 설명).

그리고 초월자아는 더 높은 단계의 초월자아의 9분의 1을 차지하고, 이는 다시 더 고차원의 초월자아의 9분의 1을 구성합니다. 이런 구성 단계는 '근원'까지 계속됩니다. 그러면서 성령이 요구하는 영적인 체험의 방대한 여과 장치 같은 게 됩니다.

첫 단계의 초월자아를 윗단계의 초월자아에 비해 하찮은 것이라고 생각해서는 안 됩니다. 비록 낮은 수준에서 작용해도 그것은 매우 강력하고 중요합니다. 각종 질병을 치료하고 심지어 죽은 자도 살릴 수 있습니다(지구에서는 심령치료[Spiritual Healing]로 알려져 있다. 치료사의 초월자아로부터 도움을 얻는 능력으로 환자가 현장에 없어도 가능하다. 유능한 치료사는 세계 어느 곳에 있는 환자도 도와줄 수 있다. 물론 환자의 동의가 전제돼야 한다. 저자주, 심령치료는 '에너지'의 교환이 아니라, 초월자아 차원에서의 '정보' 교환이다. 편집자주).

의사들도 포기하고 임상적으로 사망선고가 내려진 사람들

이 소생한 경우는 많습니다. 이는 그 환자의 성기체가 초월자아와 만났을 때 가능한 현상입니다. 환자가 '사망'한 시간 동안 그의 성기체는 육체를 떠나 있습니다. 성기체는 자신의 시신과, 그것을 되살리려 애쓰는 의사들을 내려다봅니다. 슬퍼하는 가족의 모습도 볼 수 있지요. 성기체 상태의 인간은 지극히 편안한 느낌, 심지어 행복감을 느끼게 됩니다. 대개의 인간은 자신의 육체와 고통의 원인을 버리고 떠납니다. 그리고 '영혼의 통로'로 빨려 들어가는 자신을 발견합니다. 통로의 끝에선 찬란한 빛이 보이고, 그 너머에는 천상의 기쁨이 존재합니다.

통로를 지나 그 빛(이것이 그의 초월자아입니다) 속으로 들어가기 전에 죽어서는 안 된다는 의지가 생기는 경우가 있습니다. 본인의 욕심이 아니라 그를 필요로 하는 사람들, 예컨대 어린 자녀들을 위한 의지가 생기는 경우 그는 되돌아가기를 요청하기도 합니다. 어떤 경우에는 그런 요청이 받아들여집니다.

인간은 대뇌의 통로를 통해 항상 자신의 초월자아와 교신합니다. 그 대뇌 통로는 성기체와 초월자아 사이에서 특수한 진동을 전달하는 역할을 수행합니다. 초월자아는 밤낮으로 당신을 지켜보면서 사고로부터 당신을 보호하기 위해 개입하기도 합니다. 예컨대 비행기를 타기 위해 택시를 타고 공항으로 가는 도중에 택시가 고장이 나고, 갈아탄 택시마저 고장이 나는 경우가 있습니다. 그것을 단지 우연의 일치라고만 생각할 수 있을까요?

그 비행기는 30분 뒤 추락해 탑승자 전원이 사망합니다. 또 류머티즘 환자로 잘 걷지 못하는 할머니가 차도를 건너갑니다. 갑자기 자동차의 요란한 경적음과 급제동시의 타이어 마찰음이 들립니다. 그 순간 기적처럼 할머니는 성큼 뛰어 안전한 곳으로 피신합니다.

이를 어떻게 설명해야 할까요? 할머니는 아직 죽을 때가 안 됐고, 그래서 할머니의 초월자아가 개입한 것이지요. 0.01초 사이에 할머니의 아드레날린을 분비시켜 안전 장소로 뛰어갈 힘을 근육에 제공한 것입니다. 혈액 속에 아드레날린이 분비되면 급박한 위험을 회피할 수 있는 힘이 순간적으로 생깁니다. 혹은 분노나 공포심을 일으켜 '가공할 적'을 물리치는 일도 가능해집니다. 그러나 너무 많은 양의 아드레날린은 치명적인 독이 됩니다.

대뇌 통로만이 초월자아와 성기체 사이의 교신을 수행할 수 있는 것은 아닙니다. 꿈이나 수면 속에는 또 다른 통로가 존재합니다. 잠자는 동안 초월자아는 성기체를 불러들여 지시사항이나 아이디어를 전달하고, 때론 특정한 방식으로 성기체를 혁신하기도 합니다. 성기체의 영적인 힘을 보충하거나 중요한 문제의 해결책을 제시해줍니다. 그렇기 때문에 소음이나 악몽으로 잠을 설치지 않도록 하는 게 중요합니다. 악몽은 낮에 받은 해로운 인상에서 비롯되는 경우가 많습니다. '밤은 충고를 준다'는 프랑스 속담의 중요성을 이제는 더 잘 이해하겠지요.

인체는 그 자체로 매우 복잡합니다. 하지만 성기체와 초월자아가 상호작용하며 진화하는 과정의 복잡성에 비하면 아무것도 아닙니다. 평범한 지구인들이 이해하기 쉽도록 최대한 간단하게 설명하지요.

모든 정상인의 성기체는 육체가 평생 체험하는 모든 감각을 초월자아에게 전달합니다. 이 감각 정보는 9단계 초월자아의 방대한 '여과장치'를 통과해 성령을 둘러싼 에테르의 '바다'에 도달합니다. 이들 감각 정보가 본질적으로 물질만능주의에 바탕을 두고 있을 경우, 초월자아는 이들을 여과하는 데 큰 어려움을 겪습니다. 마치 깨끗한 물보다 탁한 물을 여과할 때 정수기가 더 빨리 막히는 것과 같은 이치입니다.

인생의 수많은 경험을 통해 성기체가 영적인 감각 정보를 많이 얻을수록 영적인 이해력도 커집니다. 지구 시간으로 500~1,000년이 흐르고 나면 초월자아는 더 이상 여과할 것이 없어집니다.

미셸 데마르케라는 사람의 성기체에 구현된 이런 초월자아는 영적으로 매우 진보된 상태이므로 윗단계의 초월자아와 직접 교신하는 단계로 넘어갑니다.

이 과정은 흐르는 물에서 9개 성분을 제거하는 9단계의 여과기에 비교될 수 있습니다. 1단계에서 한 가지 성분이 완전히 제거되면 8개 성분이 남겠지요. 물론 그 성분 정보를 보다 쉽게 이해하기 위해 나는 심상(이미지)을 적극 활용합니다…….

첫 번째 범주의 초월자아에서 여과 장치를 통과한 성기체는 그 초월자아로부터 스스로를 분리시킨 뒤 두 번째 범주의 초월자아에 합류합니다. 그리고 전체 여과 과정이 반복됩니다. 게다가 성기체는 영적으로 충분히 발전할 경우 다음 범주의 행성으로도 이동합니다.

당신이 내 얘기를 제대로 따라오지 못한다는 것을 압니다. 하지만 당신에게 설명하는 모든 내용을 완벽히 이해하게 되기를 바랍니다.

성령은 자신의 지혜 속에서 네 번째 힘을 이용해 9개 범주의 행성들을 만들었습니다. 미셸, 지금 당신이 와있는 티아우바는 9번째 범주의 행성이에요. 가장 높은 단계의 행성이지요.

지구는 첫째 범주의 행성입니다. 가장 낮은 단계이지요. 그것은 무슨 뜻일까요? 지구는 기초적인 사회적 가치를 가르치는 데 중점을 둔 유치원에 비유할 수 있습니다. 둘째 범주의 행성은 좀 더 윗단계의 가치를 가르치는 초등학교에 해당됩니다. 유치원과 초등학교에서는 어른들의 지도가 필수적입니다. 셋째 범주는 중등학교입니다. 형성된 가치관을 토대로 그 이상의 것들을 탐구하지요. 다음은 대학 과정입니다. 여기에서는 어른 대접을 받습니다. 특정한 양의 지식을 습득했을 뿐만 아니라 시민으로서의 책임도 받아들이기 시작했기 때문이지요.

9개 범주의 행성들은 이런 식으로 그 발전 단계가 달라집니다. 영적으로 발전할수록 윗단계의 행성으로 가서 우수한 생활방식과 환경 속에서 더 많은 이익을 얻게 됩니다. 음식을 조달하는 방법도 훨씬 더 쉬워지고, 이는 다시 생활방식을 더욱 단순화시킵니다. 그 결과 좀 더 효과적으로 영적인 발전을 이룰 수 있습니다.

다섯째 범주의 행성에서는 자연(Nature)이 개입해 '학생들' 을 도와줍니다. 그 이후 6~9번째 단계에서는 성기체만 고도로 발전하는 게 아니라 육체도 그런 발전에서 이익을 얻습니다.

당신은 우리 행성에서 목격한 것들에 이미 큰 감명을 받았습니다. 앞으로 더 많이 볼수록 당신은 바로 이런 세계가 지구인들이 말하는 '낙원' 임을 깨달을 것입니다. 그러나 순수한 영혼이 되어 느끼는 진정한 행복에 비하면 여전히 아무것도 아닙니다.

내 설명이 너무 길어지지 않도록 조심해야겠군요. 당신이 앞으로 쓰게 될 책에서 나의 말을 한 글자도 바꾸지 않고 들은 그대로 기술해야 할 테니까요. 당신의 개인적 견해가 개입되지 않도록 기술하는 게 매우 중요합니다.

하지만 너무 염려하지 마세요. 책을 쓸 때가 되면 세부 사항은 타오가 도와줄 겁니다…….

티아우바에서는 육체로 남아 있을 수도 있고, 에테르 형태의 위대한 성령과 재결합할 수도 있습니다."

그 말을 마쳤을 때 지도자를 둘러싼 오로라는 여느 때보다도 밝게 빛났다. 그리고 놀랍게도 그의 모습이 황금빛 안개 속으로 사라지더니 잠시 후 다시 나타났다.

"성기체는 육체 속에 거하면서 다양한 전생에서 획득한 지식을 기억하고 기록한다는 사실을 이제 이해했을 겁니다.

성기체는 물질적으로가 아니라 영적으로만 풍요로워집니다. 육체는 단순한 운반체에 불과하며, 대부분의 경우 우리는 죽을 때 육체를 버립니다.

'대부분의 경우'라는 말이 당신을 혼란스럽게 만드는군요. 자세히 설명하지요. 티아우바인들 가운데 일부는 신체 세포를 의지대로 재생할 수 있습니다. 우리 대다수의 나이가 같아 보이는 것을 이미 봐서 알 겁니다. 티아우바는 우리 은하계에서 가장 고도로 진화된 3개 행성 중 하나입니다. 우리들 가운데 일부는 '위대한 에테르'와 직접 결합할 수 있고, 그렇게 하고 있습니다.

다시 말해 티아우바인들은 물질적으로 정신적으로 거의 완벽한 단계에 도달했습니다. 그러나 우리들에게는 맡겨진 임무가 있습니다. 우주에 존재하는 다른 모든 피조물도 마찬가지입니다. 사실 조약돌 한 개를 비롯한 만물이 나름대로의 역할을 갖고 있습니다.

우월한 행성의 주민으로서 우리의 임무는 영적인 발전, 때론 물질적 발달을 지도하고 돕는 일입니다. 우리는 기술적으로 가장 우수하기 때문에 물질적 도움을 주는 위치에 있습니다. 사실 아버지가 나이, 교육, 조정 능력 등에서 자녀보다 우월한 위치에 있지 않다면 어떻게 정신적인 조언을 해줄 수 있겠습니까?

또 아이에게 육체적 처벌을 가하려면 부모가 육체적으로 더 강해야겠지요. 어른들의 경우도 올바른 충고를 들으려 하지 않고 고집만 부린다면 물리적인 방법으로 교정할 필요가 있습니다.

미셸, 당신의 행성 지구는 '슬픔의 행성' 으로 불리기도 합니다. 아주 적합한 표현이지요. 그런 별명이 붙은 데는 이유가 있습니다. 지구인들은 경솔하게 자연에 역행합니다. 조물주가 맡긴 생태계를 보존하기보다 파괴합니다. 정교하게 설계된 생태계를 손상시킵니다. 당신이 사는 호주 같은 몇몇 나라들은 생태계를 존중하기 시작했습니다. 옳은 방향으로 나아가는 것입니다. 그러나 그런 호주에서도 수질오염과 대기오염에 대해서는 어떤 조치가 취해지고 있나요? 최악의 오염에 속하는 소음 공해에는 어떻게 대처하나요?

'최악의' 라고 표현한 이유는 호주인들이 그 문제에 거의 전혀 관심을 기울이지 않기 때문입니다.

그들에게 교통 소음 때문에 괴로운지 물어보세요. 그러면 놀라운 답변을 듣게 됩니다. 답변의 85%는 이런 식입니다. '무슨 소음이라고요?' '무슨 말이지요?' '아, 그거요. 이미 익숙해졌어요.' 하지만 '익숙해졌다' 는 사실이 위험합니다."

바로 그 때 타오라(지도자의 호칭이다)가 내게 뒤를 돌아보라고 손짓했다. 내가 마음속으로 던진 질문에 답변하는 손짓이었다. '어떻게 그는 퍼센트 운운할 정도로 지구에 관해 그토록 정확하고 많이 알고 있을까?'

뒤를 돌아본 나는 깜짝 놀라 소리를 지를 뻔했다. 뒤에는 비아스트라와 라톨리가 서 있었다. 물론 그 자체만으론 놀랄 일이 아니었다. 내가 알기에 신장이 각각 310cm와 280cm였던 그 친구들이 지금은 나의 비슷한 체구로 줄어들어 있었던 것이다. 타오라가 미소 짓는 것을 보니, 내 입이 오랫동안 벌어져 있었던 듯했다.

"요즘은 일부 티아우바인들이 지구에서 인간들과 섞여 사는 경우가 많다는 사실을 몰랐지요? 당신 질문에 대한 답변입니다.

소음이라는 중요한 주제에 관해 계속 얘기하지요. 소음은 심각한 위험입니다. 어떤 조치를 취하지 않으면 재앙은 불가피합니다.

나이트클럽을 예로 들어 보지요. 그곳의 음악 소리는 일반적인 소음 기준의 세 배나 됩니다. 그런 소음에 노출된 사람들은 두뇌, 생리 시스템, 성기체에 아주 해로운 진동이 가해집니다. 그런 피해의 실상을 안다면 사람들은 화재가 났을 때보다 더 빨리 나이트클럽을 빠져나올 겁니다.

진동은 소음에서만 나오는 것이 아닙니다. 색깔에서도 나오지요. 지구에서도 이 분야의 실험이 실시된 적이 있는데 안타깝게도 후속 실험은 아직 없어요. 우리 '요원' 들의 보고 가운데, 평소에 특정한 무게를 들어 올릴 수 있는 한 남성에 관한 실험이 있었습니다. 그 남자에게 분홍색 화면을 잠시 응시하게 한 후 측정했더니 물건을 들어 올리는 힘이 30% 감소했습니다.

당신네 문명은 그런 실험에 관심을 보이지 않습니다. 색깔은 인간 행동에 지대한 영향을 미칩니다. 그러나 그런 영향을 통제할 때는 개인의 오로라 상태를 고려해야 합니다. 예컨대 침실에 페인트칠을 하거나 벽지를 붙일 때 당신에게 진정으로 맞는 색상을 사용하고 싶다면 먼저 본인 오로라의 주요 색상을 알아야 합니다.

침실 벽의 색상을 오로라 색깔과 일치시키면 건강을 증진시킬 수 있습니다. 더욱이 그런 색깔에서 나오는 진동은 정신적 균형을 유지하는 데도 긴요합니다. 그런 영향은 잠을 자는 동안에도 지속되지요."

그러나 지구인들은 오로라를 볼 능력이 없다. 그런 사람들에게 어떻게 오로라 빛깔의 중요한 의미를 깨닫게 되기를 기대할 수 있을까?

내가 그런 질문을 말로 하기도 전에 타오라는 즉각 대답했다.

"미셸, 이제는 지구의 전문가들이 오로라를 감지할 수 있는 특수 장비를 개발해야 합니다. 그런 장비는 앞으로 직면하게 될 중요한 갈림길에서 옳은 선택을 하는 데 결정적 도움을 줄 겁니다.

러시아인들은 이미 오로라를 촬영했습니다. 드디어 시작한 것이지요. 하지만 우리의 판독 능력과 비교할 때 그들의 수준은 알파벳의 첫 두 글자를 읽게 된 것에 불과합니다. 오로라를 판독해 신체 질환을 치료하는 것은 대단한 일입니다. 그러나 그런 판독 능력으로 영혼체나 생리체를 위해 할 수 있는 일에 비하면 아무 것도 아닙니다. 바로 이 영혼과 정신의 분야에서 지구인들은 가장 큰 문제들을 안고 있습니다.

현재 지구인들이 맡은 대부분의 책무는 육체와 관련된 분야입니다. 이는 심각한 잘못입니다. 정신이 가난하면 외모도 영향을 받습니다. 그리고 육체는 닳아 없어지고 언젠가는 죽습니다. 반면에 정신은 성기체의 일부로 결코 죽지 않아요. 오히려 정신을 고양시킬수록 육체의 부담은 덜어지고 윤회의 과정이 더 빠르게 진행됩니다.

우리는 당신을 성기체 상태로 티아우바에 데려올 수도 있었지만, 대신 육체 상태로 데려왔어요. 거기에는 중요한 이유가 있습니다. 벌써 그 이유를 이해하는군요. 그래서 우리도 기쁩니다. 그리고 우리의 임무에 기꺼이 협조해 줘서 감사합니다."

타오라가 말을 멈췄다. 생각에 잠긴 듯했다. 광채가 나는 두 눈은 내게 고정돼 있었다. 시간이 얼마나 지났는지 모르겠다. 나는 행복감에 젖어드는 것을 느꼈다. 그들 7인의 오로라가 점차 변해갔다. 몇 군데는 더욱 선명해졌고, 다른 곳에서는 좀 더 부드러워졌다. 그러면서 윤곽은 안개처럼 희미해졌다.

안개가 퍼지면서 황금빛과 분홍빛이 강해졌고, 7인의 형태가 점차 흐릿해졌다. 어깨에서 타오의 손길이 느껴졌다.

"미셸, 당신은 꿈꾸는 게 아니에요. 모두 현실입니다." 그녀가 큰 소리로 말했다. 그것을 증명하듯 그녀는 내 어깨를 세게 꼬집었다. 꼬집힌 자국이 몇 주 동안 보일 정도였다.

"타오, 왜 꼬집었어요? 당신이 그런 폭력을 휘두르리라고는 생각지도 못했는데."

"미안해요, 미셸. 하지만 나는 가끔 이상한 수단을 쓰기도 합니다. 타오라는 늘 이런 식으로 사라져요. 나타날 때도 그런 식인 경우가 있어요. 그래서 당신이 꿈으로 착각할 수도 있어요. 내 임무는 당신이 진실을 있는 그대로 인식하도록 돕는 것이에요."

그 말과 함께 타오는 내 몸을 돌렸고, 나는 그녀를 따라갔다. 우리는 왔던 길을 따라 그곳을 떠났다.

7장

무 대륙과 이스터 섬

The Continent of Mu and Easter Island

도코를 떠나기 전에 타오는 내게 마스크를 씌었다. 전에 쓰던 마스크와는 다른 것이었다. 훨씬 더 선명하고 빛나는 색깔들을 볼 수 있었다.

"미셸, 새 보키('마스크'를 뜻하는 그들의 단어)를 써보니 어때요? 빛을 견딜 만한가요?"

"네… 좋아요… 너무 아름답고 기분도……." 그 말과 함께 나는 타오의 발쪽으로 쓰러졌다. 그녀는 나를 안아서 비행 플랫폼으로 데려갔다.

깨어나 보니 놀랍게도 내가 숙소로 사용하는 도코 안이었다. 어깨가 쑤셨다. 본능적으로 손을 갖다 대고는 얼굴을 찡그렸다.

"정말 미안해요, 미셸. 하지만 어쩔 수 없었어요." 타오의 표정에서 약간 후회하는 기색이 보였다.

"어떻게 된 거죠?"

"당신이 기절했어요. 적합한 표현은 아니지만. 뭐라고 할까, 아름다움에 압도됐다고나 할까요. 당신의 새 보키는 색깔의 진동을 50% 통과시켜요. 전에 쓰던 보키는 20%만 통과시켰죠."

"겨우 20%요? 놀랍군요! 내가 봤던 그 모든 멋진 색깔들하며, 나비, 꽃, 나무, 바다 등등……. 겨우 20%였다니! 내가 압도돼 기절한 것도 무리가 아니군요. 프랑스에서 뉴칼레도니아(호주 동쪽의 프랑스령 섬)로 여행했을 때가 생각납니다. 잠시 타히티 섬을 들렀어요. 가족, 친구들과 함께 자동차를 빌려 타고 섬을 돌아다녔어요. 주민들은 명랑했고, 사는 모습도 낭만적이었어요. 초호(礁湖: 환초에 둘러싸인 얕은 바다)의 기슭에 밀짚 오두막들이 있었는데, 손질이 잘된 잔디밭에는 빨강 · 노랑 · 주황 · 자주색의 부겐빌레아, 하이비스커스, 엑소라스 같은 열대 초목들이 만발했고 코코넛 나무가 그늘을 만들었어요.

그리고 배경에는 푸른빛 바다가 펼쳐져 있었어요. 우리는 온종일 돌아다녔고, 나는 일기장에 '내 눈은 하루 종일 아름다움에 취해 있었다' 고 썼어요. 실제로 나는 주변의 아름다움에 취했어요. 그러나 이제, 그 모든 것도 이곳 티아우바의 아름다움에는 비할 바가 못 된다는 점을 인정해야겠어요."

타오는 미소를 머금은 채 내 말을 관심 있게 들은 뒤 내 이마에 손을 얹고는 말했다. "이제 쉬세요, 미셸. 한숨 자고나면 기분이 나아지고 나와 함께 갈 수 있을 거예요."

나는 곧바로 잠이 들었고, 꿈도 꾸지 않은 채 평화롭게 잤다. 24시간 정도 잔 것 같았다. 깨어났을 때는 기분이 편안하고 원기가 회복됐다.

옆에는 타오와 함께 라톨리와 비아스트라도 있었다. 그들은 원래 체구로 되돌아가 있었다. 내가 그 점을 언급하자 비아스트라는 이렇게 설명했다. "형태 변형은 간단하게 할 수 있어요. 하지만 그것은 중요하지 않아요. 오늘은 당신에게 새로운 것을 보여주고 매우 흥미로운 사람들을 소개시켜 줄게요." 라톨리가 다가오더니 손가락 끝으로 내 어깨를 만졌다. 타오가 꼬집어 멍이 든 곳이었다. 즉각 고통이 사라지면서 온몸에 행복감의 진동이 퍼져나가는 것을 느꼈다. 라톨리는 나의 미소에 미소로 화답하고는 새 마스크를 건네줬다.

바깥에서는 여전히 빛 때문에 눈을 가늘게 떠야 했다. 타오가 라티보크에 올라타라고 손짓했다. 그들은 비행 플랫폼을 라티보크라고 불렀다. 다른 두 사람은 직접 날아가면서 라티보크 주변을 장난치듯 오갔다. 그들은 실제로 장난을 치며 날았다. 이 행성의 주민들은 늘 즐거운 듯이 보였다. 심각해 보이는 사람은 7인의 타오라들뿐이었다. 사실 그들은 자비심이 넘쳤지만 약간 엄숙해 보였다.

우리는 수면 위로 몇m 높이에서 빠르게 날아갔다. 끊임없이 호기심이 일어났지만 눈부심 현상이 사라질 때까지 눈을 자주 감아야 했다.

하지만 머지않아 익숙해질 것 같았다……. 만일 타오가 내게 빛의 70% 이상을 통과시키는 마스크를 줬더라면 어떻게 됐을까 하는 생각이 언뜻 들었다.

우리는 대륙의 해안으로 빠르게 접근했다. 녹색, 검정, 주황, 황금빛의 바위들 위로 파도가 부서졌다. 수직으로 내리쬐는 한낮의 태양광선 밑에서 바위에 부딪치는 파도의 무지개는 오래 기억될 장관을 연출했다. 빛과 색깔의 띠가 형성됐다. 지구의 무지개보다 100배는 선명했다. 우리는 200m 높이로 올라가 대륙 상공을 날아갔다.

평원이 나타났다. 다양한 종류의 동물들이 보였다. 작은 타조를 닮은 두 발 동물들과, 매머드와 비슷하지만 두 배나 큰 네 발 동물들도 있었다. 하마들과 나란히 풀을 뜯는 소들도 보였다. 소들은 지구의 소와 너무 비슷하게 생겼다. 마치 동물원에 온 아이처럼 흥분해 소떼를 가리키며 타오에게도 보라고 재촉했다. 타오는 폭소를 터뜨렸다.

"미셸, 왜 여기엔 소들이 있으면 안 되나요? 저기 보세요. 당나귀도 있어요. 저쪽엔 기린도 있고. 지구의 기린보다 다소 크지만 말이에요. 저기 함께 달리는 말들이 너무 사랑스럽네요."

나는 신이 났다. 하기야 여기 와서 끊임없이 신나는 일이 생기지 않았던가? 다소 정도의 차이는 있었지만 말이다. 정말로 말문이 막혔던 것은 아주 예쁜 여자의 머리 모양을 한 말들을 봤을 때였다. 금발 머리, 적갈색 혹은 갈색 머리, 심지어 푸른색 머리 등 색상도 다양했다. 말들은 질주하면서 수십 m씩 뛰어오르기도 했다. 아, 그렇다! 사실 그 말들은 날개를 갖고 있었다. 날개는 뒤로 접혀 몸통에 붙어있었는데 이따금 그것을 사용했다. 날치류가 선박을 따라오거나 앞서가는 광경과 비슷했다. 말들은 고개를 들어 우리를 쳐다보고는 라티보크와 경주하려 했다.

타오는 속도와 고도를 낮춰 말들과 수 m 거리 이내로 접근했다. 깜짝 놀랄 일이 더 있었다. 이들 여성 머리 모양의 말들 중 일부가 우리를 향해 인간의 목소리 같은 언어로 소리쳤다. 나의 세 동료들도 같은 언어로 대답했다. 분명히 유쾌한 내용의 대화였다. 그러나 우리는 그 낮은 고도에서 오래 머무르지 않았다. 말들이 같은 높이로 날아올라 라티보크와 스치다시피 하면서 다칠 염려가 있어서였다.

평원에는 거의 같은 크기의 작은 산들이 군데군데 솟아 있었다. 비아스트라는 그 산들이 수백만 년 전에 화산이었다고 설명했다. 아래 보이는 숲에서는 풍요로움이 없었다. 티아우바에 처음 도착했을 때 '체험' 했던 숲과는 달랐다. 이곳의 나무들은 몇몇 좁은 지역에 몰려 있었고 높이도 25m밖에 안 됐다. 우리가 지나가자 수백 마리의 커다란 흰색의 새들이 날아올랐다가 '안전한' 거리로 가서 다시 내려앉았다. 꾸불꾸불한 큰 물줄기가 평원을 해부하듯 흘러가며 지평선으로 이어져 있었다.

강굽이 한 곳에 소형 도코들이 모여 있는 것이 보였다. 타오는 강물 위로 라티보크를 몰고 가서는 고도를 수면 가까이로 낮춘 채 그 마을로 다가갔다. 우리는 두 개의 도코 사이에 있는 자그마한 광장에 착륙한 뒤 주민들에게 둘러싸였다. 그들이 서로 밀쳐가면서 서둘러 우리 주위로 몰려들지는 않았다. 그냥 하던 일을 멈추고 침착하게 다가왔다. 그리고 서로 불편하지 않도록, 또 모두가 한 '외계인'을 직접 볼 수 있는 균등한 기회를 누리도록, 커다란 원을 형성하며 우리 주위를 둘러섰다.

그들 역시 모두 나이가 같아 보였다. 여섯 명 정도만이 약간 더 나이가 많은 듯했다. 이곳에서 나이가 많다는 사실은 인간의 품격을 떨어뜨리는 게 아니라 오히려 고귀함을 더해줬다.

티아우바에서 아이들이 안 보이는 점도 이상했었다. 그러나 이 마을에서는 다가온 군중 속에서 예닐곱 명의 아이들을 보았다. 그들은 매우 귀여웠고 아이들치고는 꽤 성숙해 보였다. 타오에 따르면 8~9살 된 아이들이었다.

티아우바에 도착한 이래 그렇게 많은 사람들을 만나기는 처음이었다. 우리를 둘러선 그들에게서 침착함과 자제력을 느낄 수 있었다. 예상했던 대로 얼굴도 무척 아름다웠다. 그리고 모두가 형제자매인 양 생김새도 매우 비슷했다. 하기야 흑인이나 아시아인 집단을 만나도 첫 인상이 모두 같아 보이지 않는가? 사실 이곳 주민들의 얼굴 생김새도 지구인들처럼 서로 차이가 있었다.

주민들의 신장은 280~300cm였는데, 몸의 균형이 잘 잡혀 있어 보기에도 즐거웠다. 지나치게 근육이 많거나 빈약하지 않았고, 어떤 종류의 기형도 없었다. 엉덩이가 다소 큰 사람들이 있었는데, 아기를 출산한 사람들이라고 했다.

주민들은 모두 멋진 머리카락을 지녔다. 대다수는 황금빛 금발이고, 나머지는 백금색 혹은 구리색 금발이었다. 가끔 밝은 밤색 머리도 눈에 띄었다. 타오와 비아스트라처럼 윗입술 위에 솜털이 난 사람들도 있었지만, 그것 외에는 체모가 일절 없었다(물론 이는 그 당시에 관찰해서 알게 된 것이 아니라 나중에 나체로 일광욕을 즐기는 사람들을 아주 가까이서 본 뒤에 알았다). 주민들의 피부 유형은 햇빛으로부터 자신들을 보호하는 아랍 여성들을 생각나게 했다. 빛나는 눈동자를 지닌 금발 미녀들에게서 흔히 보이는 창백한 피부가 아니었다. 사실 주민들의 연한 자주색 눈과 푸른색 눈은 너무 반짝여서, 만일 지구에서였다면 그들을 맹인으로 오인할 수도 있을 정도였다.

그들의 긴 다리와 둥글넓적한 허벅지는 여성 장거리 달리기 선수를 연상시켰다. 형태가 예쁘고 탱탱한 가슴 역시 무척 아름다웠다. 내가 타오를 처음 만났을 때 거구의 여성으로 착각한 것을 독자들은 이해하리라. 지구 여성이라면 이들의 가슴을 가장 부러워하고, 남성은 그런 가슴을 보며 가장 즐거워했을 것이다.

타오의 얼굴이 얼마나 아름다운지는 이미 언급했다. 이곳 주민들 역시 '고전적인' 외모를 지녔다. '매혹적인' 내지 '유혹적인'이라는 표현도 지나치지 않았다. 그들의 얼굴은 형태와 특징에서 약간 차이가 있었지만 예술가가 디자인한 듯했다.

각각 독특한 매력이 있었다. 그러나 무엇보다도 그들의 얼굴과 태도와 언행에서 가장 돋보이는 점은 지성미였다.

한마디로, 우리 주위로 몰려든 사람들에게서는 어떤 결점도 찾을 수 없었다. 밝은 환영의 미소를 지을 때면 새하얗고 완벽한 치열이 드러났다. 이런 신체적 완벽함에 놀라지는 않았다. 그들이 인체 세포를 의지대로 재생할 수 있다는 얘기를 이미 타오에게서 들었기 때문이었다. 그들의 훌륭한 신체가 늙어갈 이유가 없었다.

"우리가 저들의 일을 방해하고 있나요?" 마침 내 곁에 있던 비아스트라에게 물었다.

"아뇨. 그렇지 않아요. 이 마을의 대다수 사람은 휴가 중이에요. 이곳은 사람들이 명상을 하러 오는 곳이기도 하죠."

세 사람의 마을 '장로'가 다가오자 타오는 내게 프랑스어로 인사하라고 했다. 모두가 들을 수 있도록 큰 소리로 말하라고 했다. 내가 이렇게 말했던 것 같다. "여러분들과 함께하게 돼서 무척 기쁩니다. 여러분들의 멋진 행성에 정말로 감탄했습니다. 당신들은 복 받은 사람들입니다. 저도 여러분들과 함께 살고 싶습니다."

사방에서 감탄사가 터져 나왔다. 처음 들어보는 언어 때문만이 아니었다. 나의 진심이 이심전심으로 전달됐기 때문이었다.

비아스트라의 신호로 우리는 세 '장로'를 따라갔다. 그들은 어느 도코로 우리를 안내했다. 우리 일곱 명이 편안하게 자리를 잡자 타오가 말을 시작했다. “미셸, 라티오누시를 소개할게요.” 그녀가 세 장로 중 한 사람을 가리키며 말했다. 나는 고개를 숙여 인사했다. “라티오누시는 지구에 존재했던 무(Mu) 대륙의 마지막 왕이었습니다. 지구 나이로 1만 4,000세 정도 됐지요.”

“무슨 말인지 모르겠군요.”

“알고 싶지 않은 거예요, 미셸. 지금 이 순간 당신은 다른 많은 지구인들과 닮았어요.”

내가 당황한 듯이 보였던 모양이다. 타오, 비아스트라, 라톨리가 큰소리로 웃어댔다.

“그런 표정 짓지 마세요, 미셸. 그냥 농담한 거예요. 이제 라티오누시가 있는 앞에서, 제가 여러 가지 미스터리를 설명하려고 해요. 지구의 많은 전문가들이 불가사의라고 부르는 것들이에요. 덧붙여 말하자면 그 전문가들도 귀중한 시간을 좀 더 유용한 것들을 발견하는 데 사용하는 게 나을 겁니다.”

우리들의 좌석은 원형으로 배치돼 있었다. 타오는 라티오누시 옆에 앉았고, 나는 그들을 마주보고 앉았다.

“티아우바에 오는 동안 이미 설명했듯이, 바카라티니인들은 지구에 135만 년 전에 도착했어요. 그로부터 3만 년이 지난 뒤 그 끔찍한 재앙이 발생했어요. 지표면이 파헤쳐지면서 바다가 생기고, 섬들과 심지어 대륙들이 솟아올랐습니다. 태평양 한가운데 거대한 대륙이 융기했다는 것도 얘기했지요.

이 대륙은 ‘라마르’로 불렸지만, 당신에게는 무 대륙으로 더 잘 알려져 있지요. 융기할 때는 한 덩어리였는데 2,000년 뒤에는 지진의 충격으로 세 개의 대륙으로 쪼개졌습니다.

세월이 흐르면서 그곳에서 식물이 자랐습니다. 대륙의 대부분 지역은 적도 지방에 위치했습니다. 풀이 자라고, 숲이 우거지면서 점차 동물들이 생겨났어요. 동물들은 매우 좁은 지협을 통해 무 대륙에서 북미 지역으로 이주했습니다.

재앙의 결과에 좀 더 잘 적응했던 황인종은 최초로 선박을 만들고 바다를 탐험했습니다. 지구 시간으로 약 30만 년 전 그들은 무 대륙의 북서쪽에 상륙했고, 결국에는 그곳에 소규모의 거류지를 건설하게 됩니다.

그 거류지는 여러 세기에 걸쳐 힘들게 건설됐습니다. 이주상의 어려움이 많았기 때문인데, 설명하기엔 너무 길고, 또 지금은 중요한 문제가 아닙니다.

지구 시간으로 약 25만 년 전 아레모 X3 행성의 주민들이 우주 탐험을 시작하면서 당신네 태양계로 들어갔습니다. 아레모 X3는 우리가 이곳으로 오는 도중 표본 채취를 위해 잠시 들렀던 행성이지요. 그들은 토성, 목성, 화성, 수성을 둘러본 뒤 지구에 착륙했습니다. 지금의 중국 지역이었어요. 그들의 우주선은 선주민들 사이에 엄청난 공포를 야기했습니다. 선주민들의 전설에는 '불을 뿜는 용' 들이 하늘에서 내려왔다고 묘사돼 있지요. 두려움과 불신감이 커지면서 마침내 선주민들은 외계인들을 공격하기 시작했고, 외계인들도 자위 차원에서 무력을 사용할 수밖에 없었습니다. 하지만 외계인들은 무력 사용을 싫어했어요. 기술력이 월등하게 앞서 있는 데다 영적으로도 발달한 존재들이었던 만큼 살생을 혐오했기 때문이에요.

그들은 이동하면서 지구 탐사를 계속했습니다. 그 결과 무 대륙이 가장 마음에 들었어요. 두 가지 이유가 있었지요. 첫째는 사람들이 거의 살고 있지 않은 듯했고, 둘째는 위도 덕분에 진짜 낙원 같은 곳이었거든요.

그들은 중국 지역 선주민들과의 충돌 이후 각별히 조심했습니다. 그리고 만약의 경우를 위해 후퇴할 수 있는 기지를 건설하는 게 현명하다고 판단했어요. 지구인들로부터 또 다른 심각한 공격이 있을 경우에 대비하려는 것이었지요. 아직 설명하지 않은 부분이 있는데, 그들이 지구를 탐사하는 목적은 수백만 명의 아레모 X3 주민들을 이주시키려는 것이었어요. 그곳의 인구가 심각할 정도로 증가하고 있었기 때문이에요. 기지는 어떤 위험도 없는 곳에 세워져야 했습니다. 그래서 결국 지구가 아니라 달에 세우기로 결정됐습니다. 무척 가까운 데다 매우 안전하다고 여겨졌기 때문이었어요.

달 기지를 건설하는 데 50년이 걸렸습니다. 그런 뒤에야 무 대륙으로의 이주가 시작됐어요. 만사가 순조롭게 진행됐습니다. 무 대륙의 북서쪽 중국 지역에 존재했던 선주민들의 거류지는 그 사이에 완전히 파괴됐습니다. 결과적으로 아레모 X3에서 온 사람들이 무 대륙을 독차지하게 됐지요.

곧바로 도시, 운하, 도로의 건설 작업이 시작됐습니다. 도로는 거대한 판석(板石)들로 포장했습니다. 그들의 일반적인 운송수단은 우리의 라티보크와 비슷한 '날으는 전차' 였어요.

그들은 아레모 X3로부터 개와 아르마딜로 같은 동물들을 들여왔습니다. 그들이 유달리 좋아하던 동물들이었지요. 또 돼지도 수입했습니다."

그 동물들에 관해 듣는 순간 나는 그 행성에 갔을 때 돼지와 개들을 보고 놀랐던 일이 기억났다. 갑자기 모든 것이 명확해졌다.

"그들의 평균 신장은 남자가 180cm, 여자는 160cm였습니다. 머리카락은 거무스름했고, 눈동자는 아름다운 검은색, 그리고 피부는 구리빛이었어요. 당신은 아레모 X3에 갔을 때 그런 사람들을 봤어요. 이쯤 되면 그들이 폴리네시아인의 조상이라고 짐작했을 겁니다.

그들은 그렇게 무 대륙 도처에 19개 도시를 포함해 주거지를 건설했습니다. 도시들 중 7개는 성소(聖所)였습니다. 소규모 농촌 마을도 수없이 생겨났습니다. 그들은 고도로 발전된 농민이자 목축업자들이었거든요.

정치 제도는 아레모 X3의 제도를 본떴습니다. 국가를 제대로 통치하는 유일한 방법은 정부의 최고위직에 7인의 인격자를 앉히는 것이라는 점을 그들은 오래 전에 깨달았습니다. 이들 최고 통치자들은 특정 당파를 대변하지 않고 진심으로 국민에게 봉사하려는 사람들이었어요.

7인 중 한 명은 '최고 심판관' 으로 그의 투표는 2표의 가치를 지녔습니다. 특정 사안에서 그와 같은 견해를 가진 사람이 2명이고 반대 의견을 가진 사람이 4명이라면 표결은 4대4 무승부가 되죠. 그러면 몇 시간 내지 며칠 동안 토론이 이어집니다. 7인 중 적어도 한 사람이 견해를 바꿀 때까지 계속됩니다. 토론은 국민에 대한 배려, 사랑, 그리고 지성이라는 맥락에서 이뤄졌습니다.

7인의 지도자는 국가를 이끄는 대가로 큰 물질적 보수를 받지는 않았습니다. 그들은 국가를 이끄는 일을 천직으로 여겼고, 국가에 대한 봉사를 보람으로 삼았습니다. 이런 제도는 국가 지도자 그룹에 기회주의자들이 끼어드는 것을 막았습니다."

"지구에서의 요즘 국가 지도자들과는 다르군요." 내가 쓴 맛을 다시며 말했다. "그런 지도자들을 어디서 찾아냈나요?"

"절차는 이렇습니다. 마을이나 지역에서 청렴한 사람을 주민투표로 뽑습니다. 행실이 나빴거나 광신주의 성향을 보인 사람은 선출되지 못합니다. 선출된 사람은 모든 면에서 청렴성을 인정받은 것입니다. 그는 인근의 여러 마을 대표들과 함께 가장 가까운 도시로 보내집니다. 거기서 다시 선거를 치릅니다.

예컨대 60개 마을이 있으면 60명이 대표로 선출됩니다. 선출 기준은 청렴성이지, 그들이 내세운 지키지도 못할 공약이 아닙니다.

전국 각지의 대표들은 수도에 모입니다. 그들은 6명씩 그룹으로 나뉘고, 각 그룹에는 회의실이 배정됩니다. 그룹 구성원들은 다음 10일 동안 함께 지내며 토론하고 식사하고 오락을 즐깁니다. 그런 후 그룹 지도자를 뽑습니다. 따라서 60명의 대표들이 있고 이들이 10개 그룹으로 나뉘었다면, 10명의 그룹 지도자가 생깁니다. 이들 10명 중에서 7명이 같은 절차를 통해 선출되고 그 7명 중에서 최고 지도자가 나타납니다. 그에게는 왕(王)의 칭호가 부여됩니다."

"공화국의 왕이 되는 셈이군요." 내가 말했다.

내 말에 타오는 미소를 지었고, 라티오누시는 약간 얼굴을 찡그렸다.

"전임자가 후계자를 지명하지 않고 사망했을 경우에만, 혹은 그 후계자가 7인 위원회에서 만장일치로 인준되지 않을 경우에 이런 식으로 국왕이 선출됩니다. 그에게 왕(King)이라는 칭호가 붙는 이유는, 우선 그가 지구에서 성령의 대변자이기 때문이고, 둘째는 그가 십중팔구 전임자의 아들이거나 가까운 친족이기 때문입니다."

"로마제국의 방법과 비슷하군요."

"예, 맞아요. 그러나 국왕이 조금이라도 독재의 경향을 보이면 7인 위원회의 동료들에 의해 축출됩니다……. 이제 아레모 X3의 이주민 얘기로 돌아가죠.

'사바나사'라는 이름을 가진 그들의 수도는 수바투 만을 내려다보는 고원지대에 위치했습니다. 고원의 높이는 300m였는데, 남서쪽과 남동쪽에 있는 두 개의 산을 제외하고는 무 대륙에서 가장 높은 곳이었어요."

"타오, 말을 끊어서 미안하지만 하나 물어볼게요. 지구 축을 기울어지게 만든 대재앙을 설명할 때 당신은 그때는 달이 존재하지 않았으므로 그곳으로 피난갈 수 없었다고 말했어요. 그런데 지금은 이들 이주민이 달에 안전 기지를 세웠다고 말하는군요……."

"흑인들이 호주에 살 때는 달이 없었어요. 그 후로도 아주 오랫동안 그랬어요. 그보다 훨씬 앞선 시기인 약 600만 년 전에는 두 개의 아주 작은 달이 있었어요. 그 달들은 지구 주위를 돌다가 결국에는 지구에 충돌했어요. 끔찍한 사태가 벌어졌지만 당시에는 지구에 사람이 살지 않았으니까 문제될 게 없었지요.

약 50만 년 전, 지구는 훨씬 더 큰 달을 '붙잡았습니다.' 지금 존재하는 달이죠. 지구에 너무 근접해 지나가다가 지구 궤도에 편입됐어요. 흔히 일어나는 현상이에요. 어쨌든 그 사건으로 또 다른 재앙이 초래됐어요……."

"'너무 근접해 지나갔다'는 것은 무슨 뜻인가요. 왜 지구와 충돌하지 않았나요? 그리고 도대체 달이라는 게 뭔가요?"

"충돌할 가능성도 있었지만, 자주 일어나는 현상은 아닙니다. 원래 달이란 것은 태양 주위를 공전하는 작은 행성이에요. 그런데 나선형으로 공전하기 때문에 점점 태양에 가까워지죠. 작은 행성은 큰 행성보다 관성력이 약하기 때문에 더 빠르게 나선형 궤도를 따라 움직입니다.

나선형 공전 속도가 빨라지면서 작은 행성은 큰 행성을 따라잡을 때가 많습니다. 그래서 너무 근접하게 되면, 큰 행성의 인력이 태양보다 강해져 작은 행성은 큰 행성의 궤도 속으로 편입됩니다. 그리고 작은 행성은 여전히 나선형으로 움직이기 때문에 조만간 두 행성은 충돌하게 됩니다."

"각종 시와 노래에서 찬미해온 우리의 아름다운 달이 언젠가는 우리의 머리 위로 떨어진다는 말인가요?"

"언젠가는 그렇게 됩니다……. 하지만 그것은 19만5,000년 뒤의 일이에요."

내가 깜짝 놀랐다가 안심하는 모습이 다소 우스꽝스러웠는지 모두들 웃음을 터뜨렸다.

타오의 설명이 계속됐다. "그런 일이 발생하면, 다시 말해 달이 지구와 충돌하면 지구의 종말이 될 겁니다. 그 때에 지구인들이 영적으로 기술적으로 충분히 발전해 있지 않으면 모두 전멸할 거예요. 하지만 발전해 있다면 다른 행성으로 피신해 있겠죠. 미셸, 이제는 무 대륙 얘기를 다시 해야겠어요.

사바나사는 광대한 고원 위에 자리 잡았고, 고원 아래에는 해발 평균 30m의 평야지대가 있었어요. 고원의 중심부에는 거대한 피라미드가 세워졌습니다. 피라미드 건설에 쓰인 돌들 중에는 50t이 넘는 것도 있었고, 모두 '초음파 진동 시스템'을 이용해 0.2mm 이내로 정확히 절단돼 사용됐습니다. 그 작업은 홀라톤의 여러 채석장에서 이뤄졌어요. 지금도 이스터 섬에 있는 채석장이에요. 무 대륙 전체에서 이런 특수한 돌이 발견되는 곳은 이스터 섬밖에 없습니다. 대륙의 남서쪽 노토라에도 채석장이 있었어요.

거석들은 반중력 기술로 운반됐습니다. 그들에게는 잘 알려진 기술이죠(거석은 플랫폼에 실려 포장도로 위 20cm 높이로 운반됐다. 도로는 피라미드와 같은 방식으로 건설됐다). 전국에 깔린 이런 도로들은 수도 사바나사를 중심으로 거미집처럼 연결됐습니다.

사바나사로 운반된 거석들은 피라미드 건설 총책임자의 지시에 따라 배치됐습니다. 완공된 피라미드의 높이는 정확히 440.01m였고, 4면은 정확히 동서남북을 향했습니다."

"피라미드는 국왕의 궁전, 혹은 무덤이었나요?" 모두의 표정에 관대한 미소가 번졌다. 내가 어떤 질문을 할 때 자주 나타나는 미소였다.

"그런 것은 아니에요, 미셸. 그 피라미드는 훨씬 더 중요한 의미가 있어요. 그것은 일종의 도구였지요. 엄청나게 크지만 그래도 역시 도구였어요. 이집트 케옵스(쿠푸)왕의 피라미드도 규모는 훨씬 작지만 역시 도구였어요."

"도구? 자세히 설명해 주세요. 잘 모르겠네요." 타오의 말을 따라가기 어려운 것은 사실이었다. 하지만 세계 최대 불가사의 중 하나가 이제 막 베일을 벗으려한다는 것은 감지할 수 있었다. 수많은 호기심을 자아내고 수많은 저술의 주제였던 미스터리가 풀리려는 참이었다.

"짐작했겠지만," 타오가 말을 계속했다. "그들은 고도로 발

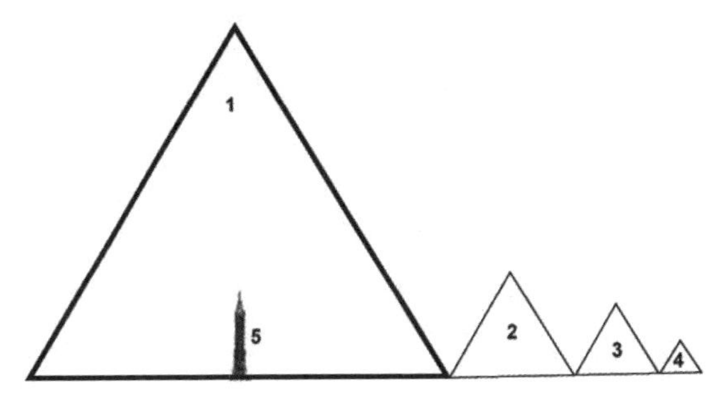

피라미드는 외계 에너지를 포착하고 교신하는 도구였다.
1. 화성의 피라미드
2. 무 대륙의 피라미드(태평양 지역에 1만 4,500년 전까지 존재)
3. 아틀란티스의 피라미드(대서양 해저에 아직도 존재)
4. 쿠푸왕의 피라미드: 이집트에서 가장 크다.
5. 뉴욕의 엠파이어스테이트 빌딩(381m)

달된 사람들이었어요. 우주의 법칙을 깊이 이해하고 있었지요. 피라미드는 지구의 에너지는 물론 우주의 광선, 힘, 에너지를 포착하는 도구로 사용됐습니다.

정밀한 계획에 따라 배치된 내부의 방들은 국왕과 여타 위대한 입회인들에게 강력한 통신 센터로 사용됐습니다. 우주의 다른 세계 및 다른 행성들과의 교신(정신감응에 의한 교신. 저자의 동의를 얻은 편집자 주)을 가능하게 해주는 통신소였어요. 요즘의 지구인들에게는 외계 지성체와의 이런 교신이 더 이상 가능하지 않습니다. 그러나 당시의 무 대륙 주민들은 자연의 수단과 우주의 힘을 이용해 외계의 존재들과 끊임없이 교신했고, 심지어 평행우주도 탐색할 수 있었어요."

"그것이 피라미드의 유일한 존재 이유였나요?"

"꼭 그렇지는 않아요. 두 번째 용도는 비를 만드는 것이었어요. 그들은 은(銀)을 주성분으로 하는 특수합금 재질의 금속판 시스템을 이용해 며칠 만에 두터운 구름층을 만들고 필요할 때 비를 내리게 했습니다.

이렇게 그들은 무 대륙에 사실상 낙원을 창조할 수 있었어요. 강물과 샘물은 마르는 법이 없이 수많은 평야지대를 가로질러 천천히 흘렀습니다.

과일나무들에는 가지가 휠 정도로 많은 오렌지, 귤, 사과 등이 주렁주렁 매달렸어요. 지구에는 더 이상 존재하지 않는 이국적인 과일들이 풍부하게 수확됐습니다. 그런 과일 중 하나인 라이코티에는 두뇌활동을 자극하는 성분이 들어있어서, 그 과일을 먹으면 평소에 풀지 못하던 문제를 해결할 수도 있었지요. 그 성분이 마약 같은 것은 아니었지만, 현자들은 그 과일을 경계시켰어요. 라이코티는 왕의 정원에서만 재배할 수 있었습니다(라이코티를 '지식'과 관련된 이유로 먹지 못하게 하는 그들의 전통과, 아담에게 비슷한 이유로 사과를 먹지 못하게 한 구약성경의 내용이 놀랄 정도로 유사하다. 이 책을 집필하면서 그 점을 지적하고 싶었다).

그러나 인간이 원래 그렇지요. 라이코티는 대륙 곳곳에서 몰래 재배됐어요. 그러다가 적발된 사람들은 국왕의 명령을 정면으로 어긴 것인 만큼 엄벌에 처해졌어요. 종교와 정치 문제에서 왕에게는 절대 복종해야 했어요. 그는 위대한 성령의 대변인이었기 때문이지요.

하지만 왕은 숭배의 대상은 아니었어요. 단지 신의 대변자였을 뿐이죠. 그들은 '타로아'를 믿었습니다. 타로아는 성령, 유일신, 만물의 창조자를 의미합니다. 물론 그들은 환생도 믿었지요.

미셸, 여기서 중요한 것은 아주 먼 옛날에 지구에서 일어난 사건들의 교훈을 현대의 지구인들에게 전해주는 일이에요. 그런 만큼 무 대륙에 관해 너무 상세하게 설명하진 않을 거예요. 무 대륙은 지구에 존재했던 가장 뛰어난 문명들 중 하나의 터전이었어요. 그러나 5만 년이 지난 뒤 무 대륙의 인구는 8,000만 명이나 됐어요.

지구의 여러 지역을 탐사하고 연구하는 작업이 정기적으로 실시됐습니다. 이런 탐사 여행에는 비행선이 이용됐어요. 당신들이 '비행접시'라고 부르는 비행체와 비슷하게 생겼지요. 지구의 대부분 지역에는 흑인, 황인, 백인이 살고 있다는 사실이 밝혀졌어요. 그런데 백인들은 기술 문명에 관한 지식을 상실하면서 원시 상태로 퇴보한 상태였습니다. 사실 백인들은 아주 적은 규모로 지구에 도착했어요. 시기적으론 바카라티니인들의 지구 도착과 무 대륙의 개척 사이였지요. 백인종은 당신들에게 아틀란티스로 알려진 대륙에 정착했어요. 하지만 정신적 물질적 이유 때문에 그들의 문명은 완전히 실패했습니다."

"'물질적 이유'란 무슨 의미인가요?"

"자연재해를 말하는 겁니다. 그것으로 인해 거의 모든 도시와 기술적 진보의 수단들이 파괴됐어요.

이 점은 강조해야겠군요. 무 대륙 주민들은 지구 탐사에 나서기 전에 사바나사의 피라미드를 이용해 조사를 해봤습니다. 조사 결과 비행선을 파견하기로 결정됐습니다. 그리고 뉴기니와 남아시아 지역, 즉 무 대륙의 서부 지역을 개척했어요. 남미와 중미 지역에도 식민지를 세웠습니다.

가장 중요한 점은, 티티카카호(남미 최대의 담수호)에서 멀지 않은 지역에 식민지를 세웠는데 그것이 거대한 도시로 발전했다는 사실입니다. 현대 고고학자들에게는 티아쿠아노('티아후아나코'로도 표기한다. 편집자 주)의 고대 도시로 알려져 있지요. 당시엔 안데스산맥이 존재하지 않았어요. 곧 알게 되겠지만 산맥은 나중에 형성됐습니다.

티아쿠아노에는 큰 항구가 세워졌습니다. 당시 북미와 남미는 평지였어요. 그리고 나중에는 브라질 지역의 내해와 태평양을 연결하는 운하가 건설됐습니다. 그 내해에는 대서양으로 흘러드는 유출구도 있었어요. 그래서 태평양에서 대서양으로 넘어가는 일이 가능해졌고, 그 결과 아틀란티스 대륙을 식민지로 만들 수도 있었지요……."

"그러나 그들이 비행선을 갖고 있다고 하지 않았나요. 왜 그것들을 이용하지 않나요? 운하를 뚫었다면 선박을 이용할 의도였던 것 같은데……."

"물론 그들은 비행체를 이용했습니다. 요즘의 지구인들이 비행기를 이용하듯이 말이죠. 하지만 아주 무거운 하중을 운반할 때는 반중력 장치를 이용했습니다. 마치 지구에서 대형 선박이 사용되는 것과 같은 이치죠.

어쨌든 그들은 아틀란티스 대륙을 식민지화했습니다. 그러나 아틀란티스의 선주민인 백인종은 무 대륙 출신 정복자들의 정부와 종교를 받아들이지 않고 북부 유럽으로 이주하고 싶어 했습니다. 그래서 백인들은 증기와 풍력으로 추진되는 선박을 타고 떠나갔습니다. 사실 백인종은 '선사 시대'를 거치면서 증기력을 발견했어요. 또 하나 설명할 것은… 당시 영국은 섬이 아니라 북유럽에 붙어있었고, 지브롤터 해협은 존재하지 않았어요. 아프리카와 남부유럽이 연결돼 있었다는 것이죠. 북아프리카에서는 백인종과 원주민 사이에 대규모 교배가 일어나면서 새로운 인종들이 생겨났습니다. 당신도 알고 있는 베르베르 종족과 투아레그 종족 등이 그 후손이에요.

당시 우리는 지구를 자주 방문했어요. 적절한 때라고 판단되면 우리는 무 대륙의 왕을 공개적으로 방문했어요. 그의 요청에 따라, 혹은 그가 준 정보에 따라, 우리는 새로운 식민지

"북아프리카에서는 백인종과 원주민 사이에 대규모 교배가 일어나면서 새로운 인종들이 생겨났습니다. 당신도 알고 있는 베르베르 종족과 투아레그 종족 등이 그 후손이에요."
사진은 베르베르족 여성.

들을 방문하곤 했습니다. 예를 들어 인도 혹은 뉴기니에서 무 대륙 사람들은 자신들의 문명과 선주민 문명을 동화시키는 데 큰 어려움을 겪을 때가 가끔 있었어요. 그럴 때 우리는 우주선을 타고 공개적으로 나타나곤 했습니다. 당신이 티아우바에 타고 왔던 것과 형태는 다르지만 비슷한 종류의 우주선이었어요.

아직 문명 수준이 낮고, 심지어 식인종도 있었던 당시 지구인들의 눈에 큰 체구와 눈부신 미모를 지닌 우리는 신으로 보였어요.

우리는 임무상 식민지 개척자들과의 전쟁을 피하기 위해 그들의 눈에 우호적인 신으로 비치는 일이 중요했습니다. 그들 역시 나름대로 진보된 문명과 신념과 종교를 갖고 있었던 만큼 전쟁을 혐오했습니다.

그 시기의 지구에 '거인족'과 하늘에서 내려온 '불의 전차'를 묘사한 전설들이 많았던 이유는 바로 우리의 잦은 방문 때문이었어요.

우리는 무 대륙 주민들과 무척 친했습니다. 그리고 당시 나의 성기체는 지금 내가 '걸치고 있는' 육신과 매우 비슷했어요.

무 대륙의 미술가들과 조각가들은 우리에게 많은 관심을 보였습니다. 그래서 국왕과 상의한 끝에 그의 허락을 얻어 우리의 형상을 불멸의 작품으로 남기기로 했습니다. 이스터 섬 홀라톤(무 대륙의 남동부에 위치해 있었다)에 있는 거대한 석상군은 그런 작업의 소산이에요. 당시 문명의 기준으로 볼 때 그 석상들은 규모와 형태면에서 고도로 양식화된 위대한 예술의 극치였어요.

나의 석상은 그렇게 조각되었어요. 완성된 석상을 대형 플랫폼에 실어 운반할 준비가 끝났어요. 플랫폼은 무 대륙 전역을 누비고 다녔는데 종착역은 늘 사바나사였어요. 석상은 왕의 정원에, 그리고 피라미드로 가는 길을 따라 세워졌습니다. 그러나 불행하게도, 나를 상징하는 석상과 몇몇 다른 석상들을 운반하려던 참에 대재앙이 발생해 무 대륙은 완전히 파괴됐습니다.

하지만 홀라톤의 일부는 무사했어요. '일부' 라는 표현을 쓴 것은, 당시 홀라톤 채석장의 넓이가 오늘날 남아 있는 유적보다 10배나 넓었기 때문이에요. 대재앙 때 내 석상이 서있는 곳은 바다 속으로 가라앉지 않았어요.

양식화된 나의 이미지는 그렇게 이스터 섬에 보존됐어요. 당신이 꿈속에서 이스터 섬 석상 형태로 된 나의 모습을 봤다고 했을 때 내가 그 꿈이 맞다고 말한 적이 있죠. 당신은 내가 비유적으로 말했다고 생각했지만, 그것은 절반만 옳은 생각이에요. 미셸, 어떤 꿈들은, 특히 당신의 꿈은 '라코티나' 의 영향을 받아요. 지구인들의 언어 중에 '라코티나' 에 상응하는 단어는 없습니다. 당신이 그 현상을 이해할 필요는 없지만, 라코티나의 영향 아래에서는 꿈 내용이 사실이에요."

타오는 거기에서 얘기를 끝냈다. 그녀는 특유의 환한 미소를 지으며 “당신이 이 모든 얘기를 기억하기 어렵다면 나중에 내가 도와줄게요”라고 말했다.

그 말과 함께 타오는 일어섰다. 나머지 사람들도 모두 자리에서 일어났다.

8장

심령권 여행

Delving into the psychosphere

우리는 라티오누시를 따라 도코의 다른 방으로 들어갔다. 그곳은 완벽한 휴식을 취할 수 있는 휴양실이었다. 외부의 소리는 전혀 들리지 않았다. 라톨리와 장로 2명은 떠났다. 라티오누시, 타오, 비아스트라, 그리고 나만 남았다.

타오는 나의 영력이 충분히 개발되지 않았으므로 어떤 중요한 체험을 하려면 특수한 약물을 먹어야 한다고 말했다. 1만 4,500년 전 무 대륙이 사라질 당시 지구의 심령권(心靈圈, psychosphere) 속으로 들어가는 체험이었다.

내가 이해하는 '심령권'이란 이런 것이다: 모든 행성은 생성 시부터 심령권에 둘러싸여 있다. 심령권은 거대한 누에고치 같은 것으로 광속의 7배로 돌면서 진동한다. 심령권은 행성에서 발생하는 모든 사건을 흡수하는('기억하는'. 저자의 동의를 얻은 편집자 주) 일종의 압지(押紙) 같은 작용을 한다. 지구인들은 심령권의 내용에 접하지 못한다. 그 속의 내용을 '읽을' 방법이 없다(고대 인도의 신앙에 따르면 우주의 모든 사건은 아카샤[Akasha]라는 미묘한 매체에 영원히 아로새겨진다. 아카샤는 '에테르, 정기, 영기, 하늘'이란 뜻이다).

미국에서 과학자와 기술자들을 고용해 '타임머신'을 개발하려 애쓴다는 얘기는 잘 알려져 있다. 그러나 지금까지 그런 노력은 성공하지 못했다. 타오에 따르면 그 이유는 물리적 파장보다는 심령권의 진동에 적응하는 일이 어렵기 때문이다. 그러나 인간은 우주의 일부로 구성돼 있는 만큼 성기체 형태를 통해 심령권에서 원하는 지식을 이끌어낼 수 있다. 물론 그러기 위해선 많은 훈련이 필요하다.

"미셸, 이 약이 심령권에 들어가도록 도와줄 거예요."

우리 네 사람은 특수한 침대에서 편안한 자세를 취했다. 나는 타오, 비아스트라, 라티오누시에 의해 형성된 삼각형의 중앙에 자리 잡았다. 나는 액체가 담긴 유리잔을 건네받고 그것을 들이마셨다.

비아스트라와 타오는 자신들의 손가락을 내 손과 명치 위에 가볍게 얹었고, 라티오누시는 검지를 나의 송과선 위쪽 머리 부위에 댔다. 그들은 내게 긴장을 완전히 풀고 무슨 일이 있어도 두려워하지 말라고 말했다. 우리는 성기체 형태로 여행을 떠날 준비를 했다. 나는 그들의 안내를 받을 것이므로 안전할 것이었다.

그 순간은 내 기억 속에 영원히 새겨져 있다. 타오가 내게 천천히 부드럽게 말할수록 나의 두려움도 사라져갔다.

그러나 솔직히 말해 처음에는 무척 겁이 났다. 갑자기, 눈을 감고 있었는데도 가지각색의 빛깔들로 눈이 부셨다. 빛깔들은 춤을 추듯 빛을 내뿜었다. 나를 둘러싼 세 동반자들의 모습이 보이기 시작했다. 그들은 반투명하게 빛났다.

마을은 우리의 아래쪽에서 천천히 희미해졌다.

네 개의 은줄(유체이탈시 영혼과 육체를 연결해주는 끈)이 우리들의 성기체를 육체에 연결시키고, 우리의 육체가 산(山)처럼 커지고 있다는 기묘한 느낌이 들었다.

갑자기 백금색의 눈부신 섬광이 나의 '시야'를 가로지르면서 한동안 아무것도 안 보이고 느낌도 없었다.

우주 공간에서 태양처럼 빛나는 은색의 공이 나타나 엄청난 속도로 다가왔다. 가까이에서 보니 은빛의 대기층 같았다. 우리는, 아니, 나는(그때는 이미 세 친구들의 존재가 보이지 않았다) 허둥대며 움직였다. 그 은빛 대기를 뚫고 지나가자 나를 둘러싼 '안개'만이 보였다. 시간이 어느 정도 흘렀는지는 알 길이 없었지만, 안개가 순식간에 흩어져 없어졌다. 낮은 천장의 네모난 방이 나타났고, 안에는 두 남자가 다리를 포갠 채 화려한 색상의 쿠션 위에 앉아 있었다.

방의 벽은 섬세하게 조각된 돌 벽돌로 돼 있었고, 당대 문명의 여러 장면들이 그려져 있었다. 투명해 보이는 포도송이와 처음 보는 과일류, 그리고 동물 그림도 있었다. 몇몇 동물은 인간의 머리 형상을 했고, 동물의 머리 형상을 가진 인간들 모습도 보였다.

잠시 후 나와 세 친구가 기체 형태로 하나의 덩어리를 이뤘음을 알게 됐다. 그런 상태에서도 서로를 분간할 수는 있었다.

"우리는 사바나사 피라미드의 주실에 들어와 있어요." 라티오누시가 말했다. 놀라운 일이었다. 지금까지 한마디 말도 안 하던 라티오누시가 내게 프랑스어로 말했던 것이다! "텔레파시에요, 미셸. 아무 질문도 하지 마세요. 모든 것이 자연스럽게 명확해지고, 당신은 반드시 알아야 할 내용들을 배우게 됩니다."

주실의 천장에는 창문이 있었고, 그곳을 통해 어떤 별이 보였다. 그 두 남자가 별과 '눈에 보이는' 생각들을 교환하고 있음을 직감적으로 느꼈다. 그들의 송과선으로부터 은백색 담배 연기 같은 실선이 흘러나와 천장의 창문을 통과해 나가더니 먼 우주에 있는 그 별로 연결됐다.

두 남자는 미동도 하지 않았고, 주위에는 은은한 황금빛이 감돌았다. 그들은 우리를 볼 수 없었고, 우리 때문에 방해를 받지도 않았다. 우리는 다른 차원의 관찰자였기 때문이다. 나는 그들을 더욱 주의 깊게 살펴봤다.

한 사람은 노인이었고 긴 백발이 어깨까지 흘러내렸다. 머리에는 유대교 랍비들이 쓰는 것과 비슷한 노랑색의 테 없는 모자를 썼다.

소매가 긴 누런색의 헐렁한 겉옷은 몸 전체를 감쌌다. 앉은 자세에서 발은 보이지 않았지만 맨발임을 알 수 있었다. 두 손은 손가락 끝만 살짝 닿아 있었고, 손가락 둘레에서는 푸른 빛의 작은 섬광이 번득였다. 그가 얼마나 강하게 정신집중을 하고 있는지를 짐작케 했다.

다른 남자는 윤기 나는 흑발이었지만 나이는 비슷해 보였다. 겉옷의 색깔이 밝은 오렌지색인 점만 제외하면 거의 같은 차림새였다. 두 사람은 숨도 쉬지 않는 듯 전혀 움직임이 없었다.

“저들은 다른 세계와 교신 중이에요, 미셸.”

갑자기 그 ‘장면’이 사라지고 곧바로 다른 장면이 나타났다. 지붕이 황금으로 뒤덮이고 여러 개의 탑과 관문이 딸린 파고다 형태의 궁전이 보였다. 거대한 전망창은 화려한 정원과 연못을 향해 열려있고, 연못 분수대에서 뿜어져 나오는 물줄기는 정오의 햇빛과 어울려 찬란한 무지개를 연출해냈다. 광대한 공원의 나무들 사이에서는 수백 마리의 새들이 날아다니며 이미 신비한 풍경에 화려한 색상을 더했다.

나무 아래나 연못 근처에서는 다양한 스타일의 긴 겉옷을 입은 사람들이 무리를 지어 산책했다. 일부는 휴식을 위해 만들어진 정자 아래에 앉아 명상에 잠겼다. 궁전 너머 먼 곳에서는 어렴풋이 보이는 거대한 피라미드가 이 모든 풍경을 내려다보고 있었다.

우리가 방금 떠나온 피라미드였다. 나는 무 대륙의 수도인 사바나사의 장엄한 왕궁을 감상하고 있었던 것이다. 왕궁 주변으론 타오가 말했던 고원 지대가 사방으로 펼쳐졌다. 단일한 돌 벽돌로 만들어진 듯이 보이는 약 40m 넓이의 도로는 정원 중심부에서 고원지대로 연결됐다. 도로의 양옆에는 큰 가로수들이 늘어섰고, 그 사이사이에 거대한 석상들이 세워져 있었다. 일부 석상의 머리 위에는 넓은 테가 달린 붉은색 혹은 녹색의 모자들이 얹혀 있었다.

우리는 그 도로 위를 활공하듯 지나갔다. 말을 탄 사람들도 있었다. 또 어떤 사람들은 머리가 돌고래처럼 생긴 이상한 네발짐승을 타고 다녔다. 타오에게서 들은 적이 없는 동물이었다.

"'아키테파요' 라는 동물이에요, 미셸. 지금은 멸종됐어요."

그 동물의 크기는 아주 큰 말 정도였다. 꼬리는 여러 색상의 털이 섞여 있었고 가끔 공작의 꼬리처럼 활짝 펼쳐졌다. 뒷다리와 엉덩이는 말보다 훨씬 펑퍼짐하고, 몸통은 비교적 길쭉했다. 어깨는 코뿔소의 등딱지처럼 몸통에서 불거져 나왔고, 앞다리가 뒷다리보다 길었다. 꼬리를 제외하고 몸 전체가 긴 회색털로 덮였다. 뛰는 모습은 낙타와 비슷했다.

동료들이 나를 다른 곳으로 데려간다는 느낌이 강하게 들었다. 우리는 산책 중인 사람들 사이를 아주 빠른 속도로 지나쳐갔다. 그런 와중에도 그들 언어의 특징을 느낄 수 있었다. 듣기에 매우 좋았고, 자음보다는 모음이 많은 언어인 듯했다.

순식간에 다른 장면이 나타났다. 마치 영화를 볼 때 한 장면이 갑자기 다른 장면으로 바뀌는 식이었다. 고원지대 변두리의 넓은 평지에 공상과학 소설가들이 즐겨 쓰는 '비행접시' 처럼 생긴 비행체들이 줄지어 서있었다. 사람들이 그 비행체에서 내리거나 타고 있었고, 옆에는 큰 건물이 있었는데 일종의 공항 터미널이었다.

불현듯 스치는 생각이 있었다. 나는 지금 문명이 고도로 발달된 사람들의 일상생활을 지켜보고 있으며 그들은 이미 수천 년 전에 죽은 사람들이었다! 우리 '발' 밑의 도로를 유심히 관찰했던 일도 기억난다. 언뜻 봐선 하나의 거대한 돌로 만들어진 도로처럼 보였지만, 실은 여러 개의 대형 판석들을 이어붙인 것이었다. 판석들은 너무도 정교하게 절단된 상태로 맞물려 있어 이음새가 거의 보이지 않았다.

고원지대의 가장자리에서는 광활한 도시와 항구, 그리고 그 너머의 바다가 한눈에 들어왔다. 순식간에 우리는 도시 한복판의 넓은 대로에 들어와 있었다. 도로 양편에는 다양한 크기와 디자인의 주택들이 줄지어 늘어서 있었다.

거리에서 사람들은 걷거나, 소음이 전혀 없는 '원반 형태'의 작은 비행 플랫폼을 타고 지상 20cm 높이로 날아다녔다. 나다니기에 매우 즐거운 운송수단이었다. 나머지 사람들은 말을 타고 다녔다.

도로 끝에 다다르니 넓은 광장이 나타났다. 놀랍게도 상점 같은 것은 전혀 안 보였다. 대신 천장에 덮개가 씌워진 시장이 한 군데 있었다. 그곳의 '진열대' 들에는 사람들의 마음과 입맛을 자극할 각종 물품들이 놓여 있었다. 생선류 가운데 다랑어, 고등어, 가다랑이, 가오리 등이 보였다. 각종 육류와 채소류도 풍부했다. 가장 인상적인 모습은 시장을 가득 메운 꽃들이었다. 이곳 사람들은 꽃을 좋아하는 게 분명했다. 거의 모든 사람이 꽃을 손에 들거나 머리에 꽂고 다녔다. '쇼핑객'들은 원하는 물건을 그냥 집어갔다. 물건 값으로 돈이든 다른 무엇이든 내놓는 법이 없었다. 나의 호기심 때문에 우리 일행은 시장 한가운데까지 들어갔다. 물론 사람들의 몸을 그냥 뚫고 지나가는 방식이었다. 나로선 가장 재미있는 경험이었다.

모든 의문사항은 마음속에 떠오르는 대로 답변이 주어졌다. "미셸, 저들은 돈을 사용하지 않아요. 모든 것은 공동체 소유거든요. 속이는 사람도 없어요. 완벽하게 조화를 이룬 공동생활이에요. 저들은 오랜 경험을 통해 자신들에게 가장 잘 맞는 훌륭한 법과 제도를 갖추고 준수하게 됐지요."

대다수 사람은 키가 160~170cm이고, 피부는 밝은 갈색, 머리털과 눈동자는 검은색이었다. 지구의 폴리네시아 인종과 비슷했다. 백인들도 섞여 있었다. 신장은 약 2m로 큰 편이고, 금발 머리에 푸른 눈을 가졌다. 백인보다는 수가 적지만 흑인들도 있었다. 흑인은 백인처럼 키가 컸고, 여러 종족이 있는 듯했다. 일부는 타밀족(인도 남부와 스리랑카에 사는 종족)을 닮았고, 일부는 호주의 애버리지니족을 빼닮았다.

우리는 항구 쪽으로 갔다. 온갖 형태와 크기의 선박들이 정박 중이었다. 부둣가는 무 대륙 서남쪽의 노토라 채석장에서 운반돼온 거대한 돌들로 건설됐다고 들었다.

항구 전체는 인공적으로 건설됐다. 복잡하게 생긴 각종 기계 장비들이 작업 중이었다. 한쪽에선 배를 만들었고, 다른 쪽에선 하역 작업이 진행됐다. 수리작업 중인 기계도 있었다…….

정박 중인 선박의 종류도 다양했다. 18~19세기풍의 범선과 현대적 요트, 증기선과 초현대적 수소엔진 화물선 등이 보였다. 항만에 닻을 내린 거대한 선박들은 앞서 얘기를 들었던 반자기(anti-magnetic), 반중력 수송선이었다.

이 수송선들은 보통 때는 다른 배들처럼 수면에 접한 채로 떠다녔지만, 수천t의 화물을 운반할 때면 수면 위로 부상한 채 70~90노트의 속도로 이동했다. 그런데도 전혀 소음이 없었다.

앞서 말한 '고전풍의' 선박들은 무 제국의 식민지인 인도, 일본, 중국 등 먼 나라에서 온 사람들의 배였다고 한다. 당시에는 기술적으로 진보가 덜 된 지역들이었다. 라티오누시의 설명에 따르면 무제국의 지도자들은 과학지식의 상당 부분을 비밀로 유지했다. 예컨대 핵에너지, 반중력, 초음파 같은 과학지식이었다. 이런 정책으로 그들은 지구의 선주민들에 대한 우위를 유지하고 자신들의 안전을 보장했다.

화면이 '끊어지고' 우리는 다시 착륙장으로 돌아와 있었다. 도시의 밤 풍경이 시야에 들어왔다. 도시는 대형 구체 모양의 광원들에서 나오는 빛으로 밝게 빛났다. 사바나사 궁전으로 이어지는 대로인 '라의 길'(The Path of Ra)도 마찬가지였다. 대로를 따라 늘어선 기둥들에 부착된 발광 구체 덕분에 길은 대낮처럼 밝았다.

내가 들은 설명에 따르면 이 발광 구체들은 핵에너지를 빛으로 변환시켜 조명에 이용하는데, 수천 년 동안 작동한다고 했다. 솔직히 잘 이해되지는 않았지만 그럴 수 있으리라 믿어졌다.

장면이 다시 바뀌었다. 이제는 낮이었다. '라의 길' 과 왕궁 정원에 수많은 군중이 몰려들었다. 모두들 밝은 색상의 옷을 입고 있었다. 피라미드의 꼭대기에는 거대한 흰색 구체가 매달려 있었다.

피라미드의 주실에서 명상을 하고 있던 사람(그 사람이 국왕이었다)이 방금 전에 사망하면서 군중이 몰려든 것이었다.

굉음과 함께 그 흰색 구체가 폭발하자 군중들로부터 기쁨의 함성이 일제히 터져 나왔다. 이상한 일이었다. 대개 죽음은 슬픔을 유발하는 법이다. 나의 동료들은 이렇게 설명했다.

"미셸, 우리가 가르쳐준 것을 잊었군요. 육체가 죽으면 성기체(영혼)는 해방됩니다. 저들도 그것을 알기 때문에 왕의 죽음을 축하하는 것이죠. 3일 뒤 국왕의 성기체는 지구를 떠나 성령과 재결합하게 됩니다. 이를 위해 그는, 국왕으로서 여러 어려운 책무가 남아있었지만, 임종에 이르러 품행을 정갈히 하며 떠날 준비를 해왔어요."

나는 할 말이 없었다. 타오에게 나의 건망증을 들킨 것이 부끄러웠다.

장면이 순식간에 다시 바뀌었다. 우리는 왕궁의 정면 계단 위에 있었다. 끝도 보이지 않을 정도로 많은 군중이 운집했다. 그리고 우리 옆에는 고위 인사들이 자리를 잡았는데, 그 중 한 사람은 가장 화려한 의상을 입었다. 무 대륙의 차기 국왕이 될 사람이었다.

그에 관한 어떤 점이 나의 관심을 끌었다. 친숙한 느낌이었다. 마치 내가 분명히 아는 사람인데 분장을 해서 알아보지 못한다고나 할까. 그 순간 라티오누시로부터 대답을 들었다.

"미셸, 바로 나에요. 다른 생애를 사는 중이죠. 나를 알아보진 못해도 저 육신 속에 있는 나의 성기체 진동을 미셸이 느낀 거예요."

그랬다! 라티오누시는 비범한 현상 속에서 비범한 체험을 하고 있었다. 현생에 존재하면서 전생을 살아가는 자신의 모습을 관찰하는 중이었다!

신임 국왕은 고위 인사 중 한 사람으로부터 화려한 왕관(주교관[主教冠]하고도 비슷하게 생겼다. 저자의 설명에 따른 편집자 주)을 받아 머리에 썼다.

군중 속에서 환호성이 터졌다. 지구상에서 가장 발달된 나라이자 지구의 절반 이상을 지배하는 무 제국에 새로운 왕이 등극했다.

군중은 열광했다. 심홍색과 밝은 주황색의 작은 풍선 수천 개가 하늘로 날아올랐다. '오케스트라'의 연주도 시작됐다. 적어도 200명은 되는 오케스트라 단원들이 정원, 궁전, 피라미드 인근에 정박 중인 비행 플랫폼들에서 악기를 연주했다. 각 플랫폼마다 상이한 악기가 연주됐는데, 뭐라고 형언하기 어려울 정도로 이상한 악기였다. 거기에서 나오는 음악 소리는 마치 거대한 스테레오 스피커에서 울려나오는 것처럼 들렸다.

음악이라고는 하지만 현대인들이 아는 음악과는 전혀 달랐다. 매우 특별한 주파수의 소리를 내는 플루트처럼 생긴 악기를 제외하고는 모든 악기가 자연의 소리를 연주했다. 예컨대 바람 소리, 꽃들 사이를 날아다니는 꿀벌의 소리, 새의 노랫소리, 호수에 떨어지는 빗소리, 해변에 부딪치는 파도 소리 등이었다. 그 모든 소리들은 매우 정교하게 퍼지도록 배치됐다. 예를 들어 정원에서부터 시작된 파도 소리가 사람들에게 다가와 머리를 지나쳐 대피라미드의 계단에 부닥치면서 끝나는 식이다.

오늘날 음악이 아무리 발달한다 해도 그 오케스트라의 연주처럼 정교한 작품을 만들어내지는 못할 것이라는 생각이 들었다.

군중과 귀족들과 새 국왕은 무아지경에 빠졌다. 마치 영혼의 심연에서부터 그 음악을 '체험'하는 듯했다. 나는 그곳에 계속 남아 더 오랫동안 음악을 듣고 싶었다. 자연의 노래에 흠뻑 젖어들고 싶었다. 비록 성기체 상태로 심령권에 들어와 있었지만 그 음악은 나를 '관통해' 흘렀고 나는 마법에 홀린 듯했다. 그 때, 우리가 즐기기 위해 그곳에 간 것이 아니라는 점을 누군가가 내게 일깨워줬다. 그 장면은 사라졌다.

곧바로 국왕이 주재하는 임시회의 장면이 보였다. 참석자는 왕과 6명의 고문들로 제한됐다. 사안이 심각할 때만 그런

회의가 열린다고 했다.

국왕은 이미 상당히 노쇠했다. 우리는 20년 뒤의 미래로 뛰어든 것이다. 모든 참석자의 표정이 어두웠다. 그들은 지진계의 기술적 가치를 토론하고 있었다. 나는 0.01초만에 토론의 주제를 모두 파악했다. 마치 회의에 참석한 사람처럼 토론의 흐름을 따라갈 수 있었다!

고문 중 한 사람은 지진 측정 장비의 신뢰성이 없었던 경우가 몇 번 있었지만 크게 우려할 정도는 아니라고 주장했다. 또 다른 사람은 지진계가 매우 정확하며 과거 무 대륙의 서쪽에서 발생한 첫 번째 지진 때도 똑 같은 모델의 지진계가 정확히 예측했었다고 말했다…….

그 순간 궁전이 바람속의 나뭇잎처럼 흔들리기 시작했다. 국왕이 벌떡 일어섰다. 크게 뜬 두 눈에는 놀라움과 두려움이 어렸다. 고문 중 두 사람은 의자에서 굴러 떨어졌다. 궁전 밖 도시에서 거대한 굉음이 들려왔다.

장면이 바뀌고 우리는 다시 궁전 밖에 나와 있었다. 정원에는 보름달 빛이 가득했다. 세상이 다시 조용해졌다. 너무 고요했다. 우르르 하는 둔탁한 소리만이 저 멀리 도시 외곽에서 들려올 뿐이었다…….

갑자기 시종들이 궁궐 밖으로 뛰쳐나가 사방으로 달아났다. 길바닥에는 여러 개의 기둥이 박살난 채 쓰러져 있었다. 대로를 비춰주던 발광 구체들을 떠받치던 기둥들이었다. 국왕과 측근들은 신속히 궁을 빠져나와 비행 플랫폼에 올라타고 공항으로 날아갔다. 우리도 그들을 따라갔다. 공항 이착륙장의 비행기들 주변과 터미널 안팎은 아수라장이었다. 사람들은 비명을 지르고 서로를 밀치면서 비행기 쪽으로 달려갔다. 국왕이 탄 플랫폼은 다른 비행기들과는 떨어진 곳에 있는 비행기를 향해 빠르게 이동했다. 왕과 측근들이 비행기에 탑승했다. 이미 이륙한 비행기들도 있었다. 그 순간 귀청을 찢는 천둥 같은 굉음이 땅속 깊은 곳에서 연속적으로 터져나왔다.

비행장이 순식간에 종이처럼 찢겨지더니 그 사이로 거대한 불기둥이 솟구쳐 올라왔다. 방금 이륙한 비행기들이 불기둥에 휩싸여 폭발했다. 비행장에서 미친 듯이 달려가던 사람들은 갈라진 땅속으로 사라졌다. 아직 이륙하지 못했던 국왕의 비행기가 불길에 휩싸이더니 결국 폭발했다.

그 순간, 국왕의 죽음이 신호였다는 듯 대피라미드가 갈라진 땅속으로 통째로 기울었다. 지표면의 균열은 고원지대 전역으로 확산되면서 시시각각 틈이 넓어졌다. 대피라미드는 갈라진 틈의 가장자리에 잠시 걸려있는 듯했지만 곧바로 불기둥 속으로 무너져 내렸다.

다시 장면이 바뀌었다. 우리는 항구와 도시가 함께 보이는 지점에 있었다. 도시가 대양의 파도처럼 굽이치는 듯이 보였다. 건물들이 무너져 내리고, 공포의 비명 소리가 들렸다. 겁에 질린 얼굴들이 화염 속에서 나타났다간 사라졌다.

귀청이 터질 듯한 폭발이 일어났다. 땅속 깊은 곳에서 발생한 폭발이었다. 모든 '주변부' 지역이 땅속으로 곤두박질쳤다. 무 대륙의 한쪽도 내려앉았다. 그 광활한 틈새로 바닷물이 밀려들어오면서 사바나사 고원 전역이 물속에 가라앉았다. 마치 초대형 여객선이 빠르게 침몰하는 듯했다. 거대하고 강력한 소용돌이가 형성됐다. 그 속에서 살아남으려고 필사적으로 버둥거리는 사람들이 보였다.

1만 4,500년 전에 일어난 사건임을 알고 있었다 해도 그런 대재앙을 직접 목격하는 것은 끔찍했다.

대륙 전역을 신속히 돌아봤지만 모든 지역이 똑 같은 재앙을 겪고 있었다. 거대한 파도가 남은 평야지대를 덮쳐 수몰시켰다. 우리는 방금 분출을 시작한 화산 근처로 다가갔다. 근처에서는 바위들이 규칙적인 동작으로 움직이기 시작했다. 마치 거대한 손이 용암의 흐름 위로 바위들을 들어 올려 우리 눈앞에서 산을 만들고 있는 것 같았다. 산이 형성되는 데 많은 시간이 걸리지는 않았다. 사바나사 고원이 사라지는 데 걸린 시간 정도였다.

다시 그 장면이 사라지고 다른 것이 나타났다.

"우리는 지금 남미 지역에 가고 있어요, 미셸. 이곳까지는 아직 재앙이 미치지 않았지요. 이곳 해안지대와 티아쿠아노 항을 살펴볼 거예요. 지진의 첫 번째 진동이 발생하기 직전의 과거로 잠시 돌아갔어요. 무 대륙의 국왕이 측근들과 회의를 하던 때죠."

우리는 티아쿠아노 항구의 부둣가에 있었다. 밤이었고 보름달이 비치고 있었다. 곧 달이 졌다. 동쪽 하늘의 희미한 빛이 새벽을 알렸다. 만물이 고요했다. 많은 배들이 정박해 있는 부둣가에선 경비병들이 순찰을 돌고 있었다.

작은 야간등이 비치는 건물 안으로 몇 명의 떠들썩한 술꾼들이 들어갔다. 여기에서도 발광 구체를 몇 개 볼 수 있었다.

우리는 운하 상공을 날아갔다. 몇 척의 배가 내해(지금의 브라질) 쪽을 향해 운항하고 있었다.

우리 일행은 어느 멋진 범선의 선교(船橋) 위에 내려앉았다. 부드러운 서풍이 뒤쪽에서 범선을 밀어주고 있었다. 범선은 수많은 선박들로 복잡한 운하를 빠져나가기 위해 작은 돛을 사용했다. 갑판에는 세 개의 돛대가 있었다. 높이가 70m 정도 되는 상당히 현대적인 스타일의 돛대였다. 선체의 형태로 보아 넓은 바다에서는 상당한 속력을 낼 수 있을 듯했다.

잠시 후 우리는 커다란 선실 안에 들어와 있었다. 10여 개의 침대에서는 사람들이 자고 있었다.

30세 정도 되어 보이는 남자 두 명만이 깨어 있었다. 생김새로 보아 무 대륙에서 온 사람인 것 같았다. 그들은 탁자에 앉아 게임에 몰두했다. 마작 게임인 듯했다. 그 중 한 사람에게 관심이 쏠렸다. 동료보다는 약간 나이가 많아 보였고, 긴 검은 머리를 뒤로 빗어 붉은 수건으로 묶었다. 나는 쇠붙이가 자석에 끌리듯 그에게로 이끌렸다. 그리고는 곧바로 내 친구들과 함께 그의 위에 겹치듯이 내려앉았다.

그의 몸을 관통해 지나치는 순간 나의 온몸이 감전되는 듯한 느낌이 들었다. 전에 느껴본 적이 없는 사랑의 감정이 북받쳤다. 그에게서 형언할 수 없는 일체감을 느꼈다. 나는 거듭 그의 몸을 뚫고 지나갔다.

"쉽게 설명해 줄게요, 미셸. 이 남자 속에서 당신은 자신의 성기체와 재결합됐어요. 이 사람은 바로 당신이에요. 당신의 여러 전생 중 하나에요. 그러나 당신은 여기에 관찰자로 와 있어요. 이곳의 삶을 다시 살려는 것이 목적이 아니에요. 그러니 개입하지 마세요."

나는 안타까웠지만 친구들을 따라 선교로 돌아갔다.

갑자기 서쪽 멀리서 큰 폭발음이 들렸다. 잠시 후 폭발음이 가까워졌다. 서쪽 하늘이 빛나기 시작했다. 훨씬 더 날카로운 폭발음이 더 가까이에서 들리면서 화산이 폭발하는 모습을 볼 수 있었다. 반경 30km 정도의 서녘 하늘이 밝게 타올랐다.

운하와 항구에서 비명과 사이렌 소리가 나면서 한바탕 소란이 일어났다.

급하게 달리는 발자국 소리가 들렸다. 선원들이 선교로 뛰어올라왔다. 그들 중에는 나의 성기체를 '입고 있는' 선원도 있었다. 그 선원 역시 동료들처럼 공포에 휩싸였다. 그 겁에 질려 있는 '나 자신'에 대해 걷잡을 수 없는 연민을 느꼈다.

도시 외곽의 화산 폭발 지역에서 빛나는 구체 하나가 빠른 속도로 하늘로 날아오르더니 마침내 시야에서 사라졌다.

"맞아요. 우리의 우주선이에요." 타오가 설명했다. "하늘

높은 곳에서 상황을 파악하려는 거예요. 승무원은 17명인데, 생존자들을 구출하기 위해 할 수 있는 모든 일을 할 겁니다. 하지만 큰 성과는 거두지 못할 거예요. 지켜보세요."

땅이 요동치며 요란한 소리를 내기 시작했다. 해변 인근의 바다 속에서 갑자기 세 개의 화산이 치솟더니 다시 파도 속으로 순식간에 사라졌다. 그로 인해 발생한 약 40m 높이의 해일이 지옥의 울부짖음 같은 소리를 내며 해변을 향해 돌진했다. 그러나 해일이 도시에 도달하기 직전, 우리 발밑의 땅이 솟아오르기 시작했다. 항구, 도시, 시골 지역 등 땅덩어리 전체가 급격히 솟구치면서 해일의 공격을 피했다. 거대한 동물이 은신처에서 나온 뒤 기지개를 펴며 등을 활처럼 구부리는 모습이 연상됐다. 우리는 좀 더 나은 시야를 확보하기 위해 높이 올라갔다.

단말마의 비명소리가 우리들에게까지 들려왔다. 도시 전체가 승강기처럼 솟아오르자 사람들은 겁에 질려 미친 듯이 소리쳤다. 땅덩어리의 상승은 끝날 것 같지 않았다.

선박들은 바다에서 날아온 바위들에 부딪쳐 산산조각 났다. 우리가 남기고 떠난 그 선원이 글자 그대로 분쇄되는 광경을 나는 지켜봤다. 나의 '자아들' 중 하나가 지금 막 근원으로 돌아간 것이다.

지구가 스스로의 형태를 완전히 바꾸려는 듯했다. 서쪽에서 두터운 먹구름이 빠르게 몰려오면서 도시는 사라졌다. 화산에서 뿜어져 나온 용암과 화산재가 소나기처럼 쏟아져 내렸다. 그 순간 내 마음에는 두 개의 단어가 떠올랐다. '장엄하다' 와 '종말론' 이었다.

모든 것이 흐릿해졌다. 동료들이 내 주위에 가까이 있음을 느꼈다. 은회색 구름이 어지러울 정도의 속도로 우리로부터 멀어져갔다. 그러곤 티아우바가 보이기 시작했다. 우리를 기다리는 육체로 신속하게 돌아가기 위해 우리가 은줄을 잡아 당기고 있다는 느낌이 들었다. 산처럼 거대해졌던 육체는 우리가 다가갈수록 오그라들기 시작했다.

방금 전에 악몽 같은 대재앙을 겪었기 때문이었을까. 내 영혼의 눈에는 '황금빛' 행성의 각종 색깔들이 더없이 아름답게 보였다.

내 육체에 닿아있던 손들이 떠나가는 것을 느꼈다. 눈을 뜨고 주위를 둘러봤다. 내 친구 타오가 미소를 지으며 서 있었다. 그녀는 내게 괜찮으냐고 물었다.

"아주 좋아요. 고마워요. 아직도 대낮이라니 놀랍군요."

"물론 아직도 낮이에요, 미셸. 우리가 얼마나 오랫동안 떠나있었다고 생각하세요?"

"글쎄요, 5~6시간 정도?"

"아뇨." 타오가 재미있다는 듯이 말했다. "대략 15분이에요."

말문이 막혔다. 타오와 비아스트라는 폭소를 터뜨리며 내 어깨를 한쪽씩 잡고 나를 '휴양실' 에서 데리고 나갔다. 라티오누시도 따라 나왔지만 그들만큼 재미있어 하지는 않았다.

9장

'이른바' 현대 문명

Our 'so-called' civilization

나는 라티오누시와 그의 동료들에게 경의를 표하고 작별인사를 했다. 우리 일행은 나의 도코로 돌아가기 위해 비행 플랫폼을 다시 탔다. 이번에는 다른 루트를 택했다. 대규모 경작지 위로 날아가면서 자주 멈췄다. 큼직한 이삭이 주렁주렁 달린 밀밭을 충분히 관찰할 수 있는 시간을 내게 주기 위해서였다. 흥미로워 보이는 도시 위로도 날아갔다. 크고 작은 건물이 모두 도코 형태로 돼 있는데, 그것들 사이를 연결하는 도로가 전혀 없었다. 이유를 알게 됐다. 그곳 주민들은 어디를 갈 때 라티보크가 있든 없든 '날아서' 다닐 수 있었다. 그러니 정식 도로가 필요 없었다. 우리는 거대한 도코 안팎을 드나드는 사람들을 가까이에서 지나쳤다. 우주공항에서 봤던 도코들과 규모가 비슷했다.

"이 도코들은 '식량 공장'입니다." 타오가 설명했다. "당신 도코에서 어제 먹은 만나와 야채는 여기에서 공급됐을 거예요."

도시를 지나 바다 위로 멈추지 않고 계속 날아갔다. 머지않아 나의 도코가 있는 섬에 도착했다. 늘 두던 장소에 플랫폼을 정박시킨 후 우리는 도코 안으로 들어갔다.

"미셸, 어제 아침 이후로 아무것도 먹지 않았다는 걸 알아요? 그러다가는 체중이 줄겠어요. 배고프지 않아요?"

"이상하게도 별로 배고프지 않아요. 지구에서는 하루에 네 끼를 먹었는데!"

"놀랄 일은 아니에요. 이곳의 음식은 이틀마다 규칙적으로 열량이 방출되도록 만들어집니다. 위장에 부담을 주지 않고도 꾸준히 영양을 공급받는다는 뜻이죠. 이는 우리의 정신이 맑게 깨어있는 데도 도움이 됩니다. 어차피 가장 중요한 것은 정신이죠. 안 그래요?" 나는 고개를 끄덕였다.

우리는 다채로운 색깔의 음식과 약간의 만나를 먹었다. 그리고 꿀물 한 잔을 마실 때 타오가 물었다. "미셸, 티아우바에서의 생활이 어때요?"

"티아우바 생활이 어떠냐구요? 오늘 오전에 그런 체험을 하고 난 뒤라면 오히려 지구를 어떻게 생각하느냐고 물어야지요! 그… 15분 동안은 마치 여러 해가 지났던 것 같았어요. 무서운 순간들도 있었지만, 대부분은 흥미진진했어요. 하나 물어볼게요. 그 시간 여행에 나를 데려간 이유는 뭐죠?"

"아주 좋은 질문이에요, 미셸. 그런 질문을 던져서 기뻐요. 지구에서 소위 현대 문명이란 게 등장하기 이전에 '진정한' 문명이 존재했었다는 사실을 보여주고 싶었어요.

단순히 우리 행성의 아름다움을 보여주려고 당신을 '납치해' 수십억km나 멀리 데려온 것은 아니에요.

지구의 문명이 잘못된 방향으로 흘러가기 때문에 당신을 데려왔어요. 지구상의 대다수 국가는 자신들이 고도로 발전돼 있다고 믿지만, 그렇지 않아요. 오히려 그들의 문화는 지도자와 '엘리트' 계층부터 퇴폐적이에요. 모든 제도가 비뚤어져 있어요.

특히 최근 몇 년 간 지구를 예의주시해 왔기 때문에 그걸 알아요. 위대한 지도자 타오라도 당신에게 그 점을 설명했었죠. 우리는 지금 일어나는 현상을 다양한 방법으로 연구합니다. 육체 혹은 성기체 형태로 지구인들 사이에서 살아갈 수도 있어요. 그 정도뿐만이 아니라 여러 나라 지도자들의 행동에 영향을 미칠 수도 있어요. 예컨대 독일이 최초의 원자폭탄 보유국이 되지 못한 것은 우리가 개입했기 때문이에요. 2차대전 말기에 나치즘이 승리했다면 다른 모든 나라들에는 재앙이 됐을 겁니다. 당신도 알다시피 전체주의 정권은 문명에서 큰 퇴보를 의미합니다.

단지 유대인이라는 이유만으로 수백만 명을 가스실로 보낸 살인자들은 결코 문명인으로 자처해선 안 됩니다.

독일인들이 스스로를 선택된 민족이라고 믿어서는 더더욱 안 됩니다. 그들은 스스로의 행동으로 식인종보다 낮은 수준으로 전락했습니다.

수천 명을 강제노동 수용소로 보내고 또 다른 수천 명을 '정권'에 위협이 된다는 이유로 살해한 소련인들도 나을 게 없어요.

지구에는 어떤 규율이 반드시 있어야 해요. 하지만 '규율'이 독재를 의미하지는 않죠. 위대한 성령, 창조주는 인간이든 아니든 어떤 피조물들에게도 자신들의 의지(영문의 'their will'은 원래 'its will'이었다. 후자는 의미상 혼란을 가져온다. 누구의 의지를 말하는 것인가? 창조주, 아니면 인간? 당연히 '인간의 의지'를 말하는 것이다. 종교 문헌에서는 이런 부류의 문장들이 오역되는 사례가 많다. 그럼으로써 군중을 통제하려는 성직자에 의해 '하나님의 의지'로 왜곡돼 인간들의 순종을 요구하게 된다. 자유의지는 영적인 진화에서 절대적으로 필요한 요소다. 의미상 혼란을 제거하기 위해 '피조물들' '자신들' 같은 복수형을 사용했다. 저자의 확인을 거친 편집자 주)에 반하는 일을 강요하지 않습니다. 우리 모두는 자유의지를 갖고 있으며, 영적인 발전을 위해 자신을 규제하는 일은 각자의 몫이에요.

자신의 의지를 남에게 강요하는 행위, 특히 그에게서 자유의지 행사 권리를 박탈하는 행위는 인간이 저지를 수 있는 가장 나쁜 범죄 중의 하나입니다.

남아공의 아파르트헤이트 역시 인간성에 반하는 범죄에요."

"타오," 내가 끼어들었다. "이해가 안 가는 점이 있어요. 당신은 독일인들이 핵무기를 보유하지 못하도록 막았다고 했는데, 왜 다른 모든 나라에 대해서는 그렇게 하지 않았나요? 인간은 핵무기를 갖는 순간 화산 위에 앉아 있는 것이나 마찬가지라는 점을 당신도 인정해야 합니다. 히로시마와 나가사키에 대해 뭐라고 말할 건가요? 당신도 어느 정도 책임을 느끼지 않나요?"

"미셸, 당신은 그런 문제들을 너무 단순한 시각에서 보고 있어요. 당신에겐 만사가 흑 아니면 백이에요. 그러나 그 중간에는 여러 색조의 회색도 있습니다. 그 두 도시에 대한 원폭 투하와 파괴로 2차대전을 종식시키지 않았다면 더 많은 죽음이 있었을 거예요. 그 원폭 투하의 희생자에 비해 세 배나 되는 희생자가 발생했을 겁니다. 당신네들이 흔히 말하듯, 두 개의 해악 중에서 덜 나쁜 쪽을 우리는 택한 겁니다.

전에도 말했듯이 우리는 '도움을 줄 수는 있지만' 아주 세세한 사항에까지 개입하지는 않아요. 우리로서는 엄격히 준수해야 하는 규칙들이 있습니다. 원자탄은 존재할 수밖에 없어요. 어떤 행성에서도 결국에는 원자탄이 개발됩니다. 일단 그것이 존재하게 되면 우리는 관찰자로서 그 추이를 지켜보거나, 아니면 개입해요. 그리고 개입할 경우엔, '어느 한쪽 편' 에 유리해지도록 합니다. 개인의 자유를 가장 존중하고 가장 진실한 편을 돕는 거죠.

당신의 책을 읽은 지도자들 중에 당신의 말을 믿지 않거나 책 내용을 의심하는 사람들이 있을 겁니다. 그런 사람들에게는 이런 질문을 던져 보세요. 몇 년 전 지구 궤도에 올려놓은 수십억 개의 '바늘' 이 사라진 사건을 설명해 보라고요(미셸의 우주여행이 끝난 지 11년 뒤인 1998년, 과학 월간지 '사이언틱 어메리칸' 8월호[N.L. 존슨著 43페이지, 미국판에는 63페이지]에는 이런 내용의 글이 실렸다: '1963년 5월 미국 국방부 원거리통신 실험의 일환으로 80개 뭉치의 바늘이 뿌려졌다. 모두 4억 개의 이 바늘들은 햇빛의 압력으로 궤도에서 밀려났다…….' 우주에서 어떤 물체가 '햇빛의 압력'으로 궤도에서 밀려났다는 얘기를 들어본 적이 있는가? 바늘 4억 개의 무게가 어느 정도인지 계산해 보면 그 얘기가 얼마나 황당한지 이해될 것이다. 편집자 주).

다시 궤도에 오른 또 다른 수십억 개의 바늘도 사라졌는데 그 사건에 대한 해명도 요구해 보세요. 그들은 당신이 무슨 얘기를 하는지 알 겁니다. 그 '바늘'들을 제거한 사람은 바로 우리에요. 지구에 잠재적인 재앙이 될 것이란 판단에서 없앴어요.

우리는 이따금 지구의 전문가들이 '성냥을 갖고 노는 행위'를 못하도록 간섭합니다. 하지만 문제가 야기된 뒤 우리의 도움을 기대해서는 안 됩니다. 도움을 주는 일이 필요하다고 판단되면 그렇게 합니다. 그러나 지구인들을 자동적으로 재앙에서 구하는 일은 우리도 못하고, 하고 싶지도 않아요. 그것은 보편적 우주 법칙에 위배되기 때문이에요.

핵무기는 지구인들에게 공포심을 심어주죠. 또 핵무기가 지구인의 머리 위에 매달려있는 '다모클레스의 검' 같은 위협이란 점도 알아요. 하지만, 미셸, 진정한 위험은 그것이 아니에요.

지구인들에게 진짜 위험한 것들을 '심각성'의 순서로 열거하자면 첫째는 돈(money)이고, 둘째는 정치인, 셋째는 언론인과 마약, 넷째는 종교에요.

지구인들이 대규모 핵전쟁으로 멸종된다고 해도 그들의 성기체는 사후에 반드시 가야할 곳으로 가게 됩니다. 죽음과 부활의 자연 질서는 계속 유지되죠.

수많은 사람들이 위험은 육체의 죽음에 있다고 믿지만 그렇지 않아요. 위험은 살아가는 방식 속에 있어요.

당신 행성에서 돈은 모든 악(惡) 중에서도 최악이에요. 지금 한 번, 돈 없는 생활을 상상해 보세요……. 돈 중심의 체제에 사로잡혀 있기 때문에 그런 생활은 상상하기도 어려워요.

그러나 불과 두 시간 전, 당신은 무 대륙 주민들이 돈을 사용하지 않고도 생활상의 필요를 충족시켰음을 목격했어요. 그들은 매우 행복했고 고도로 발달됐어요.

무 대륙의 문명은 영적으로나 물질적으로나 공동체를 중심으로 형성됐고 또 번영했어요. 그런 '공동체'와, 지구상에 존재하는 몇몇 '공산주의 국가'를 혼동해선 안 됩니다. 지구에서 실천된 공산주의는 반민주적인 전체주의 정권의 핵심 요소로서 인간의 존엄성을 훼손시켜요.

불행하게도 돈 문제에 관한 한 지구인들을 적극적으로 도울 수가 없어요. 모든 제도가 돈에 기초해 운영되기 때문이에요. 예컨대 독일이 5,000t의 호주산 양털을 수입하면서 그 대가로 300대의 벤츠와 50대의 트랙터를 보내지는 않지요. 당신네 경제체제는 그런 식으로 움직이도록 돼있지 않아요. 그렇기 때문에 체제 자체를 개선하기가 어려워요.

반면에 정치인과 정당 문제에서는 많은 부분을 개선할 수 있어요. 흔히 한 국가나 행성을 배에 비유하죠. 지구인들은 모두 한 배를 타고 있어요. 선박에는 선장이 있어야 하지요. 그러나 배를 제대로 몰고 가려면 선장에 대한 존경심 외에도 선원들 간의 협력 정신과 뛰어난 항해술이 요구됩니다.

만일 선장이 풍부한 전문지식과 경험과 임기응변력을 갖췄을 뿐만 아니라 공정하고 정직한 사람이라면, 선원들이 그의 지도 아래 최선의 역량을 발휘하게 될 가능성이 높아집니다. 결국 선장의 본질적인 가치가 항해의 효율성을 결정짓는다는 얘기죠. 그가 어느 정당이나 종교에 속해있는지는 상관이 없어요.

예를 들어 선원들이 선장을 선출할 때 항해술과 냉철한 위기 대처능력보다는 정치적인 이유를 기준으로 뽑아야 하는 상황을 상상해 보세요. 좀 더 실감나게 상상하기 위해 우리가 실제의 선거를 지켜보는 중이라고 가정하죠. 우리는 지금 부둣가에 서 있습니다. 선장을 뽑기 위해 유권자격인 선원이 150명이 모여 있고, 후보는 3명입니다. 세 후보의 정치 성향은 각각 민주주의자, 공산주의자, 보수주의자입니다. 선원들 중 60명은 공산주의자, 50명은 민주주의자, 40명은 보수주의자입니다. 자, 이제, 제대로 된 선장을 선출하기가 불가능하다는 점을 당신에게 보여줄게요.

공산주의 후보가 승리를 원한다면 민주주의자들이나 보수주의자들에게 어떤 약속을 해야 합니다. 그에게 '보장된' 득표는 60표밖에 안 되니까요. 그는 다른 진영의 유권자들 중 최소한 16명에게 자신을 뽑는 게 그들의 이익에도 부합된다는 점을 설득해야 합니다. 하지만 그 후보가 약속을 지킬 수 있을까요? 물론 다른 두 후보의 경우도 마찬가지입니다.

이렇게 선출된 선장이 항해 중이라고 할 때, 그는 선원 중의 상당수가 근본적으로는 그의 선장 자격에 반대한다는 사실을 늘 염두에 둬야 합니다. 반란이 일어날 가능성이 높다는 뜻이에요.

물론 모든 선장이 이런 식으로 선출된다는 얘기는 아니에요. 단지, 사람들을 옳은 방향으로 이끌어가는 진실한 리더십 대신에 정치적 편견에서 지도자를 선출할 경우 나타날 수 있는 본질적인 위험을 예시하려는 거예요.

한 가지 더 강조할 점이 있어요. 선장 당선자가 일단 항해에 나서면 그는 배 안에서 유일한 지도자에요. 반면 한 정당 지도자가 국가원수로 선출되면 그는 즉각 '야당의 지도자'와 대치하게 됩니다. 국가원수는 취임하자마자 그의 파멸을 바라는 야당으로부터 조직적인 비판을 받게 되죠. 그의 정책 결정이 옳든 그르든 상관없이 말입니다. 미셸, 어떻게 이런 제도 아래에서 국가 경영이 제대로 이뤄지겠어요?"

"해결책이 있나요?"

"물론 있죠. 이미 당신에게 설명했어요. 유일한 해법은 무제국의 제도를 본받는 것이에요.

그릇된 자부심이나 당파적 야심, 혹은 금전적 욕심 없이 오로지 국민의 행복만을 목표로 삼는 지도자를 국가원수 자리에 앉히는 겁니다. 또 정당을 없애야 해요. 정당 활동에 수반되는 분노, 불만, 증오도 함께 없애야지요. 그리고 이웃과 손을 맞잡아야 합니다. 서로 간에 어떤 차이가 있더라도 이웃을 받아들이고 서로 협력해야 합니다. 이웃 역시 당신과 같은 배를 탄 사람이에요. 같은 마을, 같은 도시, 같은 나라, 같은 행성의 일부지요.

미셸, 당신을 보호해주는 집은 무엇으로 만들어졌나요?"

"벽돌, 나무, 타일, 회반죽, 못……."

"그렇지요. 또 그런 재료들은 무엇으로 구성돼 있나요?"

"물론 원자들이죠."

"맞아요. 알다시피, 원자들이 벽돌이나 여타 건축자재 형태를 이루려면 서로 견고하게 연결돼야 합니다. 그런데 원자들이 서로 결합하는 대신 배척한다면 어떻게 될까요?"

"붕괴되죠."

"바로 그거예요. 당신이 이웃이나 자녀들을 밀어내면, 또 당신이 싫어하는 사람마저 도울 자세가 안 돼 있으면, 그것은 당신네 문명의 붕괴에 가세하는 행위입니다. 그것이 바로 지금 지구에서 증오와 폭력을 통해 일어나고 있는 현상입니다.

지구인들도 잘 아는 두 가지 사례를 생각해 보죠. 폭력은 해결책이 아님을 입증하는 사례입니다. 첫째는 나폴레옹 보나파르트에요. 그는 무력으로 전 유럽을 정복한 후, 반역의 위험을 줄이려고 형제들을 각국 지도자로 앉혔어요.

나폴레옹이 천재이며 유능한 조직가이자 입법가라는 점은 널리 인정되고 있어요. 그가 제정한 법은 200년이 지난 지금도 프랑스에 존속하죠. 그러나 그의 제국은 어떻게 됐나요, 미셸? 제국은 급속도로 붕괴됐어요. 무력을 통해 건설됐기 때문이에요.

히틀러 역시 힘으로 유럽을 정복하려 했고, 그 결과 어떤 일이 벌어졌는지는 당신도 알아요.

폭력은 결코 해결책이 아니에요. 해법은 오히려 사랑과 마음 수양(cultivation of mind)에 있어요. 세계적으로, 특히 유럽에서 19세기와 20세기 초에 위대한 작가, 음악가, 철학자가 많이 등장했다는 사실을 아나요?"

"예, 그런 것 같아요."

"그 이유를 아세요?"

"아니요."

"왜냐하면 전기, 내연기관, 자동차, 비행기 등의 출현으로 지구인들이 영성의 계발을 등한시하고 물질세계에만 몰두했기 때문이에요.

위대한 지도자 타오라가 설명했듯이, 현재 물질만능주의는 인간들의 현생과 내세에 가장 큰 위협 중 하나에요.

정치인 다음으론 언론인들이 문제에요. 물론 정직하고 성실하게 정보를 전달하고 취재원을 보호하려 노력하는 언론인들도 있어요. 불행하게도 매우 드물긴 하지만요. 놀랍게도 대다수 기자는 선정주의에만 탐닉합니다.

TV 방송사들도 더욱 더 많은 폭력 장면을 방영합니다. 제작과 편성 업무를 맡기 전에 폭력물이 시청자에게 미치는 심리적 영향을 배우도록 의무화한다면, 그것은 올바른 방향으로의 진일보가 될 겁니다. 기자들은 폭력, 살인, 비극, 재앙 같은 장면들을 찾아다니고 심지어 먹잇감으로 삼는 것 같아요. 그들의 행태로 인해 사람들은 병들어갑니다.

국가 지도자와 언론인들을 비롯해 영향력 있는 지위에 오른 사람들은 똑 같은 동료인 수많은 국민들에 대해 막중한 책임감을 느껴야 합니다. 그러나 심지어 선출직 공직자들조차 그런 본분을 망각하는 경우가 너무 많아요. 새로운 선거철이 되어야만 낙선하지 않으려고 유권자의 불만을 의식하죠.

물론 이것은 언론인의 경우는 아닙니다. 언론인 신분을 얻으려고 유권자들에게 확신을 줄 필요는 없으니까요. 그러나 언론인 역시 사회적 영향력을 갖고 있습니다.

사실 기자들은 위험이나 불의에 사회적 경각심을 불러일으킴으로써 좋은 일을 많이 할 수 있습니다. 그것이 언론의 주된 기능이어야 합니다.

이런 저명인사들이 심리학을 이해하고 적용할 필요성을 다시 강조하기 위해 좋은 예를 하나 들게요. TV에서는 이런 식의 보도가 나옵니다. 한 청년이 라이플총으로 여성 2명과 어린 아이 2명을 포함해 7명을 살해했습니다. 보도 기자는 핏자국과 시체들을 보여주며 살인범이 폭력영화 주인공으로 유명한 어느 배우의 연기를 흉내 냈다고 보충설명을 합니다. 이런 식의 보도가 어떤 결과를 가져올까요? 살인범은 자부심을 갖게 됩니다. '전국적인 악명'을 얻었을 뿐만 아니라, 현대 폭력영화의 인기 주인공과 비교되는 '영예'를 얻었으니까요. 그러나 문제는 그것만이 아닙니다. 그 끔찍한 범죄를 과다하게 부각시킨 기자들의 보도와 해설을 TV에서 지켜본 또 다른 미치광이가 자기도 전국적인 '명성'을 얻겠다고 결심하게 될지도 모릅니다.

이런 사람들은 대개 사회적 실패자입니다. 억눌리고 좌절하고 억제돼온 사람들이죠. 혹은 무시 받고 살면서 인정받기를 갈망하는 사람도 있습니다. 이들은 그런 보도를 보며 모든 폭력 범죄가 보도된다는 사실, 때론 과장돼 보도된다는 사실을 알게 됩니다. 어쩌면 자신의 사진이 모든 일간지의 1면에 실릴지도 모르는데, 그런 기회를 놓칠 수야 없겠죠. 결국 그는 법정에 서고 '토막 살인자 잭' 혹은 '벨벳 장갑의 교살자' 같은 별명으로 불리게 될 겁니다. 그는 이제 더 이상 평범한 부류의 인간이 아닙니다. 이처럼 무책임한 언론 보도로 초래되는 해악은 상상을 초월합니다. 이렇게 무책임하고 생각 없는 행동은 결코 문명사회의 특징이 아니죠. 그렇기 때문에 나는 현대의 지구인들이 문명의 '문' 자도 모른다고 말하는 겁니다."

"그래서, 해결책이 뭡니까?"

"왜 그런 질문을 하죠, 미셸? 당신이 선택된 이유는 우리가 당신의 사고방식을 알기 때문이에요. 나는 당신이 그 질문의 답을 안다고 생각해요. 하지만 정 원한다면 내 입으로 말하죠. 기자들처럼 정보 전파의 역할을 맡은 사람들은 그런 부류의 살인 사건에 대해선 두세 줄만 보도해야 합니다. 예를 들면 이런 식이죠. '어느 무책임한 미치광이가 7명을 살해했습니다. 범행이 일어난 장소는 어디이며, 문명사회로 자처하는 나라에서 이런 일이 일어나다니 유감입니다.' 끝!

이쯤 되면, 여러 날이나 여러 주 동안 자기 이름이 언론에 보도되길 원하는 사람들은 그런 명성을 얻는 수단으로 살인을 택하지는 않을 겁니다. 노력에 비해 언론 보도라는 보상이 너무 적기 때문이지요. 그렇게 생각하지 않나요?"

"그렇다면 주로 어떤 사건들을 보도해야 하나요?"

"보도할 가치가 있는 일들은 많습니다. 사람들을 부정적인 방식으로 세뇌하기보다는 그들의 정신을 고양시키는 일들을 보도하는 겁니다. 예컨대 물에 빠진 아이를 목숨을 걸고 구해냈다든가, 가난을 극복하도록 도움을 줬다든가 하는 얘기들이죠."

"물론 당신 말에 전적으로 동의해요. 그런데 신문의 발행부수는 기사 내용의 선정성에 의존하거든요."

"바로 그겁니다. 결국은 돈 문제지요. 그래서 돈을 모든 악의 근원이라고 말한 거예요. 돈은 당신네 문명 전체를 은밀히 망가뜨리는 저주입니다. 하지만 영향력 있는 사람들의 태도가 변한다면 상황이 바뀔 수도 있어요. 어떤 행성에서든 인간에게 가장 큰 위험은 결국엔 물질적인 것보다는 심리적인 것입니다.

마찬가지로 마약도 인간의 영혼에 영향을 미칩니다. 마약은 신체적 건강을 훼손할 뿐 아니라 인간의 우주적 진화과정을 '후퇴' 시킵니다. 마약은 인위적인 낙원 혹은 행복감을 유발하는 동시에 성기체를 직접적으로 공격합니다. 이것은 매우 중요한 문제이므로 자세히 설명할게요.

성기체에 해를 미치는 것은 두 가지뿐입니다. 마약과 특정한 소음의 진동이에요. 마약은 자연에 철저히 반하는 영향을 미친다는 점을 명심해야 합니다. 마약은 성기체를 다른 영역으로 보내버려요. 성기체가 있어서는 안 될 영역으로요. 성기체는 육체 안에 존재하거나 초월자아와 함께 있어야 해요. 성기체는 초월자아의 일부지요. 마약에 취하면, 인간의 성기체는 판단을 왜곡하는 거짓 느낌을 체험하게 됩니다. 중요한 외과수술을 하는 동안 육체가 처한 상황과 똑 같은 상황에 처하는 겁니다. 혹은 성기체를 공구에 비유하자면, 이는 공구를 잘못된 방법이나 용도로 사용해 구부러뜨리거나 파손하는 행위와 비슷합니다.

마약의 영향을 받는 시간의 길이에 따라 인간의 성기체는 쇠퇴합니다. 좀 더 정확히 말하자면 오류 데이터들로 가득 차게 됩니다. 성기체의 '회복'에는 여러 번의 생애(lifetime)가 소요될지도 모릅니다. 이런 이유에서 마약은 무슨 일이 있어도 피해야 합니다."

"그렇다면 이해되지 않는 부분이 있어요." 내가 끼어들었다. "당신은 내게 벌써 두 번이나 약을 복용하게 해서 성기체가 육체를 떠나도록 했어요. 그렇다면 나한테 해를 끼친 것 아닌가요?"

"전혀 그렇지 않아요. 그 약물은 환각제가 아니에요. 적절한 훈련으로 자연스럽게 생길 수 있는 어떤 과정을 도와주는 약물이에요. '판단을 흐리게 만드는' 약물이 아니므로 성기체에는 아무 위험도 없으며 지속 효과도 매우 짧아요.

당신네 행성의 문제들로 돌아가자면, 미셸, 해결책은 돈이 아니라 사랑이에요. 사람들이 증오, 분노, 질투, 시기심을 넘어서야 합니다. 지역사회 지도자든 거리 청소부든 모든 인간이 이웃을 먼저 돌보고, 도움을 필요로 하는 사람이면 누구나 도와줘야 합니다.

모든 인간은 물질적 정신적으로 이웃의 우정을 필요로 합니다. 지구뿐만이 아니라 모든 행성에서 마찬가지입니다. 우리가 2,000년 전 지구에 파견한 예수가 '서로 사랑하라' 고 말했듯이"

"타오!" 내가 다시 끼어들었다. 이번에는 무례에 가까웠다. "방금 예수와 관련해 뭐라고 말했죠?"

"미셸, 예수는 약 2,000년 전에 티아우바에서 지구로 파견됐어요. 라티오누시가 지구에 갔다가 지금은 돌아와 있는 것과 비슷해요."

그동안 내가 들은 설명 가운데 가장 충격적인 내용이었다. 그때 타오의 오로라 색깔이 급변했다. 머리 주변의 부드러운 황금빛 '안개' 가 노란색으로 바뀌었다. 정수리에서 나오는 부드러운 빛줄기들이 새로운 에너지로 번쩍였다.

"위대한 타오라가 우리를 부르고 있어요, 미셸. 지금 당장 가야해요." 타오가 일어섰다.

나는 마스크를 쓰고 그녀를 따라 밖으로 나갔다. 이토록 갑작스럽게 대화를 중단하고 전례 없이 서두르는 모습에 호기심도 커졌다. 우리는 비행 플랫폼에 올라탄 뒤 나뭇가지들 위로 수직상승했다. 잠시 후 우리는 해변 상공을 지나 바다 위로 날아갔다. 과거 어느 때보다도 훨씬 빠른 속도였다. 태양은 아주 낮게 떠있었고, 우리는 (굳이 지구의 언어로 표현하면) 청록색 내지 하늘색의 바다 위를 스치듯 날아갔다.

날개 길이가 4m쯤 되는 큰 새들이 우리의 앞을 가로질러갔다. 밝은 분홍색의 날개 깃털과 밝은 녹색의 꼬리 깃털이 태양빛에 반짝였다.

얼마 안 돼 섬에 도착했다. 타오는 플랫폼을 다시 그 공원에 착륙시켰다. 전과 동일한 장소인 듯했다. 그녀가 내게 따라오라고 손짓했다. 그녀는 걸었고, 나는 뛰면서 따라갔다.

이번에는 중앙 도코로 향하지 않고 다른 길로 갔다. 마침내 다른 도코에 도착했다. 중앙 도코만큼이나 거대한 도코였다.

타오보다 키가 큰 두 사람이 출입 등 아래에서 우리를 기다리고 있었다. 타오가 그들에게 낮은 목소리로 무슨 말을 하더니 더 가까이 다가가서 뭔가를 의논했다. 나는 그 간담회에서 배제됐다. 두 사람은 입구에 선 채 호기심 어린 시선을 여러 차례 내게 보내면서도 미소는 짓지 않았다. 나는 그들의 오로라를 볼 수 있었다. 타오의 오로라보다는 광채가 약했다. 타오 만큼 영적으로 높이 발달된 사람은 아니라는 징표였다.

우리는 그곳에서 상당히 오랫동안 기다렸다. 공원의 새들이 다가와 우리를 쳐다봤다. 새들에게 관심을 보이는 사람은 나밖에 없었다. 내 동료들은 깊은 생각에 잠겨있는 듯했다. 극락조를 닮은 새 한 마리가 타오와 나 사이에 자리를 잡았던 광경이 선명하게 기억난다. 마치 자기를 좀 봐달라는 식이었다.

곧 태양이 질 듯했다. 높은 나뭇가지에 걸린 마지막 석양빛이 자주색과 황금색의 불꽃을 반짝였다. 한 무리의 새들이 요란한 날개짓으로 날아오르면서 정적이 깨졌다. 이것이 신호였던 듯 타오는 내게 마스크를 벗고 눈을 감은 채 그녀 손을 잡고 따라오라고 했다. 나는 더욱 커진 궁금증을 안고 그녀가 시키는 대로 했다.

도코 안으로 들어가 앞으로 걸어가면서 나는 이제는 익숙해진 광저항(light resistance)을 느꼈다. 눈을 반쯤 감고 아래쪽을 보면서 뒤를 따르라는 타오의 지시가 텔레파시로 전해져왔다. 30보쯤 걸어간 후 타오가 걸음을 멈추고 나를 그녀의 옆에 세웠다. 그녀는 여전히 텔레파시로 이제는 눈을 뜨고 둘러봐도 좋다고 알려줬다. 나는 아주 천천히 눈을 떴다. 내 앞에는 전에 만났던 사람들과 너무도 비슷하게 생긴 사람들이 세 명 있었다. 이들 역시 방석이 깔린 입방체 좌석 위에서 등을 곧추 세우고 결가부좌를 한 채 앉아 있었다.

타오와 나는 비슷하게 생긴 좌석 옆에 서 있었다. 잠시 후 앉으라는 메시지가 정신감응으로 전해져왔다. 이따금 주위를 둘러봤지만 입구에서 만났던 두 사람은 보이지 않았다. 내 뒤에 있는 것일까……?

전에도 그랬지만 타오라의 눈은 내부에서부터 조명되는 듯이 보였다. 하지만 이번엔 전과 달리 그들의 오로라를 즉시 볼 수 있었다. 밝은 색깔들로 빛나는 오로라는 보기에 너무 좋았다.

가운데 앉은 타오라가 자세 변화 없이 공중으로 떠올라 천천히 다가왔다. 그는 내 앞에서 멈췄다. 나보다 약간 높은 위치였다. 그리고는 한 손을 나의 소뇌 기저부에, 다른 손은 나의 두개골 좌측면에 갖다 댔다. 다시 한 번 행복한 느낌이 나의 온몸으로 밀려들어왔다. 이번에는 거의 기절할 것 같았다.

타오라가 손을 떼고 제자리로 돌아갔다. 타오라가 내 머리에 손을 얹어놓은 위치 등 세부 사항은 나중에 타오에게서 들었다는 점을 얘기해야 할 듯하다. 전에도 그랬지만 이런 상황에서 그런 구체적인 사항까지 의식하는 일은 불가능했다. 하지만 타오라가 제자리에 다시 앉을 때, 내게 이런 생각이 떠올랐던 일은 기억한다(그런 상황에서는 전혀 어울리지 않는 생각이다): '저들이 보통 사람처럼 두 다리를 이용해 걷는 모습은 결코 보지 못할 것 같구먼.'

10장

또 다른 외계인과 나의 전생

A different alien and my former lives

한동안 시간이 흘렀다. 얼마나 흐른 뒤였는지는 모르겠으나, 나는 무의식적으로 고개를 왼쪽으로 돌렸다. 내 입이 벌어진 채로 있었다고 확신한다. 앞서 만났던 두 사람이 왼쪽에서 우리를 향해 오고 있었는데 괴이하게 생긴 사람을 함께 데리고 왔다. 잠시 동안 나는 그 사람을 영화에서 흔히 보는 북미 인디언 추장이라고 생각했다. 그의 생김새를 최대한 정확하게 묘사해 보겠다.

신장은 150cm 정도로 매우 작았다. 더욱 놀라운 것은 그의 몸통 두께도 150cm 정도라는 점이었다. 한마디로 정사각형이 연상됐다. 둥그런 머리는 어깨와 바로 붙어있었다. 처음 봤을 때 인디언 추장이 떠오른 이유는 그의 머리카락 때문이었다. 머리카락이라기보다는 노랑, 빨강, 파랑이 뒤섞인 깃털처럼 보였다. 눈은 빨간색이고, 얼굴은 몽골 인종처럼 '납작했다.' 눈썹은 없었는데, 속눈썹은 내 속눈썹의 네 배 정도로 길었다. 색상은 달랐지만 그에게도 나처럼 긴 겉옷이 주어졌다. 겉옷 밖으로 나온 팔다리는 얼굴색처럼 밝은 파란색이었다. 군데군데 은빛이 섞인 그의 오로라는 밝게 빛났고, 머리 둘레에는 강렬한 황금빛 원광이 있었다. 정수리에서 나오는 빛줄기는 높이가 겨우 몇 cm 정도로 타오 보다는 낮았다. 그에게 자리에 앉으라는 메시지가 텔레파시로 전달되자 그는 우리의 왼쪽으로 10걸음 정도 떨어진 곳에 앉았다.

타오라가 다시 공중으로 떠올라 그에게 다가갔다. 타오라는 양손을 그의 머리에 얹고는 내게 했던 행위를 반복했다.

잠시 후 모든 참석자가 좌정하자 타오라의 말이 시작됐다. 그는 티아우바어로 말했지만, 놀랍게도 나는 그의 말을 모두 알아들었다. 마치 나의 모국어로 말한 것처럼!

나의 흥분하는 모습을 본 타오가 텔레파시를 보냈다. "맞아요, 미셸. 당신에게는 새로운 능력이 생겼어요. 그 점은 나중에 설명될 거예요."

"아르키," 타오라가 말했다. "이분은 지구에서 온 미셸입니다. 티아우바에 오신 것을 환영합니다, 아르키. 성령이 그대를 밝게 하시기를!"

이번에는 나를 향해 말했다. "아르키는 X 행성에서 오셨습니다(내가 그 행성의 진짜 이름을 밝히는 것은 허용되지 않는다. 그 이유를 설명하는 것도 금지돼 있다). 성령과 우주의 이름으로 아르키에게 감사의 마음을 전합니다. 미셸에게도 감사합니다. 우리의 임무에 협조해 주셔서."

타오라의 말이 이어졌다. "미셸, 아르키는 우리의 요청에 따라 특별히 당신을 만나려고 '아구라'를 타고 왔습니다(아구라는 X행성의 우주선. 광속보다 약간 느린 속도로 비행한다). 티아우바인과는 상당히 다른 외계인을 당신이 두 눈으로 직접 보고 두 손으로 직접 만져 보라는 뜻에서였습니다. 아르키는 지구와 같은 범주에 속하는 행성에 거주합니다. 물론 그 행성은 어떤 점들에서는 지구와 판이합니다. 그런 '차이점들' 은 본질적으로 물리적인 것들로, 오랜 세월이 흐르는 과정에서 그곳 주민들의 생김새를 결정하는 데 영향을 끼쳤습니다.

또 당신에게 보여주고 싶은 것들도 있었어요, 미셸. 아르키와 그곳 주민들은 기술적 정신적인 면에서 고도로 발전했습니다. 이 말에 놀랐을지도 모르겠군요. 그의 외모가 '비정상적으로', 심지어 괴물처럼 보였을 테니까요. 그러나 그의 오로라를 보면 그가 고도로 영적이고 선량한 존재임을 알 수 있습니다. 또 우리가 당신에게 잠시 동안이나마 특별한 능력을 부여할 수 있다는 점도 이런 경험을 통해 알리고자 했습니다. 오로라를 보는 능력뿐만 아니라, 텔레파시에 의존하지 않고도 모든 언어를 이해하는 능력을 말하는 겁니다."

'그랬었구나.' 내가 마음속으로 중얼거렸다.

"맞아요, 그랬어요." 타오라가 말했다. "자, 두 사람이 좀 더 다가가세요. 함께 대화하고, 원한다면 서로 만져보세요. 서로 알고 지내세요."

나는 일어섰다. 아르키도 따라 일어났다. 그의 두 손은 거의 바닥에 닿았다. 손가락은 우리처럼 다섯 개였으나, 엄지가 두 개였다. 하나는 우리와 같은 위치에, 또 하나는 우리의 새끼손가락 위치에 있었다.

우리는 서로 다가갔다. 그가 주먹을 쥔 채 한쪽 팔을 내게 내밀었다. 미소를 지을 때 우리들처럼 고른 치열이 드러났다. 다만 이빨의 색깔은 녹색이었다. 나도 달리 무엇을 해야 할지 몰라 손을 내밀었다. 그는 자신의 언어로 말을 했지만, 나는 완벽하게 이해할 수 있었다.

"미셸, 만나서 정말 반갑습니다. 기회가 되면 우리 행성에 초대하고 싶습니다." 나도 그에게 진심으로 감사하다고 말했다. 그런 뜻을 프랑스어로 시작해서 영어로 전달했는데, 그 역시 내 말을 이해하는 데 아무런 어려움이 없었다.

그가 말을 계속했다. "위대한 타오라의 요청을 받고 티아우바에 왔습니다. 우리 X행성은 많은 점에서 지구와 비슷합니다. 지구보다 두 배 크고 인구는 150억 명이나 되지만, 지구를 포함한 첫 번째 범주의 행성들처럼 X행성도 '슬픔의 행성' 입니다. 우리도 지구인들과 비슷한 문제들을 갖고 있습니다. 두 차례 핵전쟁을 겪었고, 독재, 범죄, 전염병, 지각변동과 대홍수, 금융제도 및 관련된 문제들, 종교, 사이비종교 등의 문제를 겪었습니다.

그러나 우리 시간으로 80년 전 우리는 개혁을 단행했습니다. X행성에서 1년은 402일이고, 하루는 21시간입니다. 개혁은 바닷가에 접한 한 작은 마을에 사는 네 사람에게서 비롯됐습니다. 남자 3명과 여자 1명이었는데, 이들은 평화, 사랑, 표현의 자유를 주창했습니다. 그들은 자기네 나라의 수도에 가서 정부 지도자들과의 면담을 요청했습니다. 그러나 군사독재를 하던 당시 정권은 그 요청을 거부했습니다. 네 사람은 5일 밤낮 동안 약간의 물만 마시며 대통령궁 정문 앞에서 계속 면담을 요청했습니다.

그들의 끈기 있는 행동은 일반대중의 관심을 끌었습니다. 6일째 되던 날 2,000명의 군중이 대통령궁 앞에 모였습니다. 그 4인은 군중을 향해 정권을 변화시키려면 사랑으로 단합해야 한다고 가냘픈 목소리로 호소했습니다. 그러나 대통령궁 경호대가 4인에게 발포하면서 그들의 '설교'는 끝났습니다. 경호대는 군중에게도 해산하지 않으면 발포하겠다고 위협했습니다. 두려움을 느낀 군중은 곧바로 흩어졌습니다. 하지만 군중의 마음엔 어떤 씨앗이 심어졌습니다. 그때 상황을 반추하면서 그들은 평화야말로 가장 큰 힘이며, 그것이 없으면 자신들이 무력한 존재라는 사실을 깨달았습니다.

그 같은 깨달음이 국민들 사이에 입소문으로 퍼졌습니다. 부자와 빈자, 고용주와 종업원, 노동자와 공장장 등 모든 국민에게 퍼졌습니다. 그리고 6개월이 지난 어느 날, 나라 전체가 멈춰 섰습니다."

"멈춰섰다니요?" 내가 물었다.

"원자력 발전소들이 문을 닫고, 운송 체계가 정지됐으며, 고속도로가 봉쇄됐습니다. 모든 것이 중단됐습니다. 농민들은 농산물을 공급하지 않았습니다. 라디오와 TV는 방송을 중단했습니다. 통신 시스템도 멈췄습니다. 국민들의 이런 단합된 행동에 경찰도 속수무책이었습니다. 몇 시간 만에 수백만 명의 사람들이 '활동 중단'에 동참했습니다. 불의와 폭정에 맞서 단결하면서 국민들은 그 시간만큼은 서로간의 견해 차이, 시기심, 증오를 잊었습니다. 경찰과 군대도 인간들로 구성돼 있고, 시위 군중 속에는 그들의 가족과 친구들도 있었습니다.

이제는 위험인물 4명을 죽인다고 끝날 문제가 아니었습니다. 발전소 한 곳을 '해방'시키려 해도 수십만 명의 사람을 죽여야 할 상황이 됐습니다.

국민들의 단호한 태도는 결국 경찰과 군대, 그리고 독재자를 굴복시켰습니다. 이 사태로 죽은 사람은 독재자의 심복인 개인 경호원 23명뿐이었습니다. 국민 편에 선 군인들이 독재자를 체포하는 과정에서 저항하는 경호원들을 사살할 수밖에 없었습니다."

"독재자는 교수형에 처해졌나요?" 내가 물었다.

아르키가 미소를 지으며 말했다. "아니에요, 미셸. 국민들은 폭력과는 단절했습니다. 그는 더 이상 나쁜 짓을 할 수 없는 장소로 추방됐습니다. 사실 그 역시 국민의 행동에 감화됐습니다. 그래서 스스로 개인적 자유를 존중하고 사랑의 길을 찾게 됐습니다. 그는 나중에 죽으면서 모든 악행을 참회했습니다. 오늘날 그 나라는 우리 행성에서 가장 성공한 국가입니다. 그러나 지구에서처럼 아직도 폭압적인 전체주의 정권에

눌려있는 나라들이 더 있습니다. 우리는 그런 나라들을 돕기 위해 모든 노력을 기울이고 있습니다.

우리가 이 생애에서 하는 행동이 일종의 도제생활(apprenticeship)이라는 사실을 알고 있습니다. 그 도제생활은 우리가 좀 더 고차원의 존재로 진화하고 궁극적으로는 육체에서 영원히 해방될 수 있는 기회를 제공합니다. 당신도 알다시피 모든 행성은 여러 범주로 분류돼 있습니다. 그리고 한 행성이 위험에 처하면 주민 전체가 다른 행성으로 이주하는 일도 가능합니다. 그러나 이주해갈 행성이 다른 범주에 속해 있을 경우엔 불가능합니다.

우리 행성은 기술이 고도로 발전했지만 인구가 포화상태에 이르렀습니다. 그래서 정착촌을 세울 목적으로 지구를 방문하기도 했습니다. 그러나 결국은 이주하지 않기로 결정했어요. 지구인들의 진화 수준으로 보아 우리에게 득보다는 실이 많을 것이란 판단에서였지요."

그다지 듣기 좋은 말은 아니었다. 나의 오로라에서도 그런 느낌이 드러났던 것 같다. 아르키는 미소를 지으며 말을 계속했다. "미안해요, 미셸. 하지만 위선적인 말을 하고 싶지는 않습니다. 우리는 지금도 지구를 방문합니다. 다만 관찰자의 입장에서 그럴 뿐입니다. 지구인들과 그들의 잘못을 연구하고 뭔가를 배우기 위해서지요. 우리는 결코 지구의 일에 개입하지 않습니다. 우리의 역할이 아니기 때문이에요. 지구를 침공하지도 않을 겁니다. 우리에게는 퇴보적인 행동이기 때문이지요. 지구인들은 물질적, 기술적, 정신적으로 선망의 대상이 아닙니다.

우리의 성기체에 관해 얘기해 보지요. 성기체는 충분히 진화하지 않는 한 고차원의 행성으로 들어가지 못합니다. 물론 기술적인 진화가 아니라 영적인 진화를 얘기하는 겁니다. 이런 진화는 육체 덕분에 일어납니다. 행성들은 9개의 범주로 분류돼 있다고 했는데, 우리들의 행성은 가장 낮은 단계에 속해요. 행성들은 높은 단계로 진화해 가는데, 최종 단계가 바로 티아우바 같은 행성들이지요. 우리는 현재의 육체 수준에서는 이곳에 9일 동안만 체류할 수 있습니다. 우주의 법칙에 따라, 10일째 되는 날에는 우리의 육체가 죽게 됩니다. 죽은 자를 소생시킬 힘이 있는 타오나 위대한 타오라도 그 단계에선 죽음의 과정을 막거나 역전시키지 못합니다. 자연에는 결코 변하지 않는 견고한 법칙들이 있습니다."

"하지만 만일 내가 여기에서 죽는다면, 나의 성기체가 이곳에 머물다가 티아우바인의 아기로 환생할 수도 있지 않을까요……?" 나는 잠시 동안 지구의 사랑하는 가족들을 잊은 채 그런 희망에 부풀어 있었다.

"이해하지 못하는군요. 미셸. 당신이 지구에서의 시간을 끝내지 못했다면 죽는다 해도 다시 지구에서 환생합니다. 그것이 우주의 법칙입니다. 하지만 지구에서 죽는다 해도 때가 됐으면 당신의 성기체가 다른 좀 더 진화한 행성에서 육신의 형태로 환생합니다. 두 번째 혹은 세 번째 범주의 행성에서, 혹은 티아우바 같은 행성에서 부활할 수도 있습니다. 그것은 당신의 발전 수준에 달려있습니다."

"모든 단계를 뛰어넘어 9단계 범주의 행성에서 환생하는 게 가능하다는 얘기네요?" 내가 여전히 희망에 부풀어 물었다. 나는 티아우바를 진정한 낙원으로 생각했기 때문이다.

"미셸, 약간의 철광석과 탄소를 적당한 온도로 가열한다고 순수한 강철이 만들어지나요? 아닙니다. 먼저 철의 불순물을 제거한 뒤 용광로에 넣어 여러 번 제련해야 합니다. 1등급의 철강이 나올 때까지 그런 과정을 반복해야 합니다. 인간도 마찬가지입니다. 우리도 완벽한 존재가 될 때까지 여러 차례 '재처리돼야' 합니다. 왜냐하면 결국에는 성령과 재결합해야 하는데, 성령은 자체로 완벽한 존재이므로 아무리 작은 불완전성도 받아들일 수 없기 때문이에요."

"너무 복잡해 보이는군요!"

"그것이 바로 만물을 창조한 성령이 원하는 방식입니다. 성령에게는 매우 단순한 원리일 겁니다. 그러나 가엾은 인간의 두뇌로는 이해하기가 어렵겠지요. 우리가 '근원'(Source)에 다가가려 노력할수록 어려움은 커집니다. 이런 이유에서 우리 행성에서는 종교와 종파를 없애려 시도했고, 몇몇 나라에서는 성공했어요. 종교는 사람들을 불러 모아 그들이 하느님이나 신들을 숭배하고 더 잘 이해하도록 도우려는 듯이 보입니다. 그러나 실제로는 각종 의식과 계율을 만들어 문제를 훨씬 더 복잡하고 이해하기 어렵게 만듭니다. 그 의식과 계율이란 것도, 자연과 우주법칙을 따르기보다는 개인적 이익을 추구하는 성직자들이 도입한 겁니다. 당신의 오로라를 보니 당신도 이미 그런 문제들을 알고 있었군요."

나는 미소를 지었다. 맞는 말이었기 때문이다. "그런데 당신 행성의 주민들은 오로라를 보고 판독할 수 있습니까?"

"나 자신을 포함해 일부 사람들은 그런 능력을 터득했습니다. 그러나 그 점에서는 지구인들보다 많이 발달한 게 아닙니다. 하지만 그 능력이 영적인 진화의 필수조건임을 알기 때문에 연구를 무척 많이 합니다."

그는 갑자기 거기에서 말을 멈췄다. 타오라로부터 텔레파시로 지시를 받았기 때문이었다.

"나는 이제 가야 합니다, 미셸. 지금까지 해준 얘기가 당신과 지구인들에게 도움이 된다면 더할 나위 없이 기쁠 겁니다."

그가 손을 내밀었고, 나도 따라서 손을 내밀었다. 그의 추한 외모에도 불구하고 그를 껴안고 작별 키스를 하고 싶었다. 그렇게 했어야 했다…….

나중에 알았지만 그는 우주선이 티아우바를 이륙한지 한 시간쯤 지나서 폭발하는 바람에 다섯 명의 동료들과 함께 사망했다. 그의 삶이 좀 더 평화로운 행성에서 계속되기를 기원했다. 어쩌면 그는 X행성에서 다시 환생해 그곳 주민들을 돕게 될지도 모른다. 어쨌든 나는 우주 저편에서 나처럼 '슬픔의 행성'에 살면서 언젠가 영원한 행복을 얻기 위해 공부하는 형제를 알게 됐다.

아르키가 자신의 영적 지도자와 함께 방을 떠난 뒤, 나는 다시 타오 옆에 앉았다. 내게 모든 언어를 이해할 능력을 부여한 타오라가 다시 말을 시작했다.

"미셸, 타오가 이미 설명했듯이, 당신은 우리의 선택으로 티아우바에 왔습니다. 그러나 선택의 근본적인 이유는 아직 설명되지 않았습니다. 당신이 이미 깨어있고 개방적인 마음을 갖고 있기 때문만은 아닙니다. 더 중요한 이유는 당신이 현 시점에서 지구에 거주하는 극소수 '수쿠'들 가운데 하나이기 때문입니다. '수쿠'란 여러 행성이나 범주에서 81명의 인간 육체 속에서 살아온 성기체를 의미합니다. 여러 가지 이유로 수쿠는 지구처럼 열등한 행성들로 돌아가 환생하는 경우가 있습니다. 물론 그런 행성에서도 퇴보하지 않고 영적 진화의 사다리를 계속 오를 수 있을 때만 그렇게 돌아갑니다. 숫자 '9'는 우주의 수라는 사실을 알고 있을 겁니다. 당신이 있는 이곳은 우주법칙에 따라 건설된 '9개 도코의 도시'입니다. 당신의 성기체는 9개의 생애를 아홉 차례 살아왔고, 그래서 대(大)윤회 주기들 중 하나의 마지막 단계에 와있습니다."

나는 또 다시 깜짝 놀랐다. 첫 번째 생애도 아직 다 살지 않았다고 생각했는데 81번째의 생애라니! 한 사람이 그렇게 많은 생을 산다는 것은 미처 몰랐는데…….

"그보다 더 많은 삶을 사는 것도 가능해요, 미셸." 타오라가 나의 생각을 가로막고 말했다. "타오는 216번째 삶을 살고 있어요. 그러나 다른 존재들은 훨씬 더 적게 살아요. 이미 말했듯이, 당신은 지구에 살고 있는 극소수 '수쿠' 들 중에서 선택됐지만, 이곳에 체류하는 동안 완벽한 이해를 얻도록 하기 위해 또 다른 여행을 준비해 놓았습니다. 환생이 무엇이고 그 목적은 무엇인지를 더 잘 이해하도록 돕기 위해 당신의 전생으로 되돌아가게 할 겁니다. 전생 여행을 통해 그 목적을 충분히 이해한다면 나중에 책을 쓸 때 도움이 될 거예요."

그의 말이 끝나자마자 타오는 내 어깨를 잡고 나를 돌려세웠다. 그녀는 나를 휴양실로 데려갔다. 휴양실은 어느 도코에도 있는 듯했다. 세 명의 타오라들도 우리를 따라왔다. 여전히 공중에 뜬 채로.

타오의 지시에 따라 나는 공기 쿠션 같은 자리 위에 누웠다. '지도자' 타오라는 내 머리 쪽에 자리를 잡았고, 다른 두 타오라는 내 손을 하나씩 붙잡았다. 타오는 두 손을 컵 모양으로 오므린 채 나의 태양신경총(명치) 위에 얹어놓았다.

지도자 타오라는 두 검지로 나의 송과체를 가리키면서 그 손가락을 응시하라고 텔레파시로 지시했다.

몇 초 뒤, 뒤쪽으로 끝없이 길고 어두운 터널을 통해 내 몸이 빠르게 미끄러져 들어가는 듯한 느낌이 들었다. 그리고 갑자기 터널을 빠져나와 탄광의 갱도 같은 곳으로 들어갔다. 이마에 소형 램프를 부착한 남자 몇 명이 손수레를 밀고 있었다. 조금 떨어진 곳에서는 다른 남자들이 곡괭이로 석탄을 캐거나 부삽으로 수레에 싣고 있었다. 나는 갱도 끝으로 가서 광부 한 사람을 자세히 살펴봤다. 아는 사람 같았다. 나의 내부에서 흘러나온 목소리가 이렇게 말했다. "미셸, 저 사람이 바로 당신의 여러 육신들 가운데 하나야." 큰 키에 건장한 체구였다. 그는 땀과 석탄가루로 범벅이 된 채 열심히 삽질을 하며 석탄을 수레에 실었다.

무 대륙의 심령권에 들어가 있을 때처럼 갑자기 장면이 변했다. 나는 그의 이름이 지그프리트임을 알게 됐다. 갱도 입구에 있는 다른 광부가 그를 독일어로 그렇게 불렀다. 나는 독일어를 모르지만 그때는 그들의 대화를 완벽하게 이해했다. 그 광부는 지그프리트에게 따라오라고 했다. 그는 어느 허름한 집으로 향했다. 그곳 마을의 한길에 있는 다른 집들보다 약간 큰 집이었다. 나는 두 사람을 따라 안으로 들어갔다. 집안에는 석유램프가 타고 있었고, 여러 테이블에는 남자들이 앉아있었다.

지그프리트는 그 중 한 테이블에 합석했다. 손님들이 더러운 앞치마를 두른 야만인 같은 사람에게 뭐라고 고함치자 그는 잠시 뒤 술병 하나와 몇 개의 백랍 술잔을 갖다 줬다.

그 장면 위에 다른 장면이 겹쳐졌다. 몇 시간 뒤의 모습인 듯했다. 같은 술집이었지만, 지그프리트는 상당히 취한 듯 비틀거리며 밖으로 나가고 있었다. 그는 좀 더 작은 집들이 늘어서 있는 쪽으로 걸어갔다. 각 집의 굴뚝 위로는 시커먼 연기가 피어올랐다. 그는 한 집의 출입문을 거칠게 밀고 들어갔다. 나도 따라 들어갔다.

한 살배기부터 1년 터울의 아이들 여덟 명이 식탁에 앉아 사발 속으로 열심히 숟가락질을 하고 있었다. 사발 안에는 구미가 당길 것 같지 않은 멀건 오트밀 죽이 담겨 있었다. 아버지의 갑작스런 출현에 아이들은 모두 고개를 들고 두려운 눈빛으로 쳐다봤다. 지저분한 금발머리의 여성이 그를 향해 거칠게 쏘아붙였다. 체구는 보통이지만 강인하게 생긴 여성이었다. "어디 있다 오는 거야, 돈은 어딨어? 자식들이 2주 동안 콩을 구경도 못했다는 걸 알아? 그런데도 당신은 술이나 마셔?!"

그녀가 일어나 지그프리트에게 다가가서는 뺨을 때리려 했다. 그 순간 그가 그녀의 팔을 붙잡더니 왼 주먹으로 후려갈겼고, 그녀는 뒤로 나동그라졌다. 넘어질 때 목 뒷부분이 벽난로에 부닥치면서 그녀는 즉사했다.

아이들은 울며불며 비명을 질러댔다. 지그프리트는 아내 위로 몸을 기울였다. 커다랗게 뜬 두 눈이 생기 없이 그의 눈을 응시하고 있었다.

"프레다, 프레다, 정신 차려!" 그가 울부짖었다. 목소리는 비통함으로 가득했다. 아내를 일으키려 했지만 그녀는 꿈쩍도 안 했다. 아내의 시선이 계속 고정돼 있자 그는 비로소 그녀가 죽었음을 깨달았다. 술이 확 깼다. 그는 문밖으로 뛰어나가 어둠 속으로 도망갔다. 미친 듯 달리고 또 달렸다.

장면이 다시 바뀌고, 지그프리트가 두 명의 간수 사이에 붙들린 채 나타났다. 간수 한 명이 지그프리트의 머리에 두건을 씌웠다. 큰 체구의 사형 집행인 역시 눈 구멍만 뚫린 두건을 착용하고 있었다. 그의 큰 손에는 넓은 날의 도끼가 쥐어져 있었다. 간수는 지그프리트의 무릎을 꿇린 뒤 처형대 위에 머리를 얹어놓게 했다. 드디어 사형집행인이 앞으로 나와 자세를 취했다. 그가 지그프리트의 머리 위로 서서히 도끼를 들어올리자 성직자는 성급히 기도문을 낭송했다. 순간, 도끼날이 지그프리트의 목 위로 내리꽂혔다. 그의 머리가 땅바닥으로 떨어져 굴러가자 구경꾼들은 움찔하며 몇 발자국 물러섰다.

나는 나의 여러 육신 가운데 하나가 참혹하게 죽는 모습을 지켜본 것이었다…….

기분이 묘했다. 그가 죽기 전까지만 해도 나는 그에게 호감을 가졌다. 비록 그가 잘못을 저질렀지만 그에게 동정심을 느꼈다. 그러나 그가 죽는 순간, 웅성거리는 군중 사이로 그의 머리가 굴러 떨어질 때는 오히려 압도적인 안도감에 휩싸였다. 나의 입장에서뿐만이 아니라 그의 입장에서도 그런 느낌이 들었다.

곧바로 다른 장면이 나타났다. 내 앞에 호수가 있었다. 푸른색으로 빛나는 수면에선 지평선에 낮게 걸린 2개 태양의 광선이 반사됐다.

조각과 그림들로 호화롭고 세련되게 장식된 작은 배 한 척이 호수를 가로질러 갔다. 보통 키에 불그스레한 낯빛의 남자들이 긴 장대를 물속에 밀어 넣어 배를 움직였다. 차양 아래에는 황금빛 피부의 사랑스런 젊은 여성이 화려한 장식의 의자에 앉아있었다. 그녀의 계란형 얼굴은 예쁜 아몬드형 눈과 허리까지 흘러내린 금발머리로 더욱 돋보였다.

그녀는 편안한 자세로 미소를 짓고 있었고, 주위에선 젊은 시종들이 그녀를 즐겁게 해줬다. 나는 즉각 이 어여쁜 아가씨가 또 다른 전생의 나 자신임을 알아차렸다.

배는 서서히 잔교(물가의 접안 시설) 쪽으로 움직였다. 그곳으로부터 넓은 길이 이어졌다. 길 양쪽에는 개화한 관목들이 늘어섰다. 길을 따라 나무숲을 통과하니 다양한 색상과 높이의 지붕들이 많은 궁전이 나타났다.

장면이 변하고, 나는 궁전 내부의 사치스럽게 치장된 방에 들어와 있었다. 방의 한쪽은 정원을 향해 트여있었다. 다채로운 화초들로 잘 꾸며진 자그마한 정원이었다.

불그스름한 피부에 허리에만 두르는 연두색 옷을 걸친 시종들이 100여 명의 손님을 접대하느라 바쁘게 움직였다. 손님들은 남성과 여성이 골고루 섞였고 모두 고급스런 옷을 입었다. 그들의 피부는 배에 있던 젊은 여성처럼 모두 밝은 황금색이었다. 시종들의 피부색과는 달리 이들은 지구의 금발 여성이 여러 번의 일광욕으로 얻을 수 있는 구릿빛 피부를 가졌다.

그 예쁘장한 젊은 여성은 등받이가 높은 왕좌 같은 좌석에 앉아 있었다. 부드럽고 감미로운 음악이 정원과 그 방의 한쪽 끝에서 흘러나왔다.

한 시종이 대형 문을 열자, 190cm 정도의 큰 키에 황금빛 피부의 청년이 들어왔다. 당당한 거동에 건장한 체격의 청년이었다.

이목구비가 반듯하고 머리는 구릿빛 금발이었다. 그는 씩씩한 걸음으로 그 젊은 여성에게 다가가 허리를 굽혀 인사했다. 그녀가 그에게 뭔가를 속삭인 후 시종들에게 손짓을 하자, 시종들은 그녀의 것과 비슷한 의자를 가져와 옆에 내려놓았다. 청년이 앉자 여성은 그에게 한 손을 내밀어 붙잡게 했다.

그녀의 신호에 따라 징소리가 몇 번 울리고 좌중이 침묵했다. 손님들은 그 젊은 한 쌍 쪽으로 몸을 돌렸다. 그 여성은 명확하고 큰 목소리로 손님과 시종들을 향해 이렇게 말했다.

"이 자리의 모든 사람은 들으세요. 내가 배우자를 선택했음을 알리고자 합니다. 바로 여기 있는 '지놀리니'에요. 이 순간부터, 그리고 나의 동의에 따라 그는 모든 왕족의 권한과 특전을 누리게 될 거예요. 이제 그의 신분은 이 왕국의 여왕인 본인에 이어 두 번째 서열이 됩니다. 누구든 그에게 복종하지 않거나 잘못을 저지르면 내가 책임을 물을 거예요. 우리 사이에서 태어난 첫 아이는, 아들이든 딸이든, 본인의 후계자가 됩니다. 이것은 이 왕국의 여왕인 나, '라비놀라'의 결정입니다."

그녀의 신호에 따라 다시 징이 울리며 연설이 끝났음을 알렸다. 손님들은 한 명씩 라비놀라 앞에 다가와 절을 하고는 복종의 제스처로 그녀의 발과 지놀리니의 발에 입을 맞췄다.

장면이 흐릿하게 사라지면서 다른 장면으로 대체됐다. 같은 궁전이었지만 다른 방이었다. 왕좌에는 여왕 부부가 앉아 있었다. 이곳에서 라비놀라는 사법적 심판을 내리고 있었다. 온갖 부류의 사람들이 여왕 앞에 차례로 나아가 자신들의 사정을 얘기했고, 그녀는 그 모든 내용을 주의 깊게 들었다.

놀라운 일이 일어났다. 내가 그녀의 육신 속으로 들어갔다. 설명하기가 무척 어려운 현상이지만, 나는 상당한 시간 동안 백성들의 하소연을 듣고 주시했다. 내가 곧 라비놀라였다.

나는 그들의 대화를 완벽하게 알아들었다. 그리고 라비놀라가 내리는 판결은 내 판단과 완전히 일치했다.

백성들 사이에서 웅성거리는 소리가 들렸다. 그녀의 현명함에 탄복하는 소리였다. 그녀는 단 한 번도 지놀리니 쪽으로 고개를 돌리거나 그의 조언을 청하지 않았다. 바로 이 여인이 전생의 나였다는 생각에 무한한 자부심이 스며들었다. 가벼운 흥분감마저 일어났다.

다시 모든 장면이 사라지고, 나는 몹시 사치스럽게 꾸며진 침실에 있었다. 라비놀라의 침실이었다. 그녀는 완전히 벌거벗은 채 침대에 누워있었다. 세 명의 여자와 두 명의 남자가 부근에서 서성거렸다. 가까이 다가가 보니 그녀의 얼굴은 땀으로 뒤범벅된 채 산고(産苦)로 일그러져 있었다.

그 여자들은 산파였고, 남자들은 왕국에서 가장 유명한 의사들이었다. 그들의 표정이 어두웠다. 태아가 거꾸로 나오고 있는 데다 라비놀라는 이미 많은 피를 흘렸다. 첫 아이였는데, 그녀는 기진맥진한 상태였다. 산파와 의사들의 눈에는 두려운 기색이 명백했다. 나는 라비놀라가 이미 자신의 죽음을 예견하고 있음을 알았다.

장면이 두 시간 앞으로 이동했다. 라비놀라가 막 숨을 거뒀다. 출혈이 너무 많았었다. 아기 역시 세상으로 나오기 전에 질식사했다. 그토록 아름답고 착한 라비놀라는 28세의 나이에 자신의 성기체(나의 성기체)를 다른 세상으로 보냈다.

또 다른 장면들이 빠르게 나타났다. 내가 다른 행성들에서 남성, 여성, 혹은 아이들로 살았던 다른 삶들이 보였다. 두 번은 거지였고, 세 번은 선원이었다. 인도에서는 물지게꾼이었고, 일본에서는 금세공업자로 95세까지 살았다. 로마제국의 병사였는가 하면, 차드에서는 흑인 아이로 살다가 여덟 살 때 사자에게 잡아먹혔다. 아마존의 인디오 어부 시절에는 12명의 자녀를 남기고 42세에 죽었다. 지구와 몇몇 행성에서는 농부의 삶을 몇 차례 살았다. 티베트 산악지대와 또 다른 행성에서는 수도사로서 생애를 보냈다.

라비놀라는 한 행성의 3분의 1을 통치하는 여왕이었다. 그 생애를 제외하고 내 전생의 대부분은 소박한 삶이었다. 나는 80번의 전생을 모두 봤다. 일부는 매우 감동적인 삶이었다. 이 책에서 그 모든 세부사항을 기술할 시간은 없다. 그 자체만으로도 책 한 권 분량이 되기 때문이다. 언젠가는 그에 관해 쓰게 될지도 모른다.

'전생 드라마'가 끝나자 내가 '터널' 안에서 반대방향으로 이동하는 느낌이 들었다. 눈을 뜨니 타오와 세 명의 타오라가 친절하게 미소 짓고 있었다. 내가 현재의 육신 속으로 확실히 돌아왔음이 확인되자 지도자 타오라는 이렇게 말했다.

"당신에게 전생의 여러 모습을 보여주고 싶었습니다. 당신도 깨달았는지 모르겠지만, 삶이란 마치 수레바퀴에 붙어 있는 것처럼 변합니다. 수레바퀴란 돌아가도록 되어 있습니다. 그 꼭대기 부분은 수레바퀴가 돌면서 반드시 바닥으로 내려가게 돼 있지요.

어느 생애에서는 거지였다가, 다른 생에서는 여왕이 될 수도 있습니다. 라비놀라처럼요. 물론 그녀는 수레바퀴의 정점에 있었을 뿐만 아니라 많은 것을 터득하고 많은 사람을 도왔습니다. 그러나 많은 경우에는 거지가 일국의 왕만큼 많은 것을 배우며, 때론 훨씬 더 많이 배우기도 합니다.

산속의 수도사였을 때 당신은 여느 전생에서보다도 많은 사람을 도와줬습니다. 가장 중요한 것은 겉모습이 아니라 그 안에 들어 있는 실체이지요.

당신의 성기체가 다른 육신을 취하는 목적은 더 많은 것을 배우기 위해서입니다. 이미 설명했듯이 그것은 당신의 초월자아를 위한 겁니다. 부단한 정련(精鍊)의 과정이지요. 정련은 거지의 육신에서도 왕이나 광부의 육신에서처럼 효과적으로 이뤄질 수 있습니다. 마치 조각가의 끌과 망치가 도구이듯 육체는 도구일 뿐이에요. 도구 그 자체는 아름다움에 도달하지 못하지만 예술가의 손 안에서 미(美)를 창조하는데 기여하지요. 아무리 뛰어난 조각가도 맨손으로는 위대한 작품을 만들어내지 못합니다.

늘 명심해야 할 게 있어요. 성기체는 어떤 경우에도 우주법칙에 순응해야 한다는 것, 그리고 자연에 가장 가까이 따라감으로써 궁극적인 목적을 가장 빨리 이룰 수 있다는 점이에요."

타오라들이 제자리로 돌아갔고, 타오와 나도 원래 자리에 앉았다.

도코 안에 있는 동안 해가 졌다. 밤이었지만 도코 안의 밝은 분위기 덕분에 최소한 15m 밖의 사물들을 볼 수 있었다. 그들은 그런 밝은 분위기가 어떻게 생기는지는 설명할 필요를 느끼지 않았다.

나의 관심은 여전히 타오라들에게 쏠렸다. 그들은 친절한 눈빛으로 나를 쳐다봤다. 그들을 에워싼 황금빛 안개가 서서히 짙어지면서 타오라들이 사라졌다. 그들을 처음 만났을 때도 그렇게 사라졌었다.

타오가 내 어깨에 부드럽게 손을 얹으며 따라오라고 했다. 그녀는 나를 도코 출입구로 데려갔고 우리는 곧 밖으로 나왔다. 칠흑같이 어두웠다. 도코 출입구 외에는 어디에도 불빛이 없었다. 내 앞으로 3m 이상은 볼 수 없었다. 비행 플랫폼을 어떻게 찾을까 걱정됐다. 그때 마침 타오가 밤에도 낮처럼 볼 수 있다는 얘기가 기억났다. 정말 그런지 궁금했다. 전형적인 지구인처럼 나는 증거를 요구했다! 증거는 곧바로 제시됐다.

타오는 나를 쉽게 들어 올려 자신의 어깨에 앉혔다. 지구인들이 아이들을 어깨에 올려놓듯이 말이다.

"당신이 무엇인가에 걸려 넘어질까봐요." 타오가 설명했다. 우리는 길을 따라 걷기 시작했다. 실제로 그녀는 마치 낮 시간인 양, 자신이 어디로 가는지를 정확히 아는 것 같았다.

잠시 후 그녀는 나를 라티보크의 좌석에 내려놓고는 자신도 옆에 앉았다. 나는 손에 들고 있던 마스크를 무릎에 내려놓았다. 라티보크는 즉시 이륙했다.

타오를 믿긴 했지만 솔직히 '장님 상태'로 날아다니기는 좀 불안했다. 공원의 거대한 나무들 사이를 날아가는데, 평소에는 그토록 밝은 빛을 내던 별들조차 보이지 않았기 때문이다. 일몰 후 거대한 먹구름이 형성됐고, 사방이 완전히 어둠 속에 잠겨있었다. 그러나 옆에 앉은 타오의 오로라와, 밝은 빛을 내는 그녀 머리 위의 오로라 '꽃다발'은 볼 수 있었다.

라티보크의 속도가 빨라졌다. 어두운 데도 대낮처럼 빨리 날아갔다. 얼굴에 빗방울이 부딪치는 것을 느꼈다. 타오가 손으로 라티보크의 앞쪽 어느 지점을 가리켰다. 그러자 더 이상 빗방울을 못 느꼈다. 동시에 라티보크가 멈췄다는 느낌이 들었다. 어찌된 영문인지 궁금했다. 바다 위를 날아가는 중이었음을 알고 있었기 때문이다. 왼쪽 멀리서 가끔씩 색상 있는 빛들이 움직이는 것을 볼 수 있었다.

"저게 뭔가요?" 타오에게 물었다.

"해안에 있는 도코들의 출입구 불빛이에요."

나는 어떻게 도코들이 움직이는지 이해해 보려고 애를 썼다. 그런데 갑자기, 훨씬 더 짙어진 어둠을 뚫고 불빛 하나가 곧장 우리를 향해 날아오더니 옆에서 멈췄다.

"당신 숙소에 다 왔어요. 내리세요." 타오가 말했다.

그녀는 다시 나를 안아서 내려줬다. 마치 도코로 들어갈 때처럼 가벼운 압박감을 느끼는 순간, 내 얼굴은 온통 빗물에 젖기 시작했다. 억수 같은 빗줄기였다. 하지만 타오는 몇 발자국 성큼 걷더니 곧바로 출입구 불빛 아래로 다가섰고 우리는 도코 안으로 들어갔다.

"때맞춰 도착했군요." 내가 말했다.

"네? 비를 말하는 건가요? 아니에요, 폭우가 내리기 시작한 지는 좀 됐어요. 내가 포스 필드를 작동시켰던 건데, 못 봤나요? 바람이 와 닿는 느낌이 갑자기 멈췄었죠, 안 그랬나요?"

"그랬어요. 하지만 나는 라티보크가 멈춘 것으로 생각했어요. 도대체 영문을 모르겠네."

타오는 웃음을 터뜨렸다. 그 웃음은 내 마음을 다시 편안하게 했다. 나의 궁금증을 곧 풀어주겠다는 신호이기도 했다.

"포스 필드는 비뿐만 아니라 바람도 차단해요. 그러니 당신은 라티보크가 움직이는지 여부를 판단할 수 있는 기준점을 갖지 못한 것이죠. 너무 감각에만 의존해선 안 됩니다."

"하지만 어떻게 당신은 이런 어둠 속에서 이곳을 찾을 수 있었나요?"

"이미 말했듯이, 우리는 밤에도 낮처럼 볼 수 있어요. 우리가 조명기구를 사용하지 않는 이유죠. 당신은 지금 나를 볼 수 없고, 그래서 불편해한다는 것도 알아요. 하지만 어쨌든 오늘은 많은 일을 겪었고, 그러니 지금은 쉬는 게 최선입니다. 내가 도와줄게요."

그녀는 나를 휴양실로 데려다주고는 편히 쉬라고 말했다. 내 숙소에서 함께 지낼 것인지 물었더니, 그녀는 라티보크도 필요 없을 정도로 아주 가까운 곳에서 산다고 대답했다. 그 말을 끝으로 그녀는 도코를 떠났다. 나는 기지개를 펴고는 바로 잠에 빠졌다.

다음날 아침, 타오의 목소리에 잠이 깼다. 그녀가 몸을 기울여 내 귀에 속삭이는 소리였다.

전에도 그렇게 생각했지만 이 휴양실은 정말로 이름값을 했다. 방음 설비가 지극히 잘 돼 있었다. 만일 타오가 내 쪽으로 몸을 기울여 말하지 않았더라면 그녀의 목소리를 듣지 못했을 것이다. 잠도 한 번도 깨지 않고 푹 잤다. 완벽한 휴식을 취한 것이다.

자리에서 일어나 타오를 따라 수영장으로 갔다. 그녀로부터 아르키에게 일어난 사고를 들은 것은 그 때였다. 나는 너무 슬펐고 눈물이 솟구쳤다. 타오는 아르키가 다른 존재로 진화해가는 중이며 멀리 떠난 친구로서 기억될 것이라며 나를 위로했다.

"정말로 슬픈 일이지만 너무 우리 중심적으로 생각해선 안돼요, 미셸. 아마 또 다른 모험과 기쁨이 그를 기다리고 있을 거예요."

나는 샤워를 한 뒤 타오와 함께 가볍게 식사를 하고 약간의 꿀물도 마셨다. 배고픔은 전혀 못 느꼈다. 잿빛 하늘에선 비가 떨어졌다. 흥미롭게도 빗방울이 도코 표면을 따라 흘러내리질 않았다. 유리 돔에 빗방울이 떨어지면 그렇게 흘러내리는 게 정상이다. 그러나 빗방울은 도코의 포스 필드에 닿자마자 사라졌다. 타오를 쳐다보자 그녀는 나의 놀라는 모습에 미소를 지었다.

"포스 필드가 빗방울의 위치를 바꿔버리기 때문이에요, 미셸. 기초적인 물리 현상이죠. 그것보다도 더 흥미로운 연구 대상이 많아요. 단지 시간이 부족한 게 당신에게는 불행이죠. 당신에게 가르쳐 줘야할 것들이 너무 많아요. 당신의 책을 통해 지구인들을 계몽시킬 내용들이죠. 예를 들어 그리스도의 미스터리 같은 거예요. 어제 얘기하다가 아르키의 도착으로 중단했던 주제에요.

먼저 아틀란티스에 관해, 그리고 이집트와 이스라엘에 관해 얘기할게요. 아틀란티스는 지구에서 자주 언급되고 많은 논란을 불러일으키는 유명한 대륙이죠.

무 대륙처럼 아틀란티스는 실제로 존재했습니다. 위치는 대서양 가운데에 북반구 쪽이었어요. 유럽과 붙어있었고, 아메리카와는 지협으로 연결됐죠. 또 카나리아 제도와 동일 위도 선상에 있는 또 다른 지협으로 아프리카와도 연결됐어요. 면적은 호주보다 약간 넓었어요.

약 3만 년 전 아틀란티스에는 무 대륙의 주민들이 살았어요. 사실 무 대륙의 식민지였죠. 그곳에는 파란 눈과 금발머리에 키가 큰 백인종도 있었어요. 아틀란티스를 지배한 종족은 무 대륙에서 건너온 마야인들이었습니다. 과학이 발달한 마야인들은 아틀란티스에 사바나사 피라미드를 모방한 건물을 지었어요.

1만 7000년 전 마야인들은 북아프리카를 통해 지중해 지역을 철저히 탐사했습니다. 북아프리카에서는 아랍인들(바카라티니 행성에서 건너온 황인과 흑인의 교배로 태어난 종족의 후손들)에게 많은 새로운 정신적 · 물질적 지식을 전해줬습니다. 예컨대 지금도 아랍인들이 사용하는 전통 숫자는 아틀란티스에서, 다시 말해 무 대륙에서 유래된 것이에요.

마야인들은 그리스에도 작은 식민지를 세웠어요. 그리스 알파벳은 무 대륙의 문자와 거의 정확히 일치해요.

마침내 그들은 원주민들이 '아랑카' 라고 부르는 지역에 도착했습니다. 오늘날의 이집트에요. 그곳에서 마야인들은 '토트' 라는 위대한 인물을 지도자로 하는 강력한 식민지를 건설했습니다. 무 대륙의 가치관과 아틀란티스의 조직 원리를 구현하는 법이 만들어졌습니다. 품종 개량된 식물, 새로운 가축 사육 기술, 새로운 경작법, 도자기, 직조법 등이 도입됐어요.

토트는 정신적 물질적 지식이 풍부한 위대한 지도자였습니다. 그는 마을과 사원들을 세우고, 사망 직전에는 오늘날 '대피라미드' 라고 불리는 피라미드를 건설했어요. 이 위대한 개척자들은 새로운 식민지가 정신적 · 물질적으로 발전할 가능성이 보일 때마다 특별한 피라미드를 건설했어요. 당신도 무 대륙에서 봤지만 피라미드는 일종의 도구였지요. 그들은 이집트에서 사바나사 피라미드와 같은 형태의 대피라미드를 세웠습니다. 다만 크기는 3분의 1 정도로 작았어요. 피라미드는 매우 독특한 구조물입니다. '도구'로서의 역할을 다하기 위해선 모든 치수와 세부사항과 방향이 정확히 지켜져야 했어요."

"어느 정도의 기간이 소요됐는지 아세요?"

"9년이 걸렸어요. 상당히 짧은 기간이죠. 토트와 그의 위대한 건축가들이 무 대륙의 비밀인 반중력 기술, 그리고 바위를 자르고 사용하는 기술인 일종의 '전기-초음파 기술'을 알고 있었기 때문이에요."

"그러나 지구의 전문가들은 대피라미드를 케옵스 파라오가 건설했다고 믿어요."

"그렇지 않아요, 미셸. 하기야 지구의 전문가들이 잘못 아는 것은 이것뿐만이 아니죠. 하지만 케옵스 파라오가 그 피라미드를 원래의 목적으로 사용했다는 점은 나도 인정해요.

마야-아틀란티스인들만 식민지를 개척한 것은 아닙니다. 그 이전 수천 년 동안 '나가'인들은 버마와 인도를 식민지화한 뒤 나중에는 북회귀선 근처의 이집트 해안까지 진출했습니다. 그들 역시 성공적인 식민지를 건설하고 이집트 북부를 점령했어요. 두 식민지 집단은 비슷한 종류의 개량된 기술과 제도를 도입했습니다. 나가인들은 홍해 주변에 '마유'라는 도시를 세웠어요. 그 지역 원주민들은 나가인들의 학교에 다니면서 점차 그들과 동화되면서 이집트 민족을 형성합니다.

그러나 약 5,000년 전 이집트 북부의 나가인과 마야-아틀란티스인들은 싸우기 시작했습니다. 어처구니없는 이유에서 비롯된 싸움이었죠. 아틀란티스인들의 종교는 무 대륙의 종교와 상당히 달랐어요. 그들은 영혼(성기체)이 선조들의 땅에서 환생한다고 믿었어요. 따라서 영혼이 그들의 출신지인 서쪽 지역을 향해 여행한다고 주장했습니다. 나가인들도 환생을 믿었지만, 영혼이 동쪽으로 여행한다고 주장했습니다. 자신들이 동쪽에서 왔기 때문이었어요.

두 집단은 그 문제로 2년 간 실제로 전쟁을 벌이기까지 했습니다. 하지만 잔인한 전쟁은 아니었어요. 두 집단 모두 근본적으론 평화를 사랑하는 사람들이었기 때문이에요. 결국 그들은 화해하고 통합 이집트를 구성했습니다.

남과 북이 합친 통합 이집트의 초대 왕은 '메나'(메네스)였어요. 그는 무 대륙과 같은 제도를 통해 선출됐죠. 그러나 그런 제도는 이집트에서 오래 존속되지 못했어요. 막강한 권력을 쥔 성직자들이 등장했기 때문이었지요. 파라오들은 서서히 성직자들의 손아귀에 장악돼 갔고, 이런 상황은 오래 지속됐습니다. 물론 예외적인 파라오들도 있었죠. 유명한 예로 아트나톤(아케나텐) 파라오가 있는데, 그는 결국 성직자들에게 독살당했습니다. 그는 죽기 전에 이런 말을 남겼어요. '내가 지구상에서 보낸 시간은, 진리의 단순성이 많은 사람들에게 이해되지 못하고 거부되는 시기였다.' 종교 파벌들에서 흔히 있는 일이지만, 이집트의 성직자들은 본질적으로 단순한 진리를 왜곡했어요. 백성들을 더 잘 통제하기 위해서였죠. 그들은 백성들에게 터무니없이 악마와 여타 잡신들을 믿게 했어요.

또 하나 꼭 말해둬야 할 게 있어요. 통일 이집트를 낳은 전쟁과 화평이 일어나기 전, 북부의 나가인과 남부의 마야-아틀란티스인들은 인구가 서로 비슷했는데 각각 세련된 문명을 발전시켰었다는 점이에요.

당시 이집트는 번영했어요. 농업과 방목이 발달했고, 초대 메나 파라오 시절은 이 떠오르는 문명의 절정기나 다름없었죠.

자, 여기서 다시 시간을 거슬러 가보죠. 아르키는 아직도 외계인들이 지구를 방문한다고 말했어요. 당신도 알다시피 과거 지구는 외계인들의 정기적인 방문을 받았어요. 그 점에 관해 자세히 설명할게요.

지구는 지금도 방문을 받습니다. 우주에 산재돼 있는 다른 많은 행성들처럼요. 어떤 행성의 주민들은 불가피하게 자신들의 행성을 떠나야 하는 경우가 있습니다. 그 행성이 죽어가기 때문이죠. 그러나 아르키도 설명했지만 집을 바꾸듯 마음대로 행성을 바꾸지는 못합니다. 거주할 행성을 선택하는 데는 어떤 확립된 규칙이 있고, 우리는 거기에 순응해야 합니다. 그러지 않을 경우 재앙을 맞을 수도 있습니다. 1만 2,000년 전에 바로 그런 일이 일어났습니다. 헤브라 행성의 인간들은 같은 범주의 새 행성을 찾기 위해 은하계 탐사에 나섰습니다. 왜냐하면 1,000년 뒤에는 자신들의 행성이 사람들이 살 수 없는 곳이 될 운명이었기 때문이죠.

매우 빠른 속도로 비행할 수 있는 그들의 우주선 한 대가 탐사 여행 도중 심각한 문제가 발생하는 바람에 어쩔 수 없이 지구에 착륙하게 됐습니다. 우주선은 러시아 서부의 크라스노다르 지역에 착륙했습니다. 말할 필요도 없이 당시에는 도시도, 주민도, 러시아도 존재하지 않았죠.

우주선에는 8명의 승무원이 있었어요. 여자 셋에, 남자 다섯이었죠. 그들은 대략 170cm의 키에 검은 눈, 흰 살결, 긴 갈색 머리를 지녔어요. 성공적으로 착륙한 후 그들은 우주선을 수리하기 시작했습니다.

지구의 중력이 그들의 행성보다 강해 처음에는 이동하는 데 어려움을 겪었어요. 수리하는 데 상당한 시간이 걸릴 것 같아 우주선 부근에 캠프도 세웠죠. 그런데 어느 날 작업 도중 끔찍한 폭발 사고가 일어나 우주선의 절반이 파괴되고 승무원 다섯 명이 죽었어요. 나머지 세 명은 마침 먼 곳에 있었기 때문에 화를 면했지요. 한 사람은 '로바난' 이라는 남성이고, 나머지 둘은 '레비아' 와 '디나' 라는 여성이었어요.

그들은 자신들에게 어떤 일이 닥칠지 잘 알았어요. 높은 범주의 행성에서 온 그들에게 지구는 적합한 곳이 아니었어요.

지구에서 그들은 사실상 포로였고, 자신들에게 닥칠 불운을 예상했어요. 그 사고는 결코 놀랄 일이 아니었습니다.

기후가 온화했기 때문에 세 사람은 몇 달간 그곳에 머물렀어요. 무기가 있어서 사냥도 할 수 있었죠. 준비해온 식량인 만나 등은 폭발 때 없어졌어요. 마침내 겨울이 되자 그들은 남쪽으로 이동하기로 결정했습니다.

중력 때문에 먼 길을 걷기는 지극히 어려웠어요. 그래서 따뜻한 남쪽 나라로의 여행은 말 그대로 '고난의 길' 이었습니다. 그들은 흑해를 지나 오늘날의 이스라엘로 향했어요. 여행은 여러 달이 걸렸지만 젊은이들이라 잘 견뎌냈어요. 낮은 위도 지방으로 내려갈수록 기후는 온화해지고 심지어 무더워졌습니다. 그들은 어느 강가에 멈춰 영구적인 거처를 세웠어요. 특히 디나가 임신한지 여러 달째였던 만큼 오래 머물 집을 만들었습니다. 마침내 디나는 아들을 낳았고 이름을 '라난' 이라고 지었어요. 그 때쯤 레비아도 임신했고 세월이 지난 뒤 '라비온' 이라는 이름의 아들을 분만했어요.

이들 헤브라인들은 그 지역 환경에 적응했습니다. 사냥감과 꿀, 그리고 식용식물이 풍부한 곳이었어요. 그곳에서 그들은 자신들의 가계(家系)를 세웠습니다. 상당한 세월이 흐른 뒤 그들은 그곳을 지나치던 유목민들을 만나게 됐습니다. 지구인들과의 첫 만남이었죠. 인원이 10명이던 유목민들은 로바난의 여자들을 탐냈습니다. 그래서 그를 죽이고 여자들을 포함한 모든 것을 빼앗으려 했어요.

로바난은 여전히 무기를 갖고 있었지요. 비록 평화를 사랑하는 로바난이었지만 어쩔 수 없이 유목민 네 명을 죽였고, 나머지는 그 무기의 엄청난 위력에 겁을 먹고 도망쳤습니다.

로바난 가족은 그런 수단에 의존할 수밖에 없었다는 데 몹시 상심했습니다. 그리고 그 사건을 통해 자신들이 우주법칙에 위배되는 행성에 와있다는 사실을 또 한 번 확인했어요……."

"이해가 안 되네요." 내가 타오의 말을 가로막고 말했다. "앞쪽의 우월한 행성으로 건너뛰는 것은 불가능해도, 뒤쪽의 열등한 행성으로 가는 것은 가능하다고 생각했는데."

"아니에요, 미셸. 어느 쪽으로도 가면 안 돼요. 우주법칙을 무시하고 앞으로 가면 죽게 됩니다. 또 뒤쪽으로 가면 위험한 환경에 노출됩니다. 발전한 영혼은 물질주의적인 환경에서 적응하기 어렵기 때문이에요.

유치하지만 이렇게 비유할 수 있어요. 반짝이는 구두와 흰 양말, 다린 양복으로 깨끗하게 차려입은 남자가 있다고 치죠. 그에게 30cm 깊이의 진창이 쌓인 농가 마당을 걷게 해 보세요. 게다가 손으로 그 진창을 퍼 수레에 담도록 시켜 보세요. 그 일을 마친 뒤 그의 차림새가 어떻게 될지는 말할 필요도 없습니다.

그럼에도 불구하고 이들 외계인 가족은 혈통을 세웠고, 그들은 유대인의 조상이 됐어요.

구약성경은, 나중에 그들의 역사를 거슬러 올라가 조사한

학자들에 의해 쓰였는데, 사실과 전설이 뒤섞이면서 왜곡되게 기술됐어요.

단언하지만, 구약성경의 아담은 결코 지구 최초의 인간이 아닙니다. 더구나 그는 아담이 아니라 로바난으로 불렸어요. 또 이브라는 한 명의 아내를 두었던 게 아니라, 레비아와 디나라는 두 명의 아내를 거느렸지요. 유대 민족은 이 세 사람에게서 비롯됐습니다. 다른 종족과는 섞이지 않았어요. 왜냐하면 그들은 격세유전(선조의 특성이 후세에게서 부분적으로 재현되는 현상. 구약성경에 기술된 1세대 인간들은 900세까지 살았다. 편집자 주)을 통해 자신들의 우월함을 느꼈고 실제로 우월했어요.

그러나 한 가지 확실하게 해둬야 할 점이 있습니다. '원래의' (저자의 동의를 얻어 편집자가 삽입한 형용사) 구약성경은 유대 학자들이 상상으로 만들어 내거나 아름답게 꾸며낸 작품이 아닙니다. 구약성경 안에는 진실이 '있었어요.' 내가 '있었다'는 과거형을 쓴 까닭은 로마 가톨릭 교회의 여러 차례 회의에서 구약성경의 내용이 크게 수정됐기 때문입니다. 그렇게 수정된 이유는 뻔하죠. 기독교(Christianity)라는 종교의 요구를 충족시키기 위해서였어요. 내가 어저께 종교는 지구의 재앙 중 하나라고 말한 연유도 거기에 있어요. 성경 내용의 다른 몇 가지 점에 대해서도 당신에게 알려줘야 겠어요.

헤브라인들이 지구에 도착한 이후, 우리는 그들을 몇 차례 도와줬습니다. 또 벌을 주기도 했죠. 예컨대 소돔과 고모라를 파괴한 것은 우리의 우주선이었어요. 두 도시의 주민들은 나쁜 행실을 보였고 외부인들에게 위험한 행동을 했습니다. 우리는 그들을 올바른 길로 되돌려 놓으려고 다양한 노력을 기울였지만 허사였어요. 그래서 우리는 무자비해질 수밖에 없었죠.

구약성경에는 '주 하느님이 이렇게 말씀하셨다' 는 식의 표현이 자주 나오죠. 그럴 때마다 당신은 '티아우바의 주민들은 이렇게 말했다' 는 뜻으로 이해해야 합니다……."

"왜 애당초 헤브라인들을 자신들의 행성이나 같은 범주의 다른 행성으로 인도하지 않았나요?"

"무척 합리적인 질문이에요, 미셸. 하지만 예상치 못한 문제가 있는 법이에요. 우리에게는 100년 이상의 미래를 내다볼 능력은 없어요. 당시 우리 생각엔, 헤브라인들의 수가 적었기 때문에 살아남지 못할 것이며, 설혹 살아남는다 해도 다른 종족들과 교배하면서 그들 종족 속에 흡수돼 혈통상의 순수성이 사라질 것으로 보였어요. 그런 일이 한 세기 안에 일어나리라고 추측했어요. 그러나 실제는 그렇지 않았죠. 당신도 알다시피 유대 민족은 지금도 1만 2,000년 전처럼 순수성

헤브라인들이 지구에 도착한 이후, 우리는 그들을 몇 차례 도와줬습니다. 또 벌을 주기도 했죠. 예컨대 소돔과 고모라를 파괴한 것은 우리의 우주선이었어요.

을 거의 유지하고 있어요.

이미 말했듯이, 성직자들은 종교회의를 통해 성경의 많은 부분을 삭제하거나 변경했습니다. 하지만 살아남은 부분들도 있고, 이는 쉽게 설명될 수 있어요.

창세기 18장에서 집필자들은 우리의 출현을 이렇게 묘사하고 있습니다.

'1. 주 하느님(Lord God)께서 마므레 상수리나무 근처에서 아브라함에게 나타나셨다. 아브라함은 한창 더운 대낮에 천막 문어귀에 앉아 있었다. 2. 그가 눈을 들어 본즉 사람 셋이 맞은편에 서 있었다. 그는 그들을 보자마자 천막 문에서 뛰어나가 영접하며 땅에 엎드려 청을 드렸다. 3. 내 주여, 내가 주께 은혜를 입었사오면 원컨대 종을 그냥 지나쳐 가지 마옵소서.' 아브라함은 그 세 남자에게 머물다 갈 것을 간청합니다. 집필자는 그들을 '사람들'(men)이라고 칭하지만, 그들 중 한 명은 '주 하느님'(Lord God)으로 불리기도 합니다. 로마 가톨릭 사제들은 이 부분이 자신들의 견해와 정식으로 모순됨을 발견합니다. 다른 많은 종교들처럼 그들 역시 누구도 하느님의 얼굴을 묘사할 수 없으며 하느님의 얼굴을 보는 즉시 눈이 멀게 된다고 주장하기 때문입니다. 그들의 주장에 옳은 점도 있어요. 조물주는 순수한 영이므로 얼굴이 없으니까요!

집필자들에 따르면 아브라함은 지구상의 지체 높은 군주와 얘기하듯 주 하느님과 대화합니다. 그리고 주 하느님은 그에게 답해주고 다른 두 '사람'의 수행을 받습니다. 집필자들은 '천사들'(angels)에 관한 언급이 없어요. 이상하지 않나요? 하느님이 사람(man)의 모습으로 지구에 내려와서, 천사가 아닌 인간들의 수행을 받는다는 것이? 독실한 신자라면 누구나 알고 있겠지만, 구약의 어느 다른 대목에서도 하느님은 결코 인간에게 직접 말하지 않습니다.

(가장 오래된 히브리어 성경에서 여호와[Yehova]는 '하느님'[God]을 가리키는 단어 중 하나다. 그러나 모든 다른 번역에서는 여호와라는 정확한 명칭을 '아버지'[Father] 혹은 '하느님'으로 대체하는 등 두 단어를 완전히 섞어서 사용한다. 히브리어 성경에 따르면, 인간들에게 말을 하고 인간의 형상으로 나타나며 '기적들'을 행하는 존재는 '하느님'이 아니라 '여호와'였다는 점이 명확히 드러난다. 이 책에 담긴 정보에 따르면, 하느님은 하느님[위대한 성령]이고 여호와[Yehova]는 곧 티아우바[Thiaoouba: 히브리인들은 이를 Hyehouva로 발음한다]이다. 이 한 가지 점만 유념해서 읽어도 구약성경 내용은 훨씬 더 이치에 맞고 흥미진진해진다. 편집자 주).

하느님은 그렇게 할 수가 없었어요. 그것은 마치 강물이 거꾸로 흐르는 것이나 마찬가지입니다. 강물이 바다에서 산꼭대기로 흐르는 경우를 본 적은 없겠죠? 방금 언급한 구절에서 두 페이지를 넘기면 나오는 구절 역시 흥미롭습니다. 19장 1절입니다. '두 천사가 소돔에 이르렀는데, 그 때 롯은 소돔 성문에 앉아 있었다. 롯이 그들을 보자 일어나 맞으며 땅에 얼굴을 대고 엎드렸다.' 롯은 간청을 해서 그들을 자기 집으로 모시게 됩니다. 그런데 10~11절을 보세요. '그 두 사람이 손을 내밀어 롯을 집 안으로 끌어들이고 문을 닫았다. 그리고

문 앞에 몰려든 사람들을 어른 아이 할 것 없이 모두 눈이 멀게 하여 문을 찾지 못하게 만들었다.'

이 구절에 정확성이 부족하다는 점은 쉽게 알 수 있어요. 집필자는 처음에는 '두 천사' 라고 지칭했다가 나중에는 '두 사람' 이 문 바깥에 있는 사람들의 눈을 멀게 했다고 기술합니다. 그 정도의 '기적' 을 일으키려면 적어도 천사여야 하겠죠! 이는 성경에 나타난 혼란스런 용어 사용의 또 다른 좋은 사례입니다. 그 '두 사람' 은 간단히 말해 티아우바에서 파견된 사람들이었어요.

우리는 이렇게 유대인들을 지도하고 도와줬습니다. 영적으로 발달된 종족이 우연적인 실수로 부적절한 행성에 오게 됐다는 이유만으로 그들을 무지와 야만의 세계에 방치하는 것은 잘못이기 때문이에요. 우리는 그 후 여러 세기 동안 그들을 도왔습니다. 집필자들이 성경을 구성하는 여러 사건들을 기술함으로써 설명하려 했던 부분도 바로 그 점이에요. 유대인들은 대부분의 경우 올바른 신앙을 가졌지만, 의도적은 아니라 할지라도 사실을 왜곡하는 경우도 있었어요.

의도적으로, 그리고 아주 특별한 목적으로 왜곡을 자행한 것은, 앞서 말했듯이, 로마교회였습니다. AD 325년의 니케아 공의회, AD 381년의 콘스탄티노플 공의회, AD 431년 에베소 공의회, AD 451년 칼케돈 공의회에서였죠. 다른 때에도 왜곡이 있었지만 그다지 심각하지 않아요. 많은 지구인들은 구약성경을 '하느님의 책' 이라고 믿지만 그렇지 않습니다. 그것은 단지 고대 역사를 기록해 놓은 책으로, 원래의 집필자들과는 다른 필자들에 의해 내용이 수정되고 윤색되고 첨가된 것입니다. 예를 들어 이집트와 출애굽기의 시절로 되돌아가 보죠. 지구인들이 흥미를 느끼는 대목이죠. 당신과 지구인들을 위해 그 부분과 관련된 진실을 복구시킬 생각입니다.

그럼 이집트로 돌아가 보죠. 우주선 승무원들의 후손인 히브리인(그들의 행성인 헤브라에서 비롯된 명칭)들은 그곳에서 살고 있었습니다. 우연하게 지구에 오게 된 이후 히브리인들은 엄청난 고난을 겪어왔습니다. 그 시절에도 겪었고, 지금도 겪고 있습니다.

알다시피 유대인들은 다른 민족에 비해 지능이 뛰어납니다. 종교도 다른 민족과는 판이해요. 다른 민족과 교배하지도 않습니다. 결혼은 대부분 같은 유대인끼리 하죠. 엄혹한 우주법칙 때문에 그들은 늘 핍박을 받아왔습니다. 그 상당 부분은 근래에 일어났어요. 그 결과 그들의 성기체는 해방되었고, 따라서 자신들이 속하는 보다 진화된 행성들로 곧장 들어갈 수 있었어요.

당신도 알다시피, 한 무리의 히브리인들이 야곱의 아들 요셉과 함께 이집트로 들어갔습니다. 거기에서 그들은 가문을 일으켰지만 결국에는 이집트인들의 미움을 받게 됐어요. 미움을 받는 숨은 이유는 늘 똑같았어요. 머리가 너무 좋다는 점, 그리고 특히 역경에 직면하면 단결한다는 점 때문이었어요. 이제 어떤 조치가 필요해졌습니다."

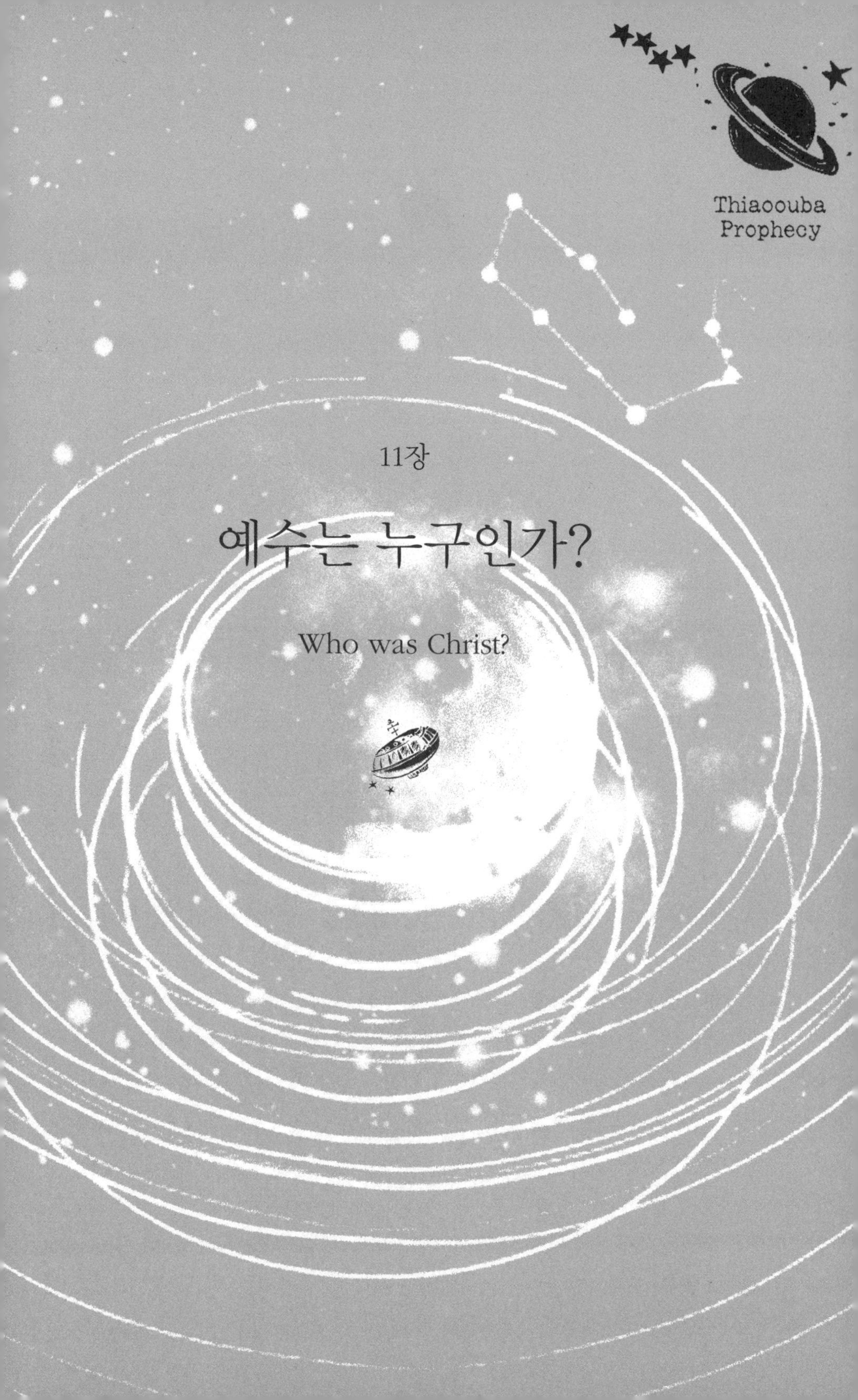

11장

예수는 누구인가?

Who was Christ?

“그 조치는 세티 1세 파라오 시절에 취해졌습니다. 이미 지구인들은 모두 물질주의적인 생활에 젖어 있었어요. 이집트의 상류사회에서는 마약복용이 유행했고, 그리스에서도 마찬가지였습니다. 수간(獸姦)도 드물지 않았어요. 자연과 우주법칙에 정면으로 위배되는 행위입니다.

우리의 임무는 필요하다고 판단될 때 도움을 주는 것이에요. 우리는 그 시점에서 개입해 역사의 진로를 바꾸기로 결정했습니다. 히브리인들을 이집트에서 데리고 나와야 했습니다. 그들이 이집트인들의 사악한 지배 아래에서 더 이상 자유로운 인간으로 발전해 나아갈 수 없었기 때문이에요. 우리는 유능하고 정의로운 사람을 파견하기로 결정했습니다. 히브리인들을 이끌고 이집트로부터 옛날에 살았던 땅으로, 다시 말해 그들의 선조가 지구 도착 직후에 살았던 땅으로 데리고 갈 사람이었지요.

제8의 범주에 속한 낙시티 행성에서 시옥스틴이라는 이름의 남자가 마침 사망했습니다. 그의 성기체는 티아우바에서의 환생을 기다리고 있었죠. 그 때 그에게 히브리인들의 해방자 역할이 제안됐습니다. 그는 그 역할에 동의하고 모세라는 이름으로 지구에 갔습니다.

모세는 이집트에서 이집트인 부모 밑에서 태어났습니다. 아버지는 군대에서 중위에 해당하는 장교였습니다.

모세는 히브리인으로 태어난 게 아니었어요. 성경의 또 다른 오류 사례죠. 히브리인 아기가 강물에 떠다니다가 이집트인 공주에게 구조됐다는 얘기는 무척 낭만적이지만 사실이 아니에요."

"어이가 없군요! 그 얘기를 무척 좋아했는데. 마치 동화처럼 환상적인 얘기였지요!"

"동화는 늘 아름답지요, 미셸. 하지만 당신은 환상이 아니라 진실에 관여해야 합니다. 진실만을 전하겠다고 약속할 수 있나요?"

"물론입니다. 걱정하세 마세요, 타오. 당신이 지시한 내용을 철저히 지킬게요."

"좋아요. 그러면 설명을 계속하죠. 모세가 이집트인 군인 가정에서 태어났다고 말했지요. 아버지의 이름은 라토테스였어요. 모세는 10살이 될 때까지 히브리인 아이들과 자주 어울려 놀았어요. 모세는 귀엽고 사랑스런 아이라 히브리인 엄마들 사이에서 인기가 좋았어요. 그들은 모세에게 맛있는 음식을 자주 줬어요. 모세도 그들을 좋아하고 히브리인 친구들을 형제처럼 대했어요. 물론 그렇게 되라고 그곳에서 환생했지만 이 점을 알아야 합니다. 환생하기 전에 그는 모세로서의 생애를 일별하고 나서 그 삶에 동의했어요. 하지만 그 후에 모세 생애의 모든 세부 내용은 그의 기억에서 지워졌습니다. 그는 나가인들이 '망각의 강' 이라고 부르는 단계를 통과했습니다. 이는 특정한 환생을 수용하든 거부하든 거쳐야하는 과정입니다. 물론 거기에는 이유가 있습니다.

예컨대 만일 당신이 40세쯤에 자동차 사고로 사랑하는 아내와 두 자녀를 잃고 당신은 휠체어를 타는 신세가 될 거라는 내용을 기억한다고 해 보세요. 그러면 당신은 그런 불행을 겪느니 차라리 자신의 목숨을 거두거나 다른 영역에서 방종한 생활을 하려는 충동을 느낄지도 모릅니다. 그래서 그런 '필름' 이 지워지는 겁니다. 마치 녹화 테이프를 삭제하듯이 말이죠.

때론 모든 내용이 지워지지 않아 일부 내용을 보게 되는 경우도 있어요. 물론 '필름' 이니 '녹화 테이프' 니 하는 비유가 비현실적으로 들릴 수도 있지만, 내가 설명하려는 취지를 이해하기 바랍니다. 사실 여기에는 '전자-광학' 적인 요소가 관련돼 있지만 지구인들은 잘 모르는 분야에요. 초월자아가 성기체에게 보여주는 '필름' 에서는 이런 현상이 자주 발생합니다. 사람들이 인생을 살아가면서 가끔 '전에 본 적이 있는데' 혹은 '전에 들은 적이 있는데' 라는 느낌이 드는 것도 바로 그런 연유에서죠. 그 다음에 어떤 장면이나 얘기가 등장할지 미리 알게 되는 거예요. 영어에서는 이런 느낌을 '기시감(旣視

感, deja vu)' 이라고 하죠."

"무슨 말인지 알아요. 나도 프랑스령 적도 아프리카에 있을 때 그런 이상한 경험을 했어요. 당시 나는 군인이었는데, 우리 대원들은 기지에서 약 600km 떨어진 지역에서 작전 훈련 중이었어요. 부대원들은 차드 국경에 접근하고 있었고, 나는 나머지 병사들과 함께 트럭 뒤 칸에 서서 도로를 주시하고 있었죠.

그 때 갑자기 나는 마치 2주 전에 그곳에 있었던 것처럼 그 도로를 '알아봤어요.' 끝이 직각으로 굽은 도로였는데, 나는 그 도로에 홀린 것 같았어요. 하지만 분명히 그 길을 본 적이 있었고, 모퉁이를 돌아가면 망고나무 밑에 초가집이 한 채 있음을 알았어요. 그런 확신은 더욱 강해졌고, 트럭이 모퉁이를 돌자 실제로 망고나무 아래에 초가집이 있었어요. 내가 미리 알았던 내용은 그게 전부였지만, 내 얼굴은 하얗게 질렸지요.

옆에 있던 동료가 내게 괜찮으냐고 물었을 때, 나는 그 얘기를 해줬어요. 그의 반응은 '당신이 어렸을 때 여기에 왔었던 모양이구먼' 하는 식이었죠. 나는 부모님이 아프리카에 온 적이 없음을 알았지만, 그래도 편지를 보내 물어봤습니다. 그 경험에 너무 강렬한 인상을 받았기 때문이었어요. 부모님은 '네가 어렸을 때 그곳에 여행한 적이 없었다' 는 답장을 보내왔어요.

그러자 그 동료는 내가 전생에서 그곳에 갔었는지도 모른다고 말했어요. 그는 환생을 믿는 사람이었거든요. 내 경험에 대해 어떻게 생각하세요?"

"그게 바로 내가 방금 설명한 현상이에요, 미셸. 당신의 '필름' 중 상당히 긴 부분이 지워지지 않았던 셈이네요. 어쨌든 기뻐요. 모세와 관련해 당신에게 설명하려던 내용의 좋은 예시가 됐네요.

모세는 히브리인들을 돕고 싶었어요. 하지만 통상적인 방식으로, 다시 말해 신생아로 태어나는 방식으로 그 세계에 들어가기로 선택했을 때 그는 앞으로 살아갈 생애의 내용을 '잊어야만 했어요.'

그러나 아주 드문 경우긴 하지만, 그의 성기체는 여러 전생에서 얻은 지식과 경험으로 너무 '가득 차 있어서' 새로운 육신으로 배워야할 내용에 적응하는 데 아무런 어려움이 없었어요. 게다가 모세는 각종 시설이 잘 갖춰진 좋은 학교에 다니는 이점도 누렸어요. 학업 성적이 뛰어났고, 훨씬 더 훌륭한 상급 학교에도 진학했어요. 그래서 여러 분야의 전문가들과 성직자들 밑에서 배웠어요. 당시 이집트에는 아주 제한된 상류층 자제들만 가르치는 학교들이 아직 남아 있었습니다. 그런 학교에서는 토트 파라오가 오래 전에 아틀란티스로부터 도입해온 학문들을 가르쳤어요. 모세는 공부를 마칠 무렵 자신의 생애에 중요한 의미를 갖는 사건의 목격자가 됩니다.

모세는 여전히 히브리인 친구들에게 깊은 우정을 느꼈던 만큼 그들과 자주 어울렸어요. 하지만 아버지는 그렇게 하지 말라고 충고하기 시작했어요. 당시 히브리인들에 대한 이집트인들의 경멸감이 점차 강해지고 있었죠. 그래서 모세에게 히브리인들과 어울리지 말라고 충고한 것입니다.

하지만 그 날 모세는 어느 건축 공사장 근처를 걷고 있었어요. 히브리인들이 이집트 병사들의 감독 하에 노동을 하고 있던 곳이지요. 모세는 한 병사가 히브리인을 때려눕히는 장면을 멀리서 보게 됐습니다. 그 순간 히브리인들이 병사에게 달려들어 그를 죽였습니다. 그리고는 거대한 기둥을 세우려고 파낸 구덩이 속에 서둘러 시체를 묻었습니다.

모세는 어찌해야 할 줄 몰랐어요. 하지만 두어 명의 히브리인들이 그곳을 떠나는 모세를 봤습니다. 히브리인들은 그가 신고할 것이라 믿고는 겁에 질렸어요. 그래서 병사를 죽인 사람은 모세라는 거짓 소문을 서둘러 퍼뜨렸어요. 모세가 집에 돌아오자 아버지는 그에게 즉시 사막으로 피신하라고 말했습니다. 모세가 사막지대인 마디안 지방으로 갔다는 성경 얘기는 사실이에요. 또 그곳 성직자의 딸과 결혼했다는 얘기도 사실이에요. 우리는 히브리인들을 노예상태로부터, 그리고 그들의 영혼에 위험한 존재인 사악한 성직자들의 마수로부터 해방시키고 싶었어요.

기억할지 모르겠지만, 우리는 그 때보다 100만여 년 전에도 또 다른 민족을 위험한 성직자들의 손에서 구해준 적이 있어요. 흥미롭게도 바로 같은 지역에서였지요. 역사가 영원히 반복된다는 것을 아시겠어요?

성경에 기록된 대로 모세는 히브리인들을 이끌고 이집트를 떠났습니다. 그러나 얘기를 계속하기 전에 몇 가지 잘못된 점을 지적해야겠어요. 이 유명한 출애굽기에 큰 관심을 보이는 지구인들이 많기 때문이에요.

우선, 당시의 파라오는 세티 1세의 뒤를 이은 람세스 2세였습니다. 다음에, 당시 히브리인들은 37만5천 명이었는데 그들이 도착한 곳은 홍해가 아니라 '갈대 바다'(Sea of Reeds)였어요. 매우 얕은 바다였는데 우리의 우주선 3대가 포스 필드를 이용해 물을 갈랐지요. 나중에 다시 바닷물이 합쳐지게 했을 때 익사한 이집트 병사는 한 명도 없었습니다. 왜냐하면 그들은 아예 히브리인들을 추적하지 않았기 때문이에요. 람세스 2세는 성직자들의 거센 압력에도 불구하고 약속을 어기지 않고 히브리인들을 보내줬습니다.

우리 우주선에서는 매일 히브리인들에게 만나를 공급했습니다. 알겠지만 만나는 영양가가 높을 뿐만 아니라 압축하기도 쉬웠어요. 그래서 우주여행을 할 때 늘 갖고 다니는 식량입니다. 그러나 만나는 공기 속에 너무 오래 노출되면 18시간 안에 물렁해지면서 부패해요.

그래서 히브리인들에게 하루치의 만나만 가져가라고 권했던 겁니다. 그 이상을 가져간 사람들은 곧 실수했음을 깨닫고 '주 하느님'의 충고에 따르지 않은 것을 후회했어요. 물론 그 '하느님'은 바로 우리들이었어요.

또 히브리인들이 가나안에 도착하는 데는 40년이 아니라 3년 6개월 정도만 걸렸습니다. 마지막으로, 시나이산의 얘기는 거의 사실입니다.

우리 우주선은 사람들의 눈에 띄지 않도록 시나이산에 착륙했습니다. 당시에는 그 단순한 사람들이 자신들을 지켜보고 도와준 존재가 외계인이 아니라 하느님이었다고 믿게 하는 게 나았습니다.

이게 히브리인들에 관한 설명입니다, 미셸. 하지만 아직 끝나지 않았어요. 우리가 볼 때 그들은 옳은 방향, 다시 말해 영적인 방향으로 나아간 유일한 민족이었어요. 그들 중 일부 선지자들은 메시아가 나타나 히브리인들을 구원해준다는 말을 퍼뜨렸습니다. 그러지 말았어야 했어요. 왜냐하면 그것은 시나이산에서 우리가 모세와 나눈 대화 중 일부였거든요. 어쨌든 그때부터 지금까지 히브리인들은 메시아의 강림을 기다리고 있습니다. 하지만 메시아는 이미 왔어요.

다시 과거로 돌아가죠. 선조들의 땅에 돌아온 히브리인들은 좀 더 체계가 잡힌 생활을 했습니다. 그들은 솔로몬과 다윗 같은 위대한 입법가 국왕들로 잘 알려진 문명을 건설했습니다.

그러나 솔로몬이 죽은 후 히브리인들은 무정부상태에 빠지고 사악한 성직자들의 영향력에 스스로를 방치했습니다. 알렉산더 대왕은 이집트를 침공했지만 결국 세상을 위해 건설적인 역할을 하지 못했습니다. 로마제국이 그의 뒤를 이어 거대한 제국을 건설했지만, 그 제국은 정신문화보다는 물질주의에 기울었습니다.

로마인들처럼 위대한 민족들은 당시로서는 기술적으로 발달했습니다. 물론 다른 나라들에 비해서 그렇다는 뜻입니다. 그러나 로마인들은 온갖 잡다한 신과 신앙을 만들어냈습니다. 그 결과 정신적 혼란을 초래하면서 백성들을 보편적 진리로 이끌지 못했습니다.

우리는 이번에는 '큰 도움'을 주기로 결정했습니다. 로마처럼 정신적으로 황폐한 나라보다는 이스라엘을 돕기로 했습니다. 우리가 히브리인들을 선택한 이유는 그들은 두뇌가 명석할 뿐 아니라 영적으로 발달한 조상들을 갖고 있었기 때문이에요. 그들은 우주의 진리를 전파하기에 적합한 민족으로 생각됐습니다.

히브리인들은 위대한 타오라들에 의해 만장일치로 선택됐습니다. 지구에서 유대인들을 흔히 '선택된 민족'으로 부르는데, 매우 적절한 호칭입니다. 그들은 실제로 '선택'됐기 때문이에요.

우리의 계획은 평화의 사자를 파견해 대중의 상상력을 사로잡는 것이었어요. 예수가 동정녀 마리아에게서 태어났다는 얘기는 사실이에요. 수태고지의 천사 출현 얘기도 정확히 사실입니다. 당시 우리는 우주선을 보냈고, 우리들 중 한 명이 실제로 처녀였던 마리아 앞에 나타나 임신을 예고했지요. 마리아가 최면 상태에 있는 동안 예수의 배아(embryo)가 그녀 몸속에 이식됐습니다.

미셸, 내 얘기를 믿기가 무척 어렵겠지요. 하지만 우리에게는 '진리의 지식'(THE knowledge)이 있음을 잊지 마세요. 당신은 우리 능력의 10분의 1도 못 봤습니다. 지금부터 하려는 얘기를 이해하는 데 도움을 주려고 몇 가지 시범을 보일 테니 잘 보세요."

타오는 말을 멈추고 정신을 집중하는 듯했다. 내가 보는 앞에서 그녀의 얼굴이 흐릿해졌다. 나는 반사적으로 눈을 비볐다. 하지만 도움이 안 됐다. 실제로 그녀는 서서히 투명해졌고, 나는 그녀를 관통해서 볼 수 있었다. 마침내 그녀는 더 이상 보이지 않았다. 완전히 사라진 것이다.

"타오," 나는 약간 걱정이 돼 그녀를 불렀다. "어디 있어요?"

"여기에요, 미셸."

나는 깜짝 놀랐다. 그녀 목소리가 내 귀에 가까운 곳에서 속삭이듯 들렸기 때문이었다. "그런데 당신이 전혀 보이지 않아요!"

"지금은 그럴 거예요. 하지만 다시 내가 보일 겁니다. 보세요!"

"맙소사, 어떻게 된 건가요?"

몇 발자국 앞에서 타오의 실루엣이 보였다. 완전히 황금빛으로 빛나는 실루엣이었다. 마치 그녀의 내부에서 불이 타는 듯했다. 불꽃은 짧지만 강렬했다. 그녀의 얼굴은 알아볼 수 있었지만, 그녀의 두 눈은 말할 때마다 작은 광선을 내보내는 듯했다.

그녀는 '몸'의 근육을 전혀 움직이지 않은 채로 지면에서 몇 피트 정도 떠올랐다. 그러더니 실내를 둥글게 날아다니기 시작했다. 속도가 너무 빨라 내 눈이 좇아가지 못할 정도였다.

마침내 그녀는 의자 위에서 동작을 멈추고는 유령 같은 몸체를 내려 앉혔다. 마치 빛나는 안개로 구성돼 있는 듯이 보였다. 타오임은 알 수 있었지만 여전히 투명한 상태였다. 다음 순간 그녀가 사라졌다. 주위를 둘러봤지만 그녀는 온데간데없었다.

"더 이상 찾지 마세요, 미셸. 나 여기 있어요." 정말로 그녀는 거기에 있었다. 다시 살과 뼈를 지닌 육체로 의자에 앉아 있었다.

"어떻게 한 거죠?"

"방금 전에 설명했듯이 우리는 '진리'를 알아요. 죽은 자를 살리고, 귀머거리와 장님을 고치며, 마비된 사람을 걷게 만들 수 있어요. 어떤 만성질환도 치료할 수 있어요. 우리는 지배자(master)에요. 자연의 지배자가 아니라 자연 속의 지배자에요. 우리는 가장 어려운 일인, 생명을 창조하는 일도 할 수 있어요.

우주선(線)을 방출해 어떤 형태의 생명체도 창조할 수 있어요. 인간을 포함해서요."

"'시험관 아기' 기술을 완성했다는 뜻인가요?"

"아니에요, 미셸. 당신은 정말로 지구인처럼 생각하는군요. 우리는 인체를 창조할 수 있어요. 하지만 그것은 무한한 주의력을 요하는 것으로 위대한 타오라들에게만 있는 능력이에요. 당신도 알다시피 인체는 생리체, 성기체 등 여러 개의 몸체로 구성돼야 하기 때문이죠. 그러지 않으면 단순한 로봇에 불과해요. 인간을 창조하는 데는 완벽한 지식이 요구됩니다."

"그렇다면 아기를 만들어내는 데 어느 정도의 시간이 필요한가요?"

"아직도 내 말 뜻을 정확히 이해하지 못했군요. 미셸. 아기가 아니라 성인의 경우를 말하는 거예요. 타오라가 20~30세의 인간을 창조하는 데는 지구 시간으로 24시간 정도 걸려요."

그 말에 뒤통수를 얻어맞은 느낌이었다. 그동안 우주선을 타고 광속의 여러 배로 여행하면서 집에서 수십억km나 떨어진 곳에까지 왔다. 여러 외계인을 만났고, 성기체 상태로 이동했으며, 시간 여행을 통해 수천 년 전에 일어난 사건들도 목격했다. 이제는 오로라를 볼 능력도 생겼고, 들어본 적이 없는 언어도 이해할 수 있다. 잠깐이지만 심지어 지구의 평행우주에도 가봤다. 내게 해준 설명 덕분에 티아우바인과 그들의 능력에 관해서도 알 만한 것은 다 알았다고 생각했다. 그러나 이제…… 그동안 내게 보여줬던 모든 것이 맛보기에 불과했다는 느낌이 들었다. 살아있는 인간을 24시간 만에 창조할 수 있다니!

타오는 나를 쳐다보고 있었다. 내 마음 속을 펼쳐진 책처럼 읽으면서.

"미셸, 이제 내 말뜻을 이해하니까 얘기를 마저 할게요. 성경에서 약간 왜곡돼 있는 부분인 만큼 많은 지구인들이 흥미를 느낄 거예요.

그렇게 해서, 우리의 '천사'는 배아를 주입했고, 동정녀 마리아는 임신하게 됐습니다. 우리는 그런 식으로 일을 벌려 사람들의 이목을 끌고 예수의 출현이 정말로 주목받아야 할 사건임을 강조하려 했어요. 예수가 탄생하던 날 우리는 몇 분 전 당신에게 보여줬던 방식으로 목자들 앞에 나타났어요. 우리는 그 유명한 세 명의 '동방박사'는 보내지 않았어요. 그 부분은 실제 사건들에 덧붙여진 전설의 일부에요. 그러나 그 목자들과 한 무리의 사람들을 예수 탄생 장소에 보낸 것은 사실입니다. 빛을 내는 구형(球形) 우주선이 그들을 인도하는 별 역할을 했어요. 그 시각적 효과 덕분에 실제로 베들레헴 상공에 별이 떠 있는 것 같았죠. 만일 오늘날 우리가 그런 일을 한다면 지구인들은 'UFO다!'라고 소리칠 거예요.

마침내 제사장들과 '선지자'들도 예수 탄생 소식을 들었습니다. 베들레헴의 별과 '천사들'을 목격한 선지자들은 사람들에게 메시아의 탄생을 알리고 그를 '유대인들의 왕'이라고 칭했습니다.

그러나 대다수 지도자들처럼 헤롯왕은 사방에 첩자들을 두고 있었죠. 첩자들은 그 놀라운 사건들을 보고했습니다. 헤롯왕은 이해하기 어려웠고 두려움도 생겼습니다. 당시 지도자들은 사람의 목숨을 하찮게 여겼지요. 헤롯은 그 일대의 신생아 2,606명을 죽이라고 명령하면서도 전혀 양심의 가책을 느끼지 않았습니다.

그런 학살이 자행되는 동안 우리는 최면 상태의 마리아와 요셉, 아기 예수, 그리고 당나귀 두 마리를 우주선에 태워 이집트에 가까운 지역으로 피신시켰습니다. 성경의 기록이 얼마나 왜곡돼 있는지 아시겠죠?

다른 부분에서는 세심하게 기록된 대목들도 있지만 정보 부족으로 정확하지는 않아요. 무슨 얘기인지 설명할게요. 베들레헴에서 태어난 아기 예수는 탄생 과정의 이적들로 자신이 특별한 존재이며 진정한 메시아임을 입증했어요. 그럼으로써 사람들의 상상력을 사로잡는 데는 성공했어요. 그러나 아기로 태어날 때 성기체가 전생의 지식을 모두 기억하지는 못합니다. 모세의 경우도 그랬지요. 그래도 그는 위대한 인물이었어요.

우리는 성기체의 환생을 통해 내세의 삶이 존재한다는 사실을 인류에게 설득시킬 전령이 필요했어요. 당시에는 지구 문명이 아틀란티스 붕괴 이후 더욱 퇴보해 왔던 터라 그런 진리가 더 이상 받아들여지지 않던 상황이었죠.

물질적 사실이 아닌 무엇인가를 설명하려 할 때 가장 친한 친구들조차 잘 안 믿으려한다는 점을 당신도 알 겁니다. 사람들은 물질적 증거를 추구해요. 눈으로 직접 보지 않으면 안 믿으려 하죠.

우리가 메시지를 전하기 위해선 비범한 존재가 필요했어요. 예컨대 '하늘'에서 내려와 '기적' 같은 일들을 수행하는 존재가 필요했죠. 사람들은 그런 존재만을 믿고 그의 가르침을 경청합니다.

알다시피 성기체는 신생아로 환생하면서 '망각의 강'을 통과하고 그 과정에서 전생의 지식은 지워집니다. 따라서 베들레헴에서 태어난 아기 역시 100세까지 산다 해도 '이적'을 일으키지는 못했을 거예요. 그러나 그는 모세처럼 뛰어난 인물이었어요. 예수가 12세 때 예루살렘 성전에서 현명한 문답으로 학자들을 탄복하게 만든 사실이 그 점을 증명합니다. 지금도 지구에는 머리속에 계산기라도 들어있는 듯한 수리 능력을 보여 천재라고 불리는 아이들이 있죠. 예수는 몸속에 고도로 발달된 성기체가 깃들어 있는 인간이었어요. 그러나 그는 지구에서 가장 우수한 학교에서 예컨대 나가인들과 함께 공부했다고 해도 죽은 자를 살리거나 병든 자를 고치는 지식은 획득하지 못했을 거예요.

예수가 12세부터 유대 땅에 돌아올 때까지 인도와 티벳의 수도원에서 공부했다고 믿는 사람들이 있죠. 이는 예수가 갑자기 베들레헴에서 사라지면서 생긴 성경상의 공백을 설명하려는 노력의 일환이에요.

예수는 14세 때 부모님의 집을 떠났습니다. 12세 동생 '우리키'도 함께 갔죠. 그는 버마, 인도, 중국, 일본을 여행했습니다. 동생은 늘 예수와 동행했지만 중국에서 사고로 죽었어요. 우리키를 너무도 사랑했던 예수는 그의 머리카락을 한 움큼 잘라내 보관했습니다.

예수는 50세 때 일본에 도착했는데, 그곳에서 결혼해서 세

딸을 낳았어요. 그리고는 신고(新鄕) 마을에서 45년 간 살다가 죽었고, 그곳에 묻혔습니다. 그의 무덤 옆에 있는 또 다른 무덤에는 동생 우리키의 머리카락을 담은 상자가 들어있습니다.

증거를 원하는 사람들은 신고 마을에 가 보세요. 옛 지명은 '헤라이' 인데 혼슈섬 아오모리현에 있어요(이 흥미로운 증거에 관한 설명은 http://www.thiaoouba.com/tomb.htm에 자세히 나와 있다. 편집자 주).

다시 본론으로 돌아가죠. 지구에 파견할 전령은 우리들 중 한 사람이어야 했습니다. 예루살렘의 십자가에서 죽은 '그리스도' 는 '아리오크' 라는 이름의 티아우바인이었어요. 우리는 자신의 육체를 바꾸는 데 자원한 아리오크를 유대 땅에 보냈습니다. 그는 티아우바에서 오랫동안 살아온 자웅동체의 육신을 버리고 그리스도의 육신을 취했어요. 타오라들이 그를 위해 그리스도의 육신을 창조해 주었습니다. 이런 방식으로 그는 티아우바에서 지녔던 지식을 온전하게 유지했습니다."

"전에 라톨리와 비아스트라가 그랬듯이 원래의 육신을 그

일본 아오모리현 신고 마을에서는 매년 수만 명이 참가하는 예수 축제를 벌인다.
사진은 2006년 6월 4일 열린 축제의 모습.

대로 유지하면서 크기만 줄일 수는 없었나요? '줄어든' 육신 속에 오래 머무를 수가 없었나요?"

"또 다른 문제가 있었어요, 미셸. 그는 모든 면에서 지구인을 닮아야 했어요. 우리는 자웅동체의 존재들인데, 하느님의 전령이 절반은 여성이라는 사실을 히브리인들이 눈치 채게 하는 것은 위험했지요.

우리는 마음대로 육체를 재생할 수 있어요. 당신이 티아우바에서 아이들을 거의 보지 못한 이유도 그 때문입니다. 우리는 방금 설명한 대로 육체를 창조할 수도 있고, 크기를 줄일 수도 있어요. 나를 그런 눈으로 쳐다보지 마세요, 미셸. 내 말을 모두 받아들이거나 믿기가 어렵다는 거 알아요. 하지만 우리에게 대부분의 자연 현상을 통제할 능력이 있다는 점은 이미 당신에게 충분히 보여줬어요.

우리는 티아우바인 예수를 유대 사막으로 보냈고, 그 후의 일은 당신도 알 거예요. 그는 수많은 고난을 겪고 십자가에 못 박힌다는 것을 알았어요. 앞으로 자신에게 일어날 모든 일을 알았죠. 왜냐하면 우리와 함께 자신의 생애를 '미리 봤기' 때문이에요. 하지만 그렇게 미리 본 행위는 육체 속에 깃들은 성기체 상태에서 이뤄진 것이에요.

그럴 경우에는 모든 내용을 기억하죠. 마치 당신이 무 대륙 여행과 전생 체험을 기억하고 있듯이 말이에요.

다시 말하자면, 육체 속의 성기체 상태로 본 내용은 초월자아와 함께 있는 성기체 상태로 본 것처럼 완전히 지워지지는 않습니다. 따라서 그는 모든 것을 알고 무엇을 해야 할지도 정확히 알았어요. 물론 그에게는 죽은 자를 살리고 장님과 귀머거리를 고칠 능력이 있었어요. 그가 십자가에 못 박혀 죽었을 때 우리는 그를 소생시키러 갔습니다. 우리는 무덤의 돌문을 치우고 그를 근처에 대기 중이던 우주선으로 신속히 데려가 살려냈습니다. 그 후 적절한 시점에 그는 사람들 앞에 다시 나타나 자신의 불멸성을 드러내고 사후에도 생명이 있음을 보여줬습니다. 그리고 모든 인간은 조물주에 속하며 신성(神性)의 일부를 지녔음을 설파함으로써 사람들 사이에서 희망을 부활시켰습니다."

"그러니까, 그가 기적을 행한 이유는 자신의 설교가 진리임을 증명하기 위해서였다는 말인가요?"

"그래요. 예수가 그런 능력을 보여주지 않았다면 히브리인들과 로마인들은 결코 그를 믿지 않았을 거예요. 지구인들이 얼마나 의심이 많은가를 보여주는 좋은 사례가 있어요. 바로 투린의 수의(壽衣)에요. 수많은 사람이 예수의 강림을 믿고 기독교를 실천하면서도 그 수의가 실제로 예수 사후에 그를 덮은 수의였는지 여부를 알려고 과학자들의 조사 결과를 애타게 기다렸어요. 당신은 이제 그 대답을 알아요. 하지만 사람들은 증거를 원해요. 그것도 더 많은 증거를. 그들 마음속에는 늘 의심이 도사리고 있기 때문이에요. 몸소 노력해 깨달음을 얻은 지구인이었던 부처는 사람들에게 '믿음'을 요구하지 않고 '깨달음'을 강조했어요. 믿음은 결코 완벽하지 않아요. 하지만 지식은 완벽합니다.

당신이 지구에 돌아가 체험담을 얘기하면 사람들은 당장에 증거를 요구할 겁니다. 예를 들어 우리가 지구에는 존재하지 않는 금속 조각을 당신에게 준다 해도 그것을 분석한 지구 과학자들 중에는 여전히 또 다른 증거를 요구하는 사람이 있을 거예요. 그 금속이 당신과 친한 연금술사에 의해 만들어진 게 아니라는 증거를 대라고 요구하는 사람이 있을 겁니다."

"증거가 될 만한 걸 내게 줄 건가요?"

"미셸, 나를 실망시키지 마세요. 물질적 증거는 주지 않을 겁니다. 방금 설명한 그런 이유들 때문이에요. 그것은 무의미한 거예요.

믿음은 지식과 비교하면 아무것도 아니에요. 부처는 '알았어요.' 그리고 당신도 지구에 돌아가면 '나는 안다' 고 말할 수 있을 거예요.

의심 많은 도마에 관한 유명한 얘기가 있죠. 그는 그리스도의 상처를 만져보길 원했어요. 두 눈으로 보고도 믿지를 못했기 때문이에요. 그러나 상처를 만져본 후에도 의심은 여전했어요. 일종의 마술 같은 속임수가 아닌지 의심했죠. 미셸, 지구인들은 자연에 관해 아는 것이 없어요. 이해력의 범위를 약간만 넘어서는 현상이 발생하면 지구인들은 마술이라고 주장합니다. 공중부양은 마술이고, 갑자기 눈에 안 보이게 사라지는 것도 마술이죠. 그러나 우리는 자연 법칙을 활용할 뿐입니다. 당신은 오히려 이렇게 말해야 합니다. 공중부양은 지식이고, 갑자기 사라짐도 지식이라고.

어떻든, 그리스도는 사랑과 영성에 관해 설교하려고 지구에 파견됐습니다. 영적인 수준이 낮은 사람들을 상대해야 했던 만큼 우화로써 얘기했어요. 예루살렘 성전에서 처음이자 유일하게 화를 내며 상인들의 가판대들을 뒤엎었을 때 그는 돈을 경계하라는 메시지를 전하고 있었던 거예요.

그의 사명은 사랑과 선성(善性)의 메시지, 즉 '서로 사랑하라'는 메시지를 전하는 것이었습니다. 아울러 성기체의 환생과 불멸성에 관해 사람들을 계몽하는 일이었죠. 그러나 이런 가르침은 후대의 성직자들에 의해 왜곡됐고, 수많은 해석상의 견해차이로 여러 종파가 생겨났는데 그들은 저마다 그리스도의 가르침을 따른다고 주장합니다.

여러 세기에 걸쳐 기독교도들은 하느님의 이름으로 살인을 하기도 했습니다. 종교재판은 좋은 사례지요. 또 스페인 가톨릭교도들은 멕시코에서 가장 저급한 야만족보다도 못한 악행을 저질렀습니다. 그 모두 하느님과 그리스도의 이름으로 자행됐지요.

앞서 말했고 증명했듯이, 지구인들에게 종교는 진정한 재앙입니다. 세계 도처에서 생겨나고 번창하는 신흥 종교들은 근본적으로 사람들을 세뇌시켜 통제하는 방법에 의존합니다. 심신이 건강한 젊은이들이 영적인 지도자를 자처하는 협잡꾼들의 발밑에 엎드리는 모습을 보면 정말 안타까워요. 그런 사이비 종교 지도자들이 잘 하는 일은 두 가지뿐입니다. 그럴

듯하게 말을 하는 것과 엄청난 돈을 긁어모으는 것이죠. 이를 통해 그들은 권력을 얻고, 몸과 영혼을 갖다 바치는 군생들을 지배하는 데서 엄청난 자부심을 느낍니다. 심지어 얼마 전에는 추종자들에게 자살을 요구하는 교주도 있었고, 그래서 자살한 사람들도 생겼죠. 지구인들이 '증거'를 좋아하니까 한 가지 훌륭한 증거를 제시할게요. 보편적 우주 법칙은 자살을 금지합니다. 진정한 종교 지도자라면 이를 알 겁니다. 만일 어떤 지도자가 추종자들에게 자살을 요구한다면 이는 그가 우주 법칙을 모른다는 결정적인 증거가 됩니다.

종교와 종파는 일종의 저주입니다. 수백만 달러의 돈을 들여 여행을 다니는 로마 교황을 생각해 보세요. 여행을 하는 데는 훨씬 적은 비용으로도 가능해요. 게다가 그럴 돈이 있으면 차라리 기아로 고통 받는 빈국들을 돕는 게 나을 거예요. 그런 교황의 행동이 그리스도의 가르침에 따른 것이라고 말할 수는 없어요.

성경에 이런 구절이 있죠. '부자가 천국에 들어가기보다는 낙타가 바늘구멍으로 들어가기가 더 쉽다.'

교황청은 지구에서 가장 돈 많은 교회입니다. 그런데도 사제들은 가난하게 살겠다고 서약합니다. 그들은 자신들이 지옥에 떨어질지도 모른다는 두려움이 없어요(그러나 지옥의 존재는 믿어요). 돈이 많은 것은 교회이지 자신들이 아니라는 이유에서죠. 이는 말장난에 불과합니다. 바로 그들이 교회를 구성하기 때문이에요. 억만장자의 아들이 자기는 부자가 아니며 아버지가 부자일 뿐이라고 말하는 것이나 마찬가지에요.

교회는 부(富)와 관련된 성경 구절을 왜곡하지는 않았어요. 오히려 이를 교회에 유리하게 활용했죠. 부자들이 천국에 가려고 헌금을 내면 교회에 이익이 되지 않겠어요?

요즘 젊은 세대는 자성(自省)의 과정에 있습니다. 여러 가지 사건을 통해 전환점에 이르렀어요. 그들은 과거의 어느 젊은 세대보다도 외로움을 느낍니다. 그러나 종교 단체에 가입해서는 고독에서 벗어나지 못합니다.

스스로를 거양(擧揚)하길 원한다면 먼저 명상을 하고 그 다음에 의념을 집중해야 합니다. 명상과 정신집중은 혼용되는 경우가 많지만 서로 다른 것이에요. 이를 위해 특별한 장소에 갈 필요는 없습니다. 왜냐하면 가장 위대하고 아름다운 성전(聖殿)은 자신의 내면에 있습니다. 그곳에서 우리는 정신집중으로 자신의 초월자아와 교신하면서, 세속적 · 물질적 어려움을 극복하도록 도움을 요청할 수 있습니다. 그러나 어떤 사람들은 다른 인간들과 대화하며 도움을 얻을 필요도 있습니다. 좀 더 경험이 많은 사람들이 조언을 해줄 수 있을 거예요. 그러나 어떤 인간도 영적인 스승인 체해서는 안 됩니다.

그런 영적인 지도자는 2,000년 전에 왔습니다. 아니, '영적인 지도자들 중 한 사람' 이라고 표현해야겠네요. 하지만 인류는 그를 십자가에 못 박았습니다. 그러나 약 300년 동안은 그의 가르침이 준수됐어요. 그 뒤부터는 왜곡돼왔고 이제 지구인들은 2,000년 전보다 못한 수준으로 퇴보했습니다.

방금 언급한 젊은 세대들이 이제 지구에서 일어나고 있습니다. 그들은 내가 지금까지 말한 내용의 진실성을 서서히 깨닫고 있습니다. 그러나 그들이 대답을 얻기 위해선 먼저 내면을 들여다보는 방법을 배워야 합니다. 그 외의 다른 곳에서 도움이 와주기를 기다려서는 안 됩니다. 그랬다간 실망만 남을 겁니다."

12장

성자들의 무덤

Extraordinary journey meeting
extraordinary 'people'

타오의 얘기가 끝났을 때 나는 그녀의 오로라가 흐릿해지는 것을 명확히 볼 수 있었다. 바깥에서는 이미 비가 그쳤다. 태양은 푸른색과 분홍색을 반짝이는 거대한 흰 구름들 위에서 빛을 발산했다. 나무들은 상쾌한 느낌을 전달했고, 가지들은 부드러운 바람결에 흔들렸다. 나뭇잎에 매달린 물방울들에서는 수많은 무지개가 춤을 췄다. 태양의 복귀를 환영하는 새들의 노랫소리가 햇살에 실려 곤충들의 감미로운 음악과 뒤섞였다. 내가 겪어본 가장 신비로운 순간이었다. 모두 말을 잊었다. 우리의 영혼이 주변의 아름다움을 맘껏 흡입하도록 놔두고 싶어서였다.

행복한 웃음과 목소리가 들리면서 평온이 깨졌다. 뒤돌아보니 비아스트라, 라톨리, 라티오누시가 각자 타라(혁대처럼 허리에 차는 비행 장치)를 이용해 날아오고 있었다.

그들은 도코의 바로 앞에 착륙한 뒤 얼굴 가득 미소를 머금은 채 들어왔다. 우리도 일어나 반갑게 그들을 맞이했다. 티아우바 언어로 인사말이 오갔다. 나는 여전히 모든 대화를 알아들을 수 있었다. 물론 그들의 언어를 말하지는 못했다. 하지만 그것은 문제되지 않았다. 어차피 할 말이 별로 없었기 때문이다. 게다가 내가 프랑스어로 말하면 그들 역시 알아듣지 못했지만 내 말의 뜻을 정신감응으로 이해했다.

우리는 꿀물로 요기한 후 다시 떠날 채비를 했다. 나는 마스크를 쓰고 그들을 따라 밖으로 나갔다. 라톨리가 다가와 내 허리에 타라를 채워주고, 오른손에는 리티올락을 쥐어줬다. 나도 새처럼 날아다닐 수 있다는 생각에 몹시 흥분됐다. 내가 이 행성에 온 첫날 사람들이 이런 장치로 날아다니는 모습을 본 뒤부터 나도 그렇게 해보는 게 꿈이었다. 그러나 너무도 많은 일을 너무도 빠르게 겪다 보니 그럴 기회가 있으리라곤 기대하지 않았다.

"라톨리, 당신들은 공중부양 능력이 있는데 굳이 타라와 리티올락을 사용해 날아다니는 이유가 뭔가요?" 내가 물었다.

"공중부양을 하는 데는 강한 정신집중이 필요하고 상당한 에너지가 소모돼요, 미셸. 그리고 속도도 시속 7km밖에 안 되죠. 공중부양은 특정한 정신훈련 때 사용되지만, 운송수단으로는 적합지 않아요. 이 장치는 우리 행성의 이른바 '차가운 자력(冷磁力)'을 중립화시킨다는 점에서 공중부양술과 동일한 원리에 토대를 두고 있어요. 냉자력은 지구의 '중력'과 같은 것으로 모든 물체를 지면에 붙들어 매죠.

인간도 돌처럼 물질로 구성돼 있죠. 그러나 우리는 특수한 방법으로 '무중력 상태'가 될 수 있어요. 특정한 고주파 진동을 일으켜 냉자력을 무력화하는 방법이죠. 그리고 이동이나 방향 전환에는 다른 주파수의 진동을 이용해요. 보다시피 아주 간단한 장치에요. 똑 같은 원리가 무 대륙, 아틀란티스, 이집트 등지의 피라미드를 건설할 때도 사용됐죠. 타오에게서 이미 들었겠지만 이제 당신이 직접 반중력 효과를 체험할 겁니다."

"이런 장치로 어느 정도나 속도를 낼 수 있나요?"

"당신이 착용한 장치로는 시속 300km를 낼 수 있어요. 고도를 마음대로 조절할 수도 있구요. 자, 다른 사람들이 기다리니까 일단 가죠."

"내가 제대로 사용할 수 있을까요?"

"물론이죠. 내가 사용법을 가르쳐줄게요. 그런데 처음에는 매우 조심해야 합니다. 내 지시를 철저히 따르지 않으면 심각한 사고가 날 수도 있어요."

모두가 나를 지켜봤다. 나의 긴장하는 모습에 가장 재미있어 하는 사람은 라티오누시인 듯했다. 나는 리티올락을 손에 단단히 쥐었다. 그것의 안전 끈은 팔뚝에 부착됐다. 내가 리티올락을 놓친다 해도 그것은 여전히 팔뚝에 매달려 있게 된다는 얘기다.

긴장으로 침이 말랐다. 솔직히 별로 자신이 없었다. 하지만 라톨리가 다가와 내 허리에 한 팔을 두르면서 안심시켰다. 내가 그 장치에 익숙해질 때까지 그렇게 부축하겠다고 했다.

그녀는 또 내 허리의 타라에는 신경 쓸 필요 없지만 리티올락은 단단히 쥐고 있어야 한다고 설명했다. 먼저, 대형 버튼을 세게 잡아당겨야 했다. 자동차의 시동키를 돌리는 것처럼 리티올락을 조종 가능한 상태로 만드는 동작이었다. 작동 준비가 됐음을 알리는 작은 불빛이 들어왔다. 리티올락은 세로로 길쭉한 서양배(pear)처럼 생겼다. 밑 부분이 아래쪽을 향하게 목 부분을 손으로 붙잡는데, 윗부분은 버섯 갓처럼 생겨 손가락들이 미끄러지지 않도록 돼있다.

라톨리는 그 리티올락이 나를 위해 특수 제작한 것이라고 했다. 내 손의 크기가 그들 손의 절반 정도이기 때문에 일반적인 리티올락을 사용하지 못하기 때문이었다. 특히 리티올락의 크기는 사용자의 손에 딱 맞는 게 중요하다. 리티올락은 고무 소재인 양 부드러웠고, 내부는 물로 채워졌다.

지시 사항을 들은 뒤 나는 리티올락을 붙잡았다. 그런데 너무 세게 쥐는 바람에 우리는 급작스럽게 공중으로 솟구쳤다(라톨리는 솟구치기 직전 간신히 나를 붙잡았다).

우리는 공중으로 3m 정도 올라가 있었다. 지면에서 2m 정도의 공중에 떠있던 다른 사람들은 라톨리의 놀라는 모습에 웃음을 터뜨렸다.

타오가 그녀에게 말했다. “조심해요. 미셸은 행동파에요. 그의 손에 어떤 장비를 쥐어주면 그는 즉각 사용할 거예요!”

“리티올락의 손잡이 부분을 전체적으로 균등하게 압박하면 수직으로 상승해요. 그리고 엄지손가락으로 누르면 오른쪽으로, 나머지 네 손가락으로 누르면 왼쪽으로 갑니다. 하강하고 싶으면 손의 압박을 풀고, 더 빨리 하강하려면 왼손으로 아랫부분을 누릅니다."

라톨리는 사용법을 설명하면서 내게 연습해보라고 했다. 우리는 약 50m 공중으로 상승했다. 타오의 목소리가 들렸다. "잘 했어요, 미셸. 이제는 혼자 해보라고 하세요, 라톨리. 그도 사용법을 아네요."

나 역시 그녀가 더 이상 지시하지 않기를 바랐다. 내 생각대로 해보고 싶었다. 라톨리가 '날개' 처럼 옆에 붙어서 보호해 주기 때문에 훨씬 더 자신감이 생겼다. 말로만 그런 게 아니었다. 마침내 라톨리가 내게서 떨어졌다. 하지만 여전히 같은 높이에서 가까이 있었다.

리티올락을 쥐고 있던 손의 압박을 부드럽게 풀자 상승이 멈췄다. 압박을 더 약하게 하자 하강하기 시작했다. 자신감이 생겨 리티올락의 목 부분을 고르게 누르자 화살처럼 치솟았다. 너무 멀리 올라가 손가락이 얼어붙은 듯했다. 계속 상승했다.

"손의 힘을 빼요, 미셸. 손의 힘을 빼요." 눈 깜짝할 사이에 따라온 라톨리가 소리쳤다.

맞아! 나는 손의 힘을 뺐다. 바다 위로 대략 200m 상공에 날아와 있었다. '얼어붙은' 엄지손가락에 무의식적으로 너무 강한 힘이 들어갔던 것이다. 다른 사람들도 200m 높이에서 합류했다. 내가 이상한 표정을 짓고 있었던 모양이다. 라티오누시조차 폭소를 터뜨렸다. 그가 그렇게 웃는 모습은 처음

봤다.

"부드럽게 하세요, 미셸. 이 장치는 감촉에 매우 민감해요. 자, 이제는 여행을 떠나도 되겠네요. 우리가 앞장서죠."

그들이 서서히 날아갔다. 라톨리는 내 곁을 지켰다. 우리는 같은 고도를 유지했다. 나는 손바닥으로 리티올락을 누르면서 매끄럽게 나아갔다. 누르는 압력을 조절해 마음대로 속도를 늘릴 수 있음을 곧 깨달았다. 손가락 힘으로는 고도와 방향을 통제했다.

예상치 못하게 이탈하는 경우도 여전히 있었다. 특히 우리의 진로를 가로질러 가는 세 명의 사람들 때문에 관심이 분산됐을 때 그랬다. 그들은 지나치면서 나를 힐긋 쳐다보고는 무척 놀란 듯했다.

30분쯤 지난 뒤부터는 장비를 다루는 데 능숙해졌다. 적어도 바다 위를 원활하게 날아가는 데는 충분했다. 장애물이 없는 만큼 우리는 서서히 속도를 높였다. 나는 심지어 동료들과 대형을 이뤄 비행하면서도 별로 빗나가지 않았다.

정말로 유쾌했다. 이런 느낌을 경험하게 되리라고는 상상도 못했다. 장비에서 생성된 일종의 포스 필드가 내 주위를 감싸고 있어 나는 무중력 상태였고, 그래서 떠있다는 느낌조차 없었다. 마치 큰 풍선 속에 들어가 있는 듯했다. 바람이 얼굴을 때릴 때의 감각도 느끼지 못했다. 주변 환경의 일부가 된 느낌이었다. 그 새로운 운송 수단을 더 많이 사용할수록 즐거움도 커졌다. 조종 기술을 시험하고 싶어 약간의 하강과 상승을 몇 차례 반복하면서 동료들과의 비행 고도 수준을 바꿔보기도 했다. 마지막에는 타오에게 다가가 텔레파시로 나의 행복감을 전달하면서, 수면 위를 스치듯 날아가고 싶다는 뜻을 알렸다. 밑에는 망망대해가 펼쳐져 있었다.

타오도 동의했다. 그룹 전체가 나를 따라 수면 가까이로 내려왔다.

시속 100km의 속도로 파도 꼭대기를 스치듯 날아가는 기분은 정말로 환상적이었다. 마치 전능한 신이 된 듯한, 중력의 지배자가 된 듯한 느낌이었다. 가끔 은빛 물보라가 일 때면 물고기 떼의 위를 날고 있음을 알 수 있었다.

나는 너무 흥분된 나머지 시간 가는 줄도 몰랐다. 대충 3카르세(티아우바에서의 1시간) 정도 비행한 듯했다.

어느 쪽을 쳐다봐도 수평선만 보일 뿐이었다. 그 때 타오가 텔레파시를 보냈다. "저쪽을 보세요, 미셸." 아득히 먼 수면 위에서 작은 점이 하나 보였다. 그 점은 급속도로 커지면서 적당한 크기의 산 같은 섬이라는 게 드러났다.

곧이어 검푸른 색깔의 거대한 바위들이 시야에 들어왔다. 바위들은 날카로운 기세로 청록색 바닷물을 찌르고 있었다. 우리는 고도를 높여 섬 전체를 내려다 봤다. 백사장은 보이지 않았고, 거대한 바위투성이의 해안은 바다에서의 접근을 어렵게 만들었다. 끊임없이 밀려드는 파도는 위압적인 바위 덩어리의 아랫부분에 부딪친 후 햇빛 속에 무지개를 뿌리며 흩어졌다. 무지갯빛 물보라와 검은색 현무암 바위들이 묘한 대비를 연출했다.

내륙 경사면의 중간 지대에는 거대한 나무들이 숲을 이뤘다. 잎사귀는 기묘하게도 짙은 파랑색과 황금색이고, 줄기는 피처럼 빨간 색이었다. 이런 나무들이 연두색 호수의 가장자리까지 이어진 가파른 경사면을 뒤덮었다. 호수 표면은 군데군데 황금빛 물안개로 몽롱하게 보였다.

호수 한가운데에서는 물에 떠있는 듯한 거대한 도코를 볼 수 있었다. 나중에 들은 바로는 직경이 560m나 되는 도코였다.

엄청난 규모 외에도 독특한 점이 더 있었다. 색상이었다. 지금까지 봐온 도코들은 흰색 계열이었다. '아홉 도코의 도시' 에 있던 도코들도 그랬다. 그러나 이것은 순수한 금으로 만들어진 듯했다. 일반적인 계란형 모양임에도 불구하고 햇빛 속에서 빛나는 이 도코의 특출한 크기와 색상은 더욱 장엄한 이미지를 자아냈다. 더 놀라운 것은 호수 물에 도코의 그림자가 없다는 점이었다.

친구들은 나를 그 황금 도코의 둥근 지붕 쪽으로 데려갔다. 우리는 수면선상에서 서서히 날아갔다. 낮은 위치에서 보는 도코의 모습은 훨씬 더 웅장했다. 다른 도코와 달리 이것은 출입구 표시가 전혀 없었다. 나는 타오와 라톨리를 따라갔고 그들은 곧 안쪽으로 사라졌다.

다른 두 사람은 내 곁에서 내가 물에 빠지지 않도록 부축했다. 놀랍게도 내가 손에서 리티올락을 놓고 있었기 때문이었다. 도코의 장대한 모습에 넋을 팔고 있었던 것이다.

황금 도코 안에서 본 광경은 이러했다.

약 200명의 사람이 아무런 장치의 도움도 없이 허공에 떠 있었다. 모두 잠들어 있거나 깊은 명상에 빠져 있는 듯했다. 우리한테 가장 가까운 곳에 있는 사람은 수면 위 6m 높이에 떠 있었다. 도코 안에는 바닥이 없었다. 사실 도코의 밑바닥은 수면 아래에 있었다. 이미 설명했듯이 도코 안에서는 밖을 내다볼 수 있었다. 나와 도코 외부 사이에 아무런 벽도 없는 듯이 말이다. 어떻든 도코 바깥의 호수와 언덕, 배경 숲이 전경으로 보이고, 이런 '자연 경관'의 한 가운데에 있는 나의 근처에 200여 몸뚱이들이 떠있는 모습을 상상해 보라. 내가 얼마나 놀랐는지는 독자들도 짐작할 것이다.

동료들은 말없이 나를 쳐다봤다. 다른 때 같았으면 나의 놀라는 모습에 웃음을 터뜨렸을 텐데 지금은 심각한 표정들이었다.

좀 더 자세히 관찰해 보니 그들은 대체로 나의 동료들보다 체구가 작고, 일부는 아주 이상하고 괴물 같은 형상을 하고 있었다.

"저들은 뭘 하고 있는 건가요? 명상 중인가요?" 곁에 있는 타오에게 속삭이듯 물었다.

"리티올락을 손에 쥐세요, 미셸. 팔에 걸려 있어요."

나는 그 말대로 했다. 그녀가 내 질문에 답했다. "저들은 죽었어요. 모두 시신들이죠."

"죽어요? 언제요? 모두 함께 죽었어요? 사고가 있었나요?"

"일부는 이곳에 있은 지 1,000년 정도 됐어요. 가장 최근에 죽은 사람은 60년 정도 될 거예요. 지금 당신의 놀란 상태를 보니 리티올락을 제대로 조종하지 못할 것 같군요. 라톨리와 내가 당신을 인도할게요."

두 사람이 나를 양쪽에서 부축한 채로 우리는 시신들 사이를 이동하기 시작했다. 예외 없이 모두 벌거벗은 상태였다.

결가부좌를 한 시신도 있었다. 그의 머리카락은 길고 불그스름한 금발이었다. 서 있었다면 키가 2m 정도 될 듯했다. 피부는 황금빛인데 남자로서는 매우 잘 생긴 용모였다. 사실 그는 자웅동체보다는 남성의 모습이었다.

좀 떨어진 곳에 여성이 누워있었다. 피부는 뱀이나 나무의 껍질처럼 거칠었다. 이상한 용모 때문에 나이를 짐작하기는 어려웠지만 젊은 여성 같았다. 피부색은 주황이고, 짧은 곱슬머리는 녹색이었다.

가장 놀라운 점은 그녀의 유방이었다. 무척 큰 유방인데 서로 10cm 정도 떨어져 있는 젖꼭지가 두 개씩 있었다. 키는 대략 180cm였다. 허벅지는 가늘고 근육질이며 종아리는 아주 짧았다. 발에는 커다란 발가락이 세 개씩 있었지만 손은 우리와 똑같이 생겼다.

우리는 시신들을 하나씩 관찰하며 돌아다녔다. 박물관에서 밀랍 인형들 사이를 이리저리 다니며 관찰하는 기분이었다.

모든 시신의 눈과 입은 닫혀있었다. 자세는 둘 중의 하나였다. 결가부좌로 앉아 있거나 두 팔을 옆구리에 가지런히 붙인 채 누워있었다.

"어디서들 왔나요?" 내가 작은 목소리로 물었다.

"여러 행성에서요."

우리는 한 남자의 시신 앞에서 긴 시간을 보냈다. 한창 나이에 죽은 듯했다. 긴 곱슬머리는 밝은 밤색이었다. 손발은 나와 비슷했다. 지구인과 무척 닮은 용모를 하고 있었다. 신장은 180cm 정도였다. 얼굴은 부드러운 표정에 귀티가 흘렀고, 턱에는 부드러운 수염이 나 있었다.

타오를 쳐다보니 그녀의 시선이 내게 고정돼 있었다. "지구인이라고 할 수도 있겠어요." 내가 말했다.

"어떤 의미에서는 그렇고, 다른 의미에서는 안 그래요. 당신도 그에 관해 많은 얘기를 들어 잘 아는 사람이에요."

흥미를 느껴 그의 얼굴을 좀 더 자세히 관찰했다. 타오가 텔레파시로 "그의 손발과 옆구리를 보세요"라고 말했다.

타오와 라톨리는 나를 그 시신에 더 가까이 데려갔다. 그의 두 발과 손목에 흉터가 있고, 옆구리에는 20cm 길이의 베인 상처가 있었다.

"그에게 무슨 일이 있었죠?"

"십자가형을 당했어요, 미셸. 이것이 바로 우리가 아침에 얘기했던 그리스도의 시신이에요(종교적인 그림과 조각들을 보면 사람을 십자가형에 처할 때 손바닥에 못이나 징을 박는 것으로 묘사한다. 그러나 인체 해부학에 따르면 손바닥 뼈 사이의 부드러운 조직은 십자가에 매달린 사람의 체중을 지탱할 만큼 강하지 않다. 따라서 징은 손가락 사이로 빠져버린다. 반면 손목에 박힌 징은 뼈 사이에 고정되므로 훨씬 더 강력한 지지력을 보인다. 편집자 주)."

다행히 동료들은 나의 반응을 예상해 나를 단단히 부축하고 있었다. 당시 나는 너무 놀라서 리티올락을 제대로 조종할 수 없었다.

지구에서 그토록 많은 사람들에게 숭배의 대상이자 대화의 주제였던 그리스도. 지난 2,000년 동안 그토록 많은 논의와 연구의 대상이었던 그리스도의 시신이 내 눈앞에 있었던 것이다.

나는 시신을 만져보려고 손을 뻗었다. 그러나 동료들은 그렇게 못하게 하면서 나를 뒤로 끌어당겼다.

"당신의 이름은 도마가 아니에요. 왜 꼭 만져봐야 하나요? 마음속에 의심이 남아 있나요?" 타오가 말했다. "당신은 오늘 아침 내가 한 말을 확인시켜 주는군요. 사람들은 증거를 원한다는 말이요."

시신을 만져보려 했던 것이 몹시 부끄러웠다. 타오는 내가 후회하는 것을 이해했다.

"알아요, 미셸. 당신이 본능적으로 그랬다는 걸. 이해해요. 하지만 어떤 경우에도 이곳의 시신들을 만지면 안 됩니다. 7인의 타오라들을 제외하고는 누구도 그러면 안 돼요. 사실 시신들을 이곳에 떠있는 상태로 보존하도록 만든 것은 타오라들이에요. 보면 알겠지만 시신들은 아무런 장치의 도움도 없이 저렇게 떠 있잖아요."

"시신들은 모두 생전의 모습 그대로인가요?"

"물론이죠."

"그런데 어떤 방법으로 보존하나요? 모두 몇 명이나 되고, 또 왜 보존하죠?"

"당신을 지구에서 데려올 때 이런 말을 해줬는데 기억하나요? 당신의 질문 중에는 우리가 대답해줄 수 없는 것들이 있을 거라고 말했었죠. 당신이 꼭 알아야 할 내용은 우리가 가르쳐 주겠지만, 어떤 점들은 당신이 기록해선 안 되기 때문에 계속 '미스터리'로 남을 것이라고 설명했었죠. 당신이 방금 질문한 것은 그런 이유에서 답변해줄 수 없어요. 하지만 이 도코 안에 147구의 시신이 있다는 것은 말해줄 수 있어요."

더 이상 캐물어봤자 소용이 없음을 깨달았다. 그러나 시신들 사이를 돌아다니면서 나는 또 다른 뜨거운 질문을 던졌다.

"모세의 시신도 있나요? 그리고 모든 시신들이 바닥도 없는 이 도코 안에 떠있는 이유는 뭔가요?"

"지구 출신으론 그리스도의 시신밖에 없어요. 이들이 떠있는 이유는 완벽한 보존을 위해서지요. 이 호수 물의 특별한 성분이 보존에 도움이 되죠."

"다른 시신들은 누구인가요?"

"다양한 행성들에서 왔는데, 생전에 모두 중요한 역할을 맡았던 사람들이죠."

지금도 잘 기억나는 시신이 하나 있었다. 키는 50cm 정도였지만 형태는 지구 생명체를 닮았다. 다만 피부색이 어두운 노랑이고 눈이 없었다. 대신 이마에 뿔 같은 게 있었다. 어떻게 사물을 볼 수 있느냐고 묻자, 그 뿔 같은 돌기의 끝에 파리의 눈 같은 다면체 눈이 두 개 있다고 했다. 감긴 눈꺼풀에 여러 개의 균열이 나 있는 게 보였다.

"자연은 정말로 이상하군요." 내가 중얼거렸다.

"말했듯이 이곳의 시신들은 각각 다른 행성에서 왔어요. 각 행성 주민들의 생김새는 자연이 결정하고, 그들은 그 조건에 따라 살아야 합니다."

"아르키처럼 생긴 시신은 안 보이네요."

"미래에도 못 볼 거예요."

이유는 모르겠지만 이 문제를 계속 거론해서는 안 된다는 '느낌' 이 들었다.

이 소름끼치는 장소에서 나는 북미 인디언을 닮은 시신들을 봤지만 그들은 인디언이 아니었다. 아프리카 흑인을 닮은 시신들도 봤지만 역시 아니었다. 일본인 같은 시신도 봤지만 역시 일본인이 아니었다. 타오가 말했듯이, 지구에서 온(이렇게 표현할 수 있다면) 시신은 그리스도뿐이었다.

이 특이하고 흥미로운 장소에서 한동안 시간을 보낸 후 친구들은 나를 밖으로 데리고 나왔다. 숲의 향기를 실은 미풍이 우리들을 어루만졌다. 기분이 무척 상쾌해졌다. 무척 흥미롭긴 했지만 그런 장소를 구경한 뒤여서 그런지 매우 피곤했다. 타오가 눈치를 채고는 활기찬 목소리로 말했다. "미셸, 준비됐어요? 집으로 가죠."

그녀는 의도적으로 프랑스어로 말했다. 억양도 명백히 '지구인 같은' 억양이었다. 저녁의 산들바람 만큼이나 기운을 북돋는 말투였다. 나는 리티올락을 손에 쥐고 친구들과 함께 하늘로 솟아올랐다.

우리는 바위산 경사면을 뒤덮은 거대한 숲 위로 날아갔다. 산꼭대기 상공에서 우리는 다시 한 번 끝없이 펼쳐진 망망대해를 찬탄하며 바라봤다. 으스스한 오후를 겪어서였는지 그것과는 대조적인 이 행성이 훨씬 더 아름답게 보였다. 이 모두가 꿈이나 환영은 아닐까, 내 마음이 나를 속이고 있지는 않을까 하는 생각이 순간적으로 다시 떠올랐던 게 기억난다.

늘 그렇듯이 타오는 나를 주시하고 있었다. 채찍질처럼 날카로운 명령이 텔레파시로 내 머리 속에서 울리면서 나의 부질없는 의심을 몰아냈다. "미셸, 리티올락을 누르지 않으면 해수욕을 하게 될 거예요. 그리고 서둘지 않으면, 어둡기 전에 도착하지 못해요. 밤이 되면 당신이 약간 불편해질지도 몰라요."

실제로 생각에 빠진 사이에 내 몸은 수면을 향해 하강하다가 거의 파도에 닿을 뻔했다. 리티올락을 쥔 손에 힘을 줬고, 내 몸은 화살처럼 치솟았다. 나는 하늘 높이 있는 타오 일행과 다시 합류했다.

태양은 이미 상당히 낮아졌고, 하늘은 무척 깨끗했다. 바다는 놀랍게도 오렌지색을 띠고 있었다. 바닷물이 그런 색상을 보일 수 있을 줄은 상상도 못했다. 그 점에 관해 텔레파시로 묻자, 하루 중 이 시간에는 오렌지색의 거대한 플랑크톤 떼가 수면으로 올라온다는 설명이 되돌아왔다. 그 바다에는 플랑크톤이 엄청나게 많은 듯했다. 얼마나 멋진 광경인가! 하늘은 청록색이고 바다는 오렌지색. 그리고 만물은 황금색 빛에 감싸여 있었다. 티아우바에서는 사방에서 황금빛이 발산되는 듯했다.

갑자기 친구들이 고도를 높였고, 나도 따라 올라갔다. 우리는 해발 1,000m 정도의 고도에서 처음에 왔던 방향(북쪽인 것 같았다)을 향해 시속 300km까지 속도를 높였다.

석양 쪽을 바라보니 수면에서 폭넓은 검은 띠가 나타났다. 물어볼 필요도 없이 곧바로 대답이 왔다.

"여러 대륙 중 하나인 누로아카에요. 아시아 대륙 전체만큼이나 넓은 곳이에요."

"저곳에 가나요?" 내가 물었다.

놀랍게도 타오의 응답이 없었다. 그녀가 내 질문을 무시하기는 그 때가 처음이었다. 나의 텔레파시 힘이 약했기 때문이었을까. 그래서 이번에는 프랑스어로 재차 큰 목소리로 물었다.

"저길 보세요." 타오가 말했다.

고개를 돌려보니 온갖 색상의 새떼가 구름처럼 몰려왔다. 우리의 진로와 교차하기 직전이었다. 나는 충돌을 우려해 수백m 아래로 급강하했다. 새떼는 엄청난 속도로 스치듯 지나갔다. 새들의 속도가 빨라서였을까, 아니면 우리의 속도가 빨라서였을까? 새떼가 그토록 빠르게 사라진 이유는 양측의 속도가 결합됐기 때문일 것이다. 그런데 나는 깜짝 놀랐다.

위를 쳐다보니 타오 일행은 고도를 변경하지 않았었다. 그런데 어떻게 새떼와 충돌하지 않았을까? 타오를 보며 그녀가 내 질문을 들었음을 알았다. 방금 전 그녀가 내 질문을 무시한 이유는 마침 그 때 새들이 나타났기 때문이라는 생각이 들었다.

또 이미 타오에게 익숙해진 만큼 그녀가 내 질문을 무시한 데는 나름대로 이유가 있어서임을 알기 때문에 나는 더 이상 그 문제를 생각하지 않았다. 대신 날개 없이 하늘을 날아다니는 기회를 맘껏 즐기기로 했다. 또 태양이 수평선을 향해 내려가면서 서서히 변해가는 주변의 아름다운 색조에 한껏 취하기로 했다.

하늘을 뒤덮은 파스텔풍의 색조들은 형언할 수 없을 정도로 장엄했다. 이 행성에서 볼 수 있는 온갖 색상의 조화를 이미 목격했다고 생각했지만 그것은 착각이었다. 현재의 비행 고도에서 보이는 하늘의 색채 효과는 때론 바다의 색상과 대비되고 때론 그것을 완벽하게 보완하면서 장관을 이뤘다. 늘 변하면서 항상 아름다운 이런 색상의 조화를 자연이 만들어 낼 수 있다니 얼마나 놀라운가! 전에 나를 기절하게 만들었던 '취기(醉氣)' 가 다시 느껴졌다. 간단명료한 명령이 전달됐다.
"즉시 눈을 감아요, 미셸."

눈을 감았다. 취기가 약해졌다. 그러나 눈을 감은 채 리티 올락을 조종해 대형을 유지하기가 쉽지 않았다. 게다가 나는 이 분야에선 초보자였다. 결국 나는 좌우상하로 오락가락 비행했다.

또 다른 지시가 떨어졌다. 이번에는 덜 긴박했다. "라티오누시의 등을 쳐다보세요, 미셸. 그에게서 눈을 떼지 말고 그의 날개를 주시하세요."

눈을 뜨고 앞에 있는 라티오누시를 쳐다봤다. 이상하게도, 그의 어깨에서 검은 날개가 돋아나와 있다는 사실이 전혀 놀랍지 않았다. 모든 정신을 그 날개에 집중시켰다. 시간이 흐른 뒤 타오가 다가와 프랑스어로 말했다. "거의 다 왔어요, 미셸. 우리를 따라오세요."

라티오누시의 날개가 이젠 안 보인다는 사실도 전혀 이상하지 않았다. 나는 그들을 따라 수면을 향해 하강했다. 착색된 식탁보에 박힌 보석처럼 보이는 섬 하나가 시야에 들어왔다. 나의 도코가 자리 잡은 섬이었다. 석양이 파도 속으로 잠길 때쯤 우리는 환상적인 색채의 불길을 뚫고 빠른 속도로 섬을 향해 하강했다. 서둘러 도코에 가야했다. 아름다운 빛깔들로 야기된 '취기'가 다시 나를 압도할 것 같았다. 두 눈을 약간 감지 않을 수 없었다. 이제 우리는 수면선상에서 날아갔다. 곧이어 해변을 가로질러 나의 도코를 둘러싼 숲속으로 진입했다. 그러나 나의 착륙은 성공적이지 못했다. 정신을 차려보니 나는 도코 안의 의자 등받이에 걸터앉아 있었다.

라톨리가 즉각 내 곁으로 달려왔다. 그녀는 내 리티올락의 시동 버튼을 끄면서 괜찮은지 물었다.

"괜찮아요. 그런데 그 색깔들…" 나는 말을 더듬었다.

그 자그마한 사고에 웃는 사람은 없었다. 모두들 약간 슬픈 듯이 보였다. 내가 그토록 내팽개쳐지듯 착륙하리라고는 누구도 예상하지 못했다. 우리는 모두 자리에 앉아 붉은색과 녹색의 음식과 꿀물을 먹었다.

배가 많이 고프지는 않았다. 마스크를 벗었더니 좀 더 정신이 맑아지기 시작했다. 빠르게 어둠이 내려깔렸다. 티아우바에서는 늘 그랬다. 우리는 어둠 속에 앉아 있었다. 나는 그들을 간신히 구별했지만 그들은 대낮처럼 쉽게 나를 볼 수 있다는 사실에 다시 한 번 경이감을 느꼈다.

아무도 말하지 않았다. 모두 침묵 속에 앉아 있었다. 별들이 하나둘씩 나타나, 마치 하늘에서 터진 불꽃이 그대로 '얼어붙은 듯' 찬란한 색깔로 빛났다. 티아우바의 대기권 가스층은 지구와 달라서 별들이 다양한 색상으로 훨씬 크게 보였다.

내가 돌연 정적을 깨며 지극히 자연스런 질문을 던졌다. "지구는 어디 있죠?"

마치 그 질문을 기다렸다는 듯 그들은 일제히 일어섰다. 라톨리가 나를 아기처럼 안아 올린 후 우리는 밖으로 나갔다. 다른 사람들이 길을 안내하면서 우리는 해변으로 이어지는 넓은 길을 따라갔다. 라톨리는 해변의 축축한 백사장에 나를 내려놓았다.

하늘은 시간이 지날수록 더 많은 별빛으로 밝아졌다. 마치 거대한 손이 샹들리에의 전등을 켜는 듯했다.

타오가 다가와 그녀답지 않은 슬픈 목소리로 속삭이듯 말했다. “수평선 바로 윗부분에 네 개의 별이 보이세요, 미셸? 거의 사각형을 이루고 있지요. 위쪽 오른 편의 녹색 별은 나머지보다 더 밝게 빛나요.”

“네, 그것이… 맞아요. 사각형이에요. 그리고… 녹색도 맞네요.”

“거기에서 사각형의 오른 쪽을 보세요. 약간 더 높은 곳을. 그러면 두 개의 붉은 별이 서로 아주 가까이 있는 게 보일 거예요.”

“보여요.”

“그 중에 오른 쪽 별을 기준으로 약간 더 높은 곳을 보세요. 아주 작은 흰색 별이 보이나요? 간신히 보일 거예요.”

“보이는 것 같아요… 네, 보여요.”

“그 왼쪽으로 약간 높은 곳에 작은 노란색 별이 있죠.”

“네, 있어요.”

“그 작은 흰색 별이 지구를 밝혀주는 태양이에요.”

“그러면, 지구는 어디 있죠?”

“여기서는 안 보여요, 미셸. 우리는 너무 먼 곳에 있어요.”

나는 그 작은 흰색 별을 한동안 응시했다. 형형색색의 큰 별들로 가득한 우주에서 그 별은 너무도 하찮게 보였다. 그러나 그 별이 어쩌면 지금 이 순간에 나의 가족과 집에 따뜻한 햇볕을 보내주고 식물들의 발아와 성장을 촉진하고 있는지도 몰랐다…….

'나의 가족' 이란 말이 갑자기 낯설게 느껴졌다. '호주' 가 지구에서 가장 큰 섬이란 사실을 떠올리기도 부질없어 보였다. 지구 자체가 안 보이는 판이었다. 그런데도 우리는 같은 은하계에 속한다고 들었다. 그리고 우주에는 그런 은하계가 수천 개나 존재한다고…….

그렇다면 도대체 우리 인간의 몸뚱이는 무엇이란 말인가? 지금은 원자보다 훨씬 더 큰 존재라고 말하기도 어려웠다.

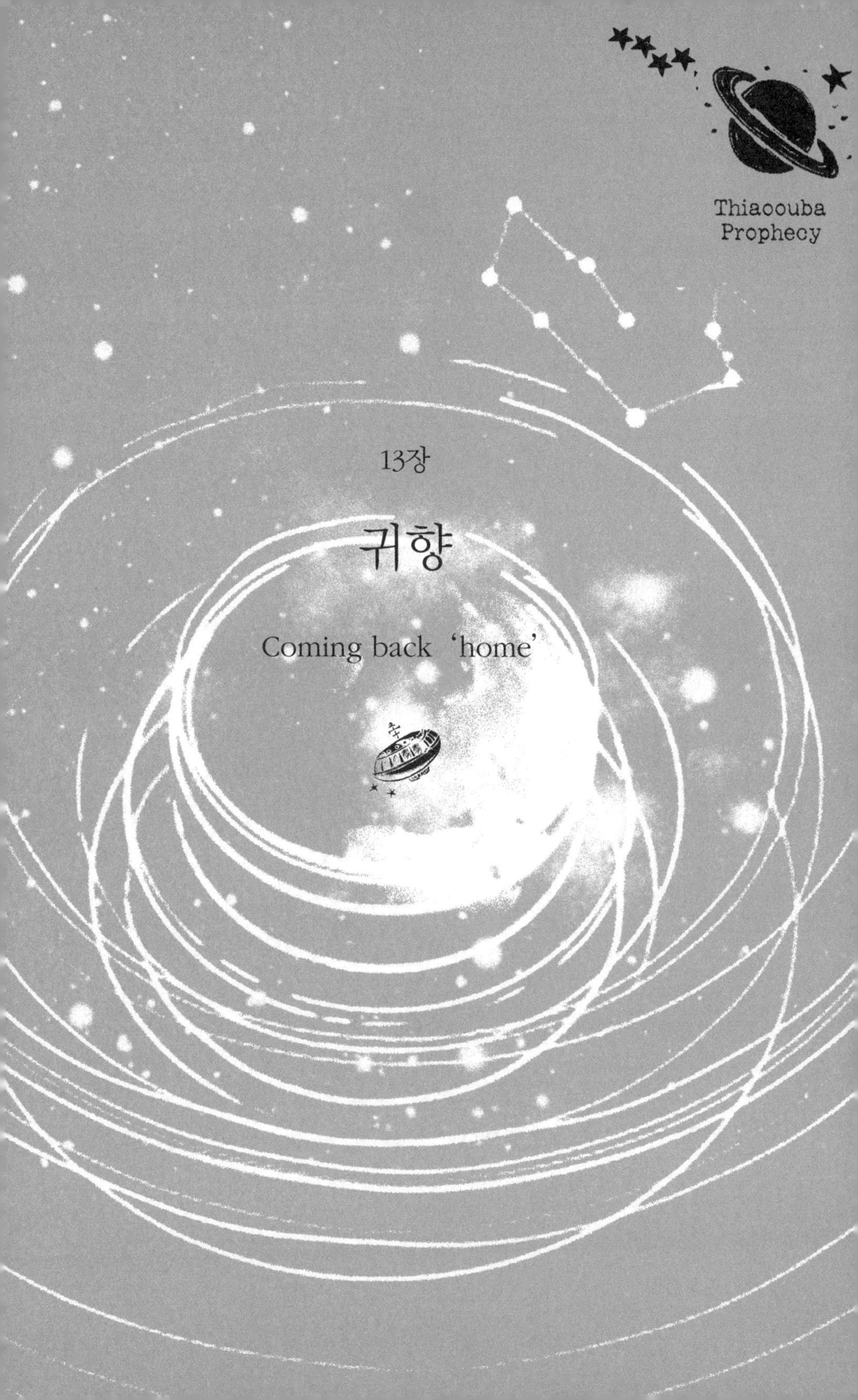

13장

귀향

Coming back ‘home’

지붕의 아연철판이 작열하는 태양 광선으로 달라올라 삐걱거린다. 베란다에서도 땡볕의 열기가 느껴진다. 나는 정원을 가르는 빛과 그림자의 유희를 지켜보며, 창공을 노니는 새들의 노랫소리를 듣고 있다. 하지만 슬프다.

내게 쓰도록 요구됐던 이 책의 12장을 방금 끝냈다. 그 일이 항상 쉽지는 않았다. 세부적인 사항이 기억나지 않을 때가 많았다. 타오가 말했던 특정한 내용들을 기억해내느라 여러 시간을 보내곤 했다. 그래도 기억나지 않아 화가 난 순간, 갑자기 그 모든 것들이 세세한 내용까지 떠오르기도 했다. 마치 어떤 목소리가 귓가에서 단어들을 불러주는 듯했다. 글을 너무 오랫동안 써서 손에 경련이 일어나기도 했다. 각종 이미지들이 3시간 동안, 때론 그보다 길거나 짧게, 머릿속으로 밀려들어 오곤 했다.

책을 쓰는 동안 수많은 표현들이 앞 다퉈 마음속에 떠오를 때면 속기라도 배워뒀으면 좋았을 텐데 하는 생각이 들기도 했다. 그리고 이제, 그 묘한 느낌이 돌아왔다.

"거기, 타오에요?" 이렇게 묻기도 여러 차례였지만 한 번도 대답이 없었다. "타오, 비아스트라, 라톨리, 라티오누시 중 한 사람인가요? 제발 어떤 신호라도 주세요. 소리라도 내보세요. 제발 대답 좀 해 봐요!"

"나를 불렀어요?"

아내가 달려온 것을 보니 내 목소리가 너무 컸나 보다. 그녀는 앞에 서서 나를 유심히 쳐다봤다.

"아니."

"이런 일이 너무 자주 일어나요. 당신 혼자서 말하는 거요. 그 책이 빨리 끝나 당신이 '정말로' 지구에 돌아오면 좋겠어요!"

아내가 나갔다. 불쌍한 리나! 지난 몇 달 동안 그녀도 어려운 시간을 보냈다. 안 그럴 수가 없었을 것이다. 어느 날 아침 일어나 보니 10일 만에 돌아온 남편이 소파 위에 뻗어있었다. 남편은 사색이 된 낯빛에 숨도 제대로 못 쉬며 잠을 자려고 안간힘을 쓰고 있었다. 그 때 나는 아내에게 메모를 봤냐고 물었다.

"봤어요. 그런데 어디 갔다 온 거예요?"

"믿기 어렵겠지만, 외계인들에게 붙잡혀 그들의 행성에 갔었어. 모든 걸 얘기해줄게. 하지만 지금은 잠 좀 자야겠어. 가능한 한 오랫동안. 이제 자러 갈게. 당신을 깨우지 않으려고 여기 누워있었던 거야."

"다른 이유 때문에 그렇게 피곤한 것은 아니죠?" 아내의 목소리에는 고통과 기쁨의 감정이 뒤섞여 있었다. 그녀의 걱정하는 마음을 느낄 수 있었다. 하지만 아내는 나를 자게 했고, 나는 무려 36시간을 잤다. 눈을 떠보니 내 쪽으로 몸을 기울이고 있는 아내가 보였다. 근심스럽게 중환자를 지켜보는 간호사 같은 표정이었다.

"좀 어때요?" 아내가 물었다. "의사를 부를까 했어요. 그렇게 오랫동안 꿈쩍도 않고 자는 모습은 처음 봐요. 그리고 꿈을 꾸는지 자면서 이름을 불러대더군요. '아르키'가 누구에요? '아키'던가. 또 '타오'는요? 내게 얘기해 줄 건가요?"

나는 미소를 지으며 아내에게 키스했다. "모든 걸 얘기해 주겠소."

"그래요. 해 주세요."

"진지하게 들어야 돼. 내가 하려는 얘기는 정말로 중요한 거야. 하지만 같은 얘기를 두 번 하고 싶지는 않아. 아들 녀석을 불러와요. 두 사람한테 한꺼번에 얘기하게."

…….

3시간 뒤, 나는 그 놀라운 모험담을 대충 끝냈다. 아내는 이런 부류의 얘기를 잘 안 믿는 편이었다. 그러나 내 목소리의 특정한 억양이나 표현들에서 뭔가 정말로 심각한 일을 남편이 겪었음을 감지했다. 27년을 함께 살다 보면 감이라는 게 있는 법이다.

온갖 질문이 쏟아졌다. 특히 아들 녀석이 질문을 많이 했다. 그 아이는 늘 지적인 존재들이 사는 외계 행성들의 존재를 믿었기 때문이었다.

“증거가 있어요?” 아내가 물었다. ‘지구인들은 증거를 추구해요, 미셸. 항상 더 많은 증거를 원하죠’ 라고 했던 타오의 말이 생각났다. 다른 사람도 아닌 내 마누라에게서 그런 질문을 받으니 약간 실망스러웠다.

“아니, 없어. 하지만 내가 쓰는 책을 읽어보면 내 말이 진실임을 알게 될 거야. 당신은 ‘믿을’ 필요가 없어. 그냥 ‘알고’ 있으면 돼.”

“날더러 친구들한테 ‘남편이 방금 티아우바 행성에서 돌아왔다’ 고 말하라고요?”

나는 아내에게 이 문제를 누구에게도 말하지 말라고 부탁했다. 내가 받은 지시는 말하는 게 아니고 먼저 쓰는 것이었기 때문이었다. 왠지 그렇게 하는 게 나을 듯싶었다. 말은 쉽게 사라지지만 글은 오래 남기 때문이다.

여러 달이 지났고, 이제 집필도 끝났다. 출판하는 일만이 남았다. 이에 관해 타오는 별다른 문제가 없을 것이라고 장담했다. 지구로 돌아오는 우주선 안에서 내가 던진 질문에 대해 타오가 한 말이었다.

‘우주선.’ 너무나도 많은 것들을 생각나게 하는 단어였다…….

그 마지막 날 저녁, 해변에서 타오는 아주 작은 별을 가리키며 태양이라고 알려줬다. 지금 나로 하여금 땀을 흘리게 만드는 지구의 태양이었다. 우리는 비행 플랫폼을 타고 우주 기지를 향해 빠른 속도로 이동했다. 말하는 사람은 아무도 없었다. 이륙 준비가 된 우주선 한 대가 기다리고 있었다. 어둠 속에서 그 기지로 가는 동안 나는 친구들의 오로라가 평소처럼 밝게 빛나지 않음을 느꼈다. 빛깔이 좀 더 가라앉은 상태로 몸에 가까이 붙어있었다. 나는 놀랐지만 아무 말도 하지 않았다.

우주선에 탔을 때 나는 우리가 특별 임무를 띠고 인근의 다른 행성으로 여행을 가는 것으로 생각했다. 타오가 아무 말도 안 해 줬기 때문이었다.

이륙은 정상적인 절차에 따라 이뤄졌고 별다른 문제도 없었다. 황금빛의 티아우바가 급속도로 작아지는 것이 보였다. 몇 시간, 혹은 다음 날 다시 티아우바로 돌아온다고 생각했다. 몇 시간이 지난 뒤 마침내 타오가 내게 말을 했다.

"미셸, 우리의 슬픔을 눈치 챘다는 거 알아요. 정말로 그래요. 유난히 슬픈 작별이 있어요. 동료들과 나는 그동안 당신에게 무척 정이 들었어요. 우리가 슬퍼하는 이유는 이번 여행을 끝으로 당신과 헤어져야 하기 때문이에요. 우리는 지금 당신을 지구로 데려가는 중이에요."

가슴 한쪽이 다시 미어지는 듯했다.

"너무 급하게 떠났다고 우리를 원망하지 않기를 바라요. 당신의 아쉬워하는 마음을 덜어줄려고 그랬던 거예요. 좋아하는 곳을 떠날 때는 늘 아쉬움이 생기잖아요. 당신이 우리 행성과 우리들을 무척 좋아한다는 거 알아요. '오늘이 마지막 밤이다' 든가, '이것, 혹은 저것을 볼 마지막 기회다' 라는 생각을 머릿속에서 지우기는 어렵지요."

나는 고개를 숙였다. 아무런 할 말이 없었다. 모두들 한동안 말없이 앉아 있었다. 팔다리와 장기들이 무거워진 듯 몸이 처지는 것을 느꼈다. 천천히 고개를 들어 타오를 힐끗 쳐다봤다. 그녀는 훨씬 더 슬퍼하는 듯했다. 그리고 뭔가가 보이지 않았다. 그렇다, 그녀의 오로라였다.

"타오, 어찌 된 일이죠? 당신의 오로라를 더 이상 볼 수가 없어요."

"그게 정상이에요, 미셸. 위대한 타오라가 당신에게 두 가지 능력을 부여했었죠. 오로라를 보는 능력과 언어를 이해하는 능력이요. 배우는 데 도움이 되라고 그랬죠. 하지만 그것은 제한된 시간 동안만 부여된 능력이에요.

그 시간이 다 됐어요. 그렇다고 슬퍼하진 마세요. 어차피 당신에겐 없었던 능력이잖아요. 당신이 정말로 가져가야 할 것은 지식이에요. 당신과 수백만 지구인들이 혜택을 보게 될 지식이죠.

그것이 각종 언어를 이해하고 오로라를 볼 수 있는 능력보다 더 중요하지 않나요? 게다가 오로라를 본다고 해도 그 의미를 해석할 줄 모르면 무의미하죠. 오로라는 보는 것보다는 해석하는 게 중요해요."

맞는 얘기였지만 그래도 실망스러웠다. 그들의 오로라가

내는 광채에 이미 상당히 친숙해져 있었기 때문이었다.

"섭섭해 하지 말아요, 미셸." 내 생각을 읽은 타오가 말했다. "대다수 지구인들에게는 빛나는 오로라가 없어요. 그런 것과는 거리가 멀죠. 수백만 지구인들의 생각과 관심사는 물질적인 것에 너무 얽매여 있어서 그들의 오로라는 몹시 탁해요. 당신이 보게 된다 해도 실망할 거예요."

나는 그녀를 유심히 쳐다봤다. 곧 그녀를 못 보게 될 것이기 때문이었다. 그녀는 큰 체구임에도 너무나 균형이 잘 잡혔다. 상냥하고 예쁜 얼굴에는 주름살 하나 없었다. 입, 코, 눈썹 등 모든 게 완벽했다. 갑자기, 오랫동안 잠재의식 속에서 커져오던 의문이 무의식적으로 튀어나왔다.

"타오, 당신들 모두가 자웅동체인 이유가 있나요?"

"네, 중요한 이유가 있지요, 미셸. 그 질문을 좀 더 일찍 하지 않아서 놀랐었는데.

우리는 고차원의 행성에 사는 존재들이에요. 이는 우리가 지닌 모든 물질적인 것들도 역시 우수하다는 뜻이에요. 당신도 직접 봤으니까 알 겁니다. 우리는 육체를 포함한 다양한 몸체들도 우수해요. 이런 영역에서 진보할 수 있는 데까지 진보해왔어요. 스스로 여러 몸체를 재생할 수 있고, 죽지 않도록 할 수 있고, 소생시키거나 심지어 창조할 수도 있어요. 그러나 육체 안에는 성기체 같은 다른 몸체들이 있어요. 모두 합해 9개의 몸체가 있죠. 지금 관심을 가져야 할 것은 유체(fluidic body)와 생리체에요. 유체는 생리체에 영향을 미치고, 생리체는 육체에 영향을 주죠.

유체 속에는 6개의 주요 지점이 있는데, 우리는 그 점들을 '카롤라'로 부릅니다. 지구의 요가 수행자들이 '차크라'라고 부르는 곳이에요. 첫 번째 차크라의 위치는 코 위로 1.5cm, 두 눈썹 사이에 있어요. 유체의 '뇌'에 해당되며, 같은 높이에 있는 두뇌 속의 송과체와 상호작용을 합니다. 타오라는 바로 그 차크라에 손가락을 얹어 당신 내부의 언어 이해 능력을 해방시켰어요.

그리고 유체의 밑바닥에, 그리고 성기의 바로 위에 매우 중요한 차크라가 있는데, '물라다라'라고 합니다. 요가 수행자들은 '새크리드'라고 부르지요. 이 차크라 위쪽에서 척추와 만나는 부분에는 '팔란티우스' 차크라가 있습니다.

팔란티우스는 코일 스프링처럼 생겼는데, 이완될 때에만 척추 밑 부분에 닿아요.

그것이 이완되기 위해선 남녀 간의 성행위가 필요합니다. 서로 사랑할 뿐만 아니라 영적으로 비슷한 남녀 사이의 성행위를 말하는 거예요. 그런 조건 하에서 성행위가 완성될 때 팔란티우스가 늘어나 척추에 닿게 됩니다. 그러면서 에너지와 특별한 능력을 생리체에 전달하고, 이는 다시 육체에 영향을 미칩니다. 이럴 경우 두 남녀는 일반적인 경우보다 훨씬 더 강한 성적 만족감 속에 행복을 느낍니다.

진정으로 사랑하는 사람들 사이에서 '기쁨의 극치에 도달했다'든가 '환희를 느꼈다'든가 '공중에 떠다니는 느낌이었다' 는 말을 듣게 되면, 그것은 곧 그들이 육체적 정신적으로 일체가 됐으며 '천생연분' 이라는 것을 의미해요. 적어도 그 순간만큼은.

지구의 일부 밀교도들은 그런 경지에 도달했습니다. 하지만 흔한 경우는 아니에요. 역시나 종교가 우스꽝스러운 의식과 금기로 그런 목표에 도달하는 것을 방해하기 때문이지요. 숲을 보면서 나무는 못 보는 경우에요.

다시 사랑하는 사람들 얘기로 돌아가죠. 남성은 지극한 만족감을 느꼈고, 이는 유익한 진동으로 바뀌어 팔란티우스에 전달됩니다. 진실한 사랑과 완벽한 궁합 덕분에 나타나는 현상입니다. 이 모든 행복의 느낌들은 완벽한 성행위의 결과죠. 여성의 행복감은 남성과는 다르지만 그 과정은 동일합니다.

이제 당신의 질문으로 돌아가죠. 티아우바에서 우리는 남성이면서 동시에 여성인 몸체를 갖고 있기 때문에 남성과 여성이 느끼는 행복감을 모두, 그리고 마음대로 느낄 수 있습니다. 성적인 쾌감도 한쪽 성(性)만의 존재일 때보다 훨씬 더 크지요. 그래서 우리의 유체도 최고의 상태에 놓이게 됩니다. 우리의 외모는 남성보다는 여성에 더 가까워요. 적어도 얼굴과 가슴의 경우엔 그래요. 일반적으로 남성보다는 여성의 얼굴이 더 예쁘지 않나요, 미셸? 우리도 같은 값이면 아름다운 얼굴을 더 좋아하죠."

"동성애에 대해선 어떻게 생각하나요?"

"남성이든 여성이든 동성애자는 호르몬상의 문제가 아니라면 신경증 환자에요. 환자를 비난해서는 안 됩니다. 하지만 다른 모든 신경증 환자처럼 그들도 치료를 받아야 합니다. 미셸, 어떤 문제든 먼저 자연의 법칙을 생각해 보세요. 그러면 질문에 대한 답이 저절로 나올 거예요.

자연은 모든 생명체에 생식 능력을 부여했습니다. 다양한 종(種)이 계속 유지되도록 하기 위해서였죠. 조물주의 의지에 따라 모든 종에는 암수(雌雄)가 있게 창조됐습니다. 그러나 내가 이미 설명한 이유들 때문에 조물주는 인간에게는 다른 종에 없는 특성들을 추가했어요. 예컨대 여성은 성적인 만족감을 얻으면 꽃처럼 아름답게 피어나는 특성이 있어요. 특별한 수준의 성적 기쁨은 팔란티우스를 이완시키고, 유체를 통해 육체의 기능을 향상시킵니다.

이런 현상은 임신하지 않고도 한 달 중 많은 날 동안 일어날 수 있어요. 반면에 암소는 한 달 중 몇 시간 동안만 수소를 받아들입니다. 생식 본능이 작동할 때에만 짝짓기 욕구가 생기죠. 새끼를 배고 나면 더 이상 수소의 접근을 받아들이지 않아요. 여기서 자연의 피조물 두 종류가 서로 대비가 됩니다. 한 종류는 매우 특별한 존재로 9개의 몸체를 갖고 있어요. 반면에 다른 종류는 3개의 몸체만을 지녀요. 분명히 조물주는 우리들에게 육체 이상의 것들을 부여하려고 각별한 관심을 기울였습니다. 가끔 지구에서는 이 특별한 것들을 '신성한 불꽃'(divine sparks)이라고 지칭하는데, 이는 적절한 비유에요."

"고의적인 낙태를 어떻게 생각하나요?"

"그것이 자연스런 행위인가요?"

"물론 아니에요."

"그렇다면 물을 필요도 없어요. 당신은 이미 답을 알고 있습니다."

타오는 한동안 생각에 잠긴 듯 말없이 나를 쳐다봤다. 그러더니 다시 말을 시작했다.

"지구인들은 약 150년 동안 자연 파괴와 환경 오염을 가속화해오고 있습니다. 이것은 증기력과 연소기관의 발명 이래 시작됐어요. 상황이 돌이키지 못할 정도로 악화되기 전까지 환경오염을 치유할 수 있는 시간은 몇 년 밖에 안 남았습니다. 주된 오염원 중 하나는 휘발유 엔진인데, 이것은 오염을 일으키지 않는 수소 엔진으로 즉각 대체될 수 있어요. 몇몇 다른 행성에서는 수소 엔진을 '청정 원동기'라고 부르죠. 지구에서는 여러 기술자들이 이런 엔진의 시제품을 제작했는데, 휘발유 엔진을 대체할 정도가 되려면 대량으로 생산돼야 합니다. 수소 엔진을 사용하면 휘발유 엔진으로 인한 대기오염을 70%나 줄일 뿐만 아니라 소비자들에게도 더욱 경제적이에요.

대규모 석유 회사들은 이런 청정 엔진의 보편적 사용을 두려워합니다. 석유 판매 수익이 줄어들어 회사가 망할지도 모르기 때문이죠.

각국 정부 역시 막대한 석유 세금의 덕을 봐왔기 때문에 재정이 어려워질 거예요. 결국은 돈 문제로 귀결되지요. 그런 경제적 재정적 차원의 이유 때문에 모든 지구인에게 이익이 될 급진적 변화를 반대하고 있는 겁니다.

지구인들은 이런 정계와 재계의 연합 세력에 의해 자신들이 휘둘리고 협박당하고 착취당하고 심지어 도살장으로 끌려가고 있는 데도 수수방관하고 있습니다. 그런 정경유착에는 심지어 유명한 종교집단들이 가세하기도 해요.

이런 유착 세력들은 교활한 광고 캠페인으로 일반인들을 세뇌시켜 지지 세력으로 만듭니다. 그런 방법이 실패하면 이번에는 정치적 채널을 통해, 그래도 안 되면 종교를 이용하거나 두 영역을 교묘히 섞어 다시 시도하지요.

인류를 위해 뭔가를 해보려는 위대한 인물들은 그냥 살해되고 맙니다. 예를 들어 마르틴 루터 킹 목사와 간디 같은 사람들이죠.

그러나 이제 지구의 일반인들은 더 이상 바보 취급을 당하거나 양떼처럼 도살장으로 이끌려 가서는 안 됩니다. 아이러니컬하게도 그들은 자신들이 소위 민주적 방식으로 선출한 지도자들에 의해 그런 일을 당합니다. 인구가 1억 명인 국가에서 1,000명 정도의 자본가 집단이, 마치 도살장의 도살자처럼 다른 모든 사람의 운명을 결정한다는 것은 불합리하죠.

이 집단은 그동안 수소엔진이란 말이 아예 언급되지 않게 하려고 수소엔진 개발 노력을 철저히 짓눌러왔습니다.

그들은 앞으로 지구에 일어날지도 모를 일에 전혀 신경 쓰지 않습니다. 이기적으로 자신들의 이익만을 추구하죠. 심각한 재앙이 일어날 때쯤에는 자신들은 이미 죽어있을 것이란 계산을 하면서요.

하지만 그것은 큰 착각입니다. 다가오는 재앙의 근원은 공해인데 이것은 나날이 심각해지고 있어요. 그 결과는 예상보다 훨씬 빨리 겪게 될 거예요. 지구인들은 불장난이 금지된 어린이처럼 행동해서는 안 됩니다. 아이들은 경험이 없기 때문에 금기를 어기고 불장난을 하다 결국 화상을 입지요. 일단 데어보면 어른들 말이 옳았다는 것을 '알게' 됩니다. 다시는 불장난을 하지 않겠지만 며칠 동안은 고통스런 대가를 치러야 하겠죠.

불행하게도, 지구인들이 치러야할 대가는 아이의 화상보다 훨씬 더 심각합니다. 지구 전체가 파멸됩니다. 당신들을 도우려는 존재들을 믿지 않으면 두 번째 기회는 없습니다.

최근 환경보호 운동이 추진력을 얻고, 젊은이들이 공해와의 싸움에 분별력 있는 사람들을 동참시키는 현상은 매우 고무적입니다.

아르키가 말했듯이 해결책은 하나뿐입니다. 개인들의 단결하는 것입니다. 단합의 규모가 커지는 만큼 힘도 강해집니다. 환경보호운동은 그 세력이 더욱 강해지고 있으며 앞으로도 그럴 겁니다. 그러나 사람들이 증오심과 적개심, 특히 정치적 인종적 편견을 떨쳐버리는 일이 매우 중요합니다. 환경운동 세력은 국제적으로 단결해야 합니다. 그렇게 하기가 어렵다는 말은 하지 마세요. 지구에는 이미 비폭력적인 대규모 국제 조직이 존재합니다. 국제적십자 같은 조직은 상당히 오랫동안 효과적인 역할을 해왔습니다.

환경보호단체는 환경에 대한 직접적인 피해뿐만 아니라 자동차와 공장에서 나오는 배출가스 같은 매연에서 비롯되는 간접적인 피해도 막아야 합니다.

대도시와 공장의 폐수는 화학 처리된 상태이기 때문에 역시 해로운데 그 상태로 강과 바다로 흘러들어갑니다. 미국에서 배출된 매연은 산성비를 만들어내 이미 캐나다의 40여 개 호수를 오염시켰어요. 북유럽에서도 프랑스의 공장과 독일의 루르 공업지대에서 나온 공해물질로 같은 현상이 나타나고 있습니다.

이제 또 다른 종류의 공해에 관해 얘기하죠. 매우 심각하지만 사람들이 쉽게 무시하는 문제입니다. 위대한 타오라가 당신에게 말했듯이, 소음은 가장 해로운 오염원 중 하나에요. 인체의 전자들을 혼란시키고 신체 기능의 균형을 깨기 때문이에요. 이들 전자에 관해선 아직 자세히 얘기하지 않았어요.

정상적인 인간의 성기체는 약 4×1021개의 전자로 구성돼 있습니다. 그리고 이 전자들의 수명은 대략 1022년이에요. 창조의 순간에 생성된 전자들이죠. 당신의 성기체는 그 전자들로 구성돼 있는데, 당신이 죽을 때 전자들의 19%는 우주의 전자들 속으로 돌아가 있다가 자연의 요구에 따라 새로운 인체나 동식물을 형성하고, 나머지 81%는 당신의 초월자아에 합류합니다."

"당신 얘기를 잘 못 따라 가겠어요." 내가 말했다.

"알아요. 이해가 가도록 도와줄게요. 성기체는 당신이 아는 것 같은 순전한 영혼 상태가 아닙니다. 지구에는 영혼이 그 어떤 것으로도 구성돼 있지 않다는 믿음이 있어요. 이는 착각입니다. 성기체는 인간의 육체 형태와 정확히 맞물리는 무수히 많은 전자들로 구성돼 있어요. 각각의 전자는 '기억'을 갖고 있으며, 평균적인 시립 도서관의 장서들 안에 담겨 있는 만큼의 정보를 저장할 수 있습니다.

놀랍겠지만 내 말이 사실입니다. 이 정보는 암호화되어 있어요. 마치 첩보원이 소맷부리에 숨겨 다닐 정도의 초소형 마이크로필름에 어느 산업시설의 모든 설계도면이 담겨져 있는 것처럼 말이죠. 물론 전자의 크기는 그보다 훨씬 작지요. 지구의 물리학자들 중에도 이제는 그 사실을 하는 사람들이 있습니다. 그러나 일반인들은 아직 모릅니다. 성기체는 이런 전자들을 전달매체로 두뇌의 통로를 통해 초월자아와 메시지를 주고받습니다. 이런 정보 교류는 당신이 모르게 진행됩니다.

성기체를 육체에 보낸 주체는 초월자아이므로, 초월자아가 성기체로부터 정보를 받는 것은 자연스러운 현상이에요.

전자로 구성된 모든 물질처럼 성기체(초월자아의 도구다)는 매우 섬세한 도구입니다. 사람이 깨어있는 동안 성기체는 아주 급한 용건의 메시지를 초월자아에게 보낼 수 있습니다. 하지만 초월자아는 훨씬 더 많은 정보를 필요로 합니다.

그래서 사람이 잠자는 동안 성기체는 육체를 이탈해 초월자아로 들어가 요구된 정보를 전하거나 지시 내지 정보를 받습니다. '밤은 충고를 준다'는 프랑스 속담이 있죠. 이는 보편적인 경험에서 나온 속담입니다. 오랜 경험을 통해 사람들은 어떤 문제의 해결책이 아침에 일어났을 때 떠오르는 경우가 많음을 알게 됐어요.

물론 늘 그렇지는 않아요. 만일 그 '해결책'이 초월자아에 유익한 내용이라면 분명이 아침에 떠오르지만, 그렇지 않다면 기다려봤자 헛수고에요.

그런데, 고도의 특수 훈련을 통해 육체로부터 성기체를 분리시킬 능력이 있는 사람들은 육체와 성기체를 잇는 가느다란 은청색의 줄을 볼 수 있어요. 당신도 직접 본 적이 있죠. 마찬가지로 그들의 성기체도 분리돼 있는 동안은 볼 수 있어요. 성기체를 형성하고 은줄의 시각 효과를 만들어내는 것 모두 같은 전자들입니다.

이제 내 말을 이해하는군요. 마지막으로 소음의 위험성을 설명할게요. 소음은, 라디오나 TV의 용어를 사용하자면 '기생충'(parasite)을 만들어냄으로써 성기체의 전자들을 직접적으로 공격합니다. TV를 시청하고 있을 때 화면에 몇몇 흰색 점이 보이면, 이는 '기생충'이 작동 중임을 나타냅니다. 또 이웃집에서 전기제품을 사용하면 우리 집 TV 화면에 기생충들이 생겨 이미지가 일그러지는 것과 비슷하죠.

성기체에게도 같은 일이 발생합니다. 단지 불행하게도 TV

화면의 경우처럼 쉽게 알아차리지 못한다는 점이 달라요. 게다가 소음이 전자들을 훼손하기 때문에 훨씬 더 나쁜 결과를 초래합니다. 하지만 사람들은 '아, 소음에는 익숙해졌어' 라고 말합니다. 소음이 발생하면 두뇌는 '긴장하고', 정신은 자기방어 메커니즘을 작동시키지만, 성기체는 그렇지 않습니다. 기생충은 성기체의 전자들 속으로 침입하고, 이는 초월자아에 막대한 피해를 줍니다.

귀에 도달하는 소리는 분명히 매우 중요합니다. 특정한 음악 소리는 행복감을 느끼게 할 수도 있습니다. 어떤 음악은 듣기는 좋아도 별다른 영향이 없거나 짜증나게 하는 경우도 있죠. 실험을 해 보세요. 좋아하는 바이올린 곡이나 피아노 곡, 혹은 플루트 곡을 선택해 최대한 크게 연주해 보세요. 당신의 고막에서 느껴지는 통증도 마음에서 느끼는 불쾌감만큼 심하지는 않을 겁니다. 대다수 지구인들은 소음 공해를 무시해도 된다고 생각해요. 그러나 모터바이크 배기관에서 나는 굉음은 매연보다 3~5배나 더 해로워요. 매연은 사람의 목과 폐에 영향을 주지만 소음은 성기체를 상하게 합니다.

그러나 성기체의 사진을 찍어볼 수 없었으니 사람들은 그것에 대해 걱정할 수가 없지요.

지구인들은 증거를 좋아하니까, 이런 점을 생각해 보도록 하세요. 지구에는 유령을 봤다고 주장하는 진실한 사람들이 있어요. 허풍선이들을 얘기하는 게 아닙니다.

그들이 목격한 유령은 실제로는 성기체를 떠난 19%의 전자들이에요. 육체가 죽은 지 3일이 지나면 전자들은 육체로부터 분리됩니다. 그리고 일종의 정전기 효과 때문에 이 전자들은 육체와 동일한 형태를 취한 상태로 보이기도 합니다. 자연에 의해 재활용되기 전에는 '할 일이 없는' 상태지만, 이들 전자 역시 기억을 갖고 있기 때문에 알고 있던 장소들로 돌아가 '출몰' 하기도 합니다. 좋아했던, 혹은 싫어했던 장소들이죠."

"혹은 싫어했던?"

"네. 하지만 그 주제마저 다루려면 당신이 책 한 권으론 안 되고 두 권을 써야 할 거예요."

"당신은 나의 미래를 볼 수 있나요? 물론 할 수 있겠죠. 훨씬 더 어려운 일들도 할 수 있으니까."

"당신 말이 맞아요. 우리는 당신의 전 생애를 '미리 검토' 했어요. 당신의 현재 육체가 죽는 시점까지 봤지요."

"언제 내가 죽죠?"

"내가 말해주지 않을 것임을 알 텐데 왜 물어보세요? 미래를 아는 것은 아주 잘못된 일이에요. 자신의 운명을 들은 사람은 두 가지 잘못을 저지른 겁니다. 첫째, 그 점쟁이가 사기꾼이었을지도 몰라요. 둘째, 미래를 아는 것은 자연에 거슬리는 행위에요. 그러지 않으면 '망각의 강' 에서 지식이 지워지지 않을 것이기 때문이죠."

"많은 사람이 별들의 영향력을 믿고 황도 12궁 별자리를 따르는데, 당신은 어떻게 생각하나요?"

이 질문에 타오는 대답을 않고 미소만 지었다…….

지구로의 귀환 여행은 처음의 여행과 비슷했다. 우주선은 아무데서도 멈추지 않았다. 하지만 나는 다시 한 번 여러 태양 · 혜성 · 행성들과 빛깔들을 감상할 수 있었다.

내가 다시 평행우주를 경유해 돌아갈 것인지를 물었을 때 타오는 그렇다고 대답했다. 그 이유를 묻자 타오는 그것이 목격자들의 반응을 놓고 다툴 필요가 없어지기 때문에 가장 좋은 방법이라고 설명했다.

우리 집 정원을 떠난 지 정확히 9일 뒤, 그리고 똑 같은 한밤중에, 나는 다시 그곳으로 돌아왔다.

저자 후기

(저자는 이 책의 본문에서는 개인적 의견을 밝히는 일이 허락되지 않았다. 그래서 후기를 덧붙여 자신의 생각을 표현했다.[저자와의 협의를 거친 편집자 주])

나는 3년 전에 끝낸 원고에 이 후기를 덧붙이고 있다. 그 3년 동안 이 책을 출판하려 노력했지만 뜻대로 안 됐다. 그러다가 아라푸라 출판사(Arafura Publishing)를 알게 됐고, 출판사측은 이 엄청나고 독특한 얘기를 용감하게 출간했다.

내게는 어려운 시기였다. 기대와는 달리 타오는 내게 어떤 징조도 남기지 않았다. 텔레파시든 신체적이든 어떤 접촉도 없었다. 그러던 어느 날 호주의 케언즈에서 이상한 환영(幻影)을 봤다. 틀림없이 나를 계속 지켜보고 있음을 알려주려는 신호였지만 구체적인 메시지는 없었다. 나는 이제는 안다. 출판 지연이 미리 계획된 일이었음을. 타오가 일련의 자연스런 사건들을 통해 내 책이 가장 적합한 출판사의 관심을 끌게 하는 데는 그 후 두 달밖에 안 걸렸다.

‘그들’(타오와 그녀의 동료들)은 의도적으로 출판을 지연시켰다. 3년 전에는 세상이 아직 그들의 메시지를 받아들일 준비가 안 돼 있었기 때문이다. 그러나 이제는 준비가 됐다. 독자들에게는 터무니없이 들릴지 모르겠지만 내게는 그렇지 않다. 나는 그들을 안다. 몇 초 뒤에 최선의 효과를 얻을 수 있다고 판단되면 각종 사건들의 발생을 초(秒) 단위까지 조정할 능력이 있는 존재들이다.

그 3년 동안 몇몇 친구와 지인들에게 내 책의 원고를 읽게 했다. 그 때서야 나는 충분히 이해했다. 왜 ‘그들’이 내게 이 책을 쓰게 했는지, 그리고 왜 나를 ‘육체적으로’ 자신들의 행성에 데려갔는지를. 내가 ‘육체적으로’라는 표현을 강조하는 데는 까닭이 있다. 가장 많은 반응이 “당신은 분명히 꿈을 꿨다. 일련의 꿈을 연속해서 꿨던 게 틀림없다”였기 때문이다.

어떤 종류의 반응이든, 원고를 읽은 사람들은 모두 그 내용에 매료됐다. 독자들의 유형은 세 가지로 분류된다.

첫째 유형: 과반수를 차지하는 유형으로 그들은 내가 다른 행성에 갔었다는 것을 믿지 못하겠다고 말하면서도 책의 내용에 감동을 받았다는 점은 인정했다. 그들은 그런 일이 있었는지는 중요하지 않으며, 중요한 점은 책에 담긴 강력하고도 근원적인 메시지라고 말했다.

둘째 유형: 한때 무신론자였던 사람으로 이 책을 내리 세 번 읽은 뒤 내 얘기가 사실이라고 확신한다.

셋째 유형: 애당초 영적으로 발전돼 있던 유형으로 처음부

터 내 얘기가 진실임을 알고 있다.

그러나 나는 독자들에게 충고를 하지 않을 수 없다. 이 책은 최소한 세 번 읽어야 한다. 원고를 읽은 15~16명은 모두 적절한 관점에서 구체적인 질문을 던졌다. 프랑스의 어느 대학 심리학 교수인 친구 한 사람은 그 책을 이미 세 번 읽었고, 침대 옆의 탁자 위에 그 책을 놓아둔다.

그러나 한 친구의 반응은 나를 언짢게 만들었다(다행히 그런 사람은 한 명뿐이다). 그는 예컨대 이런 질문을 했다. 그 우주선이 볼트나 너트를 사용해 조립됐느냐, 그리고 티아우바에 전봇대가 있느냐. 나는 그에게 원고를 다시 읽어보라고 권했다. 그의 '의견' 중에는 이런 것도 있었다. 미사일과 치명적인 무기들이 동원된, 우주선이나 행성들 간의 전투 장면이 책 내용에 더 담겨야 한다고. "그래야만 사람들이 좋아한다"고 그는 말했다. 나는 그에게 이 책은 공상과학(SF) 소설이 아니라는 점을 상기시켜줘야 했다. 그 친구에게 책 내용을 이해할 능력이 있다고는 보지 않는다. 다른 읽을거리를 찾는 게 나을 것이다. 그는 이 책을 읽을 준비가 안 돼 있다.

그러나 불행하게도 그 친구만이 그런 게 아니다. 만일 독자들이 우주 전쟁, 피, 섹스, 폭력, 행성 폭발, 외계 괴물 같은 것들로 자극받기를 기대했다면, 나로선 미안할 뿐이다. 내 책 대신 SF 소설을 구입했어야 했는데 그들의 시간과 돈을 낭비하게 만들었으니. 서문에서도 언급했듯이, 이 책이 SF 소설이 아니라는 사실을 아는 독자는 다른 사고방식으로, 즉 객관

적이고 긍정적인 시각에서 다시 읽어보길 권한다. 결코 시간 낭비가 아닐 것이다. 책값과는 비교도 안 될 정도로 큰, 삶의 보상을 받게 될 것이다. 물질적인 보상이라기보다는 정신적인 보상이다. 그게 가장 중요하지 않은가?

이미 원고를 읽은 사람들로부터 종교, 특히 그리스도교에 관한 다양한 피드백을 받았다. 그 점에 관해 대답할 의무를 느낀다. 독자가 종교인, 특히 크리스천이고 '성경 내용의 수정' 때문에, 특히 십자가에서 죽은 그리스도의 정체에 관한 내용 때문에 충격을 받았다면 미안하게 생각한다. 그러나 나는 이 점을 강조해야겠다. 이 책은 어떤 종교를 비판하려는 의도에서 집필한 게 아니라는 점이다. 또 책 내용은 나의 개인적 관찰 결과가 아니라 타오라의 말을 타오가 구체적으로 '구술' 해준 것을 내가 받아 적었다는 점이다.

그들은 내게 설명해준 내용을 어느 것도 바꾸지 말고 정확히 기술하라고 충고했다. 나는 그 지시를 따랐다.

타오와 나눈 대화 중에는 이 책에 소개되지 않은 것들도 많다. 분명히 그들은 진화의 측면에서, 모든 측면에서 우리보다 우월한 존재들이다. 나는 책에 기술된 내용보다 더 믿기 어려운 것들도 알게 됐지만, 그런 부분을 소개하는 일은 허락되지 않는다. 아직은 우리에게 그것을 이해할 능력이 없기 때문이다. 하지만 나는 이 후기에서 개인적 의견을 피력할 기회를 갖고자 한다.

독자들은 몇 가지 아주 중요한 점들에 유념해야 한다.

이 책과 관련해 나에 대한 몇몇 가당치 않은 얘기들을 들었기에 소개한다. '그는 자신이 새로운 그리스도라고 생각한다' '그는 위대한 영적 지도자다. 우리는 그의 가르침을 따라야 한다' '당신은 수행자 마을을 세워야 한다. 그러면 번창할 것이다' '당신은 새로운 종교를 창시해야 한다' 등등.

나는 그들 중 다수가 나의 모험에 관해 소문으로만 들었다고 생각한다. 이 책을 실제로 읽은 게 아니라는 뜻이다. 이 책을 여러 번 읽어야 한다고 다시 강조한다. 소란스런 집회를 멀리하고 조용한 곳에서 그 책을 읽으면 되는데, 왜 사람들은 하느님과 우주 창조 같은 중요한 문제를 소문으로만 들으려 하는가? '말은 소멸되지만 글은 유구하다'는 사실을 명심해야 한다.

왜 그들은 이 책의 내용으로 새로운 종교를 만들려 하는가? 지구에는 이미 수백 개의 종교가 있지만 그다지 좋은 일은 하지 않았다, 그렇지 않은가?

십자군 전쟁 때 이슬람과 로마 가톨릭은 신과 종교의 이름으로 서로 싸웠다.

스페인 가톨릭교도들은 아즈텍인들(그들의 문명은 당시로는 매우 진보된 문명이었다)을 약탈하고 강간했다. 아즈텍인들이 가톨릭을 실천하지 않았다는 이유에서였다. 사실 아즈텍인들은 고유의 종교를 갖고 있었지만 그 종교 역시 나을 게 없었다. 인간을 수천 명씩 제물로 바쳤기 때문이다. 생각해보면 바카라티니인들 역시 약 100만 년 전 북아프리카에서 그런 짓을 저질렀다.

신도들을 계속 자신들의 지배 아래 두고 싶은 성직자들은 종교를 철저히 연구했다. 그래야만 권력과 부를 유지할 수 있기 때문이었다.

지도자들의 오만함과 권력욕이라는 면에서 모든 종교는 정치와 비슷하다. 그리스도는 당나귀를 탔고, 십자가에서 죽었다. 그리고 하나의 종교가 탄생했다. 그 당나귀는 오늘날 롤스로이스로 변했다. 바티칸은 지구상에서 가장 부유한 권력 중 하나다.

성실치 않은 정치인들(그런 정치인들이 많다)은 자만심으로 기고만장해 있다. 그들은 부와 권력을 이용해 찬양을 받고 싶어 한다. 그래야만 만족한다.

그러나 그들에게 속는 수많은 국민은 어떤가? 국민도 만족하는가?

타오는 이 책의 목적이 지구인들을 계몽하고 눈뜨게 하는 데 있다고 말했다. 우리 주변에서 일어나고 있는 사태에 대해 지구인들을 각성시키는 데 있다고 했다. 타오와 동료들은 지구인들이 극소수 부패한 정치인들에게 휘둘리는 현상을 매우 우려한다. 썩은 정치인들은 교활한 방식으로 우리가 자유와 민주주의를 누리고 있다고 믿게 만든다. 그러나 우주 법칙의 관점에서 볼 때 우리는 양떼보다 더 자유롭지 않다. 우리는 가끔 길에서 벗어나고는 자유롭다고 생각한다. 그러나 그것은 환상이다. 우리는 깨닫지도 못한 채 결국에는 도살장으로 끌려가기 때문이다.

정치인들은 민주주의란 말을 연막으로 이용한다. 대다수 정치인들에게는 세 종류의 신(神)이 있다. 권력, 명예, 돈이다. 그러면서도 일반대중을 두려워한다. 왜냐하면 아르키가 보여줬듯이, 진정으로 단결된 국민 대중은 자신들이 원하는 바를 반드시 성취할 수 있기 때문이다. 심지어 소련 공산당마저 이제 붕괴됐다. KGB가 얼마나 사악하고 막강한 조직이었는지는 세상이 안다. 그러나 나의, 아니 우리의 친구들(타오 등)은 '신호'를 보냄으로써 대규모 유혈 참사를 피했다. 나는 그것을 오랫동안 알고 있었다. 그리고 그들이 이 책의 출간을 의도적으로 지연시킨 것은 아마도 내가 그 부분을 후기에 포함시킬 수 있도록 하려는 목적에서인지도 모른다.

인간은 선택의 자유를 갖도록 창조됐음을 명심해야 한다. 이를 부인하는 모든 전체주의 정권은 언젠가는 붕괴된다. 나는 독자들에게 중국을 지켜보라고 권한다.

많은 나라의 지도자들은 소위 민주적 방식으로 선출됐어도 일단 권좌에 앉으면 제멋대로 한다. 그 전형적인 예가 프랑스 정부다. 여전히 태평양에서 원폭 실험을 수행하면서, 마지막 남은 인류의 거대한 자원인 바다를 오염시킨다.

믿을 만한 소식통에게서 들은 바에 따르면, 무루로아 환초의 프랑스 과학자들은 그 수역의 일부 물고기 종류, 특히 비늘돔에서 거대증(巨大症)이 나타나 몹시 우려한다. 무루로아 핵실험장 인근에서 방사능에 노출돼온 물고기들로 정상 크기의 세 배로 자랐다. 똑 같은 증상이 거대한 백상어에게 일어나지 않기를 바라자!

게다가 무루로아의 수중 핵폭발 실험 일자들을 추적해 보면 폭발 2시간 뒤(일반적인 경우는 2~3일 뒤)에는 늘 지구 어디에선가 대규모 지진이 일어난다.

프랑스 정치인들은 이렇게 지난 수십 년 간 지구 차원의 범죄를 저질러왔다. 내가 프랑스인으로 태어난 게 미안하고 부끄럽다 …

사담 후세인 역시 수백 개의 유정을 방화했을 때 지구 전체에 범죄를 저지른 것이다. 그는 쿠웨이트에서 저지른 만행에 대해서도 심판받아야 한다. 도대체 유엔은 뭘 하고 있는 건가?

브라질에서는 역대 정부들이 아마존 우림을 조직적으로 파괴하면서 역시 지구 차원의 범죄를 저지른다.

체제를 바꿔야 한다고 말하는 사람들도 실제로는 아무런 행동도 하지 않는다. 모두들 잘못된 형사제도에 관해 불평한다. 물론 잘못된 제도다. 법은 사기꾼들에게 유리하게 만들어진 듯하다. 그러니 무엇인가를 하라!

바카라티니인들의 형사제도를 기억하는가. 그들의 제도는 효율성에서 우수한 아즈텍의 제도와 다르지 않았다.

'제도가 나쁘니까, 그들이 그것을 바꿔야 한다'고 말하는 것으론 충분치 않다. 그들이라니, 누구를 얘기하는 건가? 국회의원, 국가원수, 모든 민선 공직자들? 제도를 바꾸려면 법과 함께 그런 지도자들부터 바꿔야 한다. 국민을 대표하는 정치인들로 하여금 비능률적인 법과 제도를 단호하게 바꾸도록 압력을 가해야 한다. 일반적으로 정치인들은 자발적으로 그런 일을 하기에는 너무 태만하다. 법의 제정이나 개정에는 많은 노력과 책임이 요구된다. 정치인들에게 그런 일을 요구하기는 무리다. 왜냐하면 이미 말했듯이 대다수 법은 권력자와 재력가를 위해 존재하기 때문이다. 덧붙여 말하자면, 훌륭한 정치가들을 유치하려면 먼저 그 직급의 봉급부터 깎아야 한다. 그러면 지원자가 줄어들겠지만, 그래야만 진정으로 국민을 위해 봉사하려는 참된 일꾼들만이 참여할 것이다.

부패한 정치인들을 선출한 것은 바로 국민이다. 그런 정치인들은 이미 지나치게 많다. 그들은 국민이 바라는 일을 제대로 하지 않는다. 언젠가는 시민들이 정치인들로 하여금 의무를 다하도록 강제하는 날이 올 것이다. 선거 공약을 충실히 이행하도록 만들 수 있을 것이다.

오해하지 말라. 무정부주의를 얘기하는 게 아니라 단지 원칙을 강조하는 것이다. 한 나라에는 원칙이 필요하다. 전체주의 정권의 원칙이 아니라, 공약은 지켜져야 한다는 민주주의의 원칙이다. 공약이 이행되지 않을 경우 시민들은 행동에 나서야 한다. 권좌에 오른 정치인들이 수백만 시민을 실망시키고 '다음번' 선거 때까지 국민을 우롱하게 방임하는 것은 참을 수 없는 일이기 때문이다.

정치인들은 소속 정당 내의 당권 투쟁에 몰두하느라 대부분의 시간을 보내기보다는 국가적 소임을 다하는 게 나을 것이다.

사람들은 '우리가 무슨 일을 하겠어? 우리가 할 수 있는 일은 아무것도 없다' 고 말한다. 바로 그런 태도가 잘못이다!

국민들은 자신들이 선출한 정부가 본래의 임무를 다하도록 강제할 수 있고, 강제해야 한다.

국민에게는 엄청난 힘이 있다. 아르키가 말했듯이, 인간이 지닌 강력한 무기 중 하나는, 지능적인 '비활동의 힘' (power of inertia: 여기서 inertia는 '불복종' 의 뜻도 있다)이다. 일종의 비폭력 저항으로 가장 위대한 힘이다. 폭력은 폭력을 부를 뿐이다. 그리스도는 '칼로 일어선 자는 칼로 망하리라' 고 말했다.

중국 베이징에서는 비무장의 청년이 혼자서 군(軍)탱크 행렬을 멈추게 만들었다. 어떻게 그런 일이 가능했을까? 탱크 속의 군인들은 무기도 없는 그 청년의 자기희생적인 행동에 감화돼 감히 그를 깔아뭉갤 수 없었다.

수많은 세계인들이 그 장면을 TV로 목격했다.

간디는 혼자서 끔찍한 유혈사태를 막아냈다. 마운트배튼 경은 만일 5만 명의 병력을 캘커타로 파견했었다면 대량학살을 당했을 것임을 깨달았다. 간디는 비폭력적인 수단으로 대학살 사태를 예방했다.

아르키의 행성에서는 시민들이 소위 '고장 난' 차량들로 많은 도로를 봉쇄했다. 시위에 동원된 그런 차들은 1만대나

됐다. 경찰은 그것이 의도적인 저항임을 알았지만 어쩔 수가 없었다. 시민들은 소방차나 구급차의 경우는 자신들의 차를 한쪽으로 밀어내서라도 통과시켰다. 그러곤 다시 그 고장 난 차들을 제자리로 밀어 넣었다. 그것이 바로 '비활동의 힘' 이다. 시민들은 움직이지 않았다. 먹지도 않고 구호를 외치지도 않았다. 당국의 진압부대와 대치하며 조용히 저항했다. 시민들은 도로 봉쇄를 풀 수 있다면 자신들도 기쁠 것이라고 말했다. 하지만 이제는 수리공과 중장비의 도움 없이는 도로를 정비하기도 어려워졌다. 국가 전체가 마비됐다. 시위 군중 속에는 깃발도 슬로건도 함성도 없었다. 조용한 저항만이 있었다.

시민들은 최고 당국자의 대답을 기다렸다. 그는 더욱 더 스스로의 거짓과 기만 속으로 빠져들고 있었다. 시민들은 이미 정부에 공개서한을 보내놓은 상태였다. 정부는 시민들의 요구사항을 잘 알고 있었다. 그들이 시위를 벌이는 이유도 알았다. 그 편지의 발신자 이름은 '시민' (Mr Citizen)이었다…….

아르키가 말했듯이, 약 10만 명의 시민이 활주로, 철도, 거리에 조용히 드러누웠다. 그들은 경찰에게 '나도 집에 가고 싶어요. 집에 데려다 주세요. 몸이 아파요. 제발 데려다 주세요' 라고 간청했다. 경찰은 차마 그런 군중 속에 최루탄을 발사하지는 못했다. 어떻게 발사하겠는가?

시민들은 '폭력 없이' 불복종의 힘으로 나라 전체를 멈추게 만들었다.

결과는 신속하게 뒤따랐다. 경제계를 틀어쥔 '뚱뚱한 자본가' 들과 한통속인 썩은 정치인들은 겁에 질리기 시작했다. 주식시장이 붕괴되고 금값이 요동치면서 수백만 달러를 날릴 판이었기 때문이다.

그들은 시위 참가 시민들이 일을 하지 않음으로써 잃는 돈의 수십만 배를 잃고 있었다. 결국 성스러운 돈의 이름으로 그들은 굴복했고, 시민들은 승리했다.

지구의 인간들은 차츰차츰 길들여지고 있다. 외계인 친구들은 그 점을 우려한다. 우리는 인간이지 로봇이 아니다. 지금 당장 깨어나라!

예를 들어 보자. 물건 값을 인식하는 바코드 시스템과 현금 등록기를 새로 장만한 슈퍼마켓에서 정전이 된 상황을 생각해 봤는가? 가격이 바코드에 암호화돼 있어 계산대 직원들은 물건 값을 계산조차 못 한다. 소비자 역시 나중에 목록표를 받아보기 전에는 통조림 한 개의 가격조차 알 수 없다는 사실을 생각해 봤는가? 계산 목록표를 살펴보는 것도 간단치 않은 일이다. 결국 소비자들은 자신이 얼마나 지출하는지를 더욱 더 모르게 되고, 자본가들은 소비자 모르게 그들의 돈을 통제한다.

내가 아는 붙임성 있는 상점주인의 현금 등록기가 고장 난 적이 있었다. 나는 1달러 38센트짜리 물건을 두 개 구입하고 5달러짜리 지폐를 냈다. 그는 종이쪽지 위에서 약 3분에 걸쳐 물건 값을 계산하더니 거스름돈으로 2달러 34센트를 내게 줬다. 간단한 덧셈 뺄셈을 직접 계산하는 습관을 잃어버린 탓이었다. 수많은 사람들처럼 그 역시 기계를 신뢰한다. 사람들은 신용카드와 컴퓨터에 의존한다. 이는 잘못이다. 소비자들이 더 이상 혼자 힘으로 생각하지 않으면서 자본가들이 대신 계산하게 만들기 때문이다. 소비자들은 서서히 자신의 돈에 대한 통제력을 잃어간다.

작은 실험을 해 보자. 그러면 내 말 뜻을 이해할 것이다. 앞서의 상점주인은 내게 2달러 34센트를 거스름돈으로 돌려줬다(10센트를 더 줬다). 그 대목에서 책읽기를 멈추고 직접 계산해 본 독자들은 남의 말에 쉽게 이끌려 다니는 사람이 아니다. 그러나 직접 확인해 보지 않은 독자들은 지금 당장 태도를 바꾸는 게 낫다. 당신은 신(神)의 속성을 지닌 존재다. 자부심을 가져라. 더 이상 양떼처럼 끌려 다니지 말라.

당신은 이미 이 책을 끝까지 읽었다. 그 자체로 훌륭하다. 정말로 훌륭하다. 이는 당신이 스테이크, 감자 칩, 햄버거, 소금 절임 양배추, 맥주 같은 것들 이상의 문제에도 관심을 갖고 있음을 보여주기 때문이다. 계속 정진하시길!

지금부터 하는 얘기는 전 세계 젊은이들을 위한 것이다. 타오가 내게 쓰도록 한 모든 내용과 내가 후기에서 덧붙인 모든 내용은 젊은이들에게도 해당된다. 하지만 여기서는 특별히 그들만을 위한 메시지를 전하고자 한다.

수많은 젊은이들이 실직과 권태 속에서, 혹은 도시의 번잡함 속에서 희망을 잃은 채 살아가고 있다. 청년들이여, 라이프스타일을 근본적으로 바꿔 보라! 당신들은 건강하지 못한 환경에서 침체된 삶을 사는 대신 완전히 다른 방식으로 삶을 조직할 수 있다.

나는 특히 호주에 관해 얘기하고자 한다. 다른 나라들에 어떤 자원이 있는지 정확히 모르기 때문이다. 하지만 근본적인 내용은 분명히 어느 나라에나 적용될 수 있다.

한데 뜻을 모아 조직을 만든 후 정부로부터 경작지를 임차하라(임차 기간은 99년으로 한다. 그런 땅은 분명히 있다). 그곳에 공동체 농장을 세우고 자급자족의 생활을 한다. 그럼으로써 자신이 더 이상 '식충이' 가 아니라는 사실을 주위 사람들에게 보여줄 수 있다. 그리고 농장을 정부보다 더 잘 운영한다는 점을 증명함으로써 만족감과 자부심을 느끼게 된다. 국법을 준수하는 동시에 자체적인 내부 규율을 갖춘 독자적인 '지방자치단체' 도 만들 수 있다.

제대로 된 정부라면 기꺼이 그 지자체에 교부금을 지원할 것이라고 나는 확신한다(어차피 예산낭비가 많을 수밖에 없는 정부인만큼 한 번 정도는 좋은 목적에 예산을 지출할 것이다).

물론 젊은이들도 그런 지원에 상응하는 책임의식을 갖고 행동해야 한다. 그들을 '구제불능' 으로 단정한 험담꾼들이 호시탐탐 비판거리를 찾고 있을 테니 말이다. 나는 개인적으로 젊은 세대가 보다 깨끗하고 보다 영적인, 그래서 보다 나은 세계를 건설할 것이라고 굳게 믿는다. 타오라의 메시지를 전해 듣지 않았는가?

젊은이들은 책임 있게 행동하고 자율적인 규칙을 준수할 수 있음을 증명해야 한다. 우선 마약은 절대 안 된다. 알다시피 마약은 진정한 자아인 성기체를 어지럽힌다. 그런 약물은 전혀 필요가 없다. 마약의 덫에 걸린 친구들이 당신의 도움으로 빠져나올 수도 있다. 당신 앞에는 큰 일이 놓여있다. 친구들을 돕는 일 외에 새로운 길을 따라 자신의 삶을 개편하는 일이다. 그렇게 함으로써 엄청난 기쁨을 누리게 된다. 물질주의적 관점에서 벗어나 '자연으로의 복귀'를 이루게 된다. 이런 일을 진지하게 실천하는 최초의 사람들이 될 것이다. 생존에 필요한 것이 무엇인가? 공기, 물, 빵, 야채, 고기가 있으면 된다.

화학제품을 사용하지 않고도 그 모든 것을 조달할 수 있다. 이스라엘의 '키부츠'는 완벽하게 작동한다. 호주는 다문화 사회인만큼 그런 공동체가 훨씬 더 잘 작동할지도 모른다. 이는 남보다 더 잘한다는 경쟁 차원의 문제가 아니라, 자존감을 갖고 바람직하게 살아가는 차원의 문제다. 또 정신적이면서 오락적인 측면에서 나름대로 디스코장을 세울 수도 있다. 드넓은 전원의 디스코장은 도심의 디스코장만큼 재미있다는 사실을 아는지! 독자적인 도서관과 극장을 만들어도 된다. 그 극장에서 독자적인 희곡을 창작하고 연기할 수도 있으리라.

서양장기, 탁구, 테니스, 볼링, 당구, 축구, 네트볼, 양궁, 펜싱, 세일보딩, 승마, 서핑, 낚시 등도 즐길 수 있다. 고전 댄스나 무술을 좋아하는 사람도 있을 것이다. 과도한 적대감을 조장하는 과격한 게임은 피하게 될 것이다.

자연에서는 도심 길거리에서보다 훨씬 더 많은 것들을 할 수 있음을 알게 된다.

또 요가를 통해 정신적 신체적 건강과 행복을 크게 증진할 수 있다. 나는 요가, 특히 차크라를 통한 호흡법을 권장한다. 매일 아침과 저녁에 30분씩만 요가를 해도 충분하다.

대다수 젊은이들은 자연 및 환경과 함께 살아야지 어긋나게 살아서는 안 된다는 점을 이해한다.

자연에 어긋나게 살아가는 바보들은 숲을 보호하자고 시위를 벌이는 당신을 비판한다. 그들은 당신을 '숲에 미친 놈' 혹은 '히피'라고 경멸적으로 부른다. 당신이 남에게 설교하는 내용을 실천하고 있음을 전 세계에, 그리고 주로 자신에게 증명하라. 공동체 농장에서 살기 시작하면 당신은 환경 보호를 뛰어넘어 숲을 창조할 수도 있다. 그리고 우두머리나 지배자가 아닌 책임감 있는 사람을 민주적 방식에 따라 조언자 내지 고문으로 선발하라. 구린내 나는 정치인들이 국가를 이끄는 것보다는 이들 젊은이들이 공동체를 더 잘 운영할 수 있다고 나는 확신한다. '우주'의 이름으로 그대들에게 감사한다.

종교와 정치는 가장 나쁜 두 개의 사회악이라고 타오는 말했다(9장 참조).

그러니 날더러 소원을 들어달라거나 정신적 스승이 되어달라거나 종교를 창시하라는 내용의 편지를 출판사에 보내는 일은 하지 말기 바란다. 그것은 내 뜻에 반할 뿐만 아니라 타오라와 타오의 뜻에도 반하는 행동이다.

타오는 이렇게 말했다. "가장 위대한 성전(temple)은 마음 속에 있다. 인간이 명상과 정신집중으로 자신의 초월자아라는 중개인을 통해 어느 때라도 조물주와 교신할 수 있는 장소는 바로 그곳이다."

나에게 사원, 교회, 성당, 신앙촌을 건설하자고 말하지 말라.

여러분 자신의 내면을 들여다보라. 그러면 조물주와의 교신에 필요한 모든 것을 당신이 갖고 있음을 알게 된다. 그 모든 것을 그곳에 갖다 놓은 사람이 바로 조물주이기 때문이다.

마지막으로, 이 책을 쓰도록 요구한 타오라와 타오의 비천한 종으로서 나는 그대들에게 이 점을 상기시키고자 한다. 어떤 종교도 위대한 성령과 조물주가 이미 창조해 놓은 것을 바꾸지는 못한다.

어떤 종교나 믿음도, 또 이 책을 포함한 어떤 책도 조물주가 만들어 놓은 질서와 진리에 영향을 미치지는 못한다.

강물은 늘 수원지로부터 바다를 향해 흐른다. 아무리 많은 종교와 종파가, 혹은 아무리 많은 사람이 반대로 믿고 싶어도 그 진리는 변하지 않는다.

유일한 불변의 진리는 조물주의 섭리다. 그것은 태초에 그분이 '원했던' 우주의 원리이자 그분의 법칙이다. 누구도 그것을 변경하지 못한다.

M. J. P. 데마르케

1993년 4월, 호주 케언스에서.